La marque du mal

P.D. MARTIN

La marque du mal

Roman

MIRA

Titre original :
BOBY COUNT
publié par MIRA®

Traduction de l'américain par FRANÇOISE NAGEL

Photo de couverture
Fond : © ROYALTY FREE/PHOTODISC

83-85 boulevard Vincent-Auriol 75646 PARIS CEDEX 13.
www.harlequin.fr
ISBN 978-2-2802-1207-6 — ISSN 1765-7792

Prologue

Vingt-cinq ans plus tôt

La maison est silencieuse. Il est 3 heures du matin.

Une fillette endormie se blottit au creux de son petit lit. Elle est couchée sur le côté, roulée en boule. Sur un coin de l'oreiller, l'ours Paddington monte la garde. Une lampe de chevet éclaire la pièce. La lumière du couloir est restée allumée, elle aussi, pour guider ses pas jusqu'à la salle de bains, lors de son habituelle expédition nocturne.

La fillette se tourne et se retourne, se retrouve allongée sur le dos. Un léger sanglot s'échappe de ses lèvres. Elle est en train de faire l'un de ses cauchemars habituels.

— Non ! S'il vous plaît, non !

Elle gémit. Sa respiration s'accélère. Son cœur bat la chamade. Elle agite les jambes, rejette ses couvertures.

Dans son rêve, le garçon court, mais un homme le poursuit et le rattrape.

— Attention ! dit-elle d'une petite voix à peine audible.

Il faut à tout prix qu'elle sauve ce garçon.

Sa respiration devient pénible. Elle suffoque.

Avec un hurlement, elle se redresse sur son lit. Mais le son même de ses propres cris est impuissant à l'arracher au sommeil. Le rêve est trop intense, trop réel.

A l'autre extrémité du couloir, sa mère se réveille. Elle comprend immédiatement que c'est sa fille qui crie. Encore un cauchemar ! Elle saisit son peignoir et, tout en s'en drapant à la hâte, se précipite dans le couloir.

Elle entoure de ses bras son enfant en larmes et la berce tendrement. Les cris cessent, puis la fillette revient à elle.

— John ! Où est John, maman ?

— Tout va bien, ma chérie. Ce n'était qu'un rêve.

— Où est John ? répète la petite fille d'une voix aiguë.

— Calme-toi, mon poussin.

La mère aide sa fille à sortir du lit et l'entraîne dans le couloir, jusqu'à la chambre de son frère. Elles s'arrêtent devant la porte et regardent par l'embrasure.

— Qu'est-ce qui se passe ? demande le garçon à moitié endormi.

— Tu vois, ma puce, il est dans son lit. Tout va bien.

— Oh, elle a encore fait un cauchemar ! ronchonne John en se retournant pour se réfugier sous les couvertures.

La femme remet la petite fille au lit, puis la borde. Jetant un coup d'œil sur la table de chevet, elle remarque un roman d'Agatha Christie.

— Ma chérie, je t'ai déjà dit de ne pas lire ce genre de livre. Tu es trop jeune. Pas étonnant que tu aies fait tellement de mauvais rêves cette semaine !

Deux nuits plus tard

En proie à une intense panique, la fillette aspire désespérément une longue goulée d'air et se réveille. Elle inspire, expire, inspire encore, essayant de faire pénétrer l'air dans ses poumons.

— Il est en train d'arriver quelque chose à John ! hurle-t-elle, bien que personne ne soit là pour l'entendre.

Elle lance un regard vers le couloir obscur. Pourquoi fait-il si sombre ? D'habitude, sa mère laisse toujours la lumière allumée. Elle se glisse hors du lit et se tient debout, toute tremblante. Elle a froid. La peur s'est emparée d'elle. Elle attrape Paddington et s'engage dans le noir, serrant l'ours sous son bras. Pas à pas, elle longe le corridor, le dos collé au mur.

Encore quelques centimètres et elle atteindra l'interrupteur. Voilà, ça y est. Elle allume et prend une profonde inspiration. Ça va mieux, maintenant. Il ne fait plus noir. Elle dépasse la chambre de John, trop effrayée pour entrer. Pourtant, il le faut. Elle presse Paddington sur son cœur et appuie sur l'interrupteur dans la chambre de son frère. La fenêtre est grande ouverte. John a disparu !

Puis un flot d'images fulgurantes la heurte de plein fouet. Elle baisse les yeux sur John — soudain, elle est plus grande que lui. Sa main se tend, mais cette main est énorme. C'est une main d'homme. Elle est devenue quelqu'un d'autre. John pleure, et elle ressent le plaisir de l'homme devant la douleur du garçon. Ces grandes mains qui sont maintenant les siennes entourent le cou de John et appuient, de plus en plus fort. John est pris de hoquets et de sursauts. Elle ressent exactement ce que ressent le meurtrier. L'exaltation et l'afflux d'adrénaline au moment où le corps de John devient tout mou.

Elle s'effondre sur le sol.

1.

Aujourd'hui

Ma respiration est saccadée, haletante ; les battements de mon cœur résonnent dans mes oreilles. C'est ma première mission sur le terrain depuis des mois, et je me sens un peu rouillée. Je reprends haleine. Nous allons bientôt passer à l'action.

En attendant le signal, je fouille du regard les alentours. Je me suis garée sur le côté droit de la chaussée afin de bénéficier du meilleur angle de vue sur l'immeuble qui constitue notre point de mire. La rue est calme. D'un calme inquiétant, comme si, ayant été mystérieusement avertis de ce qui allait arriver, tous les habitants s'étaient retranchés chez eux en attendant que l'orage passe. Il faut dire aussi qu'il est 14 heures et que nous sommes mercredi. Les seuls mouvements perceptibles sont ceux d'une mère poussant une voiture d'enfant sur le trottoir à une dizaine de mètres devant moi et d'un petit groupe de personnes qui attend le bus vingt mètres plus loin. J'évalue les environs, dénombre les individus, enregistrant dans ma mémoire toute information pertinente dont je pourrais avoir besoin plus tard. Pour l'instant, rien ne paraît suspect. Boxley, notre cible, est entré dans l'immeuble, il y a environ une demi-heure. De nouveau, j'inspire profondément. Bientôt ! C'est pour bientôt.

J'adore cette sensation : savoir qu'enfin le chasseur est devenu la proie. Je parie qu'il éprouve ce même sentiment lorsqu'il traque sa victime, certain que, d'une minute à l'autre, elle lui appartiendra. La différence, c'est qu'il est du côté du mal et nous, du côté du bien.

Il a probablement déjà choisi sa prochaine victime. Je l'imagine en train de resserrer son étau autour d'elle. Ce pourrait être ma sœur, ma meilleure amie, ou même moi, qui sait ? Mes dents grincent, ma main glisse instinctivement vers le revolver que je porte dans mon holster de cheville. Mes doigts se crispent sur le léger renflement… C'est à cause de sales types comme lui que je me suis engagée dans les forces de l'ordre.

— Ici Chien Fou, tout le monde est à son poste ? Numéro un ?

La voix de Flynn crépite doucement dans mon oreillette. Il s'agit d'une opération conjointe du FBI et de la police du District de Columbia. L'inspecteur Flynn, des Homicides de Washington, a pris la direction du détachement.

— Prêts ! répond le chef de la première unité.

— Numéro deux ? interroge Flynn.

— Prêts.

J'écoute les équipes répondre les unes après les autres. La dernière est celle que dirige l'agent Josh Marco. Nous avons travaillé en étroite collaboration tous les deux sur cette affaire, et ça nous a rapprochés. Nous sommes devenus amis. Peut-être même un peu plus.

— O.K., Boucles d'Or, on est fin prêts ! lance Flynn.

Flanqué de deux policiers, il couvre l'escalier de secours sur le côté gauche de l'immeuble. Il me fait un signe de tête. A cette distance, je ne peux guère distinguer qu'un sourire.

Je sors de la voiture mise à notre disposition pour l'opération — une Ford rouge —, j'empoigne ma mallette d'échantillons et mon manteau noir posés sur le siège du passager. Je glisse un bras dans le vêtement et l'enfile en toute hâte. J'ai besoin de sa chaleur. Pour cette mission, j'ai choisi un pantalon noir légèrement évasé mais ajusté sur les hanches, et un pull rouge avec un col en V bien moulant, en tout cas suffisamment pour mettre mon décolleté en valeur — avec le secours non négligeable d'un soutien-gorge rembourré, je l'avoue. Je me sens vulnérable sans mon gilet pare-balles, mais ce criminel-là ne semble pas être un adepte des armes à feu. De toute façon, nous ne pouvons pas courir le risque d'éveiller ses soupçons en m'enveloppant le buste d'une épaisseur supplémentaire. Pour compléter ma tenue, je porte une écharpe et un manteau noirs, ainsi que des gants en cuir de la même couleur.

Allons-y ! Je vis et respire au rythme de cette affaire depuis cinq mois, et ça me fait un bien fou de savoir que ce salaud est enfin à portée de main.

L'immeuble de quinze étages où habite notre homme est en assez bon état, malgré son style inimitable des années soixante. Une haie de buissons à mi-hauteur d'homme borde l'allée en béton. De chaque côté s'étend une pelouse où une poignée d'arbustes en fleur ajoutent quelques notes de couleur à la grisaille environnante.

Une dernière fois, je répète mentalement mon numéro. Je m'appelle Lauren. Lauren Armstrong. Je travaille pour la société Clean-a-way Living, et je viens présenter à notre suspect… je veux dire, à mon client… notre gamme de produits de nettoyage écologiques.

Des images fugitives de corps sans vie baignant dans leur sang s'immiscent brusquement dans mes pensées. Je les chasse aussitôt. Je dois rester concentrée.

D'un coup d'œil, je passe en revue les Interphone sur le mur. Le nom de Robert Boxley figure à côté du numéro 104. Je presse le bouton. Deux minutes s'écoulent. Deux minutes qui me semblent des heures. Enfin, j'entends un crachotement dans l'Interphone.

— Qui est-ce ? demande une voix rauque.

— Bonjour, c'est Lauren de Clean-a-way.

J'essaie de rendre ma voix plus gutturale, plus chaude, sans oublier de jouer sur mon accent australien, quitte à l'exagérer un peu.

— Ah oui, Lauren ! Vous pouvez monter.

Un déclic métallique. Je franchis le seuil de la porte blindée. Mon estomac se noue, mon « sixième sens » me fait frissonner. Un sombre pressentiment s'empare de moi, que je repousse aussitôt. D'un geste convulsif du pouce, je fais tourner la bague que je porte à l'auriculaire. Juste un brin de tension. Après tout, il s'agit de ma première mission sur le terrain depuis bien longtemps.

Je confirme à l'intention de Flynn et du reste du détachement :

— J'y suis !

Dans le petit hall d'entrée aux murs peints d'un vert fade, le sol est décoré de carreaux mouchetés de brun. Un certificat de sécurité défraîchi est accroché au mur de gauche, à côté d'un extincteur rouillé — tous deux remontant probablement aux années soixante. Face à l'entrée se trouve un petit ascenseur. Je lève les yeux. Le numéro onze luit faiblement. L'ascenseur ne semble pas vouloir bouger. Qu'à cela ne tienne : je vais prendre l'escalier, à droite. J'agrippe la rampe en fer forgé qui tremble dans ma main avec un bruit de ferraille. A mesure que je gravis les marches, mon cœur cogne de plus en plus vite, envoyant des secousses qui me traversent le corps à chaque pulsation. Il bat si fort qu'à tous les coups, le bruit doit se répercuter dans mon micro, et mes coéquipiers ne vont pas manquer de le percevoir. Ce qui est très fâcheux, car je tiens à faire bonne impression pour ma première descente de police.

Sur le palier, je frappe à la porte de l'appartement 104. J'entends un cliquettement de chaîne, deux verrous que l'on tourne. Enfin, Robert Boxley m'ouvre. Il paraît légèrement différent de l'homme qui figure sur la photo que nous avons obtenue de son employeur, mais je le reconnais sans hésitation. Un mètre quatre-vingts, à la fois baraqué et bedonnant. Il a le visage glabre, la peau lisse et translucide, malgré les quelques gouttes de sueur qui perlent au-dessus de sa lèvre supérieure. Serait-ce de la nervosité ? Ses cheveux noirs sont coupés court. Il porte un jean, un ample T-shirt blanc et des baskets. Si je ne savais pas que j'ai affaire à un monstre, je le trouverais tout à fait ordinaire.

— Bonjour, Robert !

Je m'absorbe dans mon rôle, refoulant ma répugnance au plus profond de moi.

— Bonjour, Lauren, dit-il en me fixant avec intensité de ses yeux vert foncé. Prenez donc la peine…

Et, s'écartant de la porte, il me fait signe d'entrer.

Je passe devant lui, et lui tourne le dos l'espace d'un instant. L'idée de l'avantage physique qu'il a sur moi pendant ces quelques secondes ne me plaît pas du tout, mais je n'y peux rien. Du reste, je ne crains pas grand-chose : non seulement mes collègues sont prêts à intervenir, mais il est fort peu probable que Boxley se jette sur moi. Certes, je suis son type de femme, mais il aime traquer ses victimes pendant une quinzaine de jours avant de les assassiner. Même s'il m'ajoute mentalement à la liste de ses proies futures, il a déjà choisi sa prochaine victime et il est trop ordonné pour me faire passer avant mon tour.

Tous les sens en alerte, j'enregistre chaque détail. Une simple odeur pourrait avoir une signification. Mais je ne discerne rien de particulier, hormis des relents de curry.

— Donnez-moi votre manteau.

Je pose ma mallette sur le tapis et obtempère lentement. Il me scrute avec attention, me toisant de la tête aux pieds. Son regard me transperce, mais je prends sur moi, souris et lui tends mon manteau et mon écharpe. Ça me rend malade de devoir me montrer courtoise envers cet homme, pourtant ça fait partie de mon travail. Patience ! Bientôt, les rôles seront inversés.

Il accroche mon vêtement à une patère près de la porte d'entrée.

Je jette un regard circulaire autour de moi. L'appartement est impeccable.

— C'est joli chez vous.

Il a adopté le genre de décor minimaliste qui plaît à beaucoup d'hommes. Honnêtement, je ne sais pas si c'est le style qu'ils aiment ou le fait qu'il réduise au minimum les corvées de ménage. Depuis la porte, j'embrasse d'un coup d'œil l'espace à vivre. Juste en face de l'entrée s'ouvre le séjour, meublé d'un écran géant de télévision avec lecteur de DVD, d'une table basse où trône bien en évidence le dernier numéro de *Première*, et de deux canapés à deux places. La pièce est pourvue d'une large fenêtre. Un bar sépare le séjour de la cuisine immaculée. Sur le réfrigérateur, j'aperçois quelques objets publicitaires aimantés et une photo. Il s'agit d'une femme, mais je distingue mal son visage.

Boxley ne me quitte pas des yeux.

— Ce n'est pas grand-chose, mais au moins je suis chez moi.

— Franchement, je trouve ça charmant. Vous devriez voir où j'habite. Un vrai trou à rats !

Voilà, je lui offre sur un plateau cette position de supériorité qu'il apprécie tant.

— Je suis sûr que ce n'est pas aussi affreux que vous le dites.

D'un geste, il m'invite à avancer. Je ramasse ma mallette et le suis dans le séjour.

— Il y a longtemps que vous habitez les Etats-Unis ? me demande-t-il.

Bavardage de politesse.

— Sept mois, seulement.

Je ne vois aucune raison de mentir. Arrivée ici il y a sept mois, je me suis donné un mois pour m'installer avant de commencer à travailler pour le FBI.

— Vous vous plaisez ici ?

— Oh oui, j'adore ce pays !

Ça aussi, c'est vrai. Tandis que nous échangeons des banalités, je cherche des yeux des indices de ses autres occupations, plus sinistres celles-là. Mon attention se focalise de nouveau sur le réfrigérateur et la photo.

— Elle est jolie. C'est votre petite amie ?

Je m'approche pour regarder de plus près. Gagné ! Il s'agit de la photo de l'une de ses victimes.

Il avance derrière moi. Je peux sentir son regard sur ma nuque. Il a beau ne se trouver qu'à quelques pas, il envahit mon espace privé.

Il hésite :

— En fait, c'est mon ex. Notre rupture a été assez…

Il s'interrompt, semblant chercher les mots justes.

— … sordide.

J'ai vu les photos. Sordides, en effet. Ce type est un dangereux malade.

— Vous avez raison, ces choses-là peuvent s'avérer sordides, dis-je, songeant à la fois aux liaisons et aux meurtres. Je vois que vous avez encore le béguin pour elle.

Il s'approche et s'appuie contre le réfrigérateur.

— Non, pas vraiment. D'ailleurs, je devrais enlever cette photo.

— Comment s'appelle-t-elle ?

— Kathy.

Il a utilisé le véritable prénom de sa victime. Je répète à voix haute :

— Kathy… Elle est très jolie.

Flynn et Marco sauront de qui nous parlons. La photo de la jeune fille constituera une pièce à conviction. L'opération se présente bien.

— Boucles d'Or, raclez-vous la gorge s'il s'agit de notre Kathy, ordonne Flynn dans mon oreillette.

Je m'éclaircis la voix, puis fais semblant de tousser légèrement.

— Voulez-vous un verre d'eau ? me propose Boxley.

— Non, merci, ça va.

Je regagne le séjour.

— Avant que je commence ma démonstration, avez-vous un colocataire ou quelqu'un d'autre qui aimerait aussi voir les produits ?

— Non, il n'y a que moi.

Parfait ! Personne dans l'appartement. Nous allons pouvoir passer aux choses sérieuses.

Je me lance dans mon boniment soigneusement répété.

— Eh bien, monsieur Boxley, je constate que vous tirez une certaine fierté de la propreté de votre appartement. Aussi, je suis sûre que vous allez adorer nos produits.

Je dépose ma mallette sur la table basse en face de la fenêtre, à l'endroit précis où je veux me trouver si jamais les tireurs d'élite ont besoin d'ouvrir le feu.

Notre homme focalise toute son attention sur moi.

J'ouvre la mallette en vinyle noir. A l'intérieur, plusieurs compartiments contiennent des produits de nettoyage et quelques chiffons. Un élastique tendu horizontalement en travers du couvercle maintient en place deux petits panneaux de mélamine. Commençons par le nettoyant multi-usages.

Je lève le flacon, l'étiquette tournée vers Boxley. Puis je la caresse du bout des doigts, à la manière des animatrices de téléachat.

Enfin, j'attaque :

— Ce gel nettoyant non abrasif est notre produit vedette. Vous pouvez l'utiliser sur à peu près n'importe quelle surface : gazinière, salle de bains, toilettes, comptoir de cuisine, etc.

Je m'empare de l'un des panneaux préalablement maculé.

— Nous avons ici des marques de vin rouge et là une tache de gras. Ce genre de salissure est particulièrement tenace.

Attention ! Je me précipite trop : il faut que je ralentisse. Je me glisse de nouveau dans la peau de mon personnage et poursuis dans un roucoulement :

— Pourtant, il vous suffira de quelques gouttes de ce produit miracle.

Armée d'un chiffon, je presse le flacon d'où suinte une substance blanche et crémeuse. Je me penche en avant, laissant voir juste ce qu'il faut de mon décolleté pour enflammer son esprit ou, plus vraisemblablement, ses sens.

Boxley ne manque pas de réagir en se déplaçant imperceptiblement pour mieux voir. Quel sale type !

— Voilà, il n'y a plus qu'à essuyer en douceur.

Ma voix se fait caressante, sensuelle.

— Attention, Boucles d'Or, tu es en train de m'exciter ! dit la voix de Marco dans mon oreillette.

Je demeure impassible. Celui-là, il ne perd rien pour attendre !

— Très impressionnant, affirme Boxley, faisant visiblement référence à mon décolleté plutôt qu'aux produits ménagers.

Je lui adresse un sourire, laisse mon regard s'attarder un instant sur le sien avant de descendre rapidement jusqu'à son bas-ventre. Je détourne brusquement les yeux, comme si je venais de prendre conscience de ce que je faisais et que j'en éprouvais de la gêne. Je poursuis mon numéro par un petit soupir convaincant qui frôle le gloussement de plaisir. Tandis qu'il assimile la nouvelle tournure que prennent les événements, je jette de nouveau un coup d'œil circulaire dans la pièce, essayant d'y repérer la présence d'une arme quelconque.

Non, rien de visible.

C'est le moment !

Je sors de la mallette le flacon approprié.

— Et maintenant, voici le nettoyant pour vitres.

D'une démarche chaloupée, je me dirige vers la fenêtre. Je vaporise le produit sur la vitre et, avant de commencer à frotter, je me tourne vers Boxley, la tête légèrement inclinée, le regard levé. Je lui souris.

— Je suis sûre que celui-ci va vous plaire.

L'espace d'un éclair, je sors de mon personnage et le ton de ma voix devient plus grave, plus dur, car je sais que bientôt, il sera à ma merci. D'un geste, j'essuie le produit. C'est le signal convenu pour l'assaut.

— Chien Fou, ici numéro sept, nous avons le signal ! lance une voix dans mon oreillette. Je répète : A nous de jouer.

— C'est parti ! répond Flynn.

A peine me suis-je retournée que je remarque une expression

étrange sur le visage de Boxley. Il a les yeux rivés sur mes pieds. Non, plutôt sur ma cheville. Oh, mon Dieu, mon holster ! Aurais-je, en levant le bras, fait remonter la jambe de mon pantalon ? Comment ai-je pu être aussi stupide ? Mon zèle risque de me coûter cher.

— Quelque chose ne va pas ?

Je tente de conserver un ton calme et désinvolte.

Boxley m'observe en silence. Je connais ce regard. Il s'apprête à passer à l'action.

Et soudain, les bras tendus, il bondit en avant. Je me jette sur le côté, juste à temps pour éviter ses mains meurtrières, puis j'avance ma jambe gauche et, de toutes mes forces, je lui assène un coup de pied dans le dos. Je vise les reins, et le dessus de mon pied atteint sa cible. Sous la violence du coup, il trébuche, se retrouve à genoux devant la fenêtre. Il se retourne pour essayer de m'agripper. J'empoigne mon revolver et l'arrache du holster tout en enlevant le cran de sûreté.

— FBI !

C'est la première fois que je clame mon appartenance au Bureau, et je dois dire que j'en éprouve un certain plaisir. L'adrénaline coule à flots, à présent.

Boxley se fige.

— Je n'hésiterai pas à tirer, Robert, alors inutile d'essayer de fuir.

Je le regarde, soudain incapable de penser à autre chose qu'à ses victimes. J'abaisse mon arme en direction de son entrejambe. Ce qui produit aussitôt l'effet escompté.

— Il y a une vingtaine de policiers et d'agents du FBI qui vont débarquer ici d'une seconde à l'autre, et nous avons des tireurs d'élite postés dans tous les immeubles alentour.

Il se tient droit dans leur ligne de mire.

— Faites un geste et vous êtes mort.

— Sale garce !

— Flynn, je tiens le suspect.

— O.K., Boucles d'Or, on est là dans une minute.

Je me dirige à reculons vers la porte d'entrée et la déverrouille, le regard et le revolver toujours braqués sur Boxley.

— Compris, Flynn, la porte est ouverte.

— Espèce de salope, vous êtes toutes les mêmes ! crache Boxley.

2.

Je sirote mon thé à la menthe, essayant d'en tirer un quelconque sentiment de réconfort. Mais j'aurais mieux fait de prendre mon cinquième café de la journée. Je repose ma tasse sur mon bureau, de manière à couvrir exactement l'auréole laissée par le café d'hier. Je ferais peut-être bien d'utiliser moi-même ce fameux produit Clean-a-way.

Mon bureau est plutôt petit, comme la plupart de ceux du département : environ neuf mètres carrés. Mais, bon, c'est tout de même mieux que de devoir partager un espace paysager. Le décor est austère : des murs blancs, des meubles gris, une moquette bleue pas trop défraîchie. Je viens de finir de tout ranger. Le grand tableau accroché au mur est d'une propreté éclatante et il ne reste que trois dossiers empilés sur le haut de mon classeur à quatre tiroirs. Sur ma table de travail, les amoncellements de papiers laissent même apercevoir quelques espaces dégagés. J'ai aussi soigneusement aligné en face du bureau les deux chaises destinées aux visiteurs. Pour finir, j'arrose la plante posée par terre dans un angle de la pièce, seule touche souriante dans ce cadre spartiate, et j'envisage de m'attaquer à la poussière.

Nul besoin de sortir de la pièce pour constater que l'immeuble est calme et partiellement plongé dans l'obscurité. Je jette un coup d'œil à ma montre. Il est 19 heures. Il faut que je rejoigne les autres. Lorsqu'ils sont partis, il y a une demi-heure, mon patron, Andy Rivers, a fortement insisté :

— Ce n'est pas le moment de classer le dossier, Anderson.

Vous ferez ça demain. Pour l'instant, nous allons fêter votre succès. Dieu sait que vous l'avez mérité !

— Je n'en ai que pour quelques minutes, lui ai-je promis.

Mais je me suis mise instinctivement à trier les pièces du dossier.

Je range les dernières notes manuscrites, les rapports et photos dans une chemise, et j'enferme le tout dans un carton, à l'intention du procureur qui en aura besoin pour préparer l'instruction. Je serai certainement appelée à la barre pour témoigner contre Boxley. Mes classeurs de documents finiront dans la salle des archives où se trouvent toutes les affaires élucidées. On ne les en sortira plus, tout comme Boxley ne sortira plus jamais de sa prison.

J'aime classer mes notes aussitôt qu'une affaire est close. C'est symbolique. J'essaie ainsi de l'effacer de ma mémoire, au moins jusqu'au procès.

Le dos tourné à la porte, je me penche au-dessus de mon bureau.

— Alors, comme ça…

La peur me fait sursauter, puis je me rends compte que la voix m'est familière. C'est l'agent Josh Marco.

— … tu as réussi. Bravo, Anderson !

— Marco, comment fais-tu pour te déplacer aussi silencieusement ?

Il est capable d'entrer dans une pièce sans faire le moindre bruit.

— C'est mon boulot. Et toi, qu'est-ce que tu attends pour venir nous rejoindre ?

— Je terminais la paperasserie : je voulais clore le dossier.

— Certes, je comprends que ce soit plus important que de prendre un verre avec tes collègues… Dis-moi, sérieusement, comment fais-tu pour parvenir à des profils aussi précis ?

— Oh, ça !

Je joue les modestes.

— C'est mon travail. D'ailleurs, toi aussi tu obtiens de très bons résultats.

— C'est vrai, mais... Je suis quand même impressionné par tes compétences. En fait, il se pourrait que tu sois la meilleure profileuse avec laquelle j'aie jamais travaillé.

Le feu me monte aux joues. J'adore mon métier, et l'idée d'être la meilleure n'est pas pour me déplaire. Hélas, j'en suis encore loin !

— Tu exagères, dis-je en fourrageant dans les papiers sur mon bureau.

Je ne suis encore qu'une nouvelle recrue dans ce service, et le compliment me met mal à l'aise.

— Nous arrivons tous à établir des profils exacts.

— Et c'est pour ça qu'on nous paie, ajoute Marco avec un sourire. Bon, tu viens, maintenant ?

— J'arrive dans une minute.

— Allez, ne te fais pas prier !

Je lance un dernier coup d'œil sur mon bureau. Pas mal ! Après tout, je pourrai toujours expédier les dossiers au procureur demain.

— D'accord, tout de suite, dis-je avec mon plus bel accent américain.

— Ce n'est pas encore ça ! déclare Marco en riant.

— Mais j'ai fait des progrès, non ?

— Mouais. Encore un an et tu y arriveras peut-être.

— J'aimerais t'y voir ! Les Américains sont nuls pour imiter l'accent australien.

— J'estime que je ne m'en sors pas trop mal, rétorque-t-il avec une prononciation australienne parfaite.

— Alors là, tu m'épates ! Et tu m'as caché ce talent !

— J'ai dû me faire passer pour un Australien une fois, au cours d'une mission secrète. Mais si je t'en dis plus, je serai obligé de te supprimer.

Appuyé au chambranle de la porte, il m'adresse un clin d'œil malicieux.

— Ce genre de réplique marche peut-être avec les filles que

tu dragues dans les bars, mais avec moi, ça ne prend pas, lui dis-je avec une petite moue suffisante et un papillonnement exagéré des cils.

— Je vois ça !

— Est-ce que, par hasard, je serais encore en train de t'exciter ?

— Oui, toujours, Boucles d'Or, répond-il avec un sourire. Toujours.

Les quelques pièces du puzzle Josh Marco que j'ai pu rassembler au cours de ces six derniers mois se résument à peu de choses. Je sais qu'il a commencé comme flic, qu'il a servi dans l'armée de l'air et qu'il a travaillé quelque temps comme agent de terrain au FBI avant d'intégrer le service. Je sais aussi qu'il est un bon agent.

— Allez, viens nous rejoindre avant que Rivers ne s'énerve ! dit Marco.

Rivers... Pour ce puzzle-là, les morceaux que j'ai recueillis sont encore plus épars.

— Tu m'as bien dit qu'il vivait seul, n'est-ce pas ?

— Oui, mais il paraît qu'il a été marié, répond Marco.

— Il est divorcé ?

— J'imagine. Ça arrive souvent dans ce service, dit-il en croisant les bras sur sa poitrine. En tout cas, personne n'a jamais rien découvert sur Rivers. Tu sais comment il est.

— Oui, en effet.

Pourtant, la psychologue en moi meurt d'envie d'en apprendre davantage.

Marco se redresse et, d'un geste de la tête, désigne la porte.

— Allons-y !

J'éteins mon ordinateur et glisse les cartons de documents sous mon bureau. L'affaire est close. Et avec un peu de chance, mon esprit aussi va pouvoir se fermer aux cauchemars.

— Il faut que j'aille verrouiller ma porte, annonce Marco.

Je le suis dans le dédale de couloirs qui mène à son bureau.

Les locaux du FBI à Quantico occupent une petite partie du vaste complexe qui abrite l'Académie du FBI, centre national de formation du Bureau. Le FBI dispose de cent cinquante cinq hectares, et le centre entier comprend trois dortoirs, une salle à manger, une bibliothèque, une salle de conférences, une chapelle, un gymnase, une vaste piste d'athlétisme, un circuit automobile réservé à la pratique de la conduite défensive, plusieurs stands de tir, sans oublier la fameuse Hogan's Alley : une ville entièrement reconstituée dans laquelle les agents peuvent se livrer à des exercices grandeur nature. Il y a aussi quelques services centralisés qui opèrent à partir de Quantico au lieu de dépendre du quartier général à Washington. Notre service, l'Unité d'analyse comportementale, fait partie de ces départements, au même titre que le Centre de recherche et de formation des sciences médico-légales.

L'UAC occupe le sous-sol du bâtiment et consiste en une série de corridors étroits et de minuscules bureaux dépourvus de fenêtres. J'ai mis longtemps à m'habituer à cet endroit.

Après avoir tourné à gauche pour la dixième fois au moins, nous atteignons le bureau de Marco. Tout dans cette pièce témoigne encore de l'affaire Henley, dont nous venons d'appréhender le suspect, et le décor m'empêche de savourer le plaisir d'avoir bouclé ce dossier. Les tableaux blancs sont couverts de notes, y compris de ma propre écriture désordonnée, et des photographies tapissent les murs. Toute une série de photos de cadavres de jeunes femmes prises sous tous les angles possibles. Il y a aussi la photo d'un couteau, ainsi que des clichés des lieux où ont été découverts les corps. Christine Henley a été la première jeune fille assassinée. Cela remonte à deux ans. Mais les choses ont vraiment commencé à chauffer il y a cinq mois, soit un mois après mon incorporation dans l'Unité. Le tueur a assassiné la fille du maire, ce qui a fait monter la pression. Certaines influences se sont exercées, et le rôle de consultant habituellement joué par le FBI dans ce genre d'affaire s'est transformé pour Marco et moi en une mission à plein temps sur le terrain. Il faut parfois recevoir une bonne gifle pour se décider à mobiliser toutes les ressources nécessaires. Surtout en ce moment où le Bureau accorde la priorité absolue à la lutte contre le terrorisme. Depuis le 11 septembre, les tueurs en série ne sont que du menu fretin.

Il a fallu trois meurtres après celui de la fille du maire pour épingler Boxley.

C'est toujours la dernière victime qui me tourmente le plus. Je ne peux m'empêcher de songer à elle. Aurions-nous pu coincer le tueur avant qu'il ne la tue ? Aurions-nous *dû* le débusquer avant ?

Je balaie la pièce du regard, me remémorant chaque meurtre, chaque étape de la traque. Marco m'observe.

— Je ne suis pas aussi organisé que toi, me fait-il remarquer.

Je souris. J'ai envie de lui expliquer que mes habitudes de classement n'ont rien à voir avec une personnalité ordonnée et méthodique. Mais il est capable de le comprendre par lui-même. D'ailleurs, il l'a sûrement déjà fait. Tandis qu'il regagne le seuil, je recule d'un pas dans le couloir. Il éteint la lumière, ferme la porte à clé. Nos corps se trouvent si proches l'un de l'autre que je ressens aussitôt cet embarras qui me saisit presque chaque fois que je suis en sa présence.

Il se tourne vers moi.

— Je classerai mes rapports demain. Allons-y !

Dès que nous sortons de l'immeuble, le vent froid de cette fin d'automne me frappe de plein fouet. Je serre les bras autour de ma poitrine et rentre la tête dans les épaules.

— Tu es sûre que tu es prête à affronter ton premier hiver américain ? me demande Marco d'un ton ironique.

Je frotte mes mains gantées l'une contre l'autre.

— C'est vrai qu'il fait rudement froid !

— L'hiver n'est même pas encore arrivé, tu sais ?

— Je crois qu'il ne fait jamais aussi glacial à Melbourne.

— Il n'y a pas vraiment d'hiver digne de ce nom en Australie, n'est-ce pas ?

— Bien sûr que si !

Comment peut-il être aussi ignorant ? Ça me dépasse !

— La température descend jusqu'à combien ?

— En Fahrenheit…

Je m'interromps, le temps de me livrer à un rapide calcul mental.

— Ça doit faire trente-cinq au minimum et cinquante cinq au maximum.

— C'est bien ce que je disais : il n'y a pas d'hiver.

Je lui donne une bourrade ; il fait semblant de perdre l'équilibre.

— Dépêchons-nous !

Je presse le pas, impatiente d'entrer dans ma voiture et d'allumer le chauffage.

Marco m'accompagne. Je monte à bord, tourne la clé de contact.

— On se retrouve là-bas ?

— Entendu, dit-il.

Tout en refermant ma portière, je lui fais un petit signe de la main.

Une fois sortie du parking, je franchis les portails de sécurité et prends la direction du centre-ville — si l'on peut appeler ça ainsi. La petite localité de Quantico a été construite principalement dans le but de fournir toutes sortes de services à la gigantesque base militaire du corps des Marines. La rue principale comprend une épicerie, une boulangerie, un cabinet immobilier, un cybercafé, deux cafés-restaurants, quelques bars et quatre coiffeurs pour hommes — à Quantico les coupes en brosse sont légion.

Après avoir testé tous les autres bars, le Bureau a fait du Club Victor son lieu de prédilection. Presque tous les soirs, l'endroit est plein à craquer d'agents fédéraux et d'officiers des Marines, plus une poignée de conjoints et de petit(e)s ami(e)s, pour faire bonne mesure. D'habitude, il y a aussi plusieurs experts de la police scientifique : les gars des Empreintes et autres labos. La seule différence entre le Club Victor et les bars ordinairement fréquentés par le FBI, c'est qu'ici, les Marines remplacent les officiers de police.

Les agents du FBI, qu'on voit souvent en train de siroter des boissons non alcoolisées, regardent avec une certaine envie les Marines. J'ai encore du mal à m'habituer aux consignes du Bureau à propos de l'alcool. Nous devons être « bons pour le service » à tout moment, ce qui veut dire pas plus de deux verres par soirée. Je suis certaine que nombre d'entre nous enfreignent le règlement dans l'intimité de leur foyer, mais en public, les militaires boivent comme des trous pendant que nous nous faisons traiter de dégonflés.

Ce soir, le Club Victor sera plein d'agents qui ne rechigneront pas à fêter avec nous le dénouement de l'affaire, sans compter les habitués de la base des Marines. Et bien sûr, il y aura notre patron, Rivers, et peut-être même le directeur du service, Jonathan Pike. Il se peut aussi que Flynn et quelques-uns des autres policiers qui habitent de ce côté-ci de Washington fassent le déplacement.

Une fois garée à l'angle de la rue où se trouve le bar, je reviens sur mes pas en courant. A mesure que l'enseigne clignotante se rapproche, je ralentis l'allure et c'est à longues foulées tranquilles que je couvre les derniers mètres jusqu'à la porte du bar située légèrement en contrebas du trottoir. Un coup de klaxon me fait lever la tête. Marco a trouvé une place pour se garer juste devant l'entrée. J'agite la main dans sa direction, puis j'entre dans le bar. La différence de température est telle qu'instantanément, une bouffée de chaleur m'envahit et me met le feu aux joues. Je me débarrasse de mon manteau, retire mes gants et mon écharpe. La chaleur générée par une quarantaine de corps entassés, ajoutée à celle du système de chauffage de l'immeuble, est étouffante.

La salle étroite et tout en longueur est bordée sur le côté gauche d'une dizaine de boxes et à droite par le comptoir. Une faible lumière éclaire chichement les murs lambrissés. Ce soir, le bar est comble. Des yeux, je cherche un visage familier parmi toute cette clientèle essentiellement masculine. Je repère notre groupe dans le fond.

La porte s'ouvre et Marco entre à son tour.

— Tu veux un verre ? propose-t-il en se faufilant derrière moi.

— Oui, je prendrai une…

— Becks.

— Tu as deviné !

Debout près du bar, j'observe les hommes qui m'entourent. Il y a des gars du labo, dont Marty, le colocataire de Marco. Il est à la tête de l'équipe des techniciens spécialisés dans l'analyse des empreintes digitales et des traces de sang : c'est l'un des meilleurs experts scientifiques du Bureau. Avec un sourire, il me fait signe d'approcher. Il est plutôt timide. Je lui rends son sourire, et c'est alors que, au-delà du petit groupe dont il fait partie, j'aperçois Sam Wright, la seule personne que j'aie vraiment envie de voir.

Comme à l'accoutumée, Sam est entourée d'un parterre d'hommes, littéralement fascinés par le moindre de ses gestes, la moindre de ses paroles. Je ne sais pas exactement ce que c'est, mais cette fille a quelque chose de spécial. Ses cheveux bruns ondulés, coupés en dégradé, lui tombent jusqu'au milieu du dos et, de temps en temps, elle plonge les doigts dans l'épaisseur de sa crinière pour la repousser en arrière. Ses pommettes saillantes et son menton volontaire modèlent les contours de son visage, et ses yeux d'un vert intense attirent l'attention de la plupart des gens. Mais ce qui fait sa particularité, c'est son sourire, large et spontané, un peu à la Julia Roberts.

Jouant des coudes, je me coule à travers une bande de Marines qui me lorgnent au passage. Rivers fonce droit vers moi et m'attrape par le bras juste au moment où je vais atteindre le groupe.

— La voilà ! s'exclame-t-il en levant bien haut son verre de bière et en m'adressant un signe de tête un brin paternel. Voici notre prodige australien !

Il faut dire que c'est moi qui ai découvert le schéma comportemental de Boxley, ce qui nous a permis de résoudre l'enquête.

Tout le monde lève son verre. Le sang me monte aux joues. Sam me lance un clin d'œil amusé auquel je réponds par une grimace. Je déteste me trouver sous les feux de la rampe. La plus grande partie du travail de profilage se fait dans les coulisses, même si la presse se donne un mal de chien pour en divulguer le maximum. Les journalistes adorent discuter d'une affaire avec un profileur. Pour ma part, je les évite autant que possible, et lorsqu'un dossier est clos, j'attire leur attention sur les flics locaux, ceux qui sont d'habitude chargés d'enfoncer les portes et de procéder aux arrestations.

Marco me rejoint. Il m'apporte ma bière et trinque bruyamment avec moi.

— Santé ! s'exclame-t-il.

— Et voici le Rocher ! ajoute Rivers. A la vôtre, Marco !

Je n'ai toujours pas bien compris pourquoi on le surnomme le Rocher.

— Santé !

Je trinque à mon tour avant de boire à même la bouteille. C'est bien connu, la bière a meilleur goût directement au goulot.

Après avoir porté un toast, les autres agents retournent à leurs conversations. J'aime bien voir Rivers dans cet état d'esprit, même si ça ne dure qu'une heure ou deux. Chaque fois qu'un tueur est appréhendé grâce à l'un des profils élaborés par notre Unité, il se métamorphose, se laissant aller quelques instants avant que son personnage autoritaire et parfaitement maître de soi ne reprenne le dessus.

Marco disparaît bientôt dans la foule, me laissant seule avec Rivers.

— Alors, comment avez-vous fait ? me demande le patron.

— Quoi ?

— Vous savez parfaitement de quoi je parle. Vos profils

sont excellents. Et même exceptionnels. C'est pour ça que nous vous avons recrutée. Vous êtes faite pour ce métier.

Il marque une pause, puis reprend :

— Je l'ai su dès l'instant où je vous ai vue.

Avec un éclat de rire, je réplique :

— Vous ne m'aviez même pas remarquée.

— C'est vrai, au début vous n'étiez qu'un visage parmi une multitude d'autres. Mais j'ai noté les questions que vous avez posées.

Rivers évoque les cours de profilage auxquels j'ai assisté. La police du Victoria m'avait envoyée pour participer au programme international de formation de l'Académie du FBI, un cours qui durait six semaines et qui avait lieu à Quantico. L'une des principales matières était le profilage, un domaine dans lequel mon chef voulait que je me perfectionne. Je crois qu'il ne lui était jamais venu à l'idée qu'à cause de cela, je finirais par quitter la police. D'ailleurs, j'en éprouve toujours des remords.

Rivers m'a prise à part après le cours et m'a posé quelques questions. Dès qu'il a su que je possédais la double nationalité, il m'a offert un poste.

— Vous avez quelque chose de différent, me répète-t-il.

Je suis parcourue d'un léger frisson. Le problème, c'est que je sais vaguement de quoi il parle. Je ressens moi-même cette différence, par moments. Mais je ne sais pas comment la définir.

— C'est…

Il n'a pas le temps d'achever sa phrase. Sam l'interrompt.

— Laisse-moi deviner. Tu as classé le dossier ? me demande-t-elle en se rapprochant pour pouvoir me parler sur le ton de la confidence.

— Oui, les cartons sont prêts à partir.

Je remarque avec amusement que plusieurs hommes se sont retournés pour regarder Sam d'un regard déçu. Tant pis pour eux ! Elle ne mélangera jamais travail et plaisir, j'en suis certaine.

— Etiez-vous en train de lui prodiguer des paroles d'encouragement, patron ? demande-t-elle à Rivers.

— En quelque sorte.

Il me sourit. De petites rides se forment autour de sa bouche. Avec sa peau sombre et lisse, il pourrait presque passer pour un homme d'une trentaine d'années. N'empêche qu'il doit avoir dans les quarante-cinq ans. Comme beaucoup d'Afro-Américains, il porte bien son âge, et les fils d'argent sur ses tempes lui confèrent même une certaine distinction.

— Qu'est-ce qui a bien pu t'arracher à ton classement ? me demande Sam d'un air amusé.

— C'est Marco. Il a insisté.

Sam me jette un regard de conspirateur. Elle me connaît sur le bout des doigts. En fait, jusqu'à présent, elle est la seule que je qualifierais de véritable amie, en dehors de Marco. Car ce n'est pas une mince affaire que de déménager dans un pays étranger, et rien ne saurait remplacer dix ans d'amitié, de passé commun. Mais avec Sam, ça a fait tilt dès notre première rencontre. Il faut bien que l'histoire commence à un moment donné.

— Eh bien, mesdames, je m'en vais ! annonce Rivers.

— Oh non ! Restez encore un peu avec nous, monsieur !

Pourquoi diable ai-je dit ça ? Je ne l'ai jamais vu s'attarder lors de nos soirées. Il se contente de boire une ou deux bières, puis il rentre chez lui.

— Pardonnez-moi, dit-il.

C'est un homme qui travaille dur, sans jamais compter son temps.

— Passez une bonne soirée, conclut-il, mais n'oubliez pas que nous avons une réunion demain à 8 heures !

Sam et moi échangeons un regard et répondons en chœur :

— Oui, chef !

Rivers s'approche de moi.

— Cette fille exerce une très mauvaise influence sur vous, dit-il sans baisser la voix, en pointant Sam du doigt.

— Qui, moi ? rétorque Sam avec un clin d'œil dans ma direction.

Rivers lève la main pour saluer la compagnie.

— Bonne nuit, tout le monde ! crie-t-il par-dessus son épaule avant de disparaître en direction de la porte.

Les admirateurs de Sam s'empressent de nous rejoindre, et je la regarde charmer son auditoire.

Un soir, il y a de cela un mois, elle a réussi à me convaincre de sortir en boîte déguisée comme elle en pom-pom girl. Nous avons raconté que nous venions du Texas pour passer des auditions — d'ailleurs, Sam est réellement originaire de là-bas —, et je me suis donné un mal fou pour imiter l'accent texan. Les hommes grouillaient autour de nous, persuadés d'être tombés sur des proies faciles. Pendant deux heures, je me suis gardée de les détromper, jusqu'à ce que l'un d'eux aperçoive mon revolver dans mon sac à main. Tout à coup, nous n'étions plus à leurs yeux des « filles légères », et ils se sont tous envolés, pour aller tenter leur chance ailleurs.

Mon revolver fait peur à beaucoup d'hommes. Et bien sûr, le fait que je l'emporte partout avec moi n'arrange rien. Je suis peut-être parano, mais on ne sait jamais quand on va en avoir besoin…

Sam raconte une histoire à son public d'adorateurs, mais je ne l'écoute que d'une oreille distraite. Ce soir, je n'ai pas le cœur à m'amuser. Je pense aux victimes de Boxley. Difficile de faire la fête, avec Christine Henley et toutes les autres qui me fixent de leurs yeux grands ouverts, remplis de terreur. Je lis tellement de choses dans le regard d'une victime !

La voix de Marco m'arrache à mes ruminations.

— Tu penses à l'Australie ?

— Non, je…

Je marque un temps d'arrêt.

— Tu crois qu'on aurait dû…

— On l'a eu, Sophie. C'est tout ce qui compte. Tu ne dois penser à rien d'autre.

— Oui, tu as raison.

Tous mes collègues semblent réussir parfaitement à écarter l'horreur de leur vie quotidienne. Pas moi. Ou peut-être sont-ils plus doués que moi pour faire semblant. L'UAC détient l'un des taux d'épuisement professionnel les plus élevés du FBI. On a vite fait de s'aventurer trop loin dans la tête d'un tueur et de se laisser absorber par son esprit.

Quelques heures plus tard, Marco et moi sortons du bar enfumé. J'aspire une grande bouffée d'air frais. Quel dommage qu'il soit si tard !

Sans un mot, Marco m'accompagne jusqu'à ma voiture. Mais son silence n'a rien de lourd ni d'embarrassant. Au contraire, sa présence me réconforte. Je lui souhaite une bonne nuit, m'engouffre dans mon véhicule et m'engage bientôt sur la I-75 en direction d'Alexandria. C'est là que j'habite, entre le quartier général de notre unité à Quantico et Washington.

Arrivée dans mon appartement, je laisse tomber mon sac et mes clés sur la console de l'entrée.

— Chéri, je suis là !

Silence.

En prenant ce travail, j'ai accepté de quitter Matt, mon petit ami depuis sept ans, mes parents et tous mes proches. Mais comment aurais-je pu laisser passer l'occasion de travailler au FBI ? Une occasion en or. J'en rêvais depuis… disons, depuis aussi loin que je me souvienne. Je suppose que c'est ce qui arrive quand on grandit avec *Charlie et ses drôles de dames*, James Bond et les *X-files*. N'empêche que c'est dur de rentrer dans une maison vide, quand les gens que l'on aime sont à l'autre bout du monde.

Je jette un coup d'œil aux deux pendules accrochées au mur, que j'ai étiquetées *Washington* et *Melbourne*. Il est à peine plus de minuit ici, ce qui fait 14 heures à Melbourne. L'espace d'un instant, j'envisage de téléphoner chez moi. Mais à quoi bon ? Je suis trop fatiguée pour soutenir une conversation un tant soit peu intelligente.

Avant de me coucher, j'accomplis mon petit rituel nocturne. On n'est jamais tout à fait en sécurité, et surtout pas chez soi. Les tueurs guettent le moment où l'on cesse de se méfier, et c'est quand on se croit bien à l'abri que l'on relâche sa vigilance.

Arme au poing, j'effectue une inspection en règle de mon appartement, en commençant par ma minuscule cuisine. Cela dit, il est déjà difficile d'y préparer un repas, alors trouver un endroit où se cacher, ça relèverait du tour de magie… N'empêche que je vérifie quand même.

Puis je passe au séjour, un large espace ouvert dans lequel j'ai réussi à caser deux canapés, une table basse et une chaîne stéréo, plus, dans un coin, une petite table avec quatre chaises. Quelques plantes en pot égayent la pièce, et quatre photos encadrées, en noir et blanc, lui donnent une touche d'intimité. Tous les clichés représentent Melbourne : un tramway, Luna Park, la gare de Flinders Street et une statue dans Swanston Street. Malgré un léger excès de meubles, l'endroit est spacieux. J'examine la pièce, puis me dirige vers le placard situé dans le couloir, l'une des seules bonnes cachettes possibles dans tout l'appartement.

Une fois rassurée à propos du placard, je longe le couloir vers la salle de bains et ma chambre. La salle de bains d'abord. De larges carreaux de faïence blancs recouvrent le sol et les murs jusqu'à mi-hauteur. Le grand lavabo de verre dépoli confère une certaine originalité à une pièce des plus banale.

Après avoir regardé derrière le rideau de douche, je vais terminer ma tournée dans la chambre, au bout du couloir. Avec son sommier à lattes de bois sombre, ses tables de chevet et sa coiffeuse assortis, son petit bouddha posé dans un coin et son paravent, la pièce baigne dans une ambiance japonaise. Je scrute l'espace sous le lit et l'intérieur de l'armoire encastrée.

Satisfaite de me savoir seule, je regagne le séjour, vérifie la fermeture de la porte d'entrée et des fenêtres, puis glisse un CD de Sarah Vaughan dans le lecteur. Je n'ai plus qu'à fermer les rideaux, dernier épisode de ma routine quotidienne.

Je m'écroule enfin sur mon lit avec délice. J'aimerais pouvoir m'endormir immédiatement, mais je sais d'expérience que je dois d'abord lire un peu afin de barrer la route à mes cauchemars. Pour ça, rien ne vaut un bon roman qui invite à l'évasion. Je m'absorbe alors complètement dans l'univers imaginaire du récit, tâchant d'oublier mon monde quotidien fait de violence et peuplé de cadavres. Je faisais déjà des cauchemars en Australie quand une affaire me tarabustait, mais depuis que je m'occupe de profilage ici, les mauvais rêves se sont intensifiés. Je ne sais pas pourquoi.

Ce soir, je me plonge dans la lecture de *The Dark Moon* de Julia Gray, et m'abandonne à *the Empire of the Floating Islands*[1].

A 4 heures du matin, je me réveille en sursaut, le mollet gauche pris dans l'étau d'une crampe soudaine. Dans une tentative pour soulager la douleur, je saisis ma jambe à deux mains. Mais rien à faire ! Il ne me reste plus qu'à attendre que ça passe. Au moment où je m'étire pour essayer d'atténuer la contraction musculaire, le vague souvenir d'un cauchemar me revient à la mémoire...

Une jeune fille nue est allongée par terre. Ses yeux sont ouverts, sa tête tournée sur le côté. Je crois qu'elle me regarde, mais elle est morte. Son corps est froid et immobile. Soudain, l'image foudroyante d'un symbole passe devant mes yeux, puis je vois de nouveau la victime. Sur le haut de sa cuisse, il y a un tatouage.

Puis une autre jeune fille, une rousse, marche vers sa voiture. Nous sommes dans un parking désert. Dans mon rétroviseur extérieur, je la regarde s'avancer dans ma direction. Mais je ne suis pas moi. Je l'observe avec les yeux de quelqu'un d'autre. Et dans cet autre, je sens bouillonner le désir de tuer.

Je me mets à courir. Je cours comme si ma vie en dépendait.

1. Note de l'éditeur : *The Dark Moon* est le premier roman d'un cycle de littérature *fantasy* intitulé *The Guardian Cycle*.

J'aime faire plus ample connaissance avec mes femmes. Je trouve ça important. C'est le problème de notre société actuelle. Tout le monde est pressé. Pourtant, ça ne sert à rien de courir. La vie dure... eh bien, disons qu'elle dure toute une vie. Alors, à quoi bon se dépêcher d'arriver à la fin de la journée et hâter ainsi le processus ? Surtout qu'il pourrait bien s'agir du dernier jour de votre vie, qui sait ?

Les gens n'aiment pas attendre, même dans leurs relations sexuelles. Ils se jettent la tête la première dans une liaison. Ils vont beaucoup trop vite. Mais pas moi. Il faut que la fille soit exceptionnelle, et ça prend du temps pour m'assurer qu'elle en vaut la peine. J'aime respirer son odeur, sa peau. Je sais quel parfum elle porte, quel shampoing et quelle marque de maquillage elle utilise. Je m'imprègne de tous ces détails.

Parfois même, je lui parle. Mais généralement, je commence par l'observer de loin, jusqu'au moment propice. Quel genre de personne est-elle ? Toujours pressée et agacée, ou bien aimable et courtoise ? Sourit-elle souvent ? Est-elle digne de mon amour hors du commun ? Peu d'entre elles le sont, en fin de compte. Et pourtant je fais des efforts. Et je continuerai de chercher jusqu'à ce que je la trouve, celle qui saura vraiment m'apprécier.

Quand je la verrai, je sourirai avec ravissement, heureux à l'idée que bientôt elle m'appartiendra. Elle sera toute à moi. Je pourrai la toucher, la tenir dans mes bras. Je pourrai l'aimer.

3.

A 6 heures du matin, mon réveil sonne. Luttant contre la fatigue, je balance mes jambes sur un côté du lit et je me redresse péniblement. Je me suis réveillée à 4 heures, je m'en souviens, et il me reste le souvenir d'une sorte de cauchemar. Mais les deux heures de sommeil qui ont suivi ont recouvert ma mémoire d'un voile épais. Quelqu'un a été tué, je me le rappelle, mais, naturellement, c'est de cela qu'il s'agit dans la plupart de mes cauchemars — il est toujours question de meurtre.

Je coupe deux carottes en rondelles, puis je pèle deux oranges. Le vacarme assourdissant du mixeur couvre le bruit de la télévision des voisins, et en deux minutes, j'obtiens un joli mélange orange vif, bien épais, que je verse dans un verre. Je sors du réfrigérateur un grand Tupperware duquel je prélève un peu de salade de fruits, et je m'installe à table pour lire le *Washington Post.* Tout en mangeant, je parcours les nouvelles en diagonale.

Un quart d'heure plus tard, je pousse le canapé dans un coin de la pièce et déroule mon tapis de Pilates. Ma séance quotidienne enregistrée sur DVD dure trente minutes et consiste essentiellement en exercices pour les abdominaux, les cuisses et les fessiers. Je remarque avec un sentiment de triomphe que je suis de plus en plus souple. A la fin de la séance, je suis en nage mais heureuse d'avoir démarré la journée par une saine activité physique. Peut-être que ce bon départ, avec l'aide de quelques cafés, compensera le manque de sommeil.

*
* *

Il est 7 h 59 lorsque j'arrive en titubant au quartier général, une tasse de café à la main. J'ouvre mon bureau, laisse tomber mon sac et attrape mon carnet de notes ainsi que les dossiers posés sur le dessus de la pile dans ma corbeille « à faire ». Parmi la quarantaine de dossiers en attente, j'ai identifié une dizaine d'urgences absolues. Il est certes indispensable d'établir une liste des priorités, mais chaque affaire reléguée au bas de la liste peut signifier la perte d'une vie. C'est une responsabilité écrasante, qui explique en partie le taux exceptionnellement élevé d'épuisement professionnel dans l'Unité... et le fort pourcentage de divorces.

Certains dossiers attendent sur mon bureau depuis des semaines. Nous ne sommes pas autorisés à les emporter chez nous, mais il nous arrive de le faire, malgré tout, quand l'enjeu est considérable.

Avec des claquements de talons, je me hâte à travers les couloirs en direction de la salle de réunion numéro 2, située au milieu du bâtiment. J'entre en coup de vent et m'installe à côté de Sam. Je ne suis pas la dernière, pas tout à fait. Toujours est-il que Rivers s'apprête déjà à ouvrir la séance. Il me jette un regard que je ne parviens pas à déchiffrer. Il retire ses lunettes et démarre :

— Depuis notre réunion de la semaine dernière, deux affaires ont été classées. Félicitations aux agents Anderson et Marco pour leur travail sur le dossier Henley.

Il observe un silence, puis enchaîne :

— L'affaire « Folie nocturne », pour laquelle l'agent Hammerston a établi un profil psychologique il y a deux mois, a également été résolue. Ce week-end, la police de Los Angeles a appréhendé un suspect, lequel est passé aux aveux.

Il se tourne vers moi.

— A vous l'honneur, Anderson.

Il remet ses lunettes et attend, le stylo en l'air.

Je commence mon topo :

— J'ai sélectionné dix affaires pour les deux semaines à venir. Deux des tueurs semblent en être à leur premier meurtre, mais ils vont certainement récidiver. Il faut sans tarder les mettre hors d'état de nuire.

Autour de la table, des têtes remuent en signe d'approbation. Les meurtriers qui tuent pour la première fois commettent souvent des erreurs, et mieux vaut les arrêter le plus tôt possible avant qu'ils ne peaufinent leur technique pour brouiller les pistes.

— Les huit autres sont des cas à plus long terme, mais quelques-unes de ces affaires sont vraiment moches. Par exemple, celle du « Siffleur » au Canada. Le criminel est en train de passer à la vitesse grand V.

Rivers griffonne quelque chose dans son calepin et, la tête toujours baissée, il fait remarquer :

— La presse adore cette histoire, même si elle se passe au Canada.

— En effet, c'est une affaire très épineuse.

Je balaie la pièce d'un regard circulaire, consciente de devoir soutenir le rythme.

— Il faut aussi que j'assure le suivi des profils que j'ai établis avant l'affaire Henley.

Rivers met fin à son gribouillage, lève les yeux et hoche la tête.

Nous poursuivons le tour de table. Chaque profileur récapitule les dossiers sur lesquels il travaille. Je sirote mon double expresso avec l'espoir que la caféine ne tarde pas trop à agir. Cependant, toute concentration semble impossible… Comme il serait agréable d'être allongée sur une plage ! Je ferme les yeux, essayant d'imaginer le sable brûlant sur ma peau. Mais, sans crier gare, cette vision reposante est brutalement remplacée par le cadavre dénudé d'une jeune fille. Le rêve envahit ma conscience. J'ouvre brusquement les yeux. L'image du corps sans vie s'évanouit.

Reportant mon attention sur la réunion, je m'aperçois avec

horreur que Sam termine son tour d'horizon des dossiers en cours. Tous les participants ont-ils pris la parole ?

— Eh bien, conclut Rivers, on dirait que vous avez du pain sur la planche. Enfin, ce n'est pas nouveau ! Malheureusement, j'ai peur que nous ne soyons obligés de redistribuer quelques dossiers. Pike vous expliquera.

Notre patron ne peut dissimuler une pointe d'agacement.

— Il sera là d'un instant à l'autre. En attendant, j'ai trois nouvelles affaires à vous soumettre. Il y a un tueur d'enfants au Texas, un étrangleur en cavale à Boston…

Une vague de rires sinistres remplit la salle.

— Je ne plaisante pas ! déclare Rivers. Et en plus, la police française nous demande d'établir le profil d'un gang de braqueurs de banques.

Rivers baisse les yeux sur son calepin.

— James…

Peter James arrête de tambouriner sur son carnet avec son stylo, et lève les yeux.

— … vous prendrez l'étrangleur. Tuldoon, vous vous chargez du Texas…

Jim Tuldoon, toujours extrêmement pointilleux en matière de paperasserie, écrit dans son carnet comme un forcené. Que peut-il bien noter à cette étape de l'enquête, à part « tueur au Texas » ?

— … Quant à vous, Wright, vous héritez des vols à main armée.

Sam relève la tête, cligne des yeux et fait claquer sa langue. Il n'y a qu'elle pour se permettre ce genre de chose devant le patron.

Rivers ébauche un sourire avant de poursuivre :

— Rien d'extraordinaire jusque-là. Aussi…

Il est interrompu par l'arrivée du directeur de l'Unité, Jonathan Pike. Celui-ci, dans son réglementaire costume sombre bien coupé qui fait ressortir ses pellicules, hésite sur le pas de la porte.

— Désolé, Andy. Vous vouliez terminer ?

— Non, non, j'avais fini.

Rivers a prononcé les paroles qui convenaient en la circonstance. Pourtant, son ton laisse entendre quelque chose d'entièrement différent. Curieux ! Je n'avais encore jamais remarqué la moindre hostilité entre eux.

Pike prend la parole.

— Tout d'abord, je tiens à féliciter les agents Marco et Anderson pour leur travail sur l'affaire Henley, commence-t-il en tendant avec raideur le bras vers nous. Comme vous le savez, c'était devenu notre priorité, et je suis heureux que nous nous soyons une fois de plus montrés à la hauteur vis-à-vis des politiques. Je vous remercie donc tous les deux pour tout le temps que vous y avez consacré.

Il marque une pause, ramène son bras droit vers lui et, l'espace d'un instant, donne l'impression de vouloir nous applaudir. Mais finalement, il laisse retomber son bras.

— Maintenant, j'ai d'autres nouvelles qui, je le crains, ne vont pas vous plaire.

La salle est parcourue d'un grognement collectif. J'en étais sûre ! Pas étonnant que Rivers ait l'air contrarié !

— Oui, j'en ai bien peur. C'est au tour de Hunter, cette fois. Il est affecté à l'Unité du contre-terrorisme. Je sais que ça devient dur pour nous ici, et je fais tout ce qui est en mon pouvoir pour garder autant d'hommes que possible. Mais nous ne pouvons pas nous permettre un autre 11 septembre. Mueller, notre directeur, se doit de répondre aux attentes de l'opinion publique.

Il regarde son auditoire, lequel est loin de se montrer convaincu.

— Soyez assurés qu'il apprécie vraiment le travail que nous effectuons ici. Je regrette, je sais que vous êtes déjà surchargés, mais il n'y a rien que je puisse, ou que nous puissions, faire. A vous, Andy.

Sur ces mots, Pike rend la parole à Rivers et quitte la réunion.

L'Unité comptait vingt personnes avant les événements du 11 septembre. Nous ne sommes plus que douze, à présent. Onze, une fois que Hunter sera parti.

— Certains d'entre vous sont-ils tentés de reprendre l'un ou l'autre des dossiers dont Hunter s'occupait ? demande Rivers, les yeux fixés sur nous.

— Je veux bien me charger des meurtres religieux dans l'Arkansas, annonce James, qui s'est remis à taper furieusement sur son carnet avec son stylo.

Cet homme boit trop de café, c'est évident. Cela dit, je suis mal placée pour le juger sur ce point !

— Je prends le kidnapping à Rhode Island, ajoute Hammerston.

Le récapitulatif des dossiers de Hunter m'a échappé. J'aurais dû faire plus attention. Tandis que mes collègues indiquent chacun à leur tour leurs préférences, j'essaie de me rappeler au moins l'un des dossiers prioritaires. Mais mon esprit amorphe refuse de réagir. Je finis par déclarer :

— J'accepte l'affaire de Washington.

Je n'ai aucun souvenir de cette affaire, mais je sais que Hunter travaillait sur un dossier en rapport avec la capitale. Un tueur en série, exactement mon style, et seulement deux meurtres signalés pour l'instant… enfin, je crois. C'est du moins ce que j'ai retenu de la réunion de la semaine dernière.

Tous les yeux se tournent vers moi. Une chape de plomb s'abat sur la pièce. J'ai dû dire une bêtise.

— Quoi ?

Sam rompt le silence d'un rire enjoué, détournant de ma petite personne les regards impatientés.

— Je viens juste de la demander, mon chou !

Comme il se doit, je me sens tout à fait stupide.

— Oh…

— Tu la veux ? propose Sam.

— Non, non, je vais prendre…

Et là, je m'arrête car je suis absolument incapable de me rappeler les autres dossiers de Hunter.

Une fois de plus, Sam me vient en aide.

— Pourquoi tu ne reprendrais pas le dossier australien ? Ça te rappellerait ton pays.

Comment ai-je pu oublier que Hunter travaillait sur un profil pour la police d'Australie ?

— Bonne idée !

— Parfait. Que reste-t-il ? demande Rivers en consultant ses notes. Il y a le violeur de Miami. Marco, vous prendrez celui-là. Et encore le réseau international d'escroquerie à la carte de crédit.

Regardant par-dessus ses lunettes, il promène les yeux autour de la pièce.

— En fait, Hunter, vous pouvez terminer ce profil et le passer ensuite à Wright pour qu'elle s'occupe du suivi. Et puis, il y a aussi les crimes de haine en Pennsylvanie… Silvers, vous vous en chargez. Hunter, je veux une liste de vos autres dossiers et vos suggestions d'affectation avant la fin de la journée.

— Pas de problème, monsieur.

— Bon, c'est tout. Il n'y a plus qu'à se remettre au travail. Je viendrai vous voir tous individuellement pour discuter des dossiers de Hunter.

Sam et moi sommes déjà debout, prêtes à partir, quand Rivers reprend :

— Oh, j'oubliais : nous allons fêter le départ de Hunter vendredi soir.

Nous sommes les premières à quitter la salle.

— A quelle heure es-tu rentrée hier soir ? murmure Sam.

— Je suis partie environ une demi-heure après toi.

— Tu as l'air épuisée, mon chou.

— Merci, c'est gentil !

— Tu sais bien ce que je veux dire.

— Le fait est que je n'ai pas beaucoup dormi.

Le souvenir du rêve me revient, les scènes se rejouent dans ma tête avec davantage d'acuité. Je revois la jeune fille morte, avec son tatouage : une espèce de symbole celtique peut-être. Et la femme qui marche seule dans le parking... Ensuite, je m'enfuis.

Je chasse le cauchemar de mes pensées. Après tout, je rêve souvent de mort et de traque. Les risques du métier, je suppose.

Sam me ramène dans le monde des vivants.

— Pas dormi ? Et pourquoi donc ? questionne-t-elle, l'air espiègle.

— Pour rien.

Je sais très bien à quoi elle fait allusion, aussi je préfère prendre les devants.

— C'est strictement professionnel entre Marco et moi, dis-je en m'assurant que personne d'autre ne se trouve à portée de voix.

— Pour l'instant, peut-être. Mais il sait s'y prendre avec les femmes.

— Raison de plus pour garder mes distances !

— Il n'a pas encore trouvé celle qu'il lui faut. Quelqu'un comme toi, par exemple.

— Et Matt ?

— Quoi, *Matt* ?

— Ce ne serait pas juste.

— Mais, ma chérie, tu m'as dit que c'était fini entre vous.

— Oui, c'est vrai. Nous sommes tombés d'accord pour reconnaître qu'il était impossible d'entretenir une liaison à distance. Donc, c'est bel et bien terminé.

— Alors, il est temps que tu réagisses. Ça fait déjà sept mois que tu as laissé Matt en Australie. A ce rythme-là, tu seras bientôt bonne pour entrer au couvent.

Le célibat commence à me peser, je l'avoue.

Sam ne lâche pas prise.

— Tu es belle, intelligente et libre. Tu peux avoir qui tu veux.

Pourtant ce n'est pas si simple. Sam, elle, est capable de

séduire n'importe qui. Et je dis bien *n'importe qui*. Mais moi ? Du reste, comment fait-on pour effacer sept années de sa vie ?

Avec un sourire, je change de sujet.

— A ton avis, Hunter, il est content ou furax ?

— On s'attend tous plus ou moins à être muté en ce moment. On ne sait jamais qui sera le prochain.

— Ils ne vont pas le remplacer, je suppose ?

— Je l'ignore. En tout cas, ça va devenir délirant, ici.

— Ça l'est déjà.

— On n'a encore rien vu !

Honteuse, je me mords les lèvres. Rivers m'a placée sur un piédestal alors que je ne le mérite pas. Certes, il m'arrive de découvrir une ou deux choses qui échappent aux autres profileurs, mais je mets beaucoup plus de temps qu'eux.

Nous arrivons devant mon bureau. J'ouvre la porte. Sam continue son chemin, puis s'arrête et se retourne.

— Il se peut que je te demande ton avis sur l'affaire de Washington. Ce soir, après le travail ?

— Pas de problème.

Difficile de refuser, même si je croule déjà sous les dossiers. Et puis, il s'agit de Sam. Je ferais n'importe quoi pour elle. Elle m'adresse un petit signe de la main et disparaît à l'angle du corridor.

Je me mets à feuilleter les documents qui se trouvent sur mon bureau, à la recherche de la jeune fille qui hante mon esprit. J'ai dû la voir quelque part, mais où ? Quinze minutes plus tard, je renonce. J'ai parcouru tous mes dossiers, et maintenant le bureau que je m'étais donné tant de mal à ranger ressemble de nouveau à un capharnaüm. Je pose le classeur de Hunter sur l'Australie en haut de la pile. Même si je ne suis jamais allée dans la région concernée, ça me rappellera la maison. Ces sept derniers mois ont passé très vite. N'empêche que l'Australie me manque toujours.

*
* *

Au bout de quelques heures, et après un déjeuner pris sur le pouce, j'appuie sur la touche « envoi » pour expédier un courriel à l'inspecteur Peter O'Leary, le flic des Homicides chargé de l'affaire de l'Australie. Et d'un ! Il ne m'en reste plus que quarante. Je déplace le dossier de la corbeille « à faire » vers celle « à suivre ». Je donne à O'Leary quatre semaines avant de le recontacter pour voir s'il y a eu d'autres meurtres ou de quelconques changements. J'imprime un exemplaire du profil que je range dans la chemise. Avec ça, O'Leary devrait trouver quelque chose à se mettre sous la dent.

Il me reste une heure et demie avant de retrouver Sam au gymnase. J'annule le transfert d'appels de mon téléphone et écoute mes messages. Rien qui ne puisse attendre demain. Je vais pouvoir m'occuper des affaires en cours. J'examine quelques-uns des crimes pour lesquels j'ai établi des profils avant de tout laisser tomber pour me consacrer au cas Henley, puis je passe les quatre-vingt-dix minutes suivantes à m'entretenir avec les policiers concernés des éléments nouveaux intervenus dans les enquêtes. A l'issue de chaque appel, je mets à jour le dossier en question. Deux affaires ayant été résolues, je demande aux policiers de m'envoyer des rapports de façon à pouvoir clore les dossiers.

Il est pile 18 h 30 quand je pénètre dans les vestiaires du gymnase. Au moment où je lace mes baskets, Sam fait son entrée. Elle a l'air tendue.

— Tu as eu une dure journée ?

— C'est un euphémisme ! me répond-elle en roulant les yeux.

— Que se passe-t-il ?

— L'affaire de Washington. Il y a quelque chose qui cloche là-dedans.

— On devait en parler pendant le dîner, tu te souviens ? Pour l'instant, place au corps !

— Marché conclu ! Je te rejoins dans une minute.

Avec une vingtaine d'hommes et seulement deux autres femmes, la salle de sport bourdonne d'activité. L'une des femmes est le Dr Amanda Rosen, la psychologue du département. Sam et moi nous entraînons souvent avec elle, et de temps à autre, elle se joint à nous quand nous sortons suffisamment tôt du gymnase pour aller au cinéma ou manger un morceau en ville. Je suis certaine qu'elle nous fréquenterait davantage si elle n'était pas chargée d'établir notre évaluation psychologique deux fois par an.

L'autre femme fait partie de la police scientifique, mais je n'ai encore jamais travaillé avec elle et je ne connais même pas son nom. Il faudra que je demande à Marty de nous présenter.

En m'apercevant, Amanda m'adresse un sourire. Je lui souris en retour.

Au travail ! Je commence par me livrer à quelques exercices d'étirement, puis je saute sur le tapis de course. Le mouvement rythmique et le martèlement de mes pieds m'envahissent et balaient de mon esprit tous les soucis de la journée.

Avant, j'étais plutôt attiré par le genre de filles qu'il ne fallait pas. Je choisissais des idiotes en m'imaginant qu'avec elles, ce serait plus facile. Ce qui est vrai, bien sûr. Mais au fil des années, j'ai perfectionné mon art et ma technique, et j'ai grimpé les échelons de la société. A présent, je les préfère intelligentes. Il m'arrive même parfois d'envisager de m'attaquer à des femmes sophistiquées... celles qui vivent dans le luxe, avec des vêtements de haute couture et des revenus à six chiffres. Celles qui se croient invulnérables. Mais c'est ce qu'il y a de bien avec mon métier : personne n'est invulnérable. Je peux avoir qui je veux. Et parfois, je me contente de savourer mon pouvoir. Je choisis la proie la plus difficile et je regarde les flics tourner en rond. Quelle bande d'imbéciles ! C'est en partie pour ça que je suis venu m'installer ici. Pour le défi que ça représente. J'opère juste sous leur nez. Qu'est-ce qu'ils pensent de moi ? Je me le demande.

J'en ai assez de passer pour un type ordinaire à qui l'on n'accorde jamais aucune reconnaissance. Si seulement ils savaient combien je suis malin, ce dont je suis vraiment capable... alors, peut-être qu'ils me remarqueraient.

J'ai choisi la prochaine, celle qui a quelque chose de spécial. A ses yeux, je ne suis qu'un individu parmi les millions qui habitent cette ville. Mais bientôt, elle me connaîtra. Bientôt, ils me connaîtront tous.

4.

Pendant que j'ouvre la bouteille de vin prélevée sur ma modeste cave, Sam sort la pizza de sa boîte. Nous avons opté pour une *marinara* avec croûte fine et double portion de fromage.

Après avoir mordu dans sa part à pleines dents, Sam déclare, la bouche pleine :

— Nom d'un petit bonhomme ! Ça, c'est de la pizza !

— Heureusement que nous avons terminé notre séance de gym ! lui dis-je en engloutissant à mon tour une bouchée.

Je tends à Sam un verre de vin, et lève le mien.

— A la nôtre !

— A quoi buvons-nous ?

— Je ne sais pas. A notre amitié ?

— D'accord. Ça me va.

Nous trinquons et avalons chacune une petite gorgée.

— Mmm ! Il est bon !

— C'est un Shiraz australien, qu'est-ce que tu crois ?

— Et nous n'avons aucun parti pris, n'est-ce pas ?

— Peut-être un petit peu…

Nous terminons notre première part de pizza en silence, trop occupées à remplir le vide de nos estomacs. Il est temps de s'attaquer à la deuxième part.

— Dis-moi, Sam…

Elle s'interrompt en plein milieu d'une bouchée et lève les yeux.

— Marco a-t-il connu beaucoup de femmes ?

— Enfin !

— Quoi, enfin ?

— Tu fais semblant de te désintéresser de lui depuis des mois et, finalement, tu t'aperçois qu'il te plaît… En tout cas, je peux te dire que toi, tu lui plais énormément.

J'esquisse un sourire. Peut-être que j'en suis consciente, après tout. Je n'ai jamais parlé à Sam du soir où Marco et moi avons failli nous embrasser.

— Bon, tu réponds à ma question ?

— Ecoute, je ne suis pas au courant de tous ses faits et gestes, mais je travaille avec lui depuis un an, et à ma connaissance, il est sorti avec plusieurs femmes.

— Sans compter toutes les aventures que tu ignores.

— C'est possible. Il est bel homme.

Avec un sourire, j'essaie de me représenter Marco. Même le costume sombre réglementaire du FBI ne peut dissimuler son physique, lequel, je dois l'avouer, est assez proche de l'idée que je me fais de la perfection. Marco mesure un mètre quatre-vingt-cinq. Il a de larges épaules, un torse puissant, des jambes longues et solides. Ses fesses n'ont pas l'air mal non plus. Il porte ses cheveux bruns coupés court — la coupe standard du Bureau —, et les traits de son visage sont virils et burinés. Sa peau légèrement hâlée et l'intensité de ses yeux bruns trahissent ses origines italiennes. Son seul défaut — une cicatrice en travers du sourcil — ne fait qu'ajouter à son sex-appeal. Il est séduisant, inutile de le nier. Mais d'habitude, je ne raffole pas des hommes aussi beaux.

— Et toi, tu as déjà… ?

— Moi ? Avec Marco ? Je l'aime bien, mais ce n'est pas mon type.

Sam se coupe une troisième part de pizza et ajoute :

— Sers-toi, mon chou, avant que j'aie tout mangé.

Elle enfourne une bouchée qu'elle fait suivre d'une gorgée de vin.

— Il est trop sérieux à mon goût. Mais pour toi, il serait parfait.

— Je ne te connaissais pas des talents de marieuse.

Portant mon verre à mes lèvres, je lui décoche un sourire malicieux avant de boire une gorgée.

— Je te signale que deux couples se sont déjà mariés grâce à moi.

— Vraiment ? dis-je, sincèrement impressionnée.

— C'est la stricte vérité. Et maintenant, je mise sur toi et Marco.

Je laisse échapper un éclat de rire.

— Tu prends des paris ?

— Si tu veux. Je mise sur la date de votre premier baiser.

— Super !

— Tu n'as qu'un mot à dire. D'ailleurs, je ne suis pas sûre qu'il ait couché avec toutes les femmes dont je t'ai parlé !

— Ce serait vraiment étonnant. Les mecs ne pensent qu'à ça.

— Certes. Mais certains se rendent compte parfois qu'une femme bien n'a rien à voir avec une conquête.

C'est vrai. Du moins faut-il l'espérer !

— Mais nous travaillons ensemble. Je ne sais pas si ce serait vraiment une bonne idée.

— Ce n'est pas l'idéal, je te l'accorde. Mais si le déclic se produit, on n'y peut rien.

Sam a raison.

— Et tu n'enfreindrais aucun règlement, ajoute-t-elle.

— Non ?

— Selon la politique officielle, il n'y a aucun mal à ce que des agents sortent ensemble.

— C'est bon à savoir.

— Par contre, tu te ferais charrier par les collègues. D'ailleurs, le Bureau a même inventé un terme pour désigner les couples du FBI.

— Ah bon ? Lequel ?

— Les agents doubles.

Sam laisse passer un silence, puis s'esclaffe :

— Vous feriez un beau doublé !

— Génial, je te remercie !

Je m'empare du dernier morceau de pizza avant qu'il ne disparaisse.

— Non d'un chien, il est déjà 21 heures ! On ferait bien de se mettre au travail.

Sam étale le contenu du dossier sur la table pendant que j'emporte les assiettes et la bouteille dans la cuisine. Je remplis nos verres et lui tends le sien. C'est alors que mon regard se pose sur les photos. Je me fige sur place.

— Qu'est-ce qui t'arrive ? me demande Sam.

— Je... J'ai déjà vu cette fille.

Je repose précipitamment mon verre et ramasse l'instantané qui montre la première victime des meurtres de Washington. Il s'agit de la jeune fille dont j'ai aperçu le visage dans mon rêve. Mais ça, je ne le révèle pas à Sam. A la place, je tente de trouver une explication plausible. Aussi bien pour elle que pour moi.

— J'ai dû déjà voir ce dossier.

— Hunter te l'a montré ?

— Je suppose.

J'ai besoin d'être seule un moment pour réfléchir à tout cela. Se pourrait-il que j'aie des visions à propos d'une affaire sur laquelle je ne travaille même pas ?

Sam me dévisage.

— Tu es sûre que tu vas bien, Sophie ?

— Oui, oui, ne t'inquiète pas. J'ai été surprise de voir cette fille, c'est tout. Comme je te l'ai dit, j'ai dû avoir le dossier entre les mains.

Or, je ne l'ai jamais vu, ce fichu dossier !

Sam n'a absolument pas l'air convaincue.

Je me détourne et me dirige vers la fenêtre. Comme je m'en approche, je ressens un frisson glacé. Le temps d'un éclair, j'ai cru apercevoir quelqu'un debout de l'autre côté de la rue, les yeux levés vers ma fenêtre. Mais quelques secondes après, il n'y a plus personne. Je ferme les rideaux et retourne près de Sam.

— Bon, examinons un peu ce cas, dis-je en m'efforçant de chasser le malaise qui s'est emparé de moi.

Nous nous penchons toutes les deux au-dessus de la table pour examiner les photos. J'enregistre chaque détail. Les blessures, la position des corps… Il n'y a eu que deux meurtres identiques jusqu'à présent. Je rassemble toutes les photos de la jeune femme que j'ai reconnue, et cherche la marque sur sa cuisse. En vain. Il y a bien des blessures dues à des coups de couteau, mais pas de tatouage. Je ne sais pas si je dois m'en réjouir. Je me laisse tomber sur une chaise.

— Qu'est-ce que tu as, mon chou ?

Inquiète, Sam pose la main sur mon épaule. Je me résous à mentir.

— Hein ? Oh, rien ! Je pensais à une autre affaire.

Sam me dévisage d'un air sceptique.

Dans un effort pour me concentrer, je chasse le trouble qui m'a saisie.

— Je t'écoute. Flynn et Jones travaillent-ils aussi sur cette enquête ?

— Oui. Ils s'y sont mis dès que le dossier Henley a été classé.

— Ce sont de bons flics. Des types bien.

Sam entreprend de m'exposer les éléments du dossier. Elle lit les notes qu'elle a prises. Les rapports originaux sont posés à l'autre extrémité de la table : ceux du coroner, les rapports de police décrivant les scènes de crime ainsi que toutes sortes d'informations détaillées sur les victimes. Le processus du profilage se déroule en quatre étapes : analyse des données, examen des modèles de décision, évaluation du crime et enfin établissement du profil proprement dit.

On commence par les cinq principaux éléments : la scène du crime, la victimologie, les données médico-légales, le rapport préliminaire de police, sans oublier les photos qui sont primordiales.

Sur la scène du crime, on examine les indices matériels, y compris la présence d'armes sur place, la position du corps et toute autre trace visible. Puis on passe à la victimologie afin d'avoir une idée de la victime. Connaître la victime nous permet souvent de mieux comprendre le meurtrier. On prend en compte son âge, son activité professionnelle, ses origines, ses habitudes, le moment où elle a été vue pour la dernière fois… Les données médico-légales comportent l'heure et la cause de la mort, la nature des blessures, les rapports sexuels éventuels (*ante* ou *post mortem*), les résultats de l'autopsie et ceux des analyses effectuées en laboratoire sur les traces de sang, les fibres textiles, etc. Toutes ces informations, conjuguées au rapport préliminaire de police — indiquant l'identité de la personne qui a signalé le crime, la découverte sur place d'indices par les policiers, ainsi qu'une enquête de voisinage —, favorisent une meilleure compréhension de l'acte criminel.

Puis on étudie les divers modèles de processus de décision, y compris le type et le style de l'homicide, les mobiles du meurtre, le niveau des risques encourus par la victime. Les prostituées, par exemple, tombent dans la catégorie à hauts risques car elles sont accessibles et vulnérables de par la nature de leurs activités. Les risques auxquels s'est exposé l'agresseur sont également pris en compte, ainsi que le temps requis pour accomplir le crime, et diverses informations sur les lieux concernés. Nous recherchons aussi des signes pouvant démontrer que le criminel est de plus en plus violent. Va-t-il récidiver ou intensifier ses actions en passant, disons, de l'enlèvement au meurtre ?

La troisième étape consiste à établir une évaluation du crime. Durant cette phase, on procède à la reconstitution de l'acte criminel afin de déterminer la chronologie des événements et le comportement des protagonistes, en se concentrant principalement sur les interactions entre l'assassin et sa victime. On définit le type de crime auquel on est confronté, et on recherche tout indice de mise en scène, tel que meurtre maquillé en cambriolage. On examine enfin les mobiles possibles et la dynamique de la scène du crime : localisation, cause de la mort, emplacement des blessures infligées.

A partir de ces éléments, on établit le profil criminel proprement dit. En réalité, les trois étapes initiales sont souvent mêlées, plutôt que considérées isolément.

— Voici la première victime.

Sam prend la photo de la jeune fille de mon cauchemar. Sur ce cliché, elle est bien vivante et sourit devant l'objectif.

— Jean Davis. Assassinée il y a cinq mois. Vingt-huit ans, assistante de production pour la chaîne WX40-TV. Une battante, aux dires de tous. Très sympathique et expansive.

J'étudie de près les autres photos de Jean : celles de la scène du crime. Le corps de la jeune femme se trouve sur le siège arrière d'une voiture. A quel endroit, je ne saurais le dire. En tout cas, le coin paraît assez isolé. Elle est allongée, légèrement tournée. Ses genoux reposent sur un côté, et ses bras levés forment un angle d'environ quarante-cinq degrés. La tête aussi est tournée. Et elle a les yeux ouverts. Exactement comme dans mon rêve. La position du corps me rappelle un exercice d'assouplissement pour le dos, excepté que la tête est orientée dans le même sens que les genoux, au lieu du contraire. Le corps est couvert d'une multitude de blessures causées par des coups de couteau. Pour la plupart, les plaies sont assez longues, ce qui veut dire que le tueur a tailladé la peau, plutôt que planté la lame à l'intérieur des chairs. C'est inhabituel. Il y a plusieurs lacérations en travers de l'abdomen et de la poitrine, chacune mesurant entre dix et vingt-cinq centimètres. Des croûtes se sont formées sur la plupart des entailles avant la mort, à l'exception d'une petite coupure juste au-dessus du nombril et de deux autres plus profondes sur le sein gauche. La gorge montre aussi plusieurs incisions assez anciennes et superficielles. Des plaies similaires se voient sur le haut des bras et des jambes, avec une forte concentration sur les cuisses, alignées avec le pli de l'aine. Cinq ou six lésions visiblement plus récentes devaient être encore fraîches au moment de la mort. Le tueur a assurément fait couler beaucoup de sang pendant tout le temps qu'il a passé avec sa victime.

— Il aime le sang, dis-je, exprimant tout haut ma pensée.

— Le sang et le sexe.

Je hoche la tête. Pour les tueurs, le couteau représente souvent un substitut symbolique du pénis. Quoiqu'ils l'utilisent davantage pour poignarder que pour infliger des blessures du genre de celles-là.

— Le coroner a relevé cinquante coups de couteau, explique Sam en pointant du doigt les plaies qui couvrent le corps de Jean.

— Mais il ne s'agissait pas d'une agression spontanée.

— Non, c'était parfaitement maîtrisé, mesuré. Et ça s'est déroulé sur une longue période.

C'est l'un des éléments qui entrent en compte pour déterminer un profil. Les criminels peuvent être classés en deux grands groupes : les agresseurs organisés et les désorganisés. Ceux qui appartiennent à la première catégorie préméditent leurs crimes, souvent avec un soin méticuleux, tandis que les autres accomplissent leur forfait dans le feu de l'action. Dans le cas qui nous occupe, la nature des blessures démontre un degré certain de maîtrise de soi et de planification : deux caractéristiques du criminel organisé.

— A-t-elle succombé à ses blessures ?

— Oui, elle a fini par en mourir. Notre homme l'a littéralement saignée à blanc, mais en prenant tout son temps. Un grand nombre d'entailles sont superficielles, mais ces deux-là sont profondes et situées à proximité des artères, me fait remarquer Sam en désignant une coupure sur la cuisse et une autre sur la poitrine. Le coroner affirme que sans l'intervention, elle serait morte en une dizaine d'heures.

— L'intervention ?

Je me penche pour examiner la photo de plus près.

— Tiens-toi bien, mon chou. Le type lui a appliqué des bandages serrés autour des plaies. Il tenait à la garder vivante le plus longtemps possible. Le coroner estime que son agonie a duré dix heures de plus.

J'agrippe avec force le dossier de la chaise sur laquelle je m'appuie.

— Le salaud!

Je relâche mes doigts. Cet élément pourrait bien tourner à notre avantage.

— Il doit avoir une formation médicale.

— Sûrement.

— Combien de temps l'a-t-il séquestrée?

— Elle a été vue pour la dernière fois cinq jours avant sa mort.

— Elle est restée entre ses mains tout ce temps?

— Probable. Son voisin est la dernière personne à l'avoir aperçue. Elle a sorti ses poubelles à 22 heures, le 23 juin, mais elle n'est pas allée travailler le lendemain. Sa meilleure amie qui était aussi sa collègue à la télévision est passée chez elle le soir, et comme elle n'obtenait pas de réponse, elle a prévenu la police. Donc, le type l'a enlevée dans la nuit du 23 ou le lendemain matin, soit quatre ou cinq jours avant de la tuer.

— Ce genre de petit jeu doit lui plaire.

— Comme à tous les autres, non?

— Oui, c'est sûr, dis-je, écœurée. Etant donné le temps qu'il passe avec ses victimes, on peut le classer dans la catégorie des criminels qui prennent des risques élevés. Il dispose vraisemblablement d'un repaire secret où il peut les emmener.

— Ça ne fait aucun doute. Nous croyons qu'il les attache par les poignets et les chevilles, dans la position dite de l'aigle déployé, explique Sam en cherchant un autre cliché.

Elle choisit deux agrandissements, l'un de la jambe gauche de Jean, l'autre de son bras gauche, et désigne les marques de ligature sur la cheville et le poignet.

— Elle a probablement été ligotée sur une table ou un lit. Les marques laissées par les liens sont profondes et indiquent que les membres ont été attachés séparément.

J'examine les cisaillements sur la peau de Jean.

— On dirait qu'il a serré de toutes ses forces.

— Et comment !

Sam laisse tomber les deux clichés sur la table et saisit une photo du corps de Jean prise sur la scène du crime ainsi qu'une photo de l'autopsie. Elle commence par la première.

— Elle n'est pas morte dans cette position, dit-elle en comparant avec l'autre cliché. Les lividités prouvent qu'elle est morte allongée sur le dos, et sur une surface plane.

J'approuve d'un hochement de tête. Sur la photo de l'autopsie que brandit Sam, Jean est couchée à plat ventre, et l'on voit distinctement son dos et le haut de ses cuisses.

Les lividités désignent la façon dont le sang stagne après la mort. Une fois que le cœur a cessé de battre, le sang ne circule plus. La gravitation prend alors le relais, et le sang se déplace vers les parties déclives du corps. Le dos de Jean montre des zones rouge rosé réparties uniformément, excepté sur les zones de pression : les fesses et les épaules. Ce qui veut dire qu'elle est morte sur une surface plate et que le sang s'est déposé de façon homogène lorsqu'il a cessé de couler. Si elle était morte dans la position où on l'a trouvée, les colorations seraient plus concentrées sur le côté, au niveau de la fesse droite et de la hanche.

— Autre chose à propos des lividités ?

Parfois, si le cadavre a été transporté peu après la mort, les colorations peuvent apparaître selon des schémas bien précis. Le corps peut même montrer l'empreinte d'un cric s'il a été enfermé dans le coffre d'une voiture.

— Non, rien d'autre, répond Sam.

— C'est déjà pas mal.

Sam me regarde, intriguée.

— Jean était couchée sur une surface lisse, n'est-ce pas ?

Elle examine de nouveau la photo et me répond :

— Très lisse, en effet.

Nous laissons passer un silence.

— Il aime faire plus ample connaissance avec elles…

C'est moi qui viens de dire ça…

— Tu ne crois pas que c'est juste une question de pouvoir ? Il veut peut-être prolonger l'expérience et les tenir à sa merci.

Je réfléchis. D'où m'est venue cette révélation ?

— Il n'y a pas que ça, dis-je alors. Il a pris d'énormes précautions. Il l'a gardée prisonnière pendant cinq jours. Il passe beaucoup de temps avec ses victimes. Pour apprendre à les connaître. Il y a eu viol, j'imagine ?

— Oui. Mais pas aussi brutal que ce qu'on voit d'habitude. Pas d'ecchymoses sur les cuisses ni sur les hanches. Pas de déchirement, non plus. Ce salaud y est allé en douceur, dit Sam, le nez froncé de dégoût.

— Il les considère comme ses petites amies, dis-je, secouée d'un irrépressible frisson. Il n'est pas brusque avec elles. Au contraire, il se montre tendre. En un sens, elles lui sont chères.

— Charmant ! dit Sam en soupirant, les yeux toujours fixés sur les photos.

— Tu crois que Jean se sera prêtée au jeu ?

— Tous ceux qui la connaissaient disent qu'elle était futée. Très maligne. Par conséquent, elle a très bien pu faire semblant de coopérer dans l'espoir de sauver sa peau. Nous avons la victimologie complète quelque part.

Sam repousse les photos dans un coin et fouille dans le reste des papiers. La photo de Jean à l'époque où elle était encore vivante tombe de la table. Je la ramasse. Elle est précieuse.

— Voilà, je l'ai !

Sam me tend un rapport. Je le prends, mais le repose aussitôt sur la table. J'ai d'autres questions à poser, tout d'abord.

— On verra ça plus tard. Il n'y avait pas de sperme, je suppose ?

— Non. Rapports sexuels sans risque pour le type. Dans tous les sens du terme.

J'approuve d'un signe de tête, comprenant l'allusion : pas de risque de maladie sexuellement transmissible ni de traces d'A.D.N.

— Y a-t-il d'autres indices ? Des cheveux, des fibres, des empreintes ?

— Non, rien du tout. Nous avons affaire à un homme soigneux.

— Il faut reconnaître qu'un grand nombre de criminels savent très bien nettoyer derrière eux, surtout depuis qu'on fait tout ce battage autour des empreintes A.D.N. On a découvert quelque chose à propos du couteau ?

Sam feuillette le rapport du coroner et m'en résume un extrait.

— Un banal couteau de cuisine, bien aiguisé. D'après la longueur des incisions et l'angle de pénétration de la lame, notre tueur est gaucher, et l'arme mesure entre sept et douze pouces.

Je convertis mentalement en centimètres : entre dix-sept et vingt-cinq centimètres.

— Le fait qu'il soit gaucher restreint considérablement le champ d'investigation.

— Sûr ! A partir du moment où nous tiendrons des suspects, cela va sans dire.

Sam tire une chaise à elle et s'assoit avec un certain soulagement. Elle affiche un air vaincu, ce qui est extrêmement rare. Même ses yeux verts ne semblent pas aussi brillants que d'habitude. Ses cheveux tirés derrière les oreilles lui retombent en mèches sur le visage.

— Et la position du corps au moment où les blessures ont été infligées ?

— Les angles selon lesquels les coups ont été portés indiquent que la victime était allongée et que le tueur se tenait au-dessus d'elle.

— Ce qui confirmerait l'hypothèse d'une surface plate.

— Exactement.

— Rien d'autre ?

— Ce type est un vrai pro. On n'a retrouvé aucune empreinte digitale. Et pas de traces de pas.

— Des marques de pneus ? Où s'est-il garé lorsqu'il a enlevé Jean ?

— Il n'y avait pas de traces, mais on suppose qu'il s'est garé dans la rue, devant ou derrière la maison. Personne n'a rien vu.

Dans une ultime tentative pour trouver un indice, n'importe quoi, je demande encore :

— Et sous les ongles de la victime ?

Sam secoue la tête.

— Non, les mains étaient propres et les ongles coupés. Je te le dis : c'est un véritable expert.

— Mais c'est son premier meurtre, n'est-ce pas ?

— Officiellement, oui. Le premier que nous connaissions. Mais à mon avis, ce n'est pas la première fois qu'il tue.

Elle se lève de nouveau et se met à faire les cent pas, son verre de vin à la main.

Tout est trop parfait, trop étudié pour qu'il s'agisse d'un premier meurtre, à moins que le tueur n'ait soigneusement préparé son crime depuis des mois. Ou peut-être est-ce un flic qui a décidé de se lancer lui-même dans des activités criminelles ? Non, sérieusement, il doit s'agir de l'un des deux mille tueurs en série qui circulent en liberté à travers ces bons vieux Etats-Unis d'Amérique.

— Et le VICAP ?

Le VICAP est le programme d'arrestation des criminels dangereux. Cette banque de données nationale, contenant des informations détaillées sur les affaires de meurtres et autres crimes violents perpétrés dans tout le pays, permet d'analyser les différents schémas et de traquer les criminels qui échappent à toute juridiction en passant d'un Etat à l'autre. Plutôt efficace comme système ! La police fournit les éléments d'une affaire criminelle, et l'ordinateur indique en retour les crimes offrant le plus de similitudes avec le cas qui lui a été soumis. Naturellement, le système repose tout d'abord sur les informations que les officiers de police entrent dans le fichier, mais tous ne le font pas. Certains flics estiment que le VICAP ne fait qu'ajouter à la paperasserie dont ils sont déjà submergés.

— Flynn et Jones ont entré les données relatives aux meurtres de Washington et ils ont trouvé deux cas similaires à Chicago. Ils ont contacté les Homicides de Chicago. Il semble qu'il soit bien question de notre homme. Mais comme ils n'ont trouvé aucune piste significative ni aucun suspect, ça n'a abouti à rien. J'ai parlé moi-même aux types du VICAP ; ils vont mettre quelqu'un sur l'affaire. L'ordinateur va opérer une nouvelle analyse, plus détaillée. Ensuite, un de leurs meilleurs analystes examinera manuellement les dossiers. Nous devrions recevoir les résultats dans deux jours, mais les gars sont débordés, là-bas. Il se peut aussi que notre tueur ait commis ses forfaits dans des Etats qui ne recourent pas au VICAP. Dans ce cas, ça fait peut-être des années qu'il assassine en toute impunité.

— Tu as raison.

Je reprends mon verre de vin et le porte à mes lèvres.

D'un air songeur, Sam boit une petite gorgée.

— Je pense que le tueur est arrivé dans la région depuis peu. Dieu sait combien de crimes il a commis dans d'autres Etats. J'en parlerai à la réunion de demain pour voir si quelqu'un reconnaît son mode opératoire.

— Bonne idée. Cela dit, je ne pense pas que nous ayons affaire à un criminel nomade. Je crois plutôt qu'il a définitivement posé ses valises ici.

— Ce n'est pas moi qui vais m'en plaindre. Ces salauds de tueurs ambulants sont trop difficiles à coincer.

Elle avale une autre gorgée de vin, puis reprend :

— Le type a peut-être été muté dans le cadre de son boulot ? Ou bien les flics ont commencé à le suivre d'un peu trop près, et il a décidé de prendre le large.

— Possible.

— C'est plutôt stupide de venir à Washington, à deux pas de tous ces profileurs.

Et soudain, je comprends.

— C'est peut-être ce qu'il recherche. Il veut probablement savoir s'il peut continuer à tuer à la barbe du Bureau, sans être inquiété. Juste sous notre nez !

— Un amateur de sensations fortes ? Qui aime vivre dangereusement ?

— Il doit trouver ça amusant. D'ailleurs, les indices soulignent qu'il fait partie des criminels « à hauts risques ».

— Sophie, ça pourrait être terrible !

J'approuve d'un signe de tête.

— Il va frapper vite et fort, rien que pour nous montrer ce dont il est capable.

— Pourtant, il n'a commis que deux meurtres en cinq mois.

— Il sait à l'évidence que le Bureau met du temps avant d'intervenir.

— Tu veux dire qu'il attend d'avoir capté notre attention ?

— Probable.

— Dans ce cas, nous avons intérêt à le coffrer dare-dare.

Tous ces odieux criminels, j'aimerais leur mettre la main au collet le plus vite possible, mais Sam a raison : si celui-ci est venu à Washington pour le plaisir de tuer sous le nez du FBI, il passera à la vitesse supérieure dès qu'il saura que nous sommes engagés dans l'enquête.

— Il faut en apprendre un peu plus sur Jean, dis-je.

Une heure plus tard, nous avons relu la victimologie des deux jeunes femmes, examiné toutes les photos prises sur les scènes de crime et étudié une nouvelle fois les rapports de police et ceux des coroners.

— Alors, qu'en penses-tu ? demande Sam en jouant avec son verre vide.

— Il ne nous a pas laissé beaucoup d'indices.

— C'est le moment de faire sortir un lapin du chapeau ! s'exclame Sam en riant.

J'entre dans le jeu.

— C'est toute une science, lui dis-je avec sérieux.

Depuis ses débuts, vingt ans plus tôt, l'Unité se bat contre l'idée que le profilage ne serait qu'une vaste fumisterie. En réalité, c'est une combinaison réfléchie, associant la psychologie et la capacité du profileur à se glisser dans la peau des tueurs et de leurs victimes, à entrer dans leur tête — dans leur vie, leurs habitudes, leurs actions et réactions.

— Bon, passons à la deuxième victime, propose Sam. Teresa Somers. Elle a été enlevée dans le parking derrière chez elle. On a retrouvé les clés de sa voiture par terre et on suppose qu'elle s'est défendue.

Dans ma tête se déroule de nouveau le rêve que j'ai fait d'une jeune femme marchant vers sa voiture. Mais dans mon cauchemar, elle est rousse. Or, Teresa était brune. Ce n'est pas la même. J'expulse ces images de mon cerveau.

Sam pose la photo représentant Teresa de son vivant sur le dessus de la pile.

— Elle était robuste et en bonne forme physique. Elle s'est débattue comme un beau diable.

— A part les clés, a-t-on trouvé autre chose indiquant qu'il y a eu lutte ?

— Le corps était déjà en décomposition quand on l'a trouvé, mais le coroner a remarqué une côte fêlée.

— Au cours de la bagarre ?

Sam regarde la photo du cadavre de Teresa.

— Possible. Le tueur ne pensait sans doute pas devoir en arriver là.

— On dirait qu'il aime les défis. Pour le moment, supposons qu'il a choisi Washington pour une raison particulière. Nous, en l'occurrence. Il est en train d'affiner sa technique, dis-je en arpentant la pièce de long en large, emportée par le cours de mes pensées. Il ne se contente pas de cibles faciles. Il choisit une femme qui a une situation, et il la traque en guettant le moment propice. Il se familiarise avec ses habitudes. A mon avis, il savait que Teresa faisait du sport tous les jours, qu'elle avait suivi des cours d'autodéfense et qu'elle était dotée d'une grande force physique.

Je m'arrête devant Sam et me penche vers elle, avant de reprendre :

— Enfin, bon sang, elle était cadre supérieur à la banque CIBC ! Et c'est précisément ce qui l'a excité. Elle était intelligente, cultivée et indépendante. Et il l'a quand même possédée.

— Tout cela correspond aussi à la description de Jean. Une bûcheuse qui courait après la réussite professionnelle. La seule différence, c'est qu'elle était au début de sa carrière, et non au sommet.

— Il faut dire qu'elle avait sept ans de moins que Teresa.

— Pourtant, elles semblaient avoir le même âge. Tu n'as pas remarqué ? me demande Sam en comparant les photos des jeunes femmes prises de leur vivant. Teresa avait trente-cinq ans, mais elle en paraît à peine trente.

J'examine de nouveau les clichés.

— Oui, tu as raison. Quant à lui, je pense qu'il a une trentaine d'années.

— Et ça fait déjà un moment qu'il assassine des femmes. S'il ressemble à la majorité des tueurs en série, il a probablement commencé entre dix-huit et vingt-cinq ans.

— Comment Teresa aura-t-elle réagi ?

— Elle se sera battue. Jusqu'au bout, affirme Sam. Elle était tenace. Une coriace. En affaires comme dans le plaisir, aux dires de tous.

— D'accord, mais elle a pu aussi tenter de négocier. C'était une femme d'affaires. Cela faisait partie des domaines dans lesquels elle excellait.

Sur ces mots, je me rassois.

— Elle était donc ligotée sur une table ou autre chose, en train de se faire découper, et elle s'est obstinée à essayer de retourner la situation ? résume Sam, sans cesser de marcher. Le salaud a dû trouver ça amusant. Il ne se sentait pas menacé le moins du monde.

J'approuve d'un hochement de tête.

— Il s'y connaît. Il a réussi à se hausser au niveau des femmes comme Teresa. Ça devait lui plaire, et même l'exciter. Il savait qu'en fin de compte, il détenait tout le pouvoir et qu'au plus profond d'elle, Teresa avait une peur bleue, malgré ses airs de femme dure en affaires.

Je désigne deux photos de Teresa — une prise sur la scène du crime, une autre qui la montre en vie. Difficile de reconnaître ses traits dans la mort.

— Il a donc joué avec elle, dit Sam. Peut-être même lui a-t-il laissé croire qu'il allait changer d'avis. Qu'il comptait la relâcher.

— En fait, il a usé ses défenses.

— Il voulait qu'elle finisse par s'avouer vaincue. Qu'elle reconnaisse sa supériorité.

— Et quand elle a craqué, il l'a tuée. Il avait gagné, et il n'y avait plus de défi à relever.

Comme pour Jean, le tueur a infligé à Teresa une multitude de lacérations, mais la cause de la mort a été un coup de couteau en travers de la gorge.

Je regarde les photos, puis relève les yeux vers Sam.

— Combien de temps est-elle restée entre ses mains ?

— Le corps n'a pas été retrouvé tout de suite, mais le coroner estime que le moment de la mort se situe entre huit et vingt jours après l'enlèvement.

— Vu le schéma suivi dans le cas de Jean, je pencherais plutôt pour huit jours.

— Je suis d'accord avec toi, approuve Sam.

— Pendant tout ce temps, ils se sont livré une guerre des nerfs. Mais au bout d'une huitaine de jours, elle a fini par demander grâce.

— Et il a eu pitié d'elle, d'une certaine façon. Le salaud l'a achevée.

Pendant quelques instants, nous demeurons toutes deux silencieuses.

Sam s'assoit sur le canapé.

— Il semble qu'il l'ait violée à plusieurs reprises. Mais là encore, d'après le coroner, c'est difficile à dire à cause de tout le temps écoulé et de l'absence d'ecchymoses et autres marques de violences sexuelles.

— Comment a-t-elle réagi au viol, d'après toi ?

— Elle s'en est peut-être servie pour négocier. Elle a pu essayer de lui faire croire qu'elle se donnerait à lui. Comme monnaie d'échange.

— Elle était vraiment coriace. Elle a résisté à huit jours de torture. Je crois que nous pouvons supposer qu'après la première bagarre, elle a cessé de se débattre. Ensuite, elle a dû réfléchir à un moyen de s'échapper. Peut-être a-t-elle essayé de le convaincre de lui détacher les mains et les jambes sous prétexte de le satisfaire sexuellement.

— Mais ce qui l'excitait, c'était justement le fait qu'elle soit ligotée et à sa merci.

— La pauvre a vraiment tout essayé pour se sauver.

— Elle s'est avant tout efforcée de rester en vie. Soit en marchandant, soit en s'enfuyant.

— Emotionnellement, elle a dû réussir à prendre de la distance par rapport à ce qu'il lui arrivait. Et si c'est le cas, elle n'a probablement pas trop résisté au viol. Ce qui a alimenté le fantasme du tueur qui la voyait déjà comme sa petite amie.

Mon attention est de nouveau attirée par une photo de Jean. Je ramasse l'instantané et la regarde dans les yeux. Ils sont restés ouverts dans la mort, et le tueur a choisi de ne pas les fermer. Pareil pour Teresa. Le regard de Jean me fixe. Je l'imagine ligotée, se demandant si elle va mourir, priant pour sa délivrance. Tout comme elle a regardé le tueur et a imploré sa pitié, elle me regarde maintenant et réclame justice.

Je réponds à sa supplication.

— Revenons à Jean.

Il faudra que je réfléchisse à l'affaire plus tard, à tête reposée, quand Sam sera partie. Le moment est venu où, d'habitude, une fois que j'ai en main tous les éléments, je ferme les yeux et me représente le tueur. Je le vois. Je deviens le tueur et pénètre dans son monde. Mon subconscient prend en quelque sorte les commandes, et je me retrouve si totalement immergée dans le processus que je ne reviens pas à moi avant des heures. Est-ce la même chose pour les autres ? Je n'en mettrais pas ma main au feu. Il vaudrait sans doute mieux ne pas m'impliquer autant dans les affaires sur lesquelles je travaille.

Sam se penche au-dessus de la table.

— Jean était ambitieuse. Ce qu'elle voulait, en fait, c'était animer une émission de télé. Elle se démenait pour se faire remarquer au sein de la chaîne WX40, et tout avait l'air de bien marcher pour elle.

Sam ramasse son calepin.

— Tous ceux qui la connaissaient la décrivent comme...

Elle lit ses notes.

— Exubérante, drôle, sociable, amusante, agréable. Apparemment, elle aimait la vie et s'entendait bien avec tout le monde. Dans chaque situation, elle voyait toujours le côté positif.

— Je me demande si elle a gardé son optimisme quand elle était ligotée sur la table.

Sam poursuit sa lecture.

— Elle se montrait toujours charmante, voire aguicheuse. Elle avait un petit ami qu'elle voyait deux fois par semaine, mais il affirme que ce n'était pas sérieux. Il dit que Jean aimait jouer les coquettes. Toutes ses amies confirment.

— Tu crois qu'elle a flirté avec le type ? Elle le connaissait déjà quand il l'a kidnappée ?

Bien sûr, je n'attends pas réellement de réponses à mes questions.

— On pense qu'il l'a enlevée chez elle, dans son appartement.

— Il est entré par effraction ?

— Apparemment, non.

— Donc, on peut supposer qu'il la connaissait ou qu'elle avait une raison de le laisser entrer.

— Sûrement.

— Des traces de lutte ?

— Non, mais les gars ont trouvé une bouteille de vin presque vide et un verre avec une trace de son rouge à lèvres.

Sam feuillette les photos et trouve celle de la cuisine de Jean.

— Il y avait assez de salive pour une analyse d'A.D.N. Il s'agissait bien de celle de Jean. Quant au verre sur l'évier…

Elle pointe du doigt un verre à vin retourné sur la paillasse.

— Il était propre. Aucune empreinte, pas de salive, pas d'A.D.N. Nous ignorons s'il était là depuis la veille ou si elle a bu en compagnie du tueur et qu'il a eu assez de bon sens pour laver le verre après coup.

— Ou les deux. Et son petit ami ? Quand l'a-t-il vue pour la dernière fois ?

— Deux jours plus tôt. On a relevé ses empreintes dans l'appartement et trouvé quelques cheveux. D'après les tests A.D.N., c'était bien les siens. Mais il a un alibi pour la nuit de sa disparition.

— Un alibi solide ?

— Tout ce qu'il y a de plus solide.

Sam jette un coup d'œil à sa montre.

— Il est tard.

Je regarde la pendule. 23 h 30.

— Notre meurtrier est en train de prendre forme.

— Oui, je commence à le visualiser assez clairement.

— La nuit porte conseil. On en reparlera demain matin.

— D'accord, Sophie. Merci pour ton aide. Je sais que tu es débordée en ce moment.

— Pas de problème ! Comme on dit, deux avis valent mieux qu'un.

Sam esquisse un sourire fatigué.

— Ce n'est pas moi qui dirai le contraire. Je travaillerai sur le profil demain, ensuite tu y jetteras un coup d'œil, si tu veux bien.

— Je verrai si je peux y ajouter quelque chose. Seigneur, nous n'avons même pas eu le temps d'examiner les lieux où les corps ont été retrouvés !

— Le corps de Jean se trouvait dans une voiture volée à Roosevelt Island, sous le pont de Keys.

Je connais cet endroit. L'île est assez isolée et peu fréquentée.

Sam rassemble les photos et documents, puis les range dans le dossier.

— Le coroner estime qu'elle était morte depuis environ quatre jours.

— Le tueur n'était pas trop inquiet à l'idée de laisser des indices matériels, on dirait.

— Non.

— Et la voiture volée, à qui appartenait-elle ?

— A une vieille dame qui habite Garfield Heights. Il semble que la voiture ait été abandonnée bien avant qu'on y ait déposé le corps.

— Et Teresa ? Où a-t-elle été retrouvée ?

— Pour elle, c'est un peu différent. On ne l'a découverte que quatre semaines après sa mort, et beaucoup plus loin que Jean : dans la forêt de Cedarville.

— Tiens, c'est curieux. On n'a rien trouvé d'autre à Cedarville ?

— Aucun cadavre, si c'est ce que tu veux dire.

Sam étouffe un bâillement, fourre le dossier dans sa serviette et prend son sac. Sur le seuil, elle se retourne pour déposer un baiser sur ma joue.

— Bonne nuit, mon chou.

Au moment où je m'apprête à fermer la porte, elle repasse la tête dans l'entrebâillement.

— Au fait, pour Marco… n'hésite pas : fonce !

J'éclate de rire.

— Sauve-toi vite, mauvaise conseillère !

— Fais de beaux rêves.

Je ne réponds pas. Je préférerais nettement rêver de Marco plutôt que de sordides assassinats.

Je verrouille ma porte.

L'appartement paraît terriblement vide, à présent. Malgré la présence de Sam à mon côté tout au long de la soirée, j'effectue rapidement mes vérifications de routine. Puis je m'écroule sur mon lit. Ma tête n'a pas touché l'oreiller depuis plus de trois secondes que la rousse de mon rêve m'apparaît. Mais cette fois, elle est en train de hurler.

Ses cris emplissent mes oreilles. Pour la faire taire, cette garce, je lui tranche la gorge.

Je n'ai gardé celle-là que trois jours. Elle ne valait pas plus. Elle paraissait intelligente, forte, sincère, joyeuse. Mais je me suis trompé. Comment ai-je pu me fourvoyer à ce point ? En fin de compte, c'était une casse-pieds finie, une sale bêcheuse qui ne méritait pas d'être connue.

Je n'arrive pas à croire que j'ai eu des rapports sexuels avec elle. Rien que l'idée me répugne. Je me suis rendu coupable de ce dont je me plains précisément : d'avoir précipité les choses sans avoir vraiment fait connaissance avec la personne.

De toute façon, je n'aurais pas pu la garder. Ça tombe bien, finalement. Le destin joue en ma faveur. Il va falloir que je produise une forte impression. Je veux voir la peur s'infiltrer dans leur vie, tandis qu'ils commenceront à regarder par-dessus leur épaule. Personne n'est invulnérable.

Il est temps d'établir un contact personnel.

5.

Le lendemain matin, installée dans la salle de réunion, j'attends l'arrivée du reste de l'équipe. Rivers referme la porte. Sam manque à l'appel. Elle n'est pas malade, j'espère !

Comme à l'accoutumée, Rivers entre sans préambule dans le vif du sujet.

— O.K., les gars, nous allons faire un rapide tour d'horizon des dossiers en cours. Nous avons tous énormément de travail... Au fait, Wright ne nous rejoindra pas aujourd'hui. Il y a eu un autre meurtre qui semble signé du tueur de Washington. Les policiers ont appelé pour prévenir, et Sam voulait être la première sur le terrain pour examiner les lieux.

Il survole la pièce du regard.

— Commençons par James.

Une demi-heure plus tard, je suis de retour dans mon bureau juste au moment où le téléphone sonne.

— Ici, l'agent Anderson.

— Sophie, c'est Sam. Je crois que tu ferais bien de rappliquer tout de suite.

— Pourquoi ? Qu'est-ce qui se passe ?

— Il me surveillait, cette nuit.

— Qui ?

Mais à quoi bon poser la question ? Je connais la réponse.

— Le tueur. Il m'a laissé un message sur la scène du crime.

— Il s'agit du même homme, tu es sûre ?

— On dirait bien. A moins que nous ayons affaire à un imitateur. Blessures multiples dues à des coups de couteau, façon charcutage. Et la position du corps est identique, avec la tête tournée sur le côté et les yeux ouverts.

Je consulte ma montre — 9 h 30. Avec un peu de chance, la I-95 et la 395 ne seront pas trop embouteillées. En fonction de la circulation, il faut entre trente minutes et deux heures pour effectuer le trajet jusqu'à Washington.

— J'arrive !

Je griffonne l'adresse et l'itinéraire sur un bout de papier avant de rassembler mes affaires.

En passant devant le bureau de Marco, je l'aperçois qui range des documents dans sa serviette. J'hésite un instant.

— Quelque chose ne va pas ? me demande-t-il en sortant dans le couloir.

— Le tueur de Washington a laissé un mot à Sam sur le lieu de son dernier crime. On dirait qu'il l'espionne.

— Rivers est au courant ?

— Non, on lui en parlera quand on sera revenues.

— Il va piquer une crise !

Marco marque un temps d'arrêt avant de poursuivre :

— Je pars pour le bureau de Washington dans une dizaine de minutes. Je t'emmène ?

Indécise, je regarde ma montre. D'après le son de sa voix, Sam semblait bouleversée.

Marco retourne à son bureau.

— Donne-moi deux minutes.

J'esquisse un sourire.

— D'accord.

Marco fouille dans ses tiroirs, ramasse encore quelques dossiers et les fourre dans sa serviette. Enfin, debout devant son ordinateur, il tape en hâte un courrier électronique.

— J'ai fini, annonce-t-il en empoignant au passage sa serviette et son manteau.

Nous nous engouffrons dans sa voiture et, quarante minutes plus tard, nous quittons Independence Avenue en direction d'East Potomac, immense espace vert au sud de Washington. Les parcs d'East Potomac et West Potomac, séparés par le bassin de marée de la ville, occupent deux cent quatre-vingt-onze hectares de terrain au bord du fleuve. On m'a déjà vanté à plusieurs reprises la beauté de leurs cerisiers en fleur quand arrive le printemps. Mais aurai-je le courage de revenir les admirer après le spectacle qui m'attend ?

Selon les explications que m'a données Sam, j'indique le chemin à Marco vers la pointe occidentale du parc. Nous sommes bientôt accueillis par les gyrophares des voitures de police et quantité d'autres véhicules. Le 4x4 noir du coroner est garé de guingois sur le bord du trottoir. Il y a aussi deux voitures de patrouille de la police du District de Columbia et la Buick blanche banalisée de Flynn et Jones. Un peu à l'écart, j'aperçois le véhicule de fonction de Sam et juste derrière, celui de Marty.

Marco se gare au bord du trottoir, derrière la voiture du coroner. A l'exception des gyrophares, les alentours paraissent étrangement paisibles.

— Merci, Marco.

— De rien.

Je jette un coup d'œil dans le rétroviseur latéral. Deux camionnettes de la télévision viennent se ranger derrière nous… La tranquillité aura été de courte durée.

— Voilà la télé qui rapplique ! dis-je en ouvrant la portière.

— Sois prudente, Sophie.

Je sors rapidement de la voiture et me précipite pour devancer les journalistes, désireuse d'échapper à leurs regards avant qu'ils ne prennent possession des lieux.

Je suis le sentier sinueux qui longe la file de voitures. La route est bordée de cerisiers dénudés. Nul besoin d'un gros effort d'imagination pour savoir à quoi ils ressemblent lorsqu'ils sont en pleine floraison. Je continue de marcher. D'ici, le parc a une apparence tranquille, mais de l'autre côté de la butte, il y a un corps sans vie, avec tout ce qui accompagne ordinairement ce genre de découverte — la police, l'équipe scientifique, les badauds animés d'une curiosité morbide et, bientôt, la presse.

Arrivée au deuxième banc, je tourne à droite et gravis la pente, selon les indications de Sam. Mes premiers pas hors du sentier font naître sous mes chaussures un bruissement de feuilles mortes. Pendant un instant, je savoure cette sensation, consciente que des perceptions autrement plus lugubres ne tarderont pas à assaillir mes sens.

La pente est raide et dès que j'ai atteint le sommet, une vue d'ensemble de la scène du crime s'offre à mon regard. La police a mis en place un cordon de sécurité autour d'un vaste espace, et tout autour du ruban jaune se pressent quelques flâneurs avides d'émotions. Légèrement sur la gauche, dans un recoin broussailleux masqué par un feuillage épais et couvert de fleurs multicolores, l'endroit grouille d'activité et, malgré les feuilles qui me bloquent la vue, je distingue les flashes des appareils photo. Pour l'instant, ce ne sont que les photographes de la police qui prennent des clichés de la scène du crime, mais bientôt arriveront les médias qui essaieront d'entrevoir le cadavre.

Je me dirige vers le policier en faction. C'est un jeune, de toute évidence frais émoulu de l'Académie.

— Je regrette, m'dame, dit-il en levant la main. Seule la police est admise sur les lieux.

Ses paroles, qui sonnent comme un texte consciencieusement répété, me font sourire. Il fut un temps où j'étais moi-même aussi inexpérimentée que lui. Je brandis mon insigne.

— FBI ! On m'a appelée pour examiner la scène du crime.

Il rougit légèrement, mais ça ne l'empêche pas de regarder de près mon badge.

— Excusez-moi, m'dame.

— Inutile de vous excuser : vous ne faites que votre travail.

Le pauvre gosse s'est probablement déjà fait rabrouer ce matin par quelque inspecteur « m'as-tu-vu ».

Il me désigne du doigt le bosquet.

— Elle est là.

Au ton protecteur de sa voix, je ne peux m'empêcher de me demander s'il s'agit de son premier cadavre. Il a dit « elle » au lieu de « la victime ». Il est encore débutant, certes, mais ce n'est pas pour me déplaire.

— Merci, officier.

Je me dirige vers l'endroit indiqué et, en arrivant sur les lieux, je suis de nouveau obligée de montrer ma plaque. L'inspecteur Flynn des Homicides est là, en compagnie de Sam et du coroner. A l'approche de la quarantaine, Flynn arbore une épaisse chevelure noire, légèrement ondulée, mais, bien qu'il soit à peu près de la même taille que Marco, il n'est visiblement pas doté des mêmes tablettes de chocolat. Son ventre paraît d'autant plus rebondi que son grand corps est par ailleurs plutôt mince. Quel que soit le moment de la journée, il exhibe en général une barbe d'un ou deux jours. A mon avis, aujourd'hui ne fera pas exception.

Le coroner et Flynn sont engagés dans une discussion animée. De l'endroit où je me trouve, je peux les voir fureter autour du corps gisant dans un parterre de fleurs au milieu du feuillage. Le reste de la scène du crime est investi par les experts de la police scientifique, y compris quelques membres du FBI. Marty inspecte le terrain, coordonnant sans doute le travail des techniciens du labo. Pour l'instant, il se tient accroupi à environ un mètre cinquante du cadavre. Peut-être le tueur nous a-t-il laissé l'empreinte de sa chaussure, cette fois-ci. Dieu sait que nous avons besoin d'indices !

Je rentre la tête dans les épaules et me faufile dans les broussailles.

Flynn se retourne.

— Agent Anderson ! Ça n'arrête pas, on dirait !

— En effet, nous n'avons pas eu un instant de répit, ces six derniers mois. De quoi s'agit-il aujourd'hui ?

Je coule un regard entre Sam et Flynn, et observe le corps sans vie d'une femme. C'est elle ! Son visage ressemble tout à fait à celui de cette nuit, lorsque j'ai assisté à la scène au cours de laquelle on lui tranchait la gorge. Mes jambes se dérobent sous moi. Bon sang, que se passe-t-il ?

— Elle s'appelle Susan Young, me dit Sam, bien que je l'écoute à peine. Vingt-neuf ans. Elle dirigeait un institut de formation.

Je m'oblige à revenir sur la scène du crime.

— Qui a découvert le corps ?

— Nous avons reçu un coup de fil tôt ce matin, répond Flynn.

Détournant les yeux du cadavre, je demande :

— Vous croyez que c'est l'assassin qui a appelé ?

Les tueurs aiment s'immiscer dans les enquêtes, et il leur arrive parfois de signaler eux-mêmes leur crime à la police.

— Probablement, répond Flynn. Il a dit qu'il faisait son jogging, mais il serait très difficile, pour ne pas dire impossible, à un joggeur d'apercevoir quoi que ce soit dans les buissons, depuis le sentier.

— Bon. Pour quelle raison aurait-il voulu que nous découvrions le corps aussi rapidement ?

Tout en posant ma question, je regarde Susan. Quelques mèches de ses longs cheveux roux lui balaient le visage.

Flynn hausse les épaules.

— A cause du message, je suppose.

Sam brandit un sac destiné à recueillir les indices. Il contient une enveloppe rose.

— Ils ont trouvé ça dans la poche de la victime.

Au recto de l'enveloppe, une adresse est inscrite en lettres cursives :

Sam Wright
Unité d'analyse comportementale
FBI

— C'est écrit à la main. Il n'est peut-être pas aussi malin que nous le pensions.

— Si, il l'est.

J'interroge Sam du regard.

— La note est manuscrite, mais en majuscules d'imprimerie.

Je hoche la tête. Les caractères d'imprimerie et les lettres capitales sont plus difficiles à analyser pour les experts en graphologie, même lorsqu'il ne s'agit que d'en comparer divers échantillons. La tâche n'est pas impossible, mais elle présente de grandes difficultés.

— Que dit la lettre ?

Sam et Flynn ouvrent d'un coup sec leur calepin.

— Allez-y, dit Sam.

« CHERE MADEMOISELLE WRIGHT, J'AI ETE ENCHENTE D'APPRENDRE QUE MON DOSSIER VOUS AVAIT ETE CONFIE. JE SUIS VOTRE CARRIERE DE PRES ET VOUS M'IMPRESSIONNEZ. J'AIME PARTICULIEREMENT LA FAÇON DONT VOUS AVEZ MENE L'ENQUETE SUR L'AFFAIRE DU MINNESOTA EN 2002. ON PEUT DIRE QUE VOUS LUI AVEZ PROPREMENT CLOUE LE BEC, N'EST-CE PAS ? »

Je ne peux retenir une grimace. L'affaire du Minnesota est la dernière dont Sam se soit occupée avant d'intégrer l'UAC. C'était pour une antenne locale du FBI. Il s'agissait d'une saisie de drogue, mais la police n'avait pas prévenu Sam qu'ils avaient un gars infiltré dans la bande. Durant un échange de coups de feu, le type a pointé son arme sur Sam. Naturellement, elle a tiré. Or, le revolver de l'homme était chargé à blanc. L'incident a provoqué une foule de problèmes avec l'administration, sans compter qu'il a soulevé une vive émotion.

Sam m'adresse un sourire crispé.

— Et voici la partie la plus inquiétante du message, reprend Flynn sans remarquer notre échange de regards.

Il poursuit sa lecture à voix haute :

« DANS L'ATTENTE DE TRAVAILLER AVEC VOUS,

» AFFECTUEUSEMENT,

MOI. »

« P.-S. : J'ESPERE QUE VOUS AVEZ AIME LE VIN HIER SOIR. »

D'un geste, Flynn referme son calepin.

— Voilà qui ne présage rien de bon.

C'est alors qu'un flot d'images m'assaille... Debout devant ma fenêtre, je ferme les rideaux et discerne une ombre dans la rue. Puis je deviens cette ombre qui surveille mon appartement. Je me regarde en train de fermer les rideaux du séjour. La silhouette tremble de colère, furieuse que je l'empêche de voir. Les images me brûlent douloureusement les yeux. Je tombe en avant.

Flynn me saisit par le coude et me remet d'aplomb.

— Ça va aller, Sophie ?

C'est la première fois qu'il m'appelle par mon prénom.

— Oui, désolée. Je crois que je prépare une migraine.

Voilà qui commence à devenir vraiment terrifiant ! De quoi vous donner la chair de poule. La fille que j'ai vue dans mon rêve se trouve ici, allongée dans un parterre de fleurs, à seulement soixante centimètres de moi. S'agit-il de simples cauchemars ? Se pourrait-il que je fasse des rêves prémonitoires ? Autant repousser cette idée sur-le-champ.

La voix de Sam interrompt le cours de mes pensées.

— Tu veux inspecter les alentours ?

Je la regarde, encore un peu étourdie.

— Tu es sûre que tu vas bien ? me demande-t-elle.

Je reprends mes esprits.

— Oui, oui, c'est juste un mal de tête.

— Je vous enverrai mon rapport à tous les deux dès que nous aurons fait l'autopsie ! déclare le coroner.

— Vous estimez l'heure de la mort aux environs de minuit ?

La question me brûlait les lèvres : il fallait que je la pose, pour être sûre, même si je sais qu'à minuit cinq précisément j'ai en quelque sorte assisté au meurtre de cette femme.

— A peu près, oui. Je pourrai la déterminer avec précision au labo. Mais comment le savez-vous ?

Je réfléchis rapidement à une réponse plausible.

— Eh bien, le tueur a dû jeter le corps ici, quelque part

entre 2 heures et 5 heures ce matin, au moment où l'endroit était désert. Il l'a donc probablement tuée juste avant. Entre 23 heures et, disons, 3 heures.

Le coroner se montre satisfait de ma réponse.

— Allons voir Marty avant de repartir, suggère Sam.

Je préférerais quitter les lieux sans attendre afin de pouvoir analyser les événements tranquillement. Mais impossible de l'expliquer à Sam.

Nous rejoignons Marty qui est occupé à examiner des branches cassées à quelques pas de là, sur notre droite. Deux autres personnes se tiennent à son côté, observant attentivement chacun de ses gestes.

— Tu as trouvé quelque chose ? demande Sam.

Marty se retourne.

— Bonjour, dit-il avec un large sourire.

Marty est grand, et il a les cheveux coupés court. Sa mâchoire carrée, ses taches de rousseur et son regard d'un brun profond confèrent de la séduction à son visage, bien que ses yeux soient souvent cachés derrière les verres épais de ses lunettes. Même s'il n'exerce pas la majeure partie de ses activités sur le terrain, il prend grand soin d'entretenir sa forme physique.

J'ai eu l'occasion de faire plus ample connaissance avec Marty lorsque j'enquêtais sur l'affaire Henley. Marco et moi avons passé plusieurs nuits blanches à travailler dans l'appartement qu'ils partagent tous les deux.

Marty repousse ses cheveux en arrière.

— Pas encore, mais nous avons bon espoir.

Il désigne l'homme et la femme qui se tiennent près de lui.

— Voici Jane Crompton et Bill Rust : ils suivent les cours de l'Académie.

En 2003, l'Académie du FBI a ouvert un département d'enseignement des sciences médico-légales à Quantico. Ils possèdent la plus belle collection d'experts et d'équipements du pays, et offrent un programme complet de formation couvrant les techniques médico-légales de base ainsi qu'un programme destiné aux professionnels désireux d'améliorer leurs compétences.

— Ils ont de la chance de voir le maître à l'œuvre, fait remarquer Sam.

Marty sourit d'un air gêné, tandis que Jane et Bill affichent leur fierté d'étudier avec les meilleurs.

J'interroge Marty :

— As-tu trouvé des traces de pas ?

Il baisse la tête.

— Non, malheureusement. J'ai cru un moment tenir quelque chose, mais ce n'est même pas une empreinte de pied.

J'essaie de dissimuler ma déception.

— Je regrette, Sophie. On finira par trouver des indices, dit Marty pour tenter de me rassurer. Si ce n'est pas aujourd'hui, ce sera la prochaine fois.

L'idée d'une prochaine fois me révulse. Je veux que cette femme, Susan, soit la dernière victime de ce monstre.

— Le type est arrivé par là, explique Marty en désignant une branche cassée. Mais en repartant, il a ratissé le sol derrière lui.

— Il avait apporté un râteau ?

— Tout juste. Astucieux, non ?

— Tu parles !

Je sais que le tueur est malin, mais je ne suis pas d'humeur à admirer ses exploits.

Sam secoue la tête.

— Et sur les branches ?

Notre homme a peut-être accroché sa veste en traversant les buissons, auquel cas il aurait laissé quelques fibres textiles.

— Rien, jusqu'à présent.

— Merci, Marty, conclut Sam, déçue mais toujours courtoise. Tiens-moi au courant si tu découvres quelque chose.

— Compte sur moi.

Les gars de la police scientifique vont rester sur place pendant encore au moins une heure.

— Allons-nous-en, dit Sam.

En revenant sur nos pas, nous repassons devant l'endroit où gît le corps de Susan. Je jette un dernier regard dans le buisson, mais détourne aussitôt les yeux. Se peut-il que j'aie réellement vu le meurtre de Susan en rêve ?

Sam et moi poursuivons notre chemin. De l'autre côté de la butte surgissent deux équipes de télévision, chacune avec son journaliste et son cameraman.

Instinctivement, nous rentrons la tête dans les épaules, espérant passer inaperçues. Hélas, l'un des journalistes connaît Sam et l'interpelle.

— Agent Wright, pouvez-vous nous confirmer qu'il s'agit de l'œuvre de l'Ecorcheur de Washington ?

Ainsi, la presse a baptisé le tueur « l'Ecorcheur » ! Description éloquente, s'il en est.

Le reporter brandit un micro sous le nez de Sam.

— Je n'ai rien à dire.

Nous reprenons notre marche. Dans l'espoir d'obtenir des tuyaux, l'autre journaliste agite son micro devant le visage de Sam.

— Quel est le rôle du FBI dans cette enquête ?

— Vous connaissez la réponse à cette question, réplique-t-elle en pressant le pas.

— A quoi ressemble le tueur ? Que révèle le profil que vous avez établi ?

Ignorant la question, Sam continue d'avancer. Les journalistes nous suivent encore quelques pas, puis renoncent et font demi-tour, redescendant en hâte la butte en direction de la scène du crime. Ils savent qu'ils ont plus de chance de soutirer quelques informations à la police municipale qu'au FBI.

— Maudits charognards ! marmonne Sam, une fois que nous sommes hors de portée de voix.

Elle a raison, et j'aurais plutôt tendance à l'approuver. Pourtant, ils ne font que leur travail, je dois l'admettre. Même si je les évite comme la peste, j'essaie de me montrer compréhensive envers eux. J'aurais mauvaise conscience de me conduire autrement. L'une de mes amies de lycée à Melbourne travaille comme journaliste pour la chaîne 10. Elle assure les reportages sur les affaires criminelles et elle est souvent obligée de harceler les policiers et les témoins pour obtenir des déclarations.

Je décide de changer de sujet.

— C'est la lettre qui te tracasse ?

— Un peu, répond Sam d'une voix dénuée de son habituel accent mélodieux.

— Qui savait que tu enquêtais sur cette affaire ?

— Tout le monde est au courant.

Elle lance un regard par-dessus son épaule, vers l'équipe de télévision qui s'est carrément installée le long du ruban jaune délimitant la scène du crime.

— Mais qui le savait, hier ?

— Ça, c'est la question à un million de dollars ! J'ai appelé Flynn et, comme il fallait s'y attendre, il a prévenu son coéquipier et son patron. Et puis, il y a aussi nos gars.

— Pourtant, ça devait rester confidentiel.

— En tout cas, quelqu'un a parlé. Le tueur était informé que je travaillais sur cette enquête.

— Qui aurait pu l'apprendre ? Où sont rangés les rapports ?

— Ils ne sont pas gardés secrets en interne. Les secrétaires, Pike, les experts de la police scientifique, le VICAP, tous ces gens sont au courant. L'administration aussi, pour des questions d'archivage. Et il faut ajouter les conjoints. Imagine que Hunter parle à sa femme de ses enquêtes. Elle lui demande qui travaille sur quelle affaire et ensuite elle le raconte à sa sœur, qui le rapporte à une amie. Ça n'aurait rien d'étonnant, vu le battage qui est fait autour de cette affaire.

— C'est vrai.

— Ou alors, des informations internes ont filtré dans la presse. Je n'ai pas lu le *Post* d'hier soir, mais c'était peut-être annoncé.

— Tu as sûrement raison.

Dans ce cas, l'origine de la fuite sera difficile à retrouver.

— Que penses-tu de la lettre ? me demande Sam au moment où nous atteignons le haut de la butte.

— Il te défie, ça ne fait aucun doute. Il veut t'appâter. Il lit les journaux, il suit tes enquêtes de près.

— Et il me surveille.

— Oui, et ça, ce n'est pas terrible pour nos affaires, dis-je dans une tentative pour décrisper l'atmosphère.

Une dernière fois, Sam se retourne et jette un regard vers la scène du crime.

— Tu crois qu'il nous observe en ce moment ?

— Possible. Il est probablement au milieu de tous ces gens.

Je pointe du doigt la foule des badauds.

Avec un sourire contraint, Sam hoche la tête. Il est fréquent que les tueurs guettent la découverte de leur crime, nous ne l'ignorons pas. Ça leur permet de ressentir une nouvelle fois l'excitation qu'ils ont éprouvée au moment du meurtre, ainsi que le plaisir de dominer leur victime. Pour autant, il est impossible d'arrêter tous les curieux qui regardent la police s'activer sur les lieux d'un crime. Entre les gyrophares, les flics et tous les autres représentants de la loi, on dirait que ce genre d'endroit est fait pour attirer les curieux. Tout le monde s'arrête pour regarder. La nature humaine est ainsi faite, même s'il s'agit là d'un de ses aspects les plus sombres.

Sam se remet en marche.

— Dans ce cas, nous avons sa photo.

Je la rattrape.

— Absolument !

C'est une procédure courante de photographier tous les voyeurs des scènes de crime, juste au cas où. Plusieurs affaires ont pu être résolues de cette façon : en voyant apparaître le même visage plusieurs fois en des lieux différents, la police a commencé à nourrir des soupçons et s'est lancée à la recherche de la personne ainsi repérée. Et il s'est avéré que le visage en question appartenait au criminel recherché.

Nous rejoignons le sentier.

— Je vais plancher sur le profil dès notre retour au bureau, annonce Sam. Enfin, une fois que j'aurai vu Rivers, ça va de soi.

— Je me demande ce qu'il va penser de tout ça. Ça m'étonnerait qu'il apprécie que le tueur soit entré en contact direct avec l'Unité.

— Au fait, pourquoi tu ne viendrais pas avec moi ? Je lui dirai que tu m'as aidée.

— Si tu veux.

— Ça ne peut pas me nuire d'amener avec moi la chouchoute du patron.

Sam recommence à plaisanter : c'est bon signe.

— C'est déjà arrivé qu'un tueur se mette en rapport avec un profileur ?

— Je crois que le cas s'est présenté deux fois, mais pas depuis que je travaille dans le service.

— A tous les coups, Rivers va nous sortir un règlement de derrière les fagots. Marco pense qu'il sera furieux.

— Sam, vous lâchez immédiatement cette enquête ! ordonne Rivers.

— Quoi ?

Je me mords la langue. Ni Sam ni moi ne nous attendions à une réaction aussi véhémente.

— Vous m'avez entendu. C'est le règlement. Si un tueur commence à établir une relation personnelle avec un profileur, on confie l'enquête à quelqu'un d'autre. Nous ne devons en aucun cas entrer dans son jeu.

— On ne peut tout de même pas baisser les bras et le laisser mener la danse ! réplique Sam. Il s'imaginerait qu'on a peur de lui.

— N'empêche que c'est la solution la plus raisonnable ! rétorque Rivers qui se lève et s'écarte de son bureau.

— Mais pourquoi ? demande Sam en se levant à son

tour. J'ai terminé la plus grosse partie du travail et je n'en ai plus que pour quelques heures avant de parvenir à un profil complet. Hunter a peaufiné les victimologies élaborées par la police, excepté celle de la jeune fille que l'on a découverte aujourd'hui, et j'ai déjà commencé le profil.

— Je ne veux pas le savoir. C'est le règlement. Point barre.

Il se rassoit et regarde fixement son bureau.

— Tuldoon reprendra le dossier, laisse-t-il tomber sans lever les yeux.

Sam se tourne vers moi avec un haussement de sourcils. Ses lèvres forment silencieusement les mots : « A toi de jouer. »

J'esquisse un sourire.

— Je pourrais m'en charger, monsieur.

Rivers me dévisage.

— Que faites-vous ici, Anderson ? N'avez-vous pas déjà suffisamment de travail ?

Ses paroles me font l'effet d'une gifle. J'accuse le coup.

Il détourne le regard. Il a mauvaise conscience, je le vois bien. Ce n'est pas dans sa nature de manifester ainsi sa mauvaise humeur.

— Il faudra un jour ou deux avant que Tuldoon devienne tout à fait opérationnel…, se risque Sam.

— Pour l'amour du ciel, Wright, asseyez-vous !

Sam obéit.

— Mais Sophie, elle, n'aurait besoin que de…, ajoute-t-elle en m'interrogeant du regard.

— Quelques heures. Cinq, à tout casser, dis-je. Ensuite, je retournerai à mes autres dossiers.

Rivers reste silencieux. Ce que je trouve plutôt encourageant.

— Et si j'établissais une première ébauche du profil pour ensuite le passer à Tuldoon ? De son côté, il pourrait s'occuper de la dernière victimologie et la confronter au profil.

Un compromis acceptable, non ?

Rivers tambourine des doigts sur son bureau. Il ne peut

pas se permettre de faire perdre à Tuldoon deux journées de travail.

— De toute façon, Anderson, comment se fait-il que vous ayez déjà participé à l'enquête ? C'est Wright qui était chargée de cette affaire.

— Sam et moi avons travaillé dessus hier soir, monsieur. En dehors des heures de bureau. Nous avons pensé que deux avis valaient mieux qu'un.

— Et votre petite sortie à Washington, ce matin, c'était aussi *en dehors des heures de bureau* ?

Me voilà le dos au mur !

— C'est moi, monsieur, qui ai demandé à Sophie de venir, explique Sam. Pour être franche, la lettre m'avait un peu perturbée.

— Justement ! Parce que le tueur est entré en contact personnel avec vous.

— Oui, monsieur, admet-elle, malgré l'envie de contester qui visiblement la démange.

— Et s'il se trouvait sur les lieux, ce matin ? suggère Rivers. Dorénavant, il va s'imaginer qu'il accapare deux profileuses du FBI à lui tout seul.

Il secoue la tête.

— Je n'aime pas ça. Ça flatte son ego.

— Je céderais volontiers l'affaire à quelqu'un d'autre, déclare Sam. Mais il serait plus raisonnable de la confier à Sophie. Le temps que je mette Tuldoon au courant…

Elle laisse sa phrase en suspens, dans l'espoir de produire son petit effet.

Je vole à son secours :

— Le profil sera prêt demain. J'y travaillerai chez moi ce soir.

Les doigts de Rivers se remettent à marteler le bureau.

— Ensuite, vous arrêtez tout et Tuldoon prend le relais.

— Oui, monsieur.

— Quant à vous, Wright, vous n'êtes plus sur cette affaire

à partir de maintenant. Je ne veux plus que vous vous en mêliez. Vous m'avez bien compris ?

— A vos ordres, monsieur.

— Et prenez garde à vous ! En fait, je vais demander aux flics de passer de temps en temps devant chez vous pendant leurs rondes.

— Mais…

— Pas de mais. Vous allez avoir droit aux patrouilles de surveillance, Wright. Nous devons nous assurer que notre homme ne se met pas à vous espionner.

Sam ouvre la bouche, s'apprête à protester, puis se ravise.

Rivers baisse les yeux sur son bureau et commence à griffonner dans son calepin. A l'évidence, nous sommes congédiées.

— C'était du sérieux ! dis-je à Sam quand nous nous retrouvons dans le couloir.

— Je ne l'ai jamais vu dans cet état. Tu as remarqué la veine sur son front ?

— Elle battait comme si elle allait éclater.

— Il n'est pas aussi à cheval sur le règlement, d'habitude.

Cela fait deux ans que Sam travaille avec Rivers : elle sait de quoi elle parle.

— J'imagine que c'est à cause de toute la pression qui pèse sur lui. Son équipe est en train de se réduire comme peau de chagrin.

Sam approuve d'un hochement de tête, puis demande :

— Alors, on va travailler ensemble ?

— Je savais bien que tu ne renoncerais pas.

— Et je savais que tu le savais, rétorque-t-elle avec un sourire, en agitant le doigt dans ma direction. Merci de m'avoir soutenue. Et ne t'inquiète pas, je sais combien tu détestes enfreindre les règlements. Ça restera notre petit secret, d'accord ?

Je serre la main qu'elle me tend.

— Marché conclu.

— On aurait peut-être dû cracher dans nos mains ? Ou bien mêler notre sang ?

J'éclate de rire.

Nous arrivons à son bureau.

— Veux-tu qu'on regarde le profil ce soir ? Après la gym ?

— Aïe ! J'avais prévu de m'entraîner avec Marco, ce soir, dis-je en me rappelant tout à coup la promesse faite à mon collègue, quelques jours plus tôt.

— Vraiment ? Juste toi et Marco ?

— Tu veux venir ?

— Merci, mon chou, mais je serais de trop, répond Sam avec un clin d'œil.

— Allez, ne te fais pas prier !

— Les sports de combat, ce n'est pas vraiment ma tasse de thé. Et puis, je sais que tu préfères t'entraîner avec les mecs.

Sam a raison. Je prends des leçons de kung-fu depuis huit ans, et Marco le pratique depuis dix ans. Ce qui fait de lui le partenaire idéal pour m'aider à perfectionner ma technique. Sam, elle, sait mieux se servir d'un revolver que de ses bras ou de ses jambes.

— Et si je passais te voir plus tard ?

— Ne t'inquiète pas. Je déposerai le profil chez toi en rentrant du bureau. De toute façon, ma belle, tu seras peut-être très occupée, ce soir ?

Elle sourit et tourne les talons.

Je l'adore.

Lorsque Sophie est arrivée à son tour dans le parc, rien n'aurait pu me rendre plus heureux. Même dans mes rêves les plus fous, je n'aurais jamais imaginé les voir toutes les deux en train d'admirer mon chef-d'œuvre. Désormais, je retiens leur attention.

Le vent plaquait les longs cheveux blonds de Sophie sur son visage, et pourtant chaque mèche était parfaite. L'air froid rosissait ses joues et faisait ressortir la pâleur de sa peau lisse et translucide. Au moment où elle a levé la tête, j'ai pu remarquer, même de l'endroit où je me tenais, la profondeur de ses yeux bleus. Elle portait les vêtements que je préfère : la jupe anthracite qui lui arrive aux genoux et qui, sans être trop moulante, met en valeur ses jambes fines et ses hanches minces, et aussi la veste courte cintrée qui souligne la finesse de sa taille. Elle est si belle, si sexy, et pourtant elle ne semble pas avoir conscience de son pouvoir sur les hommes. Elle en est même presque gauche.

Sam, en revanche, rayonne de beauté à chacun de ses pas, chacun de ses gestes. Je ne sais pas ce que je préfère chez elle.

Je me replonge avec délectation dans le souvenir du moment où je les ai vues toutes les deux. Ça valait la peine d'écourter le temps passé avec la rousse.

Mais ce qui m'a rendu fou de joie, c'est quand ma chère Samantha a regardé par-dessus son épaule. Elle sait que je l'observe. Elle me cherche. Elle essaie de comprendre qui je suis. Elle ne me voit pas, mais moi je la vois.

Je regarde la dernière photo d'elle, que je viens tout juste de développer dans ma chambre noire. La fermeté de ses traits n'enlève rien à la douceur de son visage. Ses longues boucles brunes sont retenues par un lien, mais quelques mèches trahissent la nature rebelle de ses cheveux. Je les imagine, flottant librement dans son dos. Son menton est finement ciselé, sa bouche large, ses lèvres pleines, ses dents parfaites. Je scrute son visage et l'imagine, grimaçant de plaisir. Sam et Sophie me procurent davantage de jouissance que n'importe quelle autre de *mes* femmes. Elles sont tellement proches de moi, toutes les deux !

La volupté déferle dans mon corps et descend vers mon sexe. Je me soulage en pensant à Samantha Wright et à Sophie Anderson.

6.

D'un mouvement brusque, je balance ma jambe sur le sac de frappe que Marco tient à bout de bras, et je ne peux retenir un sourire en le voyant perdre l'équilibre sous la violence de l'impact. J'ai beaucoup plus de puissance dans les jambes que dans les bras. Comme la plupart des femmes, je suppose.

Marco déplace le sac de haut en bas devant lui, mimant une cible mouvante dont je vise le centre à chaque coup de pied. Puis il le remue latéralement, de plus en plus vite. Je réagis par une série de frappes : coup de pied direct poussé de face, coup de pied latéral de la jambe droite puis de la gauche, coup de pied circulaire et enfin coup de pied direct fouetté visant la tête de l'adversaire.

— Bravo ! me crie Marco.

Pour corser le jeu, il se met à déplacer la cible dans tous les sens. Je m'adapte, je change de tactique, mais au bout d'une dizaine de minutes, je suis en nage et ma force diminue.

— Courage, Sophie !

Pour montrer que je suis à la hauteur, je porte une nouvelle série de coups, puis, faisant appel à ce qui me reste de forces, je termine par un coup de pied croissant. Ce dernier produit l'effet désiré et, l'espace d'un instant, Marco chancelle.

— Pas mal pour une fille ! admet-il avec un sourire.

Je ne me fais pas d'illusions. Je sais que mes muscles ne sont pas aussi puissants que ceux d'un homme. Il faut donc que je sois plus rapide et plus efficace. Et pour ce faire, je dois m'entraîner davantage. J'avale les trois quarts de ma bouteille d'eau et, les mains posées sur mes cuisses, la tête baissée, je reprends mon souffle.

Marco s'approche et boit quelques gorgées de sa bouteille. Il est tout près de moi. Je regarde son visage. C'est à peine si l'on y voit perler quelques gouttes de sueur.

Je ramasse ma serviette, essuie mon visage ruisselant.

— A ton tour! dis-je en tendant la main vers le sac de frappe.

Dans le geste qu'il fait pour me le passer, nos mains se frôlent. Je le regarde. Lui aussi a remarqué...

Je souris. Le souvenir de la chaleur de son corps près du mien, le soir où nous avons failli nous embrasser, resurgit dans ma mémoire. Il y avait eu ce silence embarrassé qui précède souvent les premiers baisers, tandis que je sentais nos corps se rapprocher, nos visages se tendre l'un vers l'autre. Et puis, juste au moment où nos lèvres allaient se toucher, je m'étais brusquement écartée. Ce n'était pas Matt qui m'avait arrêtée. Même si je n'étais pas venue m'installer aux Etats-Unis, Matt et moi aurions mis fin à notre liaison, de toute façon. Ce n'est pas un homme vivant en Australie, à des milliers de kilomètres, qui me retiendrait. C'est moi. Il y a chez Marco quelque chose que je n'arrive pas à cerner. Est-ce la crainte qu'il ne soit qu'un coureur de jupons? Pourtant, Sam a raison. Il me plaît vraiment, et peut-être que je suis prête, en fin de compte.

Je prends la posture du cavalier, tenant le sac bien haut pour me protéger, prête à encaisser les coups. Je m'arc-boute de toutes mes forces, sachant combien il m'est difficile de me maintenir sur mes pieds quand Marco commence à frapper. Il est puissant et rapide. Pour le contrer, je fais appel à toute mon agilité et me déplace constamment. Ce qui me demande un effort considérable. Le temps que nous terminions les exercices avec le sac de frappe, je suis épuisée. Enfin, Marco transpire à grosses gouttes, lui aussi.

Je remplis ma bouteille d'eau et m'essuie de nouveau le visage, parée pour un combat d'entraînement. Nous enfilons l'équipement de sécurité réglementaire des arts martiaux : protège-dents, protège-tibias, gants et casque. Le gymnase s'est presque entièrement vidé ; le coin que nous occupons est à présent désert.

Je jette un coup d'œil à ma montre.

— 19 h 30 ! Pas étonnant que j'aie faim !

— Moi aussi. Encore une quinzaine de minutes et on arrête, d'accord ?

— Bonne idée. Tu attaques en premier.

Face à face, nous prenons la posture du cavalier, les bras en position de défense. J'inspire profondément, m'apprêtant à recevoir une avalanche de coups divers.

Marco commence par un crochet circulaire du poing visant directement ma tête. Je l'arrête de mon bras gauche, tout en guettant sur ma droite l'arrivée du prochain coup. Celui-ci, dirigé vers mon ventre, ne se fait pas attendre, mais je l'écarte d'un blocage bas. Je recule d'un pas, change de jambe au moment même où Marco lance un coup de pied intérieur avec rotation du corps à trois cent soixante degrés dans ma direction. Un double blocage avec les poignets croisés le stoppe net. J'adore être de taille contre Marco. De plus, ça me rassure de savoir que je serais capable de me défendre en cas de besoin.

Dès que je sens ses mains sur le point de s'abattre sur moi, j'effectue immédiatement un blocage croisé au-dessus de ma tête, parant à son double coup de poing. D'un pas de côté, je dévie un coup de poing direct suivi d'un coup de pied latéral. Notre ballet se poursuit pendant encore cinq minutes, puis nous nous accordons une courte pause avant de changer de position. C'est mon tour d'attaquer et le sien de se mettre en défense. Après une seconde de réflexion, j'assène une série de coups de poing et de coups de pied, mais un seul atteint sa cible. Je continue, avec toute la puissance et la rapidité dont je suis capable. Mais mes forces déclinent. Mon énergie est définitivement brisée au moment où je lance un coup de pied croissant sans vigueur que Marco saisit au lieu de le bloquer. D'un brusque mouvement en arrière, il m'envoie dans les airs, et j'atterris sur les tatamis. Mon dos heurte le sol avec violence, mais seul mon orgueil est blessé. Tandis que le visage souriant de Marco entre dans mon champ de vision, je ne peux réprimer un éclat de rire.

Il me tend la main. C'est alors que j'accroche sa cheville droite avec mon pied gauche et place mon pied droit juste au-dessus de son genou. Dans un combat réel, je frapperais directement son genou, mais pour un entraînement, ce serait trop dangereux car je risquerais d'abîmer un ligament. Je plie donc rapidement ma jambe gauche vers l'intérieur, de sorte que ma cheville rejoigne mon fessier. Et en même temps, je repousse la cuisse de Marco à l'aide de ma jambe droite. Le mouvement complet m'a demandé une fraction de seconde, ne laissant pas à Marco le temps de s'opposer aux forces contraires qui s'exercent sur sa jambe. Il vacille et tombe en arrière sur les tatamis. J'en profite pour prendre appui sur mes mains, donner une vigoureuse poussée et effectuer un saut périlleux. Je retombe sur mes pieds. Là, il s'agit d'un mouvement que j'ai appris, non pas au kung-fu, mais en regardant un film de Gene Kelly quand j'avais douze ans. Et me voilà, sourire aux lèvres, dominant Marco de toute ma hauteur.

— Pas mal, Anderson, avoue-t-il.

Mon sourire s'élargit. Je lui envoie une œillade coquine et, d'un geste théâtral, tourne les talons et m'éloigne d'un pas.

— Tiens ! s'exclame-t-il en saisissant ma cheville.

Sans me lâcher, il s'écarte en roulant sur lui-même. Comme je n'ai pas le temps de me remettre d'aplomb ni de me libérer, il ne faut pas deux secondes pour que je m'effondre à mon tour sur le sol. Nous nous retrouvons allongés côte à côte, en proie à un fou rire irrépressible. D'un geste involontaire, je laisse tomber mon bras sur son ventre. Notre rire cesse dans l'instant. Je retire ma main. Nous restons quelques secondes allongés, sans dire un mot, reprenant notre souffle.

Puis Marco se relève et me tend de nouveau la main.

— Pas de ruse, cette fois ! lui dis-je.

— Juré !

Je prends sa main et, sans effort, il me remet debout, tout contre lui. Une fois encore, nos corps sont proches. Trop proches pour des collègues de travail et trop proches pour de simples amis. Il tient toujours ma main. Doucement, je m'écarte.

— Allons prendre une douche, lui dis-je.

Trop tard ! Mes paroles ne pouvaient pas plus mal tomber, j'en ai conscience. C'est une véritable invitation à me rejoindre sous la douche ! Le feu me monte aux joues.

— Je veux dire, *je* vais prendre une douche.

Avec un sourire, il lâche ma main et, avant que le contact ne soit totalement rompu, il me demande :

— Tu veux qu'on dîne ensemble, Sophie ?

— Je ne crois pas que ce soit une bonne idée.

— Pourquoi ?

Je reste muette, cherchant désespérément une réponse acceptable.

Marco en profite.

— Alors, c'est entendu. Je te retrouve dehors dans vingt minutes.

Et sur ce, il attrape sa serviette et disparaît, me laissant quelque peu abasourdie.

Je me dirige vers les vestiaires. Ainsi, c'est arrivé ! Mon premier rendez-vous avec Marco… et je n'ai que vingt minutes pour me calmer et me rendre présentable. Et si je prenais une douche tiède ? Elle apaiserait peut-être l'incendie de mon visage. Je me savonne rapidement mais avec soin. Je tiens à sentir bon.

Une foule de pensées tourbillonnent dans ma tête. Déjà, je me perds en conjectures à propos de cette sortie en tête à tête, et je tente désespérément de prendre les bonnes décisions. Allons-nous nous embrasser ? Devrais-je coucher avec lui ? Ou bien serait-il plus judicieux de décliner tout bonnement l'invitation afin de me soustraire à une situation pour le moins délicate ? Pourquoi les rapports humains sont-ils aussi compliqués ? Et avant même que nous ne soyons engagés dans une quelconque relation !

Après la douche, je m'essuie et jette un coup d'œil à mon reflet dans le miroir. Malgré la fraîcheur de l'eau, de grosses taches rouges couvrent encore mon visage. Mes cheveux sont collés par la sueur. J'aurais dû les laver, mais ça m'aurait pris trop de temps de les sécher. Il va falloir que j'accomplisse un petit miracle pour retrouver une apparence acceptable, sinon séduisante.

Une fois séchée, j'ouvre le robinet d'eau froide et laisse couler sur mes poignets le jet glacé pendant quelques minutes. Retrouver ma sérénité, telle est pour l'instant ma priorité absolue. Après m'être appliqué une touche de déodorant, je me glisse dans ma jupe et j'enfile mon cache-cœur noir à manches trois quarts. Les collants resteront dans mon casier. J'ai bien trop chaud pour en porter. Je chausse mes escarpins.

Ne pas oublier le maquillage ! Je vérifie l'heure. Quinze minutes se sont déjà écoulées. Ma peau est toujours marbrée de rouge, mais la sensation de brûlure s'estompe peu à peu. Espérant me rafraîchir, je me vaporise le visage d'une légère brume de lotion tonique. Puis j'étale uniformément une fine couche de crème hydratante teintée sur ma peau pâle. Un nuage de poudre parfait le maquillage et dissimule la plus grande partie des rougeurs. Pour finir, j'applique sur ma bouche un brillant à lèvres. Voilà pour le visage ! Pas la peine de mettre du mascara : je me fais teinter les cils et les sourcils toutes les six semaines. Une nécessité pour les blondes comme moi.

Passons aux cheveux, à présent. Problème compliqué, s'il en est ! Je retire l'élastique avec lequel je les ai attachés le temps de l'entraînement et de la douche, et je secoue la tête pour voir ce que je vais bien pouvoir en faire. En vérité, je m'attendais à pire. Je prends mon sèche-cheveux dans mon casier, mais dès que je m'en sers, la température de mon corps augmente. J'arrête. De toute façon, je suis maintenant en mesure de brosser ma tignasse et de maintenir quelques mèches en place à l'aide d'une barrette. Je fourre mes vêtements de sport dans mon sac de gym et range le tout dans mon casier. Je les rapporterai à la maison demain pour les laver.

L'heure de vérité a sonné. Je me tiens debout devant le miroir et me toise de haut en bas d'un œil critique, comme savent si bien le faire les femmes. Pas mal ! Les chaussures à talons mettent en valeur mes jambes bien galbées. La jupe ajustée et le col en V soulignent mes courbes délicates. Je tire doucement sur l'encolure, histoire de révéler un peu de mon décolleté, puis me rapproche du miroir pour une ultime vérification. Mes cheveux tombent presque droit sur mes épaules et ne rebiquent que légèrement à la pointe. Des mèches plus claires et d'autres d'une chaude nuance orangée illuminent le blond vénitien naturel de ma chevelure.

Je trouve les traits de mon visage trop minces, mais mes yeux bleu clair et mes pommettes saillantes compensent l'excessive finesse de mon nez et de mes lèvres. Les quelques petites taches rouges sur mes joues ne réussissent pas à gâter la clarté de mon teint. C'est ce qu'on appelle le signe d'une santé florissante, si je ne me trompe ?

Je sors du gymnase. Marco m'attend à la porte, les mains dans les poches, figure parfaite de l'homme d'affaires doublé d'un athlète. Sa seule vue suffit à me plonger dans un abîme de réflexion : la décision principale de la soirée consistera-t-elle uniquement à choisir entre son appartement et le mien ?

En vérité, je me suis montrée incroyablement déterminée en lui résistant pendant six mois. Surtout que sa personnalité, jusqu'à présent, paraît tout aussi séduisante que son physique. Bien sûr, je sais d'expérience que la plupart des hommes chargés de faire appliquer la loi ne sont pas aussi simples qu'ils le paraissent. De plus, ils ont une nette tendance à se montrer plutôt macho, ce qui est vraiment rebutant. Il leur est difficile de trouver la bonne combinaison entre force virile et crânerie machiste. Marco semble y parvenir assez bien. Toutefois, il demeure un peu secret, ce qui n'est pas sans aiguiser ma curiosité.

Nous optons pour un italien à Dumfries, et au bout d'un

quart d'heure nous nous garons tous les deux en même temps devant le restaurant. Cinq minutes plus tard, nous avons passé notre commande. La serveuse revient bientôt, chargée de deux verres de chianti. L'ambiance est romantique. Un peu trop, à mon goût. Dangereuse, même.

Marco le ressent, lui aussi, j'en ai la certitude. Nous observons un silence religieux. Je peux presque nous entendre nous torturer les méninges pour trouver un sujet de conversation. Quelle bêtise ! Nous n'avons encore jamais été confrontés à ce genre de difficulté… C'est juste que je n'arrive pas à réfléchir comme il faut.

Marco est le premier à se jeter à l'eau :

— Alors, comment as-tu trouvé le parc d'East Potomac ?

— C'est joli… à part le cadavre.

— Bien sûr, ça fait mauvaise impression.

Nous nous déridons quelque peu.

— Tes parents ont prévu de venir te voir au printemps ? me demande Marco.

— Effectivement. J'ai demandé un congé ; j'attends que Rivers signe l'autorisation. Malheureusement, je ne peux prendre qu'une semaine.

— Oui. Ça fait trop peu de temps que tu travailles pour le Bureau, par rapport au reste des gars… et des femmes, bien sûr.

Je souris. Marco s'est repris à temps. Depuis peu, on voit des femmes faire carrière au FBI, mais les hommes sont toujours six fois plus nombreux que nous. Mais après tout, il s'agit là d'un trait commun aux forces de l'ordre dans le monde entier.

— Où vas-tu emmener tes parents ?

— Je vais leur faire visiter Washington. Ensuite, je pense que nous irons passer deux ou trois jours à New York et Boston. Leur vol passe par Hawaii, et ils s'arrêteront à Los Angeles pour rendre visite à la famille de mon père.

— L'Amérique ne lui manque pas trop ?

— Non, plus maintenant. Au début, il avait le mal du pays, mais quand nous sommes nés, il a décidé que sa famille resterait en Australie.

— Nous ?

Je bois une petite gorgée de vin pour tenter de me donner une contenance.

— Je veux dire, moi. Quand je suis née…

Marco observe un silence. Il semble avoir l'intention de poursuivre sur ce sujet. Personne ici n'est au courant pour mon frère. Personne ne sait ce qu'il lui est arrivé, il y a très longtemps. A l'évidence, cela figure dans mon dossier, mais je n'en parle jamais de mon plein gré. En Australie aussi, peu de gens ont été au courant de l'événement. Je ne l'ai pas dit à Matt non plus. Même devant lui, je n'ai jamais complètement baissé la garde. Je me demande si j'en serai un jour capable.

Il est temps de changer de sujet de conversation.

— Les parents vont encore me rebattre les oreilles à propos de mon nouveau métier.

— Au moins, ils ont de la suite dans les idées, répond Marco avec un sourire.

Pendant que nous enquêtions sur l'affaire Henley, j'ai raconté à Marco combien mes parents avaient pris en aversion la carrière que j'avais choisie. Ils s'étaient dit qu'en étudiant la psychologie, je m'engageais sur une voie raisonnable. Or, je n'avais jamais perdu de vue mon ambition ultime : sauver les gens.

— Ils détestaient déjà mon travail à Melbourne, et ils supportent encore moins que je vive à des milliers de kilomètres.

— Et que tu pourchasses des tueurs en série !

— Oui, ça aussi.

— Les parents ne sont jamais contents, conclut Marco avec un haussement d'épaules.

— Les tiens non plus ?

— Les miens non plus, répond-il en traînant sur les mots.

Mon père est désespéré que je ne suive pas ses traces. Mais a-t-on idée de faire de la politique ?

— J'avoue que je suis d'accord avec toi. A-t-il déjà pris sa retraite ?

— Pas encore. Il promet sans arrêt à ma mère que c'est pour « l'année prochaine », mais ça n'arrive jamais.

— J'espère que ta mère est patiente.

— Elle est bien obligée, depuis le temps qu'elle le supporte !

— Et tu n'as jamais songé à te lancer dans la politique ?

— Pas vraiment. L'exemple de mes parents m'en a dissuadé.

— Ton père est gouverneur quelque part, c'est ça ?

— Oui, gouverneur du Massachusetts. Mais il nourrissait de plus grandes ambitions encore.

— La présidence ?

— Tout juste ! Et quand il est devenu évident qu'il n'y parviendrait pas, il a vu en moi sa seconde chance.

Marco porte son verre à ses lèvres, puis reprend :

— Comme je le disais, il est impossible de satisfaire ses parents.

— Mais il est encore temps pour toi.

— Toi et mes parents, vous formeriez une bonne équipe.

Je laisse échapper un petit rire.

— Non, en l'occurrence, je prendrais plutôt ton parti.

Marco change de sujet.

— C'est beau, Hawaii.

— Tu y es déjà allé ?

— Oui.

— Pour le travail ou pour le plaisir ?

— Pour le travail.

— Le Bureau ou l'armée de l'air ?

— L'armée de l'air. J'ai été stationné à la base militaire de Hickam pendant cinq mois.

— Ça se trouve sur quelle île ?

— Oahu. On était juste à côté de l'aéroport d'Honolulu.

— Sympa !

— Oui, pas mal comme endroit pour travailler, admet Marco en souriant.

Sans le quitter des yeux, j'imagine nos lèvres en train de se rejoindre. J'embrasse Josh Marco et… Hélas ! C'est le moment que la serveuse choisit pour apporter nos plats. Le charme est rompu.

Nous attaquons notre repas en silence et avec une certaine précipitation. L'exercice physique nous a donné faim, certes, mais il y a autre chose.

Je continue à manger en regardant fixement mon assiette. Josh m'intimide. Pourquoi suis-je aussi nerveuse ? C'est parfaitement ridicule !

Je lève enfin les yeux.

— Il est comment, ton risotto ?

Josh accroche mon regard et sourit.

— Très bon. Tu veux y goûter ?

Il pousse doucement son assiette vers moi et j'y pioche un peu de riz.

Puis je lui rends la pareille.

— Essaie les gnocchis.

— Volontiers.

Il plante sa fourchette dans un gnocchi, l'enfourne, boit une gorgée de vin par-dessus, le tout sans me quitter des yeux.

Dans un effort pour masquer ma nervosité, je relance la conversation :

— Que faisais-tu à Honolulu ?

— Pas grand-chose. Des exercices d'entraînement, surtout. Plus quelques missions réelles.

Il s'interrompt. Je prends la relève.

— Ah, je vois ! Nous en sommes au moment où « si je t'en dis plus, je serai obligé de te supprimer ».

Il avale une autre gorgée de vin.

— Quelque chose dans ce genre.

Je plisse les yeux, incapable de deviner si Josh dramatise ou s'il a réellement participé à des missions ultrasecrètes au temps où il servait dans l'armée de l'air.

J'insiste :

— Tu ne veux pas en dire plus ?

— Il n'y a rien à ajouter.

Il se replonge dans son risotto, souriant entre chaque bouchée.

Il aime les cachotteries ? Qu'à cela ne tienne ! Je ne lui poserai plus aucune question sur ce sujet. Et tant pis s'il est frustré. C'est mon côté obstiné qui prend le dessus, à présent.

Soudain, il rompt le silence :

— Où en est l'affaire de Washington ?

L'idée de parler boutique pendant notre première sortie ne me ravit pas, je dois le dire, mais d'un autre côté, je me sens trop tendue pour aborder un autre sujet. Alors, nous passons le reste du repas à discuter des meurtres de Washington et à essayer de repérer un détail qui nous aurait échappé. Mais il n'y a rien de nouveau. Pas encore. Nous attendons toujours les résultats du labo scientifique. Peut-être Marty trouvera-t-il quelque indice.

Nous buvons notre café lorsqu'un nouveau moment de gêne coupe court à notre bavardage. Les yeux fixés sur Marco, silencieuse, je prends soudain conscience avec une douloureuse acuité que je n'ai eu aucun rapport sexuel depuis plus de sept mois et que chaque centimètre carré de mon corps frissonne d'avance à l'idée de ce qui pourrait arriver cette nuit. Toute velléité de résistance me quitte. Les sentiments que j'éprouve à l'égard de Josh sont indéniablement profonds. Et Sam a raison : c'est comme ça depuis le début.

Tout en échangeant quelques propos décousus, nous réglons l'addition. Aucune suggestion n'est formulée verbalement, et une fois sortie dans l'air froid, je sens le mur protecteur commencer à se reconstruire autour de moi. Mais Josh se montre plus rapide. Il me saisit la main et la serre doucement. Le mur s'écroule.

— Josh ?

Au lieu d'exprimer mon inquiétude, je laisse le silence retomber, et une fois de plus, nos corps se rapprochent. Je hume le parfum familier de son après-rasage. Acqua de Gio. De ce côté-là, rien à redire ! Il appuie sa main dans le creux de mes reins et se penche jusqu'à ce que nos lèvres se touchent. Notre baiser est tendre, hésitant, au début. Je me blottis contre lui et l'enlace tandis que nous nous embrassons. De nouveau, notre geste est empreint de douceur, de timidité, d'indécision. Puis, tandis que nos corps se pressent l'un contre l'autre, le troisième baiser se fait plus intense, franchement sensuel.

— Ouaouh ! s'exclame Josh.

Je hoche la tête, heureuse que nous éprouvions la même sensation. J'avais oublié ce que les premiers baisers pouvaient avoir de merveilleux — ça faisait sept ans que je sortais avec Matt, après tout.

— Je te raccompagne ? me demande Josh.

Mais nous savons tous les deux que la véritable question ne réside pas là. Ma voiture est garée au coin de la rue, tout comme la sienne.

J'hésite. Ma raison livre une bataille acharnée à mon cœur et à mes pulsions sexuelles.

— Oui, bien sûr, pourquoi pas ?

Le trajet en voiture se déroule dans un silence tendu, vibrant d'impatience. Ce premier baiser a aiguisé mon appétit, et mon corps réclame davantage. Pourtant, je ne peux m'empêcher de m'interroger. S'agira-t-il d'une liaison sans lendemain, qui se soldera par une longue suite de regards embarrassés lorsque nous nous croiserons au bureau ? Notre vie professionnelle, sans parler de notre amitié, s'en trouvera-t-elle empoisonnée ? Peut-être est-ce ce que Josh recherche. Mais je ne veux pas de ça. Pas avec lui. Je ne choisirais pas un collègue si je ne recherchais qu'une relation sexuelle.

Nous arrivons chez moi. De nouveau, je me sens incertaine. Josh se garde d'insister.

Indécise, je serre les lèvres.

— Tu veux monter ?

— O.K.

Nous montons quatre à quatre l'escalier, impatients de nous retrouver dans les bras l'un de l'autre. Après avoir bataillé maladroitement contre la serrure, je ramasse une grande enveloppe glissée sous ma porte.

— Ça vient de Sam, dis-je en la déposant sur la table du séjour. C'est le profil qu'elle a établi pour les meurtres de Washington.

Josh entre derrière moi et, pendant un instant, nous nous regardons, hésitants.

— Josh, je ne veux pas nous mettre dans une situation embarrassante. Au bureau, je veux dire.

Enfin ! J'ai réussi à exprimer ce qui me tracassait le plus.

— Il n'y a aucune raison que ça arrive.

Je me dirige vers la cuisine.

— Tu veux un verre ?

Je laisse mon regard errer autour de la pièce, prenant soin d'éviter Josh.

— Volontiers, si tu en prends un aussi.

En réalité, je n'ai envie de rien d'autre... que de Josh. Je reviens vers lui et l'entoure de mes bras. Nous nous embrassons. Un baiser profond, lascif. Sans nous interrompre, nous gagnons ma chambre à tâtons, nous dépouillant de nos vêtements en chemin. Le temps d'atteindre le lit, Josh a perdu sa chemise et sa ceinture en route et, moi, ma veste et mon cache-cœur. Je suis surprise de découvrir sa poitrine glabre, surtout connaissant ses origines italiennes. Du bout des doigts, j'effleure sa peau lisse.

Ralentissant le jeu, il me caresse doucement le dos puis le ventre. Il m'embrasse dans le cou. De doux baisers qui se mêlent à la chaleur de son souffle. Ma respiration se précipite. J'envoie promener mes chaussures d'un coup de pied et déboutonne son pantalon. Il plonge une main dans mes cheveux, ouvre la fermeture Eclair de ma jupe. Tandis que je la retire, il ôte son pantalon et nous nous retrouvons tous les deux en sous-vêtements.

Je pousse Josh sur le lit.

— C'est donc ainsi que ça va se passer ? demande-t-il, plaisantant à moitié, mais de toute évidence fou de désir.

Après sept mois de célibat et de tension sexuelle… il n'y a aucun doute là-dessus !

7.

J’ouvre péniblement les yeux et rencontre le regard de Josh. Appuyé sur un coude, il m’observe.

— Bonjour, dit-il en me donnant un tendre baiser sur l’épaule.

— ’jour.

— Tu viens de faire un cauchemar.

— C’est vrai ?

Je n’ai pu réfréner la vivacité de ma question.

— Qu’est-ce que j’ai fait ?

— Tu t’agitais et tu parlais tout haut. Mais je n’ai pas compris un traître mot de ce que tu as dit.

— Humm.

Je n’en ai aucun souvenir.

— Ça t’arrive souvent de faire des cauchemars ?

— Euh… oui, dis-je, hésitant à mettre Josh au courant.

— C’est à cause des enquêtes ?

— Je crois, oui. D’habitude, je ne me rappelle pas mes rêves. Et toi, tu as bien dormi ?

— Oui, j’ai réussi à me reposer un peu.

Je souris. Nous nous sommes réveillés au moins deux fois au cours de la nuit pour renouveler notre performance, incapables de nous rassasier l’un de l’autre. Je roule sur le dos, les bras écartés.

— Je suis épuisée.

— Moi aussi.

Avec douceur, Josh fait courir sa main sur mon ventre. Et

bientôt, son geste se transforme en câlin. Il m'attire contre lui pour me déposer un baiser dans le cou.

— Quelle heure est-il ?

— 7 h 15.

Je me redresse brusquement.

— Zut ! Je devais étudier ce profil pour Sam. J'ai promis à Rivers de le lui remettre ce matin.

— Fais-le au bureau !

— Je suis censée m'en occuper en dehors de mes heures de travail. En fait, Rivers a retiré l'enquête à Sam et il croit que c'est moi qui me charge entièrement du dossier.

— Vraiment ? Je ne te savais pas rebelle à l'autorité.

— C'est juste pour aider une amie.

— Si tu veux, je t'accompagne au bureau. Tu pourras jeter un œil sur le profil dans la voiture.

— Ça ne me laissera pas assez de temps.

— Au moins, tu en auras un aperçu.

Je n'ai guère le choix. De toute façon, ma voiture est restée à Dumfries.

Le trajet s'effectue en silence, tandis que je parcours rapidement le profil, tout en prenant des notes dans mon carnet. Il y a forcément autre chose à propos du tueur, quelque chose que nous n'avons pas encore déchiffré…

Arrivée à Quantico, je fonce vers le bureau de Sam. J'ai de grandes nouvelles à lui annoncer, tant sur le plan personnel que professionnel. Je vais lui raconter que j'ai vu Jean et Susan en rêve, et ce qui leur est arrivé. Qu'en pensera-t-elle ? Je me le demande.

Je zigzague à travers les corridors au pas de course. Le bâtiment est encore endormi, et mes talons claquent bruyamment sur le linoléum. La moitié des bureaux sont fermés et plongés dans l'obscurité ; l'autre moitié commence tout juste à montrer quelques signes de reprise d'activité. Celui de Sam est sombre, la porte verrouillée.

Dommage! J'espérais tant qu'elle serait là pour recevoir mes confidences! Elle doit être en retard. Une tension terrible s'accumule en moi : j'ai besoin de m'en libérer. Où mon amie peut-elle bien être?

Une fois dans mon bureau, je l'appelle et laisse un message sur son répondeur, puis je lui envoie un mail.

Désespérément, je tente de recentrer mon attention sur mes dossiers. J'essaie de ne pas penser à Josh, de ne pas me rejouer les scènes de la soirée en boucle. Josh en train de me caresser... moi en train de l'embrasser... Le seul moyen de me distraire des événements de la nuit dernière, c'est de m'absorber dans l'étude d'un profil. Je ramasse mes dossiers et choisis la prochaine enquête sur laquelle je vais travailler. L'affaire du Siffleur au Canada.

J'ai à peine terminé de lire le rapport du coroner que Sam fait irruption dans mon bureau.

— Tu m'as appelée, mon chou?

Avec un sourire, je lui fais signe d'entrer.

— Voilà une mine qui en dit long! remarque-t-elle, ou je ne m'y connais pas!

A l'évidence, elle devine déjà qu'il s'est passé quelque chose entre Josh et moi.

Je hoche la tête et souris de nouveau, confirmant par là ses soupçons. Sam referme la porte derrière elle.

— Alors, raconte! Qu'est-ce qui s'est passé? me demande-t-elle avec jubilation.

— Eh bien, nous nous sommes entraînés au kung-fu. Puis nous sommes allés dîner. Et nous sommes rentrés chez moi.

— Enfin! Comment c'était?

— Fantastique! Vraiment super.

— Marco s'est montré à la hauteur? demande mon amie avec un clin d'œil.

— Oui.

Je me sens rougir jusqu'aux oreilles.

Si Sam était australienne, en moins de deux minutes, elle

m'aurait fait décrire étape par étape tous les événements de la veille. Les femmes de mon pays ne se contentent pas d'un banal « oui » pour toute réponse.

— Ça se voit. Ce sourire sur ton visage n'est pas près de s'effacer, à mon avis.

Je pouffe de rire.

— Te voilà devenue un authentique *agent double* ! ajoute-t-elle.

— Sans doute. Mais j'ose espérer que tu seras la seule à me donner ce surnom parce que je n'ai absolument pas l'intention d'en parler à qui que ce soit d'autre pour l'instant.

— A quand votre prochain rendez-vous ?

— Je ne sais pas, dis-je, les sourcils froncés. On n'en a pas parlé.

— A ta place, je ne m'inquiéterais pas ! Il en pince pour toi.

— Je l'espère bien. La dernière chose dont j'aie envie, c'est bien d'une aventure sans lendemain avec un collègue.

— Ne sois pas aussi austère ! De toute façon, ça ne risque pas d'arriver.

— Seigneur, j'aimerais avoir juste une petite partie de tes certitudes !

Elle laisse échapper un de ces rires sonores, tonitruants dont elle a le secret.

— Tu n'as aucune raison de douter de ton charme. Tu es intelligente, grande, blonde, superbe, mince… sans parler de ta générosité. Je dirais même de ta générosité excessive.

— Arrête, tu me gênes ! D'ailleurs, tu oublies de dire que je suis aussi têtue, méfiante, timide et toujours sur la défensive.

— Toi ? Têtue ?

— Très drôle !

Je marque une pause. Voici une excellente occasion d'aborder le second sujet dont j'ai désespérément besoin de parler avec Sam — une autre de mes « particularités », ces rêves et ces cauchemars qui me hantent. Avec un peu de chance, Sam pourra me fournir une explication rationnelle. Pourtant, je me retiens encore. Toute cette histoire lui paraîtrait insensée. Au lieu de me confier, je finis donc par avouer :

— La mauvaise nouvelle, c'est que je n'ai pas vraiment eu le temps de regarder ton profil.

— Tu veux dire, *ton* profil.

— Oui, c'est ça. Mon profil. Je l'ai survolé, c'est tout.

— Qu'en penses-tu ?

— Il nous manque un élément à propos de ce type que nous ne connaissons pas.

— Je suis d'accord, mais quoi ?

— Je n'en suis pas sûre. Alors, soit nous rendons le profil à Rivers maintenant, soit nous continuons à y travailler ce soir.

— Eh bien, tu vas devoir te débrouiller avec lui, parce qu'officiellement, je ne suis plus sur cette enquête.

L'idée de ne pas respecter le délai convenu me tracasse bien un peu, mais d'un autre côté, le profil en l'état ne me satisfait pas.

— Attendons encore une journée. Je tiens à ce que ce soit parfait.

— Comme tu veux, mon chou.

— Mais comme je suis une dégonflée, je vais l'annoncer à Rivers par mail, dis-je en pianotant sur mon clavier avant de cliquer sur la touche « envoi ». Voilà, c'est fait !

J'étais tellement excitée à l'idée de raconter à Sam ma soirée avec Josh que j'ai complètement oublié à quel point la missive du tueur l'a perturbée, hier.

— Il s'est encore manifesté ? Le tueur, je veux dire ?

— Non, répond-elle d'une voix douce. Rien à signaler.

— Sois très prudente, tu m'entends ?

— Naturellement. J'ai inspecté mon appartement dès que je suis rentrée chez moi, hier soir. Et avant de me coucher, j'ai vérifié toutes les serrures. Je fais aussi très attention à ne pas être suivie.

— Parfait. Et les flics ?

— Ils ont effectué deux rondes au cours de la soirée, et probablement plusieurs autres pendant la nuit.

— Bon. J'espère que tu ne te fais plus de souci à cause de la lettre ?

Sam hésite.

— Pour parler franchement, elle me tarabuste encore un peu. Pourtant, je ne travaille plus sur cette affaire… enfin, pas vraiment.

— Mais le tueur n'est pas au courant.

Elle hausse les épaules.

— Je vais rester sur mes gardes toute la semaine.

Je fronce les sourcils.

— Bon, d'accord, se corrige-t-elle. Jusqu'à ce que nous ayons coincé ce type.

— J'aime mieux ça.

— Je ne crois pas que ce soit moi qu'il vise. Il serait vraiment stupide de s'en prendre à un agent du FBI.

— C'est vrai.

— D'ailleurs, tu seras là pour me protéger, ce soir, ajoute-t-elle en souriant.

— Ensemble, nous sommes invincibles !

Nous partons d'un bruyant éclat de rire.

Il est 20 heures. Sam nous a préparé des burritos aux haricots rouges. Elle habite une tour de seize étages à Key Towers, un grand ensemble situé à Alexandria, à moins de quinze kilomètres du centre de Washington. C'est très confortable, et Sam et moi avons même envisagé d'emménager ensemble dans un appartement plus grand, lorsque nos baux respectifs auront expiré. Sam ferait une colocataire idéale. Pour son deux-pièces, elle a choisi un style contemporain, avec moquette couleur crème et stores vénitiens, le tout égayé par des taches de couleur, dont deux canapés rouge vif. Mais dans la salle de bains et la cuisine, c'est la sobriété du blanc qui domine.

Sam dépose bruyamment une assiette et une bouteille de bière devant moi.

— J'ai l'impression d'avoir un mari à la maison, me dit-elle.

Je laisse échapper un petit rire.

Tout en recouvrant ses haricots de crème fraîche et de guacamole, Sam poursuit :

— Quand je travaillais aux Homicides, j'ai eu affaire à un cas, une fois... une histoire d'empoisonnement. Une femme avait empoisonné son mari. Quand je l'ai interrogée, elle m'a regardée droit dans les yeux et m'a dit qu'elle en avait eu assez de préparer le dîner de son mari tous les soirs.

Sam avale une lampée de bière, et reprend :

— Donc, un jour, alors qu'elle est occupée à ses fourneaux, elle se dit : « Non d'un chien ! Je ne veux plus jamais avoir à faire ça, ni demain ni aucun jour de ma vie ! » Elle va chercher de la mort-aux-rats dans la remise, et la mélange au plat destiné à son cher époux.

— Gentil de sa part !

— Et tu ne sais pas la meilleure ! Elle a invoqué la légitime défense.

— De quoi provoquer une véritable avalanche de meurtres !

— Le juge a refusé de la lui accorder. Pourtant, je suis sûre qu'un grand nombre de femmes se feraient un plaisir de contester cette décision.

— Tu penses te marier un jour ?

— Moi ? Je ne suis pas faite pour le mariage. Et de toute façon, j'ai d'autres projets en tête.

— Par exemple ?

— Je veux devenir la première femme directrice du FBI.

— Rien que ça ! dis-je, ne sachant trop si elle parle sérieusement.

— Enfin, peut-être pas directrice, mais en tout cas, je tiens absolument à faire carrière au sein du Bureau. Et puis, je veux aussi pouvoir voyager. Et toi ? Tu crois que tu finiras par te laisser mettre la corde au cou ?

— Peut-être… un de ces jours.

— Marco ferait parfaitement l'affaire ! lance Sam avec un clin d'œil.

— C'est encore un peu tôt pour en parler.

Je fourrage dans mon plat.

— Quelque chose ne va pas, mon chou ? Tu as peur que je t'empoisonne ?

Je m'esclaffe.

— Non, si tu voulais tuer quelqu'un, je crois que tu serais plutôt du genre à utiliser une arme à feu.

— Tu le penses vraiment ?

— J'ai dit ça à tout hasard.

— Ha ha ha ! Et toi, comment ferais-tu ?

Les paupières plissées, elle scrute mon visage, secouant lentement la tête d'un geste théâtral, puis reprend :

— Je parie que tu choisirais la difficulté. Un corps à corps, par exemple.

— Seulement si j'étais sûre de gagner.

Sam ne me quitte pas des yeux tandis que, armée de ma fourchette, je forme un petit monticule de haricots frits dans mon assiette.

— Allez, Sophie, dis-moi ce qui te tracasse !

En hâte, j'enfourne un morceau de burrito. Mais Sam ne s'avoue pas vaincue.

— Je sais que quelque chose te perturbe. C'est à cause de Marco ?

— Non, de ce côté-là, tout va bien. En fait, il est venu me voir et il m'a fixé un autre rendez-vous.

— Vraiment ?

— Il m'a invitée à dîner. Chez lui.

— Vraiment ? répète Sam. Alors, c'est une affaire qui marche.

— Oui, je crois, dis-je en souriant. L'histoire ne fait que

commencer, mais j'ai l'impression qu'il a pas mal de côtés séduisants.

— Et comment !

— Je ne parlais pas uniquement de *ça*.

— Non, bien sûr. C'est un homme bien. Même si c'est un homme à femmes.

Déconcertée, je pousse un bref soupir.

— Je plaisantais ! me dit Sam. Ma parole, tu es vraiment mordue !

— Ouaip !

La vérité, c'est que j'ai repoussé Josh pendant trop longtemps et que j'effectue maintenant une volte-face complète. Il ne fait aucun doute que je suis en train de tomber amoureuse de lui, et la tête la première encore ! J'ose à peine me l'avouer à moi-même, alors de là à le reconnaître devant Sam…

Le premier burrito englouti, Sam nous en sert un deuxième et, après quelques secondes, elle revient à la charge.

— Si ce n'est pas Marco, qu'est-ce qui t'ennuie ? me demande-t-elle, la bouche pleine.

Prenant une profonde inspiration, je rassemble tout mon courage et me lance :

— Je ne sais pas comment l'expliquer. J'ai peur que tu me prennes pour une folle.

— Vas-y, accouche ! On est entre nous.

J'hésite encore. Est-ce que je ne risque pas de le regretter plus tard ? Une fois que j'aurai tout raconté à Sam, il n'y aura plus moyen de revenir en arrière. Pourtant, j'ai besoin que quelqu'un me donne son avis, et Sam est la seule à pouvoir le faire. Je n'ai pas le choix, je crois. Je me jette à l'eau.

— J'ai des visions. A propos des affaires.

— Qu'est-ce que tu veux dire ?

Je reste muette. Comment exprimer ça clairement ?

Sam me fixe avec intensité.

Je quitte mon siège et m'éloigne de la table, le regard au loin.

— Ça va te paraître dingue.

Je pivote sur mes talons, inspire profondément.

— Tu te rappelles Jean, dans ton dossier sur l'affaire de Washington ?

— Oui, eh bien ? demande Sam en reposant sa fourchette avant de me faire face.

— Tu te souviens, je l'ai reconnue et je t'ai dit que j'avais déjà dû voir le dossier quelque part.

Sam hoche la tête.

— Je n'ai jamais eu ce dossier entre les mains. Hunter ne me l'a pas montré, mais j'ai vu Jean. A deux reprises, en fait.

— Qu'est-ce que tu racontes ?

— J'ai fait un rêve. Un cauchemar. Et j'ai vu Jean, morte, dans la même position que celle qu'elle avait sur la scène du crime.

Sam demeure silencieuse. Je continue :

— Et puis, il y a aussi la dernière victime… Susan.

— Quoi, Susan ?

— Dans mon rêve, elle marchait vers sa voiture.

Les traits de Sam se crispent.

— Susan a été enlevée dans un parking, exactement comme Teresa, dit-elle, troublée.

— Oui, je sais. Je l'ai vue avec les yeux du tueur.

— D'accord, d'accord. Essayons de raisonner avec logique.

Sam va s'asseoir sur le canapé et pose le menton dans sa main.

— Il y a autre chose.

— Quoi ?

— La nuit où Susan a été tuée, j'ai assisté au meurtre.

— En rêve ? me demande Sam, sceptique.

— Pas vraiment. J'étais en train de m'assoupir quand c'est arrivé. C'était juste après ton départ, à minuit cinq précisément. J'ai vu Susan se faire assassiner.

— Comment ça, *vu* ?

— C'était comme regarder une série d'instantanés ou

une vidéo de mauvaise qualité. Des images percutaient mon esprit à toute vitesse.

Je sens ma poitrine se serrer ; je réprime mes larmes et la panique qui me gagne.

Sam s'efforce d'assimiler ce qu'elle vient d'entendre.

— Ça t'était déjà arrivé en Australie ?

— Je fais souvent des mauvais rêves, mais d'habitude je ne m'en souviens pas.

Cependant, au moment même où je prononce ces paroles, je me retrouve projetée vingt-cinq ans en arrière. Avec John. Ça s'*était* déjà produit ! La semaine où John a disparu, j'avais fait plusieurs cauchemars, mais le plus terrifiant de tous était arrivé la nuit même de son enlèvement. Et à mon réveil, John n'était plus là. La police a conclu à une fugue, mais je savais ce qui s'était réellement passé. Il avait été kidnappé et assassiné. J'avais vu le meurtre de mes propres yeux. J'avais ressenti les émotions du tueur. J'ai essayé de le dire à la police, à mes parents, mais personne ne m'a crue. Au bout de quelques jours, j'ai douté de moi-même. Pourquoi avais-je imaginé et raconté des choses aussi horribles ? C'était juste un cauchemar. Puis les semaines ont passé. Et les mois. Et toujours pas de nouvelles de John. A ce moment-là, il était trop tard. Un an plus tard, on a retrouvé le corps de mon frère dans le *bush*, à quatre-vingt-dix kilomètres de Shepparton, la ville où j'ai grandi. Peut-être que si j'avais réussi à les convaincre, j'aurais pu empêcher cette abomination.

— Sophie ?

D'un geste furtif, j'essuie les larmes sur mes joues, puis je me retourne.

— J'avais souvent des intuitions. Comme tout le monde.

Je ne peux me résoudre à parler de mon frère à Sam. Pas encore.

— Une grande partie du travail de la police se fonde sur des intuitions, dit Sam. Mais ce n'est pas à ça que tu pensais, n'est-ce pas ?

— Non, pas cette fois.

— Peut-être que tu t'impliques trop dans tes enquêtes ?

Sam semble décidée à se raccrocher à n'importe quelle brindille.

— J'aimerais que ce soit aussi simple. Mais même si je m'engageais à fond dans un dossier, comment cela pourrait-il provoquer des visions ? J'ai cru que mon imagination me jouait des tours, jusqu'au moment où j'ai vu Susan couchée dans ce parterre de fleurs.

Visiblement déroutée, Sam secoue la tête.

— As-tu déjà travaillé avec un médium ?

Le mot tabou s'étrangle dans ma gorge.

— Oui, deux fois, répond-elle. Ils se sont révélés très utiles. A vrai dire, grâce à l'un d'eux, on a même pu sauver une petite fille qui avait été enlevée.

— Sam, ça fait des jours que j'essaie de repousser cette idée, mais c'est la seule explication possible.

— D'accord, supposons que tu aies des prémonitions.

Encore un mot prohibé.

— C'est démentiel, non ?

Sam réfléchit un moment avant de répondre :

— Je n'y connais pas grand-chose, Sophie, mais je te connais, et j'ai confiance en toi.

Comme libérée d'un fardeau, j'esquisse un sourire.

— As-tu eu d'autres pressentiments à propos du tueur de Washington ?

— Non, pas depuis l'autre nuit, quand Susan a été tuée.

Il y a un silence.

— Je crois que nous ferions bien de garder tes visions pour nous pendant un moment, finit par suggérer Sam. A moins que tu ne veuilles en parler à Marco.

— Jamais de la vie ! Il s'enfuirait en courant.

— Possible. Et le Dr Rosen ?

— J'y ai pensé. Mais je ne tiens pas à ce que ce soit consigné dans mon dossier personnel. Surtout que je ne sais pas encore vraiment de quoi il retourne.

En sa qualité de psychologue attitrée du Bureau, Amanda se sentirait obligée d'en informer Rivers ou Pike. Elle penserait sûrement que j'ai perdu l'esprit et elle me mettrait en disponibilité. Encore un cas d'épuisement professionnel au sein de l'UAC !

— Donc, nous sommes d'accord, conclut Sam. Tout ça reste entre nous.

— Je sais que ça paraît loufoque.

— Effectivement, c'est un peu bizarre, mais ce sont des choses qui arrivent.

Sam tente de désamorcer la tension ambiante et je lui en suis reconnaissante. Quel soulagement d'avoir trouvé quelqu'un à qui me confier ! Sauf que, exprimées à haute voix, mes pensées paraissent encore plus délirantes que quand je les rumine toute seule.

Sam se relève.

— Maintenant, mange. J'ai trimé pendant des heures dans ma cuisine pour préparer ce dîner. Tu ne vas pas le bouder !

Je me force à rire, et nous terminons notre repas. Après avoir débarrassé la table, Sam y dépose le contenu de son attaché-case et étale les photos des meurtres de Washington.

— C'est bien Jean que tu as vue morte dans ton rêve ? me demande-t-elle.

— Oui, mais elle portait une marque étrange sur la cuisse. Juste au-dessous de la hanche, sur la face externe. Un tatouage, je crois. Ça ressemblait à quelque chose de celtique.

Sam ramasse une photo du cadavre de Jean et l'examine attentivement.

— Je ne distingue rien, mais je demanderai à Flynn de me faire un agrandissement. Les entailles sur ses cuisses sont trop nombreuses. Ça ne va pas être facile d'y discerner un tatouage.

— Il n'y est pas allé de main morte avec les coups de couteau.

— C'est sûr, mais comme nous l'avons déjà remarqué, le

schéma reste celui d'un acte contrôlé, soigneusement prémédité, et non pas d'un crime impulsif.

Sam pose le profil sur le dessus de la pile et reprend :

— Je le classerais dans la catégorie des criminels organisés.

J'approuve d'un hochement de tête. « Criminel organisé » cadre bien avec les autres données du meurtre. Les tueurs de ce genre ont tendance à planifier des agressions méthodiquement : ils ligotent leurs victimes, ils exigent d'elles une totale soumission et ils transportent les corps d'un endroit à un autre. Tout ça, notre homme l'a fait. Il se peut que le moment de la mort ait constitué une phase désorganisée de son mode opératoire, mais l'assassin a parfaitement maîtrisé les enlèvements et les meurtres. Malheureusement pour nous, les criminels de type organisé sont plus difficiles à épingler — ils ont en général un quotient intellectuel élevé.

— A-t-il pris des trophées ?

Les tueurs en série ont souvent un penchant pour les trophées prélevés sur leurs victimes, lesquels leur permettent de revivre le meurtre à loisir. La seule vue d'un trophée leur procure du plaisir. Plaisir malsain, s'il en est !

— Jean portait un bracelet que l'on n'a pas retrouvé. Quant à Teresa, elle avait une bague au petit doigt.

— Tout ça pourra servir de pièces à conviction, dis-je.

La manie qu'ont les tueurs en série d'emporter des trophées se retourne fréquemment contre eux. C'est en partie ce qui a permis d'obtenir la condamnation de Milat pour les meurtres d'auto-stoppeurs en Australie. La police avait découvert des bouteilles d'eau, des sacs à dos, des foulards et même une tente appartenant aux victimes dans le grenier du suspect. Pas mal, comme pièces à conviction, aux yeux d'un tribunal !

— Quand Susan a-t-elle été enlevée ?

— Trois jours avant sa mort, semble-t-il, répond Sam.

Je récapitule :

— Susan, trois jours, Jean, cinq jours et Teresa, huit.

Sam hoche la tête et choisit une photo de Jean.

— Euh… tu veux la toucher ? La tenir dans tes mains ?

Perplexe, je lui lance un regard interrogateur. Et soudain, je comprends — les médiums ont besoin d'un contact physique avec les objets. Dans bien des cas, cela peut déclencher leurs visions.

— Ah, oui, bien sûr, dis-je, gênée.

Je prends la photo et ferme les yeux, attendant que quelque chose se produise, sans savoir quoi au juste. Je me sens tout à fait ridicule. Un sourire flotte sur mes lèvres.

Sam entre alors dans le jeu et, tout à coup, elle se met à psalmodier « Aoummmmm ».

Nous éclatons d'un fou rire irrésistible.

— C'est grotesque, dis-je.

Je suis sur le point de m'étrangler entre deux gloussements.

Je repose la photo.

De son côté, Sam s'est écroulée sur sa chaise, les joues inondées de larmes.

Hélas ! Ce bref moment de détente s'envole aussi vite qu'il est venu. Une nouvelle fois, je fixe le regard de Jean et une douleur déchirante me brûle les yeux. Je tombe en avant. A l'instant même où Sam se précipite pour me retenir, la silhouette d'un homme traverse mon champ de vision comme un éclair. C'est lui, c'est le tueur ! Mais avant que j'aie le temps de distinguer ses traits, l'ombre s'évanouit.

— Mon Dieu, mon chou, ça va ? me demande mon amie, affolée.

— Je crois que je viens de le voir.

— Le tueur ? s'exclame-t-elle, son bras glissé sous le mien.

— Oui.

La douleur qui me vrille le crâne et les yeux s'estompe légèrement.

— Tu as pu discerner son visage ?

— Non, l'image était trop sombre. Comme s'il faisait nuit ou qu'il se trouvait dans une pièce obscure. Je n'ai aperçu qu'une ombre. Une présence vague. Mais je suis sûre que c'était lui.

— Tu es pâle comme un linge. Comment te sens-tu ?

— J'ai mal à la tête. Très mal.

— Ne bouge pas, je vais te chercher de l'aspirine.

Sam me fait asseoir sur le canapé.

Quelques instants plus tard, elle revient avec des cachets et un verre d'eau. J'avale les comprimés d'un seul coup. Tout mon être est empli de haine, de terreur et d'appréhension. La haine appartient au tueur, mais l'effroi et la crainte sont bien à moi. Je ne peux me défaire du sentiment d'une catastrophe imminente. Je repense à John et aux cauchemars qui m'ont hantée, il y a si longtemps.

— Les médiums ont souvent des réactions physiques très violentes quand ils voient des choses, fait remarquer Sam.

Pourvu que mes symptômes physiques et émotionnels fassent seulement partie de la prémonition et ne tardent pas à se dissiper !

— As-tu vu où il se trouvait ?

— Non, j'étais en train de regarder la photo de Jean quand c'est arrivé. J'imagine donc que c'était au moment où il lui a sauté dessus.

— Dans son appartement ?

Je hausse les épaules.

— Je ne sais pas.

— Peux-tu dire si c'était à l'intérieur ou à l'extérieur de chez elle ?

— Non, je n'ai rien distingué, excepté sa silhouette.

— C'est déjà quelque chose. A quoi ressemblait-elle, cette silhouette ?

— Elle devait mesurer environ sept centimètres de plus que moi, dis-je en me levant, la main posée à plat sur le sommet de mon crâne. Je fais un mètre soixante-dix-huit, alors disons un mètre quatre-vingt-cinq.

— Bon, et sa corpulence ? Il était mince ou plutôt gros ? continue Sam sans cesser de griffonner dans son calepin.

— Il avait l'air solidement bâti. Pas très corpulent, mais musclé.

Je marque une pause avant de conclure :

— C'est tout ce que j'ai pu voir.

— C'est déjà pas mal.

— Tu crois ?

— Bien sûr ! Comme ça, si Flynn et Jones se mettent en tête de cuisiner un suspect petit et bedonnant, on pourra leur dire qu'ils font fausse route.

Je m'esclaffe.

— Tu devrais essayer de te lancer dans le genre comique.

— J'aurais trop le trac, rétorque Sam, sans pour autant me convaincre.

— Est-ce que les flics croient tenir des suspects ?

— Pas encore. Ils ne pourront confronter personne à notre profil.

— Et la lettre ? On n'a rien trouvé dessus ?

— Rien d'intéressant pour l'instant. Marty a demandé au service des Documents suspects de l'examiner, mais le tueur a utilisé un stylo-bille bleu tout à fait ordinaire, comme on peut s'en procurer n'importe où.

— Et le papier ? ne puis-je m'empêcher de demander, sachant pertinemment que si l'auteur de la lettre a été assez malin pour écrire avec un stylo banal, il a probablement fait de même pour le papier.

— Il vient d'un cahier à spirale. Et Dieu seul sait combien de ces cahiers ont été vendus dans le pays cette année.

— Super ! J'imagine qu'il n'a pas non plus laissé d'empreintes ?

— Rien du tout. La lettre va être remise à un expert en graphologie dès demain. Au labo, ils ont aussi un linguiste qui planche dessus.

— Espérons que ça débouchera sur quelque chose.

— Ils arrivent en général à déterminer l'origine géographique d'un individu, rien qu'en considérant le langage utilisé. Et le graphologue pourra nous dire s'il a essayé de contrefaire son écriture.

— Si on savait d'où il est originaire, ça limiterait le champ des recherches.

— Surtout si on pouvait comparer avec les données du VICAP.

— Il faudra bien qu'on obtienne des résultats à un moment ou à un autre. Ecoute, je regrette de ne pas avoir travaillé sur le profil, hier soir. J'aurais pu au moins y jeter un coup d'œil.

— Ne t'inquiète pas. Tu avais autre chose en tête.

La pensée de Josh soulage un peu ma migraine.

— Bon, on reprend ?

— Tu n'as pas l'air tellement d'attaque, mon chou. Ça m'étonnerait même que tu arrives à quoi que ce soit avec Marco, cette nuit.

— Très drôle ! Mon mal de tête est en train de passer. Asseyons-nous deux minutes, ensuite je verrai comment je me sens.

— Comme tu veux, mais je te trouve encore bien pâle.

Je repose ma tête sur le dossier du canapé et ferme les yeux. Mais lorsque je les rouvre, au bout de ce que j'ai cru n'être qu'un court instant, Sam n'est plus là.

— Sam ?

Je me lève et jette un coup d'œil à ma montre. Il est 21 h 30 ! Autrement dit, j'ai dormi près d'une heure !

— Ah, tu es réveillée ? lance Sam en entrant dans le séjour, un verre d'eau à la main. Je regardais la télé dans ma chambre.

— Excuse-moi. Je ne peux pas croire que je me sois endormie !

— Pas de problème. Comment va ton crâne ?

— Mieux, on dirait. Tu veux qu'on se remette au travail ?

— Et toi ? Il ne faut pas que tu te fatigues trop, mon chou.

— Tout ça est tellement bizarre ! Je ne sais plus trop où j'en suis.

— Je te propose d'examiner le profil maintenant, et tu gardes les photos pour plus tard. D'ailleurs, Flynn et Jones trouveront peut-être le profil suffisamment étoffé pour commencer.

— Bonne idée. De toute façon, je ne sais pas si ces visions seront très fructueuses. Jusqu'à présent, tout ce qu'elles m'ont apporté, ce sont des pièces minuscules d'un puzzle beaucoup plus vaste.

— Je crois tout de même qu'on devrait garder ça pour nous jusqu'à ce que tu en saches un peu plus.

— N'aie pas peur ! Je n'ai pas l'intention de le mentionner dans mon CV.

— Je vois d'ici ta carte de visite : Sophie Anderson, profileuse et médium.

— Oui, ça sonnerait rudement bien ! Allez, regardons un peu ce profil.

Sam pose sur la table le document imprimé, et nous nous penchons dessus, prêtes à en décortiquer ensemble chaque élément.

Sexe	Masculin
Age	28-35 ans
Race	Blanche
Type de criminel	Organisé : l'absence d'indices révèle des meurtres parfaitement planifiés et/ou une connaissance des scènes de crime. Haut risque : détient longtemps ses victimes (accroissant ainsi les chances de se faire appréhender).

Profession/ emploi	Peut-être formation médicale/scientifique. Les lacérations indiquent qu'il sait jusqu'à quelle profondeur il peut taillader avant que les blessures ne deviennent mortelles. De plus, plusieurs marques prouvent que des pansements compressifs ont été correctement appliqués de sorte à garder les victimes en vie. Il est possible qu'il travaille dans le maintien de l'ordre (peut-être refusé par le FBI et/ou les forces de police).
Statut marital	Célibataire, mais vie sexuelle active.
Personnes à charge	Pas d'enfant.
Enfance	Probablement enfant unique ou membre d'une fratrie beaucoup plus âgée. Bon élève. Enfant solitaire. Gauche avec les femmes durant son adolescence. Ses victimes représentent les femmes qu'il désire. Père absent ou coupable de maltraitance envers la mère.
Personnalité	Charmant, mais toujours légèrement introverti. Sait s'exprimer avec aisance.
Handicap	Aucun.

Interactions avec les victimes	Traque ses victimes. S'imagine qu'elles sont ses petites amies. Choisit des victimes à faibles risques : femmes soucieuses de leur carrière, etc. Aime les femmes, mais les punit (père brutal ?).
Signes de remords	Aucun. Corps des victimes non dissimulés et paupières non fermées.
Vie domestique	Vit seul ou partage un logement avec une autre personne. Habite une maison (meurtres commis dans un garage ou un sous-sol) ou dispose d'un endroit où emmener ses victimes.
Véhicule	Fourgonnette.
Intelligence	Q.I. élevé.
Niveau d'études	Etudes universitaires.
Apparence	Présente bien. Apparence soignée.
Antécédents judiciaires	Nombreux meurtres à son actif — proba blement dans d'autres Etats. A affiné son M.O. ces 5-10 dernières années, mais n'a vraisemblablement pas de casier. Pas d'autre passé criminel.
Modus operandi (M.O.)	Enlève ses victimes dans des endroits déserts, peut-être en se faisant passer pour un représentant de la loi.

Signature	Position des corps. Trophées : bijoux.
Utilisation des médias	Il suivra probablement les nouvelles dans les médias. Possibilité de s'en servir pour le forcer à se découvrir. Organiser une mise en scène de meurtre et l'attribuer au tueur. Il entrera alors en contact avec les médias, la police ou le FBI pour mettre les choses au clair.

— Nous avons déjà déterminé son âge, commence Sam. Et nous sommes en mesure d'affirmer qu'il est blanc.

J'approuve d'un signe de tête. Les tueurs ont tendance à chasser au sein de leur propre groupe ethnique. Comme les trois victimes étaient blanches, nous risquons peu de nous tromper.

— Et nous avons aussi conclu qu'il faisait partie des criminels organisés. Passons maintenant à sa profession. Comme nous l'avons déjà dit l'autre soir, il est probable qu'il ait une formation médicale ou scientifique, peut-être même un métier en rapport avec la santé. Toutes les blessures non mortelles ont été infligées à des endroits soigneusement choisis et les coupures n'étaient pas trop profondes. Avec cette entaille, par exemple — et Sam pointe du doigt le haut du bras de Jean —, nous avons affaire à une coupure verticale qui n'est passée qu'à un demi-centimètre de l'artère. Un peu plus sur la gauche, et la blessure aurait été fatale. Quant à celle-ci — elle désigne une plaie sur la hanche de Teresa —, quelques millimètres de plus en profondeur et elle touchait aussi une artère. Teresa se serait vidée de son sang.

— Quelle sûreté dans le geste !

— Comme tu dis ! S'il n'a pas étudié l'anatomie dans le cadre de son métier, il a quand même pris la peine de se pencher sur la question.

— Il aurait été étudiant en médecine, tu crois ?

— C'est une possibilité, répond Sam. Ça pourrait être une piste à explorer pour Flynn et Jones.

Je lis les données suivantes :

— Célibataire, mais vie sexuelle active.

Ça paraît logique.

— Je pense que notre homme a eu des relations avec des femmes dans le passé, mais le fait qu'il voie ses victimes comme ses petites amies indique que, pour l'instant, il est seul.

Sam avale une lampée de bière.

— Nous ne devons pas écarter l'éventualité qu'il drague ces femmes dans les bars ou les boîtes de nuit pour ensuite les kidnapper dès le premier rendez-vous, peut-être après le premier rapport sexuel.

— Il se peut aussi qu'il se soit rendu dans l'appartement de Jean. Qu'elle l'ait invité à prendre un verre, par exemple.

— Mais, dans ce cas, quelqu'un l'aurait sûrement vu.

— Est-ce que les victimes se trouvaient seules dans les bars ? Est-ce que des amis les ont vues danser avec un type avant de disparaître ?

— Flynn et Jones n'ont rien relevé de ce genre. Pas de connaissance masculine en commun. Cependant, Jean adorait sortir et faire la fête.

— Jean a été sa première victime à Washington. Peut-être qu'elle l'a remarqué pendant qu'il la suivait. Elle aura pensé qu'il s'intéressait à elle. Un soupirant possible, en quelque sorte.

— Son petit ami a dit qu'elle aimait séduire, renchérit Sam.

J'effleure du bout des doigts les photos. Les victimes.

— Le tueur a un visage. Quelqu'un l'a forcément vu.

— Supposons qu'il soit flic. Il aurait alors la possibilité d'entrer chez une jeune femme et de la faire monter dans sa voiture, en inventant une histoire quelconque à propos d'un parent ou d'un ami qui aurait besoin d'elle. Jean était peut-être différente. Mais d'un autre côté, il se peut aussi qu'elle ne l'ait jamais rencontré auparavant. Le verre sur l'évier pouvait être tout simplement le sien.

— C'est vrai, les indices sont vagues dans le cas de Jean. Mais à mon avis, qu'il ait rencontré ses victimes avant ou pas, une chose est presque sûre : ou c'est un flic ou il se fait passer pour tel. C'est comme ça qu'il gagne leur confiance.

Nous passons à la partie suivante du profil.

— Il n'a pas d'enfant, avance Sam.

— Je pense comme toi. Ce qui nous ramène à notre hypothèse sur ses fréquentations féminines. Maintenant, voyons son passé.

Sam continue :

— Il est sûr de lui, trop même, comme c'est souvent le cas chez les enfants uniques. Il est aussi renfermé, ce qui corrobore le fait qu'il soit enfant unique, ou peut-être qu'il ait des frères et sœurs beaucoup plus âgés que lui.

— Tu penses à une grossesse tardive de sa mère ?

J'ai déjà entendu mentionner des cas de ce genre. Une femme croit avoir commencé sa ménopause, et s'aperçoit ensuite qu'elle est enceinte.

— Tout juste, approuve Sam. Peut-être qu'il ne s'est pas senti désiré, ou qu'il a été relégué dans l'ombre de ses frères aînés plus brillants. Du coup, il tente de s'affirmer. De leur montrer ce dont il est capable. Etant donné ses connaissances en anatomie, je dirais qu'il est intelligent, et ça doit apparaître dans ses bulletins scolaires.

— Qu'il ait suivi des cours en fac de médecine ou pas, il étudie avec beaucoup de sérieux, dis-je en résumé. Bon, enfant solitaire, peu de vrais amis.

— Je pense que, durant sa jeunesse au moins, il était mal à l'aise en société. Voilà pourquoi il garde ses victimes aussi longtemps. Parce qu'il ne se croit pas capable de faire tout de suite bonne impression.

— Tu veux dire qu'il serait sûr de lui dans le meurtre, mais pas avec les femmes ?

Perplexe, Sam hoche la tête.

— Qu'en penses-tu ? demande-t-elle.

— C'est plausible, dis-je après un instant de réflexion. Ça peut paraître contradictoire à bien des égards, mais ça ne l'est pas tant que ça, finalement. Il y a beaucoup d'hommes très sûrs d'eux intellectuellement mais qui manquent totalement d'assurance vis-à-vis des femmes.

— Et cela rejoint deux autres points ici, ajoute Sam en indiquant la partie consacrée à l'enfance. Il se montrait gauche avec les femmes quand il était adolescent et, aujourd'hui, il choisit des femmes dans le genre de celles qui lui ont toujours plu mais qui lui paraissaient inaccessibles.

— Quelles sont tes conclusions à propos de son père ?

— Deux choses, répond Sam après avoir bu un peu d'eau. Sa volonté d'exercer un contrôle sur les femmes montre que, pour lui, il s'agit d'une question de pouvoir, presque de discipline. Il a peut-être assumé le rôle de chef de famille quand il était petit, et il aime toujours imposer son autorité aux autres. Par ailleurs, il traite ses victimes comme ses petites amies, et pourtant il les agresse physiquement. Comme pour les punir. Ça pourrait être lié à cette histoire de discipline ou bien il s'agit d'un comportement dont il a été témoin dans son enfance.

— Le cas typique de l'homme qui bat sa femme et lui dit ensuite combien il l'aime.

Sam opine du chef.

— Examinons maintenant sa personnalité, dit-elle. Il doit s'exprimer avec aisance et avoir une apparence soignée pour ne pas détonner dans les endroits qu'il est amené à fréquenter pendant ses traques. Surtout ceux où allait Teresa. C'était une ambitieuse, et il connaissait ses habitudes. Il a su se fondre dans son entourage.

— N'oublions pas qu'il est charmeur.

— Le genre d'hommes dont les femmes pensent qu'ils sont trop parfaits pour être réels.

— Et elles ont raison !

— Marco aussi, il est trop parfait pour être vrai ? demande Sam, prête à tolérer toute remarque sarcastique de ma part.

— Josh ? Pour l'instant, il se conduit plutôt bien, mais il faut dire que nous en sommes encore à la phase où chacun essaie de se montrer sous son meilleur jour.

— Ils sont toujours si conciliants la première fois !

Je pars d'un grand rire.

— Pour en revenir à notre tueur, m'interrompt Sam, nous pensons qu'il ne souffre d'aucun handicap. Nous savons qu'il traque ses victimes et nous avons déjà examiné les relations qu'il entretient avec elles. Passons aux remords. Voilà une émotion que ce type ne doit pas connaître !

Nombre de tueurs en série ignorent le remords. C'est un indice majeur que l'on a affaire à un psychopathe. D'ailleurs, la façon dont celui-ci a abandonné les corps prouve bien son absence de remords. En général, un tueur qui culpabilise à propos de son crime recouvre le corps et ferme les yeux de sa victime pour ne pas avoir à affronter son regard. D'un point de vue psychologique, les yeux ouverts équivalent à un jugement pour celui qui se sent coupable, aussi doit-il clore les paupières du cadavre. Notre homme a laissé ses trois victimes à découvert, sans rien pour dissimuler leurs corps. Leur nudité était exposée aux regards de tous et leurs yeux grands ouverts. Il se moquait pas mal du jugement d'autrui parce qu'il n'éprouvait aucune culpabilité.

— Tout à fait d'accord, dis-je.

— Voyons sa vie quotidienne.

— A mon avis, il a un colocataire. Il est timide mais pas totalement solitaire. Plus maintenant, en tout cas. Et il se conduit sans doute normalement en société. Son comportement indique aussi que c'est un amateur de sensations fortes. Savoir que son colocataire se trouve sur les lieux peut accentuer sa jouissance en augmentant les risques.

— Cependant, il séquestre ses victimes dans un endroit privé, objecte Sam, décidée à se faire l'avocat du diable. Son appartement, par exemple. Il ne pourrait sûrement pas se permettre ça s'il partageait son logement avec un colocataire. Quel est ton sentiment là-dessus ?

— Tu veux dire, est-ce que j'ai une intuition ou un pressentiment surnaturel ?

— N'importe quoi fera l'affaire.

Je hausse les épaules.

— Il loue peut-être un sous-sol. C'est plus discret.

— Ça m'a l'air risqué, tout de même.

— Tout ça fait partie du jeu. Il vient à Washington pour violer et tuer jusque sous notre nez et celui d'un colocataire.

— Sûr que ça augmente l'enjeu !

— Ou alors, s'il emmène ses victimes autre part, ça doit être dans un endroit où il se sent comme chez lui. Un immeuble abandonné, par exemple, dans une banlieue où il aurait grandi.

Sam aborde le point suivant :

— La voiture. De toute évidence, s'il doit transporter les victimes d'un parking ou d'un appartement jusque chez lui ou dans quelque autre endroit, il se sert d'une fourgonnette ou d'un autre véhicule du même genre.

— Oui, c'est à peu près certain.

— Ce que nous savons de son intelligence et de son niveau d'études se fonde en grande partie sur le fait que c'est un criminel organisé et qu'il ne laisse aucun indice sur le corps des victimes.

— C'est une évidence, dis-je avant de me replonger dans le profil. De même que l'apparence extérieure que nous avons traitée en même temps que sa personnalité. Ce type sait se mêler à son entourage, donc il a l'air tout à fait convenable.

Sam se rassoit.

— Que penses-tu de son passé criminel ?

— Je crois que ça fait déjà un moment qu'il commet des assassinats. Mais il est possible aussi qu'il se soit simplement préparé avec soin. Ou alors il est peut-être amené à fréquenter des scènes de crime dans le cadre de son travail et maintenant, il essaie de reproduire celles qui lui ont paru les plus intéressantes.

— Je parie que toi et moi, on serait capables de perpétrer un meurtre bien ficelé, dit Sam en riant à moitié.

— Et nous sèmerions la police et tous les profileurs comme un rien.

— Le crime parfait !

— Oui, seulement il y a l'A.D.N., et lui ne ment pas.

— Dire qu'on n'a pas encore celui de ce type. Aucun échantillon.

— Pas de doute : il connaît son affaire !

Sam se lève et jette un coup d'œil sur les dernières données du profil.

— Le M.O. et la signature, on sait ce qu'il en est. Quant aux médias… c'est assez banal. As-tu quelque chose à ajouter à ce profil ? La pièce manquante ?

Je me laisse aller en arrière sur ma chaise.

— Je n'arrive pas à mettre le doigt dessus.

— Moi non plus, avoue Sam.

— Je suis persuadée que ce tatouage que j'ai vu sur la jambe de Jean a son importance. Pour nous et pour le tueur.

— Mais on ne sait pas en quoi.

— Non, et de toute façon, on ne pourrait pas faire figurer ça dans le profil puisqu'il s'agit d'une vision.

Nous demeurons silencieuses quelques minutes.

— Vacherie !

Sam se lève et se dirige vers la fenêtre. Son regard suit quelque chose sur la route.

— La voiture de patrouille, annonce-t-elle.

— Je suis contente qu'ils gardent un œil sur toi.

— Oui, je suppose que c'est plus prudent, répond-elle en frissonnant. On ferait bien de laisser ce profil en l'état. On n'a pas le temps de l'approfondir davantage.

— Surtout avec Rivers sur notre dos.

— Sur *ton* dos, mon chou.

— Merci de me le rappeler.

Quelle frustration de devoir s'arrêter là ! Mais il n'y a plus rien à ajouter... pour l'instant.

— On aura toujours la possibilité de le reprendre en douce plus tard. Comme ça, Tuldoon pourra s'en attribuer tout le mérite.

— Ce n'est pas lui qui va s'en priver !

— Peut-être est-ce la dernière victime qui détient la clé du mystère. Avec un peu de chance, Susan nous apprendra quelque chose que Jean et Teresa n'ont pas pu nous révéler.

J'observe le balancement de ses hanches tandis qu'elle avance dans ma direction. Chaque pas la rapproche de moi, de mon emprise. Je m'imagine en train de la posséder. De la dévorer. De regarder son corps se trémousser, allongé sur ma table. Mais il me faut encore patienter. J'approche le journal de mes yeux et lis l'article consacré à mes derniers exploits. J'adore que la presse parle de mes hauts faits. Ils m'ont surnommé l'Ecorcheur de Washington. Rien de très original, mais c'est accrocheur. En tout cas, on me prête enfin l'attention que je mérite.

Des images de Susan hantent mon esprit. Ses manies agaçantes s'estompent dans l'obscurité à mesure que me revient le souvenir de mes mains dans ses cheveux roux, tandis que nous faisions l'amour.

J'abandonne ma proie suivante et me précipite dans les toilettes les plus proches. J'ai hâte de rentrer chez moi pour pouvoir revivre cette sensation de jouissance. De puissance. Je suis maître de la situation. Je tiens mes petites amies en mon pouvoir. Et je domine la police et le FBI.

8.

A 5 h 30 du matin, je renonce à dormir. J'ai encore passé une nuit agitée, pleine de cauchemars, mais je ne me rappelle aucun de mes rêves.

Dès 7 heures, je suis au bureau, épuisée. La pensée de retrouver Josh ce soir pour notre deuxième rendez-vous réussit à me réveiller quelque peu. Au lit avec Josh... voilà une idée motivante !

Je saisis le dossier sur le dessus de la pile dans ma corbeille « à faire », et m'y plonge séance tenante. Ce profil, à propos d'un kidnapping, vient du bureau de Chicago. Nous sommes tenus de vérifier tous les profils élaborés par les antennes du FBI sur le terrain avant de les transmettre aux polices locales. Je n'ai encore jamais examiné un profil en provenance du bureau de Chicago. Pourtant, on m'a dit que le profileur de là-bas était excellent. Tout en prenant des notes, je parcours les rapports du coroner, les photos prises sur la scène du crime ainsi que les rapports de police. Une image du ravisseur se forme dans mon esprit. Pas aussi précise que si j'avais d'emblée établi le profil moi-même, mais suffisamment pour que je m'en fasse une idée assez claire. Puis je compare mes notes et mes impressions avec le profil de Johnson, étudiant chaque élément avec soin. D'accord en tout point avec le travail de mon collègue de Chicago, je rédige sur-le-champ un mémo explicatif à l'intention de Rivers.

A 8 h 45, je vais porter le dossier, le mémo et le profil de l'Ecorcheur de Washington au bureau de Rivers. En passant devant celui de Sam, je m'aperçois que la porte est fermée et les lumières éteintes. Comme hier. Mauvaise semaine pour Sam !

— Voici le dossier de Chicago pour Rivers et le profil du tueur de Washington, dis-je à la secrétaire de mon patron en lui tendant les documents.

— Merci, Sophie, répond Janet.

— Pas de souci !

Janet hoche la tête en m'adressant un petit sourire complice. Elle adore m'entendre utiliser des expressions australiennes.

Je regagne mon bureau et, au moment où je saisis le téléphone, la silhouette de Marco apparaît dans l'encadrement de la porte.

— Bonjour ! dit-il, appuyé au chambranle.

— Bonjour.

Je sens une légère rougeur me monter aux joues.

— Tu es toujours d'accord pour le dîner, ce soir ? A 19 heures, chez moi ?

— C'est noté. Mais disons plutôt 19 h 45. J'aimerais avoir un peu de temps pour aller au gymnase.

— Comme tu veux.

Marco tourne les talons. Je le regarde s'éloigner. A l'idée de son corps nu, je ne peux réprimer un sourire. L'espace de quelques minutes, je laisse cette pensée vagabonder dans mon esprit avant de me remettre au travail.

Mon ordinateur carillonne pour m'avertir de l'arrivée d'un mail. Il s'agit de la liste du personnel quotidiennement mise à jour : qui est absent pour cause de maladie, qui est en congé annuel, qui est détaché d'une autre agence, etc. Je survole le courrier et remarque avec surprise le nom de Sam dans la colonne des congés maladie. Aussitôt, je l'appelle sur son téléphone portable, mais je tombe sur le répondeur. Je laisse un message.

— Sam, j'ai appris que tu étais malade. Pour de vrai ? Rappelle-moi pour me donner de tes nouvelles.

Je raccroche et jette un coup d'œil sur la pile de mes dossiers à traiter. Je prends une profonde inspiration. C'est décidé, je vais travailler sans m'arrêter jusqu'au moment d'aller à la salle de sport. Il faut au moins que je retire deux profils de ma pile aujourd'hui. La première affaire concerne le kidnapping de deux petites filles, enlevées chez elles, à Miami, puis assassinées.

Les heures s'écoulent rapidement et, avant que j'aie eu le temps de m'en apercevoir, il est déjà 18 heures. Très satisfaite de ma journée de travail, j'ai enfin l'impression de progresser sur mes dossiers. Ça suffit pour aujourd'hui ! Je me rends au gymnase.

Pendant une quinzaine de minutes, j'effectue quelques exercices, mais sans forcer. Mon corps est trop las pour supporter un entraînement plus intensif. Toujours est-il que, même après une séance aussi courte, je réussis à me mettre en retard et finis par rentrer chez moi hors d'haleine.

Il est déjà 20 heures quand j'arrive enfin chez Josh. Il habite une maison mitoyenne dans Georgetown, l'un des quartiers huppés de Washington. Josh est issu d'une famille aisée, et je suppose que ses parents ont mis la main à la poche pour l'aider à acheter cette petite merveille. Et encore, sa maison est l'une des plus modestes dans cette rue bordée d'arbres ! On y entre par un portail en fer forgé s'ouvrant au milieu d'un muret de briques rouges. Je descends l'allée qui mène à la porte d'entrée. Dans le jardin impeccablement entretenu poussent des roses, des jonquilles et quelques arbustes. Un vitrail aux motifs géométriques orne la porte de bois sombre encadrée de panneaux de verre dépoli. Je tire la sonnette. Quelques secondes plus tard, des bruits de pas résonnent dans le vestibule.

Josh ouvre la porte.

— Salut !

Il me prend dans ses bras pour m'embrasser et, ensemble, nous longeons le couloir d'un pas maladroit, nous couvrant l'un l'autre de baisers. A peine sommes-nous arrivés sur le seuil de la salle à manger que j'entends dans mon dos quelqu'un toussoter intentionnellement.

Nous nous retournons.

— Désolé, Marty ! s'exclame Josh avec un rire joyeux.

Il ne semble pas le moins du monde déstabilisé. Moi, par contre, je suis horriblement gênée. D'abord parce que nous travaillons tous les trois ensemble et ensuite parce que je n'aime pas les démonstrations publiques d'affection, surtout lorsqu'elles revêtent un caractère nettement sexuel.

— Ta nouvelle conquête ? demande Marty avec un sourire.

Mon embarras redouble, mais cette fois, Josh paraît également mal à l'aise. A-t-il mis Marty au courant des derniers changements survenus dans notre relation ?

— Marty va dîner avec nous, annonce-t-il enfin.

— Après la gaffe que je viens de commettre, je ferais peut-être mieux de décliner l'invitation. Je serais de trop.

J'interviens.

— Ne sois pas bête : reste avec nous !

Bien que toujours en proie à un certain trouble, je tiens à ce que l'atmosphère demeure amicale.

Marty hésite.

— J'ai du travail à terminer ce soir... Cela dit, il faut bien que je m'alimente, pas vrai ? Et puis, la cuisine de Josh est trop délicieuse pour que je m'en prive.

— Donc, c'est entendu. De toute façon, j'ai prévu un repas pour trois personnes. Ce sera prêt dans quelques minutes. Marty, tu peux jouer les maîtres de maison pendant que j'apporte la touche finale à mon chef-d'œuvre ?

Marty claque ses talons l'un contre l'autre et s'incline légèrement.

— Prendrez-vous un apéritif, madame ?

Avec un rire, Josh disparaît dans le couloir en direction de la cuisine. Moi, je suis Marty dans la salle à manger.

Un long corridor traverse la maison en son milieu. De part et d'autre, deux chambres donnent sur le jardin de devant. La troisième, celle de Marty, est la deuxième pièce à droite. La chambre de Josh possède une salle de bains attenante, tandis que la salle de bains principale est située à côté de la chambre du fond. A gauche du couloir s'ouvre un vaste living qui sert aussi de salle à manger et, à son extrémité, une cuisine ultra-moderne dont les plans de travail en bois et le parquet verni font ressortir l'inox éclatant des appareils ménagers.

— Je prendrais volontiers un verre de vin, dis-je.

— Rouge ou blanc ?

— N'importe.

Je préférerais du rouge, mais je m'efforce de me conduire en invitée polie.

Tandis que Marty sort dans le couloir, je m'installe sur un sofa. La partie séjour de la pièce est spacieuse, meublée de deux grands canapés, deux fauteuils et une table basse au plateau de verre dépoli. Au milieu trône la pièce maîtresse — un home cinéma immense au design raffiné. Le rêve de tous les hommes ! Sur le mur de gauche, des rayonnages abritent dans leurs niches arrondies des photos, un vase et quelques livres. Au sol, une épaisse moquette sur laquelle, j'en suis sûre, il doit être délicieux de marcher pieds nus. Les fauteuils et canapés de style contemporain sont recouverts d'un tissu bleu roi et les fenêtres habillées de stores vénitiens à fines lamelles de bois. Josh a bon goût, c'est incontestable.

Ce soir, sur la table dressée à l'autre bout de la pièce, le couvert est déjà mis pour trois personnes. Rien ne manque, pas même les deux longues bougies encore éteintes.

Marty revient avec deux verres de vin. Du rouge.

— Du pinot, précise-t-il.

— Merci, lui dis-je en prenant mon verre.

Il s'assied dans le fauteuil à ma droite.

— Le chef est prêt à servir. Ça a l'air succulent.

Je n'ai eu qu'une seule fois l'occasion de goûter la cuisine de Marco, à l'époque où nous travaillions ensemble sur l'affaire Henley. La plupart du temps, lorsque nous devions veiller tard, nous nous contentions de plats à emporter parce que c'était plus facile. Mais un soir, il nous avait préparé des pétoncles frits accompagnés de nouilles chinoises. C'était exquis.

— Qu'est-ce qu'il nous mijote ce soir ?

— Un plat français, répond Marty. Peut-être en ton honneur ?

Légèrement crispée, je me tortille dans mon fauteuil puis déguste une gorgée de vin.

— Il est bon, ce pinot.

— Josh dit que tu t'y connais en vins. Il a mis au moins une heure à choisir celui-là.

Vraiment ? Il s'en donne du mal !

— Il est vrai que j'apprécie le vin, mais je suis loin d'être une experte.

En réalité, j'ai suivi un stage d'œnologie en Australie, et mes parents sont de grands amateurs de vin. Je suis en général capable d'identifier la variété du raisin, mais je n'arrive certes pas à la cheville de certains connaisseurs qui peuvent en deux gorgées vous donner le nom du vignoble et l'année du cru.

Incapable d'oublier plus de deux minutes le sujet qui me préoccupe, je ne peux m'empêcher de poser la question qui me brûle les lèvres :

— Il y a du nouveau dans l'affaire de l'Ecorcheur ?

— Tu es vraiment un bourreau de travail ! répond Marty en secouant la tête.

— Pas tant que ça, en réalité.

Josh entre, une assiette dans chaque main.

Déposant mon verre sur la table basse, je bondis de mon siège.

— Tu as besoin d'un coup de main ?

— Merci, ça va. On peut passer à table.

Marty s'est levé également, et ensemble nous nous dirigeons vers la table en emportant nos verres. Pendant que Josh dispose nos deux assiettes, nous nous asseyons. Quelques secondes plus tard, Josh est de retour. Cette fois, il porte de la main gauche sa propre assiette avec, coincée sous le bras, une corbeille à pain. De la main droite, il tient son verre et une bouteille. Il a glissé le pied du verre entre son annulaire et son auriculaire, et serre le goulot de la bouteille entre l'index et le majeur.

L'équilibre de l'ensemble me paraît bien précaire, pourtant Josh se débarrasse délicatement de son chargement sans rien casser, comme s'il avait fait ça toute sa vie.

— Au menu, bœuf bourguignon ! annonce-t-il.

Les trois assiettes de généreuses dimensions sont remplies d'un mélange appétissant de morceaux de bœuf et de légumes, le tout dans une sauce onctueuse. Les plats sont encore fumants, et mes narines s'emplissent aussitôt de l'arôme exquis qui s'en exhale. Voilà un repas parfait pour une froide soirée d'automne ! Que désirer de plus ?

Soudain affamée, je m'empare de ma fourchette, et Marty m'imite aussitôt.

— En tout cas, Sophie, j'ai bien peur que la réponse à ta question soit « non ».

— De quoi s'agit-il ? demande Josh en coupant le pain.

— Mlle Bourreau de Travail, ici présente, commence Marty, sa fourchette pointée dans ma direction, voulait savoir si nous avions découvert quelque chose sur l'Ecorcheur de Washington.

Josh se beurre une tartine.

— Vous travaillez sur quoi, en ce moment ?

— Nous sommes toujours en train d'analyser les indices recueillis sur le troisième meurtre. Nous avons trouvé des traces de sang sur la scène du crime. Les résultats des empreintes A.D.N. devraient revenir du labo demain.

— Le sang de la victime ? demande Josh.

— Nous n'en sommes pas sûrs. Comme le corps a été déplacé *post mortem*, il ne peut pas y avoir eu d'écoulement. Ce qui voudrait dire que nous avons affaire au sang du tueur.

— C'est encourageant, dis-je.

— Espérons-le.

— Autre chose ? demande Josh avant de goûter sa première bouchée.

— Pas jusqu'à présent. Le coroner a effectué les prélèvements et examens de routine. Rien de particulier. Les ongles étaient propres et soigneusement coupés, et nous n'avons pas pu trouver le moindre cheveu ni la moindre fibre sur elle. Les échantillons de sang ne montrent aucun indice de toxicomanie. Un taux d'alcoolémie de 0,1 g/l, mais pas de trace de stupéfiant ni rien de bizarre.

— Et la lettre ?

— Elle est toujours chez Mark, aux Documents suspects. Il est un peu surchargé en ce moment, mais il va nous faire passer avant les autres.

Un silence.

— Tu veux vraiment sa peau, à celui-là, n'est-ce pas ? me demande Marty avant de se décider à manger.

— A lui et à tous les autres, précise Josh avec un sourire.

C'est vrai. J'ai toujours été comme ça. D'un point de vue psychologique, je peux l'expliquer. C'est à cause de mon frère. Je veux que justice soit faite — car son meurtrier n'a jamais été retrouvé.

Mais comme je tiens à savourer pleinement ce repas, je m'abstiens de tout commentaire.

Après encore quelques bouchées, je finis par déclarer :

— C'est vraiment très, très bon.

Un large sourire apparaît sur le visage de Josh.

— Merci, dit-il.

— Ça valait la peine de rester dîner, ajoute Marty.

Nous terminons notre repas, en évitant désormais de mentionner l'affaire qui nous occupe. Peut-être Marty a-t-il raison : je *suis* un bourreau de travail.

Un peu avant 21 heures, Marty prend congé.

— Tu es sûr que tu ne veux pas de dessert ? lui demande Josh.

— Non, merci. J'ai encore quelques rapports à boucler, ensuite j'irai surfer sur le Net avant d'aller me coucher.

Josh et moi l'approuvons d'un signe de tête.

— Je vous abandonne tous les deux.

Et avec un sourire, Marty nous souhaite une bonne nuit et regagne sa chambre.

— Qu'est-ce qu'il y a pour le dessert ?

— Une tarte meringuée au citron.

— Mmm, je raffole de la tarte au citron !

— Malheureusement, elle n'est pas faite maison.

— Tu veux dire que tu n'as pas trouvé le temps d'en confectionner une, vite fait, après le travail ?

Il rit.

— Non, pas ce soir. Mais je l'ai achetée dans une excellente pâtisserie française, dit-il en se levant. Je reviens dans une minute.

Je me lève à mon tour pour me dégourdir les jambes, mon deuxième et dernier verre de vin à la main. J'examine les photos sur les étagères. La plupart montrent Josh et sa famille — ses parents, sa sœur entourée de son mari et de ses enfants. Il y a aussi une photo récente de Josh et Marty, prise dans le jardin derrière leur maison, en été visiblement. L'un et l'autre tiennent une bouteille de bière à la main, et dans le fond je distingue d'autres collègues de l'Unité, dont Sam, Peter, James et Rivers. Je m'absorbe dans la contemplation des photos jusqu'au retour de Josh.

Il pose les assiettes sur la table basse.

— Installons-nous ici pour prendre le dessert, propose-t-il.

Je me love dans l'un des canapés ; Josh s'assoit à côté de moi.

Il saisit son assiette et goûte une première bouchée de tarte.

Je l'imite aussitôt. La meringue fond dans ma bouche, ne laissant derrière elle qu'un délicieux picotement dû à la légère amertume du citron.

— Délicieux !

— C'est la meilleure tarte au citron de tout Washington.

Je me penche en avant et, dans le geste que je fais pour me

couper un autre morceau de gâteau, quelques mèches retombent sur mon visage. Josh glisse sa main dans mes cheveux et les repousse derrière mon oreille.

Puis, sans dire un mot, il joue avec le morceau de tarte dans son assiette. Que se passe-t-il ?

Enfin, il brise le silence.

— Sophie ?

— Oui ?

— Ecoute, je suis inquiet à propos de l'affaire de Washington.

— Pourquoi ?

Je repose mon assiette.

— Et si le tueur savait que l'on t'a confié le dossier et qu'il était en train de t'épier ?

— J'ai remis le profil au patron aujourd'hui même. Désormais, c'est Tuldoon qui s'en charge. Pour moi, c'est terminé.

Josh n'a pas l'air convaincu.

Nous y voilà ! Entre les deux réactions qui s'offrent à moi, j'hésite : dois-je me sentir flattée d'avoir éveillé si rapidement son instinct protecteur à mon égard, ou bien me vexer que, sous prétexte que nous avons couché ensemble, il me croit incapable de m'occuper de moi-même ?

Avant de choisir une option, je décide de le sonder.

— Tu ne serais pas en train de me faire une crise de machisme, par hasard ?

— Je sais… ça a l'air idiot. Je fais vraiment tout mon possible pour ne pas me montrer trop protecteur, mais je t'avoue que je suis inquiet.

— Josh, je me suis déjà trouvée dans des situations bien pires.

— Je n'en doute pas, mais…

— Il ne s'agit que d'un profil psychologique.

Il saisit l'allusion et n'insiste pas.

— Eh bien, ce profil, qu'est-ce qu'il donne ?

Astucieuse façon de dévier la conversation !

— Nous avons bien avancé. Pourtant, il manque quelque chose. Quoi, je ne sais pas encore.

Josh affiche toujours une expression soucieuse. Je pose ma main sur la sienne.

— Le tueur vient de frapper une nouvelle fois. Ça nous laisse à peu près deux semaines avant qu'il ne prenne quelqu'un d'autre en chasse. Et d'ici là, il aura oublié toute cette histoire de profil.

Je dis cela avec une apparente certitude mais au fond, je suis loin d'en être convaincue. Etre la proie d'un tueur en série constitue l'une des plus grandes peurs de ma vie. Je sais combien il peut s'avérer difficile de leur échapper, même quand on est en pleine forme physique et expert en psychologie aussi bien qu'en arts martiaux. Souvent, ils vous assomment, et vous vous retrouvez attaché sur un lit ou une table. Comment gagner dans ces conditions ?

Je chasse cette idée de mon esprit et reprends mon assiette. Ce n'est que lorsque j'ai avalé les dernières miettes de ma part de tarte que je rends mon verdict final.

— Ce dîner était parfait.

— Tu reviendras, alors ?

— Absolument, dis-je en souriant.

Josh entoure mes épaules de son bras, et nous nous renversons dans le canapé. Mais un détail me chagrine.

— Tu en as parlé à quelqu'un ?

— Juste à Marty, répond Josh. Je n'avais pas envie de passer la soirée à faire comme s'il n'y avait rien entre nous. Et toi ?

— Je l'ai dit à Sam.

Il approuve d'un hochement de tête.

— Sam saura se montrer discrète.

Puis il ajoute avec un sourire :

— Dans quelques mois, nous pourrons nous afficher en public.

Je suis aux anges ! Sans compter que je me sens soulagée d'entendre Josh confirmer que nous avons entamé une relation authentique. Je suis tout à fait d'accord pour attendre un peu avant de divulguer l'information, même si le côté secret de notre liaison me répugne déjà. Il faut dire qu'on est environné de secrets dans ce fichu FBI !

Je ramasse les assiettes et les enfourne telles quelles dans le lave-vaisselle. Josh m'a suivie dans la cuisine. Alors que je referme l'appareil, il m'enlace par-derrière et entreprend de m'embrasser dans le cou.

Un léger gémissement s'échappe de mes lèvres, gémissement qui gagne en intensité à mesure que les baisers se rapprochent de mon oreille et m'envoient des décharges électriques à travers tout le corps. Josh a déjà trouvé l'un de mes points sensibles. Il relève ma jupe, et je me presse contre lui, tendant les bras en arrière pour enserrer ses hanches. Je laisse courir mes mains le long de son dos, tandis qu'il continue à m'embrasser la nuque et les oreilles.

La montée de mon désir n'empêche pas mon esprit rationnel de fonctionner à plein régime.

— Tu as des préservatifs ?

— Dans la chambre, répond-il d'une voix haletante.

Déconcentrée, je balbutie :

— On devrait… dans la chambre… Marty pourrait… venir…

Toutefois, la spontanéité de la scène que nous sommes en train de vivre dans la cuisine ne me déplaît pas, je l'avoue.

Josh relâche le lobe de mon oreille et recule d'un pas. Je tire sur l'ourlet de ma jupe pour la remettre en place. Main dans la main, nous longeons le couloir à pas de loup, dépassons la chambre de Marty et arrivons dans celle de Josh.

Faire l'amour avec un nouveau partenaire me plonge toujours dans une extrême excitation. Je trouve les premiers ébats très excitants ; ils sont encore tellement pleins d'inconnu ! Cette deuxième fois avec Josh ne fait pas exception.

Quelques instants plus tard, nous sommes allongés côte à côte, couverts de sueur. Je laisse ma tête reposer sur la poitrine de mon compagnon. Il me caresse le dos.

— Sophie.

— Moui ?

— Je m'inquiète pour toi.

— Ce n'est pas encore à cause de l'affaire de Washington, tout de même ?

Il opine de la tête.

Je prends appui sur mes coudes.

— Je te l'ai dit, je ne suis même plus chargée du dossier. Et puis, de toute façon, il ne s'agit que d'un profil. Ce n'est pas comme pour l'affaire Henley où je travaillais sur le terrain.

— C'était différent. Pendant cette enquête-là, au moins, je pouvais veiller sur toi.

Il s'interrompt, se rendant compte qu'il vient de commettre une énorme gaffe. Il me traite comme une enfant, c'est clair.

— Veiller sur moi ?

Je me redresse complètement.

— Tu crois que j'ai besoin qu'on veille sur moi ?

Sans lui laisser le loisir de répondre, j'enchaîne :

— Je n'ai besoin de personne, Josh. Je suis une adulte responsable, et officier de police, de surcroît !

Puis j'ajoute à voix plus basse :

— Sans oublier que je suis aussi agent du FBI. Tu penses que je serais arrivée jusque-là si je ne le méritais pas ? Si je n'étais pas capable de prendre soin de moi ?

Je marque une pause, le temps de reprendre mon souffle.

Josh en profite pour répondre :

— C'est parce que je tiens à toi, c'est tout.

Qu'il tienne à moi, ça me ravit. J'espère même qu'il est amoureux de moi. Mais il n'est pas question que je le laisse exercer une quelconque emprise sur ma vie.

— Tu es pourtant bien placé pour comprendre et accepter mon métier, lui dis-je. C'est important pour moi.

Je repousse les draps et me mets à chercher à tâtons mes vêtements dispersés aux quatre coins de la chambre.

— Qu'est-ce que tu fais ? me demande Josh.

— Je rentre chez moi.

— Ne sois pas ridicule. Reste.

Non. Je suis bien trop en colère pour rester. En ce moment, Josh me rappelle mes parents, qui n'ont jamais renoncé à me convaincre de quitter les forces de l'ordre et qui n'arrêtent pas de me dire combien ce métier est dangereux pour une femme. Or, ils ont tort.

Je finis de m'habiller.

— Pas la peine de me raccompagner, dis-je.

Josh sort du lit et enfile son caleçon. Mais rien ne m'arrêtera.

Je fais un long détour en voiture pour regagner mon domicile. J'ai besoin de réfléchir. La pensée de mon appartement vide et du lit tout aussi vide qui m'attendent me traverse l'esprit. N'ai-je pas réagi de façon un peu excessive ? Si l'attitude de mes parents n'était pas en cause, toute cette histoire ne m'aurait pas autant perturbée. Ce n'est pas à Josh que je devrais m'en prendre. Il n'en reste pas moins qu'il pourrait reconnaître que je suis une personne autonome.

Le temps que j'arrive chez moi, un tourbillon de pensées contradictoires s'agite dans mon cerveau. Mais à la seconde même où je mets le pied dans mon appartement, le désordre de mon esprit disparaît. Une sourde angoisse s'empare de moi. Sur le pas de la porte, j'hésite, balaie les alentours d'un regard circulaire. Une brise légère soulève doucement quelques mèches de mes cheveux. La fenêtre de la cuisine doit être ouverte. Ouverte ? Je réagis au quart de tour. D'une main preste, je m'empare de mon Smith & Wesson. J'enlève le cran de sûreté, jette mon sac à terre, le tout sans quitter des yeux l'espace ouvert devant moi. A part la fenêtre, rien ne semble anormal. Avec d'infinies précautions, je me dirige vers la cuisine afin de vérifier derrière le comptoir.

J'inspire profondément et avance pas à pas jusqu'à ce que le sol de la cuisine apparaisse dans mon champ de vision. Personne.

Une bouffée d'adrénaline m'envahit. J'inspecte minutieusement le séjour puis passe à la vérification des placards, les mains crispées sur mon arme, prête à faire feu. Rien.

Parvenue à l'entrée de la salle de bains, je compte jusqu'à trois et, d'un coup de pied, ouvre la porte à toute volée. Elle rebondit contre le mur et, pour un peu, elle me serait revenue en pleine figure. Je glisse un regard par l'entrebâillement avant d'entrer. Le rideau de la douche est tiré. Le cœur battant à tout rompre, j'ouvre brusquement le rideau, l'arrachant presque de sa tringle, le revolver toujours braqué devant moi. Rien.

Du coin de l'œil, je perçois un mouvement. En un éclair, je me retourne. Mes doigts commencent à presser la détente. Puis se relâchent. C'est mon propre reflet que je vois dans le miroir. Enfer et damnation ! J'ai failli ouvrir le feu sur un miroir ! Ça n'aurait pas été facile à expliquer au Bureau — nous devons rendre compte de chaque coup de feu tiré.

Les muscles contractés de mes épaules se détendent quelque peu. Il ne me reste plus qu'une pièce à vérifier. Je sors de la salle de bains, le revolver pointé vers la chambre. La porte est entrouverte. Coulant un regard par la fente, je m'assure que la voie est libre avant de me glisser à l'intérieur. Rien ne semble avoir été dérangé, mais je fouille quand même toute la pièce, y compris l'armoire et le dessous du lit. Encore une fois, je ne trouve rien ni personne. Satisfaite et soulagée, je remets mon arme dans son étui.

Je croyais pourtant avoir tout fermé. Mais il faut dire que j'étais en retard pour mon rendez-vous avec Josh, alors…

Je scrute le châssis de la fenêtre. Le verrou tient solidement, et il n'y a aucune trace d'effraction. J'ai dû tout bonnement oublier de la fermer. Soudain, une image percute mon esprit : une femme nue, allongée sur une surface étroite. Elle est attachée dans la position de l'aigle déployé, les chevilles et les poignets liés à des barres aux quatre coins. Un homme se penche sur elle, armé d'un couteau. Il lui entaille le bras. Elle crie. J'ouvre les yeux et aspire une goulée d'air. Hélas ! Cette vision aurait pu m'apprendre beaucoup — sur l'identité de la victime et sur celle du tueur —, mais la scène était trop floue. La seule chose que je puisse affirmer avec certitude, c'est que la femme et le tueur avaient tous les deux les cheveux châtains... comme plus de la moitié de la population de ce pays. Super ! Encore une vision inutile.

Je me déshabille, range mon revolver dans le tiroir de ma table de chevet et me mets au lit. Mais l'angoisse ne m'a pas quittée. J'aurais mieux fait de rester chez Josh. Assaillie de nouveau par le doute et la peur, je me relève et inspecte encore une fois l'appartement de fond en comble, m'assurant que toutes les portes et fenêtres sont solidement verrouillées. Pourtant, malgré tous mes efforts, je ne me sens toujours pas en sécurité. Je retourne me coucher et décide de lire un peu dans l'espoir que mon roman fantastique effacera les terreurs que mon imagination morbide fait naître en moi.

Une heure plus tard, je ferme les paupières. Enfin, je vais peut-être pouvoir m'endormir ! Mais à peine me suis-je assoupie qu'une autre image surgit dans mon esprit.

Une femme est couchée sur un lit. La pièce est maculée de sang.

Je me réveille en sursaut, me redresse brusquement, haletante, les joues inondées de larmes. Je tente de chasser l'horreur de cette vision. Qui est cette femme ? Jean ? Susan ? La prochaine victime de l'Ecorcheur ? Ou bien ne s'agit-il cette fois que d'un rêve et rien de plus ?

Anxieuse à l'idée de ne pas trouver le sommeil, j'essaie de faire le vide dans ma tête. Mon réveil digital indique 4 h 10. Mes pensées en dérive me ramènent à la nuit où mon frère a disparu. J'ai assisté à sa mort à travers les yeux de son assassin. Je me suis *délectée* de sa mort à la place du tueur. Une nausée irrépressible me monte à la gorge. Je prends mon livre et vais m'installer sur le canapé, déterminée à ne plus penser à mon frère ni au rôle que j'ai joué dans sa mort. Je lis pendant une demi-heure. L'intrigue est suffisamment captivante pour apaiser mes frayeurs. Finalement, je regagne ma chambre et, laissant la lampe de chevet allumée, je sombre peu à peu dans le sommeil. Mais immédiatement, le rêve resurgit. On a retrouvé le corps. Je suis présente sur les lieux. Puis le rêve déraille, comme un disque rayé. C'est maintenant une autre scène qui se déroule.

Je lève les yeux vers la silhouette indistincte du tueur qui s'approche de moi en brandissant un couteau. La lame pénètre dans ma peau, dans ma jambe… Et je me réveille.

La panique s'empare de moi. Ma respiration devient saccadée, déclenchant une crise d'hyperventilation. J'ouvre les yeux et perçois une ombre obscure sur le seuil. J'étouffe un cri. Il y a quelqu'un dans ma chambre !

Tétanisée, je suis incapable de bouger. Mon revolver est dans le tiroir de la table de chevet. Aurai-je le temps de m'en saisir et de faire feu avant que le tueur ne se jette sur moi ? Puis la silhouette se déforme. Je scrute l'obscurité, tente d'identifier les ombres, les contours… Que se passe-t-il donc ?

Avec toute la rapidité dont je suis capable, je tâtonne dans le tiroir à la recherche de mon arme, tout en allumant la lumière, prête à tirer. Mais tout ce que la clarté de la lampe illumine, c'est une pièce vide.

Je sens encore l'odeur de ses vêtements. L'odeur de son corps. Je la connais si bien, peut-être mieux qu'elle ne se connaît elle-même. Mais je la garde pour plus tard.

Pour l'instant, je profite de celle-ci. Une bien jolie prise ! Je vais enfin obtenir la reconnaissance que je mérite. On va me remarquer.

— Inutile de te débattre, ma chérie. Tu ne peux pas m'échapper.

— Je vous en supplie ! Vous n'êtes pas obligé de faire ça !

— Non, mais rien ne m'empêche de le faire non plus, dis-je, dans un brusque élan d'autorité.

Je me penche sur elle et l'embrasse doucement sur la joue.

— Je n'ai pas vu votre visage ! dit-elle d'un ton implorant. Vous pouvez me laisser partir sans crainte.

— C'est vrai. Pas encore. Mais tu as entendu le son de ma voix. Tu l'as reconnue ?

— Non, je ne l'avais encore jamais entendue.

— Tu es sûre ?

Je lui caresse les cheveux.

— S'il vous plaît ! Je m'appelle…

— Chut !

Je plaque ma main sur sa bouche et murmure :

— Je sais qui tu es. Je connais tout de toi.

Pour la réduire au silence, je colle un morceau de ruban adhésif sur ses lèvres roses et pulpeuses. Sa peau rougit sous l'effet de l'excitation. Mais patience ! Ce sera pour plus tard.

— Je suis obligé de partir, maintenant. Ils m'attendent.

Je recule jusqu'à la porte, contemplant chaque centimètre de son corps nu, superbe.

— A bientôt, mon amour.

Son image est gravée de façon indélébile dans mon esprit. Cependant, il faut que j'aille travailler. Personne ne doit se douter de quoi que ce soit.

9.

Impossible de me concentrer sur mes dossiers. Les effets d'une nouvelle nuit sans sommeil se font lourdement sentir. Je sais que j'ai encore eu un cauchemar cette nuit, mais une fois de plus, un voile brumeux, irréel obscurcit ma mémoire. Mon corps épuisé et mes yeux bouffis témoignent de mon insomnie. Sam ne va pas manquer de réagir devant mon manque évident de sommeil, et je devine de quelle façon ! Cette pensée m'arrache un sourire. A coup sûr, elle va s'inventer un scénario autour de ce qui a bien pu me tenir éveillée toute la nuit. Mon Dieu ! Sam ! Entre le travail et Josh, je n'ai pas trouvé une minute pour la rappeler et m'enquérir de sa santé.

Au moment précis où je saisis le combiné, je sens une présence sur le seuil de mon bureau. Je lève les yeux, pensant, ou plutôt espérant voir Josh. Après tout, je crois que je lui dois des excuses.

C'est Rivers.

— Bonjour, patron, dis-je en essayant de dissimuler ma fatigue et ma déception.

Je tripote mon clavier. Rivers ne bronche pas. Je relève la tête. D'emblée, l'expression de son visage m'effraie.

— Que se passe-t-il ?

— Sophie, c'est à propos de Sam.

Un petit glapissement de peur s'échappe de mes lèvres.

— Quoi ?

— Elle a disparu. Les flics pensent qu'elle a été enlevée chez elle.

— Comment ?

Je me lève d'un bond, repousse ma chaise qui roule en arrière et heurte le mur bruyamment.

Josh arrive à son tour, une lueur étrange dans les yeux. Je l'interpelle :

— Tu es au courant ?

— De quoi ?

— Wright a disparu, explique Rivers. On a relevé des traces de lutte dans son appartement.

— Oh, mon Dieu ! s'exclame Josh.

Les questions se bousculent dans ma tête :

— Comment est-ce arrivé ? Quand ?

— C'est sa femme de ménage qui nous a prévenus. Elle est arrivée à 7 h 30, ce matin : elle a trouvé des vêtements éparpillés dans tout l'appartement et les meubles renversés. Sam a pu être kidnappée à n'importe quel moment au cours des dernières trente-six heures.

— Mais elle a appelé hier pour dire qu'elle était malade, non ? fait remarquer Josh.

Je suis trop abasourdie pour ajouter quoi que ce soit.

— Oui, mais maintenant que j'y repense, ça me paraît bizarre.

J'aurais dû deviner que quelque chose n'allait pas. Sam n'a pas été malade une seule fois depuis que je travaille ici. Si seulement je ne m'étais pas laissé distraire par Marco…

— A-t-elle parlé à Janet en personne ?

— Janet jure qu'elle a reconnu sa voix au téléphone. Enrouée, mais c'était bien elle. Pourtant, on ne peut être sûr de rien. Nous sommes en train de rechercher l'enregistrement de son appel.

— Et la patrouille de surveillance ? Ils n'ont rien vu ?

— Non. Ils ont fait des rondes toutes les deux heures environ, mais jusqu'à présent, ça n'a rien donné. Nous recherchons tous les policiers qui étaient en service dans le secteur depuis avant-hier.

Je hoche la tête, toujours incapable d'assimiler pleinement

la nouvelle. Finalement, je saisis mon sac, cherche mes clés sur mon bureau et me dirige d'un pas décidé vers la porte.

— Il faut que j'aille là-bas. Qui dirige l'enquête ?

— Ils ont mis Sandra Couples sur l'affaire, répond Rivers.

Je connais Sandra. Elle est certainement la plus compétente au sein de l'unité chargée de rechercher les personnes disparues.

La vision que j'ai eue chez Sam se ranime dans ma mémoire — l'image du tueur. Il se tenait derrière elle ! Cela n'avait rien à voir avec la mort de Jean, de Teresa ou de Susan : c'était une prémonition de l'enlèvement de Sam !

— Mon Dieu ! dis-je en faisant un pas en arrière avant de m'écrouler sur ma chaise. C'est l'Ecorcheur de Washington. Il tient Sam.

— Ne tirons pas de conclusions hâtives, dit Josh. Nous pourrions avoir affaire à un simple kidnapping. Quelqu'un qui s'imagine pouvoir obtenir une bonne rançon en échange d'un agent du FBI.

— Nous suivons les deux pistes, déclare Rivers.

Je lui demande aussitôt :

— Qui s'en occupe de notre côté ?

— Le bureau de Washington. Pour le moment, ils sont les mieux placés pour enquêter.

— Je veux en être.

— Anderson, vous et Wright êtes amies. Il vous serait impossible de vous montrer objective.

— Mais c'est moi qui la connais le mieux. Pour l'amour du ciel, j'étais avec elle avant-hier soir !

Je n'arrive pas à croire que Sam a disparu et qu'elle est entre *ses* mains !

— Avant-hier soir ? répète Rivers.

Je hoche la tête.

— Si l'appel téléphonique d'hier était faux, il se pourrait alors que vous soyez la dernière personne à l'avoir vue. Qu'avez-vous fait cette nuit-là ?

— Nous avons travaillé chez elle, sur le profil de l'Ecorcheur.

— Quoi ? Mais Wright était censée ne plus mettre le nez dans ce dossier ! hurle Rivers en ôtant ses lunettes.

— Elle voulait simplement m'aider en me donnant quelques tuyaux sur l'affaire. Je suis repartie vers 22 h 30. Je vous en prie, monsieur, laissez-moi participer à l'enquête !

Rivers garde le silence. A mon avis, il sait parfaitement que c'était moi qui donnais un coup de main à Sam plutôt que le contraire, mais il n'insiste pas.

Remettant ses lunettes sur son nez, il finit par laisser tomber :

— Très bien, allez voir Couples et racontez-lui ce que vous savez. Je ne dis pas que je vous autorise à enquêter, mais seulement que vous pouvez vous rendre chez Sam, examiner les lieux et parler à Couples.

Je me relève.

— Merci, monsieur.

Josh fait un pas en avant.

— J'aimerais faire partie de l'équipe, moi aussi.

— Un peu de bon sens, Marco ! Il est hors de question que je vous envoie là-bas tous les deux. Nous avons déjà mobilisé les meilleurs agents du bureau de Washington, Krip et O'Donnell, ainsi que Marty du labo et maintenant, Anderson. De quoi cela aurait-il l'air ?

Le patron a raison. Si nous envoyons un trop grand nombre d'agents de Quantico, cela pourrait laisser penser que nous ne faisons pas confiance à la police locale ni même à nos propres gars. Ce qui ne manquerait pas d'avoir de fâcheuses répercussions au niveau politique.

— Par ailleurs, nous devons nous montrer discrets pour le moment. Je n'ai pas du tout envie que la presse s'empare de cette affaire.

— Bon, j'y vais, dis-je en me faufilant entre les deux hommes.

— Ça va aller ? me demande Josh.

Avec un sourire forcé, je hoche la tête avant de me précipiter hors de la pièce.

Au moment où j'ouvre la portière de ma voiture, le souvenir du cauchemar de la nuit dernière refait surface. Un meurtre. Se pourrait-il qu'il concerne Sam ? Non, c'est impossible. Pas Sam. Je revois le sang ; mon cœur se serre. Il détient Sam. Une nouvelle crise d'hyperventilation me force à m'appuyer contre la carrosserie de la voiture. Je m'efforce de prendre de longues et profondes inspirations. De penser à quelque chose de rassurant…

Il les séquestre. Il garde ses victimes captives pendant trois à huit jours. J'ai encore le temps de retrouver Sam. De le retrouver *lui*.

Arrivée sur place, je montre mon insigne à l'agent de la police locale qui monte la garde devant l'immeuble, puis je grimpe l'escalier quatre à quatre. Je dois de nouveau prouver mon identité avant de franchir la porte de l'appartement. Celui-ci a pris des allures de ruche bourdonnante. A l'intérieur, une dizaine de policiers et de représentants de la loi sont déjà présents. Les flashes des appareils photo crépitent sans relâche, et plusieurs membres de la police scientifique sont à l'œuvre, recherchant empreintes et autres indices. Marty donne ses instructions à l'un des photographes : il lui demande de faire un gros plan sur une poterie brisée tombée dans le couloir. C'était une plante en pot. De la terre jonche le sol tout autour. L'appartement entier est sens dessus dessous. Il a dû y avoir une sacrée bagarre.

Marty, qui m'a immédiatement repérée, s'avance à ma rencontre. Tout d'abord, il garde le silence. Que pourrait-il dire ?

Puis il finit par bredouiller :

— Dès que nous aurons découvert quelque chose, je te préviendrai.

— Qu'est-ce que ça donne, pour l'instant ?

Sans répondre, il détourne le regard.

— C'est si mauvais que ça ?

Je me mords la lèvre.

— Nous avons trouvé des empreintes digitales, annonce-t-il, mais il nous faudra un jour ou deux avant de savoir si certaines sont suspectes.

— Tu pourras déjà éliminer les miennes. J'étais ici avant-hier soir.

Marty opine du chef.

— Les tiennes figurent déjà dans le fichier du Bureau, de toute façon.

Sandra Couples m'a aperçue. Elle s'approche.

— Agent Anderson, dit-elle avec une certaine raideur.

Marty comprend qu'il doit se retirer. Après m'avoir adressé un sourire contraint, il s'éloigne pour rejoindre les experts de la police scientifique.

Maintenant que nous sommes seules, le ton de Sandra change du tout au tout.

— Mon Dieu, Sophie, je suis tellement navrée ! Je n'arrive pas à croire qu'une telle chose ait pu arriver.

Elle passe la main dans ses cheveux grisonnants coupés au carré. De ses quinze années passées en Floride, elle a conservé une peau tannée par le soleil, et ses grands yeux noisette sont entourés de petites rides.

— Merci, Sandra.

— J'ai mis mes meilleurs hommes sur l'enquête, explique-t-elle en jetant un regard par-dessus son épaule à l'équipe qui s'active aux quatre coins de l'appartement.

Je vais droit au but.

— J'étais ici avec Sam, avant-hier soir.

Avec un hochement de tête, elle ouvre son calepin.

— A quelle heure êtes-vous repartie ?

— Vers 22 h 30.

— Vous pourriez être la dernière personne à l'avoir vue.

— Oui, c'est aussi l'avis de Rivers. Est-ce qu'on a vérifié ses appels téléphoniques ?

— Krip et O'Donnell sont en train d'examiner les enregistrements. Qu'avez-vous fait toutes les deux, la nuit de mercredi ?

— Nous avons travaillé sur le profil psychologique de l'Ecorcheur.

Je regarde en direction de la table à manger de Sam sur laquelle les documents et les photos sont toujours étalés.

Sandra suit mon regard et précise :

— Nous n'avons encore touché à rien. Voulez-vous jeter un coup d'œil pour voir si tout est resté comme vous l'aviez laissé ?

Je m'approche de la table. Pourquoi n'ai-je pas pris conscience que Sam était en danger ? Pourquoi n'ai-je pas reconnu que l'image du tueur constituait une prémonition ? Si seulement ces maudites visions n'étaient pas revenues !

Revenues ? Mais au fait, pourquoi sont-elles revenues ? Pourquoi justement maintenant ? D'abord John, ensuite Sam. Un être cher s'est trouvé en danger lorsque j'étais enfant, et c'est cet événement qui a dû stimuler mes capacités extra-sensorielles latentes. Au souvenir de ce que j'ai ressenti en tant que meurtrier de John, je suis parcourue d'un frisson. Aujourd'hui, les prémonitions se sont de nouveau manifestées parce que la vie d'une personne que j'aime est en péril. Et je ne m'en suis même pas rendu compte !

Un sentiment de culpabilité me submerge. Je me sens coupable de ce qui est arrivé à John dans le passé, et coupable de ce qui arrive à Sam maintenant. C'est plus que je ne peux en supporter.

Pourtant, je me ressaisis. J'ai besoin d'être objective pour pouvoir aider Sam. Pour la sauver. J'examine les lieux. Les signes de lutte sont évidents. Tout ce qui se trouvait sur la table basse — magazines, verres, pendule — a été renversé et éparpillé sur la moquette.

— C'est ici que la bagarre a commencé, fait remarquer Sandra.

Je sors une paire de gants chirurgicaux de mon sac, m'agenouille et, le dos tourné à Sandra, j'examine le sol. On dirait que Sam a été traînée sur la moquette et qu'elle a empoigné le pied de la table basse pour s'en servir comme point d'appui ou comme arme.

Je relève la tête. Debout près de moi, Sandra attend que j'aie terminé. Je me redresse.

— Elle s'est enfuie par là, indique Sandra en pointant du doigt le passage entre le séjour et la chambre de Sam.

Le lit est défait, mais personne n'y a dormi. La fenêtre de la chambre est ouverte.

— Avez-vous retrouvé son revolver ?

— Oui, sous le comptoir de la cuisine. Il a dû tomber au cours de l'empoignade.

Nous regagnons la pièce principale.

Je regarde autour de moi.

— Mais bon sang, comment est-il entré ?

— Il n'y a aucune trace d'effraction, mais la fenêtre de la chambre était ouverte.

Je secoue la tête.

— Je n'y crois pas. Sam m'avait dit qu'elle veillerait bien à tout fermer.

Sandra griffonne dans son calepin.

— Nous allons continuer à fouiller.

— Avez-vous une idée de l'heure à laquelle c'est arrivé ?

— En fait, oui, répond Sandra.

Pour la première fois, elle sourit. Les plis entre son nez et les coins de sa bouche se creusent.

— On ne pouvait pas trouver mieux, reprend-elle.

Elle enfile ses gants, ramasse avec précaution la pendule qui trône d'habitude sur la table basse, et la retourne. Les aiguilles se sont immobilisées sur 10 h 45.

— Ce qui nous donne trois possibilités, résume-t-elle. Soit quinze minutes après ton départ, soit 10 h 45 le matin où elle a téléphoné pour dire qu'elle était malade, soit 22 h 45 hier soir.

— Et les voisins ?

— Deux de mes gars interrogent en ce moment tous ceux

sur qui ils ont pu mettre la main, mais la plupart des gens sont partis travailler.

— Quelqu'un a forcément entendu quelque chose.

— C'est aussi notre avis. Surtout à l'étage au-dessous, mais il n'y a personne pour l'instant.

Les voisins qui habitent l'appartement situé juste sous celui de Sam seraient les plus susceptibles d'avoir entendu des bruits de bagarre. Du verre a été brisé et la plante en pot a dû faire un vacarme de tous les diables en se fracassant par terre.

— Vous voulez regarder ça maintenant ? demande Sandra en me désignant les pièces du dossier éparpillées sur la table.

— Oui, bien sûr.

Tout en m'approchant, j'essaie désespérément de rassembler mes souvenirs. Qu'y avait-il exactement sur la table ? Manque-t-il quelque chose ? Un objet nouveau a-t-il été ajouté ?

— Rien n'a bougé ? me demande Sandra.

— Non, je ne crois pas.

De mes mains gantées, je feuillette les photos avant de préciser :

— A la vérité, je pourrais difficilement affirmer qu'il manque une photo ou qu'il y en a une de trop.

— Je comprends.

— Il va falloir comparer toutes les pièces du dossier avec l'inventaire. Pour s'assurer qu'il ne manque rien.

— Mes gars ont absolument tout photographié, dit Sandra.

Puis elle ajoute dans un murmure :

— Croyez-vous qu'il s'agisse de l'Ecorcheur ?

Je la regarde dans les yeux et me mords la lèvre.

— Oui, j'en ai peur.

Mes rêves me le prouvent, mais il n'est pas question d'en parler à qui que ce soit. Sam est encore en vie, et je vais la sauver. Si j'arrive à maîtriser mes visions, peut-être pourront-elles m'aider.

— Je crois que je vais faire appel à Flynn et à Jones,

déclare Sandra. Pour leur demander d'inspecter les lieux de leur côté.

— Bonne idée. Nous devons mettre ce type hors d'état de nuire, et vite !

Sandra pose la main sur mon bras.

En portant de nouveau mon attention sur la table, j'aperçois, sous une pile de photos, le profil élaboré par Sam.

— N'oubliez pas de relever les empreintes là-dessus, Sandra.

— Nous ferons tout notre possible.

Je pense au tueur. Lui aussi porte des gants, mais je devine son désir de toucher du doigt les papiers qui parlent de lui. En tenant son propre profil entre les mains, il aura eu l'impression d'y être mêlé de près. Ce qui n'aura pas manqué de stimuler son ego et d'intensifier sa jouissance.

— J'appelle Flynn et Jones immédiatement, dit Sandra en ouvrant d'un coup sec son téléphone mobile.

Par politesse, je lui demande :

— Ça vous dérange si je reste encore un peu ?

— Je vous en prie.

Et tout en composant le numéro, elle s'éloigne de quelques pas.

J'examine de plus près les notes et rapports étalés sur la table. A première vue, rien d'anormal. Prenant soin de ne pas déranger le désordre, je soulève au hasard quelques clichés. Mais à quoi bon, quand il y a plus de soixante photos et des douzaines de feuillets imprimés ? Il va falloir comparer le contenu du dossier avec la liste des pièces qui le constituent.

Dans l'espoir d'y découvrir un indice quelconque, je me force à retourner dans la chambre de Sam. Un signe, n'importe quoi. Je réprime une envie irrésistible de me recroqueviller en position fœtale et de donner libre cours à mes larmes. Il faut que je reste lucide, que je me concentre sur l'enquête. Ce n'est que de cette façon que je pourrai sauver Sam.

Je me laisse tomber sur le bord du lit, le regard dans le vide. Supposons que Sam ait été enlevée la nuit où je me trouvais chez elle et que le tueur l'ait obligée à téléphoner au bureau pour dire qu'elle était malade, afin de retarder la découverte de sa disparition. Les yeux fermés, je me livre à un rapide calcul mental. Si le type s'en tient au schéma qu'il a suivi jusqu'à présent en retenant ses victimes trois à huit jours, il me reste entre trente-six et cent cinquante heures pour retrouver Sam.

Je rouvre les yeux. Et c'est alors que je le vois.

Un petit pendentif, accroché sur le côté du miroir de la coiffeuse, en face du lit. Tout à fait anodin, sauf que je n'ai jamais vu Sam le porter et qu'il a la forme exacte de la marque que, dans mon rêve, Jean avait sur la cuisse. Ce symbole a certainement une signification. Le tueur a délibérément laissé le bijou dans la chambre de Sam pour nous narguer, convaincu que personne ne trouverait cet indice ou n'en comprendrait le sens. A l'aide de mon stylo, j'écarte le pendentif du petit crochet qui le retient, et l'examine à la lumière. Un petit sourire me vient aux lèvres. Le tueur a fait un faux pas, une erreur qui va me permettre de délivrer Sam. C'était ça l'élément qui nous manquait.

10.

Pike se tient debout à l'extrémité de la table de réunion autour de laquelle nous attendons. Rivers arrive enfin, et s'arrête sur le seuil, hésitant.

Pike commence :

— Nous allons mettre sur pied un groupe spécial d'intervention.

Autrement dit, retournement complet par rapport à la position de Rivers, il y a seulement trois heures ! Est-ce Pike qui en a pris l'initiative ou bien Rivers l'y a-t-il poussé ? Ou peut-être cela vient-il de plus haut ? Un agent du FBI qui se fait enlever, quelle mauvaise presse pour le Bureau ! Nous sommes censés être invincibles.

Quoi qu'il en soit, je tiens à ce que ce détachement spécial ne se trompe pas de cible.

— C'est l'Ecorcheur de Washington.

Je n'ai pas pu m'empêcher de lancer cette affirmation.

De toute façon, la plupart d'entre nous sommes déjà arrivés à cette conclusion.

— Qu'est-ce qui vous fait dire ça, Anderson ? me demande Pike.

— Ça concorde avec le profil, dis-je d'une voix que je m'efforce de rendre égale. Le tueur s'est intentionnellement installé dans la région pour se trouver juste sous le nez du FBI. Sous *notre* nez. Il aime les sensations fortes, les défis, et quel meilleur moyen d'accroître l'excitation de la chasse que de kidnapper un agent du FBI ? Qui plus est, celle-là même qui établissait son profil !

J'ai fait fausse route à propos de ce type, jusqu'à présent. Je n'imaginais pas que Sam pût courir un grave danger, et il ne m'était certainement pas venu à l'idée qu'elle serait la prochaine victime. A coup sûr, si quelqu'un l'avait filée, elle l'aurait remarqué. Nous sommes entraînés pour ça.

— Mais encore ? ajoute Pike.

— La lettre sur la troisième victime.

Rivers me fusille du regard. A-t-il dit à Pike que Sam était supposée ne plus travailler sur l'affaire ?

— Oui, eh bien ?

— Il n'essayait pas d'entraîner Sam dans son monde à lui, comme nous l'avons cru tout d'abord.

Ma voix reste calme.

— Cela fait partie d'un rituel de chasse.

Pike m'écoute avec intérêt : j'en profite.

— De plus, j'ai trouvé dans la chambre de Sam un pendentif qui ne lui appartient pas. C'est le tueur qui l'a déposé là.

Pas question, bien sûr, de leur raconter que la forme de ce bijou est la réplique exacte d'une image qui m'est apparue en rêve — image qui, j'en suis certaine, a un rapport avec l'Ecorcheur de Washington puisque je l'ai vue sur la cuisse de Jean. Il reste à espérer que sa seule présence, en tant qu'objet étranger sur la scène du crime, suffira à les convaincre.

— Vous prétendez connaître tous les bijoux que possède Sam Wright ? me demande Pike d'un air surpris.

Je réfléchis à la vitesse de l'éclair.

— Sam et moi sommes sorties ensemble, il y a deux semaines. Nous avons passé en revue tous nos trésors pour trouver quelque chose à assortir à nos robes.

Mensonge embarrassant, peut-être, mais nécessaire.

— Pour assortir à vos robes ?

— Oui, vous savez, comme accessoires.

Depuis que Sam n'est plus là, nous ne sommes que deux femmes dans la salle : moi et Anthea Stall qui, de toute évidence, ne se préoccupe pas le moins du monde d'accessoires vestimentaires. Anthea lève un sourcil. Tous les autres me regardent fixement. Même le tapotement continu du stylo de James sur son carnet s'interrompt. Mais je me moque bien de savoir de quoi j'ai l'air. La seule chose qui m'importe, c'est retrouver Sam.

Pike me dévisage.

— Rivers, qu'en pensez-vous ? Avons-nous affaire à l'Ecorcheur ou à un ravisseur lambda ?

Rivers, qui ne m'a pas quittée des yeux — sa façon à lui de me punir d'avoir désobéi à ses ordres —, détourne enfin le regard.

— Anderson a d'habitude un instinct très sûr. A moins de recevoir une demande de rançon dans les vingt-quatre heures, nous pouvons supposer qu'il s'agit bien de l'Ecorcheur.

James se remet à tambouriner sur son carnet.

— Entendu. Au fait, il s'agira d'une opération conjointe du FBI et de la police du District de Columbia, déclare Pike avec un bref signe de tête à l'adresse de Rivers.

Les mains jointes sous la table, je me mords la lèvre inférieure. Je veux faire partie de cette équipe. J'en ai *besoin*. S'il vous plaît, faites qu'ils affectent un profileur à plein temps sur cette enquête ! Dans les circonstances présentes, ils ne peuvent faire autrement que de nommer au moins l'un d'entre nous.

Pike poursuit :

— Nous disons donc les inspecteurs Flynn et Jones des Homicides, plus Sandra Couples. De notre côté, nous avons Krip et O'Donnell du bureau de Washington. Et nous allons également désigner deux d'entre vous…

Parfait !

— J'aimerais en être, dis-je aussitôt.

Josh enchaîne tout de suite :

— Moi aussi, monsieur, je voudrais faire partie de l'équipe.

— Vous venez à peine de boucler l'affaire Henley, tous les deux, nous fait remarquer Rivers. Comment comptez-vous travailler sur vos autres dossiers ?

Marco est le premier à réagir.

— Nous pourrons effectuer quelques heures supplémentaires, monsieur. Et puis, nous avons fait du bon travail ensemble sur l'affaire Henley.

Je saisis la balle au bond.

— Et nous connaissons bien Flynn et Jones. Nous formons une bonne équipe tous les quatre.

Rivers et Pike échangent un regard. Un hochement de tête de notre patron, puis un autre du directeur.

— C'est bon, vous avez gagné, déclare finalement Rivers.

Nous auraient-ils confié l'enquête s'ils avaient su que Josh et moi sortons ensemble ? Probablement pas. Mais qu'importe ? Il est vrai que nous avons bien travaillé tous les deux lors de notre dernière mission. Espérons que ça va continuer !

— Avons-nous appris quelque chose de la part des policiers qui effectuaient les rondes de surveillance ?

Rivers secoue la tête.

— Non, me répond-il. Couples m'a rappelé. Aucune des patrouilles n'a vu ni entendu quoi que ce soit de suspect.

Déçue, je m'affaisse légèrement sur mon siège.

Après s'être éclairci la gorge, Pike s'adresse à toute l'équipe.

— J'ai fixé des rendez-vous avec le Dr Rosen pour chacun de vous. Etant donné la situation, c'est indispensable.

A voir l'expression des visages autour de la table, la nouvelle ne réjouit personne. Des bras se croisent, des regards obliques sont lancés. La plupart des agents détestent parler de leurs sentiments, moi la première. De toute façon, je sais ce que Rosen va me dire : que je refoule mes émotions et que je compense par le travail. Tu parles ! Bien sûr que oui ! Je ne pourrais être d'aucun secours à Sam si je ne m'autorisais plus une seconde à penser à elle, à l'endroit où elle se trouve et à ce qu'elle endure. Il faut que je coince ce type, c'est uniquement sur cette pensée que je dois me concentrer. Rien d'autre.

— Janet vous communiquera vos heures de rendez-vous, précise Pike.

Il déboutonne le veston de son costume gris et se penche sur la table.

— Et je n'accepterai aucune excuse.

Il fixe son regard sur chacun de nous, à tour de rôle, veillant à n'oublier personne.

— J'ai bien dit *aucune* excuse.

Je me trémousse sur ma chaise. Nous devons nous mettre en route. Tout de suite !

— O'Donnell coordonnera les actions du Bureau, ajoute Pike en s'adressant à Josh et à moi.

La réunion est terminée. Nous sortons tous en file indienne. Josh et moi nous engageons dans le dédale des couloirs. Il marche à mon côté, mais pas assez près pour qu'un observateur puisse deviner les changements récents intervenus dans notre relation.

— Tu as l'air de prendre la chose assez bien, Sophie, me dit-il sans réelle conviction.

— Nous allons la retrouver, Josh.

Il hésite.

— Oui, bien sûr.

— Nous *devons* la retrouver.

Mes doigts se crispent sur mon calepin.

— Sophie, j'ai l'impression que tu n'as pas encore tout à fait pris conscience de la situation.

Doucement, Josh me prend par le bras et m'oblige à m'arrêter. Ce qui ne me plaît pas du tout. J'ai besoin de continuer d'avancer.

— Ne sois pas ridicule !

Je me leurre, je le sais. C'est comme si tous ces événements arrivaient à quelqu'un d'autre ou que j'étais en train de regarder un film. A dire vrai, je préfère ça.

Je me remets en marche. C'est déjà bien assez que la psychologue du service fouine dans ma tête, je n'ai aucune envie que Josh s'en mêle. Le plantant là sans ménagement, j'entre dans mon bureau. Mais il s'attarde sur le pas de la porte.

— Tu veux qu'on aille à Washington ensemble ?

Pourquoi diable me pose-t-il cette question maintenant ? Comme si je n'avais pas d'autre préoccupation !

— Hum…

Je passe en revue les options possibles, mais une seule idée demeure : je veux être seule.

— Chacun prend sa voiture.

Josh acquiesce d'un signe de tête. Les yeux baissés, je me mets à fourrager dans mes papiers, espérant lui faire comprendre que je souhaite en rester là.

Le silence règne pendant quelques instants.

— Bon, je te retrouve là-bas, finit-il par dire.

Il est contrarié que je le repousse, je ne peux l'ignorer, mais je ne veux pas — je ne *peux* pas — parler de ce qui me tourmente. Il faut que je me concentre sur les faits, rien d'autre.

— A tout à l'heure, dis-je avec un sourire forcé.

Josh marque un temps d'arrêt, puis s'éloigne.

J'arrête de fouiller dans mes papiers et jette enfin un coup d'œil à ce que je tiens à la main. C'est le rapport complet sur l'analyse graphologique de la missive adressée à Sam. Sur la première page, Marty a collé un post-it :

« Voici les rapports des trois experts. Je les ai compilés en un seul. Je savais que tu voudrais le lire. Marty. »

Je parcours rapidement le document avant de me mettre en route pour Washington.

Le trajet d'une heure sur la I-95 est un enfer, aussi bien en termes de circulation automobile que de mouvements de pensées à l'intérieur de mon crâne. Au moment où je me gare enfin sur le parking du bureau de Washington, je me sens encore plus exténuée que lorsque je suis partie. Si c'est possible !

L'immeuble moderne est situé sur la 4e rue, dans la partie nord-ouest de la ville. Après avoir signé le registre à la réception, je monte dans l'ascenseur qui me conduit au sixième étage. Dans la vaste salle de conférences, les grandes baies vitrées qui occupent tout un mur du sol au plafond offrent une vue panoramique de la ville. Au milieu se dresse une grande table rectangulaire entourée de dix chaises à hauts dossiers noirs. Deux tableaux blancs sont accrochés au mur. La pièce dispose d'équipements multimédias, y compris un projecteur et un système de vidéoconférence.

Autour de la table, les principaux membres du groupe spécial d'intervention, dont Josh, sont déjà installés. Nous pourrons faire appel à des renforts si nous parvenons à débusquer notre homme. Non, je devrais dire, *quand* nous l'aurons débusqué. Je m'assieds sur le siège le plus proche, et nous nous saluons brièvement les uns les autres avec des sourires crispés.

O'Donnell se trouve juste en face de moi. Je le connais, je l'aime bien. C'est un homme trapu, dans les quarante-cinq ans, dont le crâne commence sérieusement à se dégarnir. Il rase ce qu'il lui reste de cheveux, et sa tête chauve fait ressortir ses yeux bleu acier, les yeux d'un homme qui ne plaisante pas.

A la gauche de O'Donnell, il y a Krip. Je ne sais pas grand-chose de lui, mais ce que j'ai vu jusqu'à présent ne m'a pas véritablement impressionnée. Il est plutôt du genre dragueur. Son apparence physique reflète tout à fait ce que j'ai entendu dire à son sujet. Ses cheveux blond roux sont bien trop longs pour un agent, et avec son visage couvert de taches de rousseur, il me fait davantage penser à un surfeur australien qu'à un agent du FBI. Il se renverse en arrière sur sa chaise, complètement en arrière. Il n'a pas vraiment l'air de se faire de la bile à l'idée que Sam ait été enlevée.

De l'autre côté de O'Donnell, Couples se tient droite sur son siège. La lumière du jour qui pénètre par les fenêtres illumine ses mèches grisonnantes.

Flynn et Jones sont assis tous les deux à ma droite. Je jette un bref regard à Flynn qui m'adresse un signe de tête. Comme O'Donnell, Flynn est d'origine irlandaise et possède d'étonnants yeux bleus. Des yeux qui, un instant, peuvent vous paraître tout ce qu'il y a de plus doux et enfantins et qui, à la seconde suivante, vous poignardent sans pitié. Je parie qu'il se sert de ce regard pour intimider les suspects. Aujourd'hui, il porte un costume marron foncé et une chemise couleur crème. Pas de cravate. Il me gratifie d'un petit sourire et retourne à son dossier. Il n'est pas homme à perdre son temps.

A côté de lui, Jones, penché sur son calepin, griffonne. C'est souvent pendant qu'il griffonne que Jones se révèle le plus efficace. Il porte un jean et un blouson de cuir qui siéent à sa minceur mais accentuent son air juvénile. A le voir travailler, on ne dirait pas qu'il n'a que vingt-cinq ans. L'expérience des enquêtes criminelles qui lui fait encore défaut, il la compense par une intelligence extraordinairement vive.

— Ainsi, vous êtes sûre qu'il s'agit de l'Ecorcheur ? me demande O'Donnell.

— Absolument. Je n'ai aucun doute à ce sujet.

Personne ne me contredit. Je poursuis :

— D'ailleurs, étant donné le caractère notoire de l'enlèvement, nous devrions déjà avoir reçu un appel ou une demande de rançon.

O'Donnell n'hésite que quelques secondes.

— D'accord, nous allons partir de cette hypothèse.

J'entre immédiatement dans le vif du sujet.

— Que pensez-vous du profil élaboré par Sam ?

C'est Flynn qui répond le premier :

— Intéressant. L'éventualité qu'il ait une expérience dans le domaine du maintien de l'ordre est assez inquiétante.

— Il se peut qu'il se fasse seulement passer pour un représentant de la loi, dis-je. Nous ne pouvons pas affirmer avec certitude qu'il s'agit d'un flic en activité.

— Un flic ? relève Krip avec un sourire. Mais Sam l'a catalogué comme quelqu'un d'intelligent, qui s'exprime avec aisance !

Jones vole au secours des forces de l'ordre.

— On compare nos Q.I. quand vous voulez !

Toute l'équipe éclate de rire, même l'interpellé. Mais un silence coupable suit aussitôt ce bref instant de détente.

Finalement, Couples reprend la parole.

— Je n'arrive toujours pas à croire qu'il ait enlevé Wright.

Comme personne ne sait que répondre, un nouveau silence accompagné de regards sombres succède aux propos de Sandra.

Je jette un coup d'œil à ma montre, puis, noircissant une page de mon carnet, j'effectue quelques rapides calculs. J'ai déjà tout compté dans ma tête, mais tant pis, je recommence.

— S'il a enlevé Sam la nuit où j'étais avec elle, alors d'après mes estimations, nous avons entre trente-trois heures et un peu moins de six jours et demi pour la retrouver, en tablant sur le fait qu'il la séquestrera entre trois et huit jours, comme il l'a fait avec les autres.

O'Donnell se penche au-dessus de la table.

— Je veux que chacun de vous consacre deux cents pour cent de son temps à ce dossier. Débarrassez-vous de vos autres obligations.

— Sans problème, répond Flynn.

Je lui envoie un sourire de gratitude. Il ne dormira plus que deux heures par nuit jusqu'à ce que nous ayons délivré Sam, je peux compter sur lui.

— Est-ce que Sam a envoyé une demande au VICAP ? s'enquiert Josh.

Jones cesse de griffonner et note le mot VICAP dans le coin d'une page. Mine de rien, il ne perd pas une miette de ce qui se passe autour de lui.

— Oui, dis-je. Les informaticiens du VICAP sont en train d'examiner ses données. Nous aurons les résultats aujourd'hui, avant 16 heures.

Jones regarde sa montre.

— C'est-à-dire dans deux heures.

O'Donnell se tourne vers Flynn et Jones.

— Vous aviez déjà vérifié avec le VICAP ?

— Nos recherches ont fait ressortir deux cas à Chicago qui correspondraient à notre homme.

— Et alors ?

— Ça n'a mené nulle part. Les affaires présentent des similitudes évidentes, mais l'assassin n'a pas laissé davantage d'indices à Chicago.

Le découragement gagne les esprits. J'interviens :

— Cette fois, ça devrait être différent. L'un de nos experts du VICAP a élargi les critères de recherche, et il analyse les résultats manuellement.

On obtient de meilleurs résultats quand on porte un intérêt particulier à une affaire, c'est bien connu.

— Bon, attendons de voir ce que ça donnera, décrète O'Donnell.

— J'ai également reçu un exemplaire de l'analyse graphologique avant de venir ici, dis-je en distribuant des copies du rapport.

— Vous l'avez déjà lu ?

— J'y ai jeté un coup d'œil.

Nous lisons attentivement les trois pages du rapport. Jones et moi prenons même quelques notes.

Les rapports de ce genre combinent une analyse du document proprement dit et deux études : l'une d'un graphologue, l'autre d'un linguiste. Ils examinent l'encre et le papier utilisés, puis déterminent si l'auteur de la lettre est gaucher ou droitier et s'il a falsifié son écriture. De même, ils étudient le langage employé, lequel est susceptible d'indiquer l'origine géographique de l'auteur, son niveau d'instruction ainsi que son état d'esprit au moment où il a rédigé le document. Dans le cas qui nous occupe, nous savons déjà que le tueur s'est servi d'un stylo-bille bleu ordinaire et d'une page arrachée à un cahier à spirale. Mais ces informations ne constituent que le début du rapport.

Vient ensuite l'analyse graphologique. Le tueur a intentionnellement écrit en majuscules d'imprimerie, ce qui rend le travail d'un expert d'autant plus difficile. Néanmoins, des schémas se dégagent, et l'adresse inscrite sur l'enveloppe a été tracée en lettres cursives normales. Leur légère inclinaison révèle que l'auteur est gaucher, bien que le graphologue note qu'à un point donné, l'inclinaison change momentanément — phénomène fréquent quand quelqu'un se sert de la main qui ne lui est pas habituelle dans le but de contrefaire son écriture. Mais le changement d'axe n'intervient que sur deux mots et, de part et d'autre, les levers de crayon sont plus nombreux qu'ailleurs dans le document. Un lever de crayon s'effectue quand la personne s'interrompt une fraction de seconde et détache son stylo du papier. Ce geste peut révéler que l'individu ment, qu'il est stressé ou qu'il n'a pas encore trouvé la formulation qui lui convient. Notre expert a conclu que l'auteur de la missive était gaucher et que le changement d'angle résultait d'une interruption de sa pensée.

Le linguiste a relevé la faute d'orthographe sur le mot « enchanté », mais il estime qu'elle ne concorde pas avec le reste de la lettre. Cette erreur est une tentative délibérée pour dissimuler son niveau d'instruction. L'expert note en particulier la ponctuation presque parfaite qui témoigne d'études supérieures. Cet élément cadre d'ailleurs avec notre profil. Le linguiste a également pu identifier l'endroit où l'homme a grandi : le sud ou le sud-ouest des Etats-Unis.

A peine dix minutes plus tard, O'Donnell résume :

— Nous recherchons donc un homme peut-être originaire de l'Arizona, du Nouveau-Mexique ou du Texas. Cependant, il existe plusieurs incohérences qui donnent à penser au linguiste que le type a pas mal bougé. Il a fait des études supérieures, il n'a pas beaucoup, ou même pas du tout, préparé son texte, et il a essayé de déguiser son écriture en recourant à des lettres majuscules et à une faute d'orthographe.

— Ce salaud est sûr de lui, fait remarquer Krip en se renversant un peu plus en arrière, sans pour autant cesser de regarder par la fenêtre.

— Pour l'instant, il aurait tort de se gêner ! dis-je. Nous ne disposons d'aucun indice ni d'aucune piste valable.

— Et l'appartement de Wright ? demande O'Donnell. Couples, vous n'avez rien trouvé ?

— Pas encore. Il y avait des empreintes partout. Je suis en contact avec le labo du FBI. Ils continuent de comparer les empreintes relevées avec celles de Sam, de Sophie et de la femme de ménage.

— Ça prendra combien de temps ?

— Marty Tyrone m'a assuré qu'ils allaient y travailler sans relâche, mais il va leur falloir au moins une vingtaine d'heures pour tout vérifier, isoler les empreintes et les examiner une par une.

O'Donnell hoche la tête, glisse ses doigts sous la monture de ses lunettes et se pince la racine du nez.

Travailler dans des délais aussi courts n'est jamais facile. Ces choses-là prennent du temps, et c'est précisément ce qui nous manque.

— Bien sûr, on pourrait obtenir une empreinte non identifiée dans les dix minutes, suggère Couples.

— Nous allons devoir supposer qu'il n'y a pas d'empreinte, intervient Josh en jouant avec le mécanisme de son stylo.

— Je suis d'accord, dis-je. Ce type n'a encore jamais laissé d'empreinte. Pourquoi commencerait-il maintenant ? Sauf peut-être sur le profil.

— Sur le profil ?

— Oui, je l'imagine très bien voulant établir un lien physique avec les mots que Sam a écrits sur lui. Il se peut qu'il ait retiré ses gants.

— Bien vu ! déclare O'Donnell. Sandra, faites en sorte que le profil soit examiné en priorité.

— Entendu.

Je poursuis :

— Je voudrais aussi qu'on s'intéresse aux pièces du dossier. Je me demande s'il n'a pas dérobé un document quelconque, comme preuve de ses exploits, ou même s'il n'a pas laissé une photo supplémentaire.

— J'ai ici la liste exacte de tout ce que nous avons transmis à votre unité, dit Flynn.

Il fouille dans son dossier et en extrait une page.

Avec un signe de tête, Couples ouvre le clapet de son téléphone mobile.

— Marty ? Sandra Couples à l'appareil. Du nouveau ?... Demandez à vos gars de se concentrer sur le dossier et les photos qui sont sur la table à manger de Sam, et en particulier sur la sortie papier du profil de l'Ecorcheur. Ouaip... hum hum... parfait. Je vais aussi vous faxer l'inventaire. Demandez à quelqu'un de s'en occuper, d'accord ?

Elle raccroche, prend la feuille des mains de Flynn, puis annonce :

— Voilà, c'est fait. Je vais faxer ça dès que nous aurons terminé.

— Qu'est-ce qu'on a d'autre ? demande O'Donnell à la ronde.

Je me lève pour me dégourdir les jambes.

— Le pendentif, dit Josh.

— Vous considérez ça comme un indice, n'est-ce pas, Anderson ? me demande Flynn.

— Oui, je suis certaine qu'il n'appartient pas à Sam.

— On l'a déjà analysé pour rechercher des empreintes ou des traces d'A.D.N., explique Sandra.

Son regard fait le tour de la table, puis s'arrête sur moi.

— Sans succès, malheureusement.

Je tripote nerveusement la bague que je porte à l'auriculaire.

— Et s'il appartenait à l'une des autres victimes ? suggère Krip en se redressant sur sa chaise pour la première fois depuis le début de la réunion.

Je suis plutôt surprise que ce soit lui qui ait avancé cette hypothèse, je l'avoue. Je cesse de tourner l'anneau sur mon doigt.

— L'idée n'est pas mauvaise, mais je doute que le pendentif provienne de l'une de ses victimes de Washington.

Jones approuve.

— C'est vrai, le profil de Sam indique que le tueur n'en est pas à ses premiers meurtres.

— En effet, tout est trop parfait.

— Nous savons que notre homme prélève des trophées, rappelle Flynn. Il a emporté un bracelet de Jean, une bague de Teresa, et la mère de Susan vient de nous téléphoner : un collier appartenant à sa fille a disparu.

Sans cesser de griffonner, Jones lève les yeux vers Flynn et demande :

— Ce ne serait pas le nôtre, par hasard ?

— Non. Je l'ai décrit à Mme Young. Ça n'a rien à voir.

Je reprends ma place à la table.

— Alors, supposons qu'il s'agisse du collier d'une autre victime.

Josh se tourne vers moi.

— Ou peut-être même d'une petite amie ou d'une parente du tueur.

— Il va falloir attendre de voir ce que le VICAP a à nous proposer.

Nous marquons une pause.

Avons-nous bien tout passé en revue ?

Jones interrompt son gribouillage et regarde Couples.

— Et les voisins, ça a donné quelque chose ? demande-t-il.

— Aucun de ceux que nous avons interrogés jusqu'à présent n'a entendu quoi que ce soit. Mais j'ai bon espoir en ce qui concerne l'appartement juste au-dessous de celui de Sam. Nous recherchons le couple qui habite là. On les aura retrouvés dans moins d'une heure. J'ai envoyé quelqu'un les attendre à leur retour du travail.

— Parfait ! approuve O'Donnell. Il sera utile de déterminer avec précision l'heure de l'enlèvement.

A mon tour, j'interroge Couples :

— Comment le tueur est-il entré ?

— Il a dû passer par la fenêtre de la chambre. Il n'y a absolument aucune trace d'effraction.

Je secoue la tête. Rien à faire, je ne peux pas avaler cette explication.

O'Donnell hausse les sourcils, promène son regard autour de la table.

— Autre chose ?

Silence.

— Il y a forcément quelque chose, dis-je.

— Rien que les gars de la police scientifique n'aient trouvé, en tout cas, répond Josh avec calme.

— Il reste encore plein de résultats en attente.

Je m'affale sur mon siège, les avant-bras appuyés sur les accoudoirs.

Josh tend la main vers moi, se ravise, la retire et finit par taper sur la table, essayant par là de dissimuler l'ébauche d'un geste trop intime.

— Oui, répond-il avec un sourire forcé, mais pense à tout ce que nous aurons peut-être appris d'ici quelques heures.

— C'est vrai.

Avant 18 heures ce soir, nous devrions savoir s'il manque un document dans le dossier de Sam, si des empreintes ont été relevées sur le profil, et le moment exact où Sam a été enlevée. Pas mal pour un début, même si j'espérais davantage.

— Et l'appel téléphonique ? demande Josh.

Krip, qui a repris sa position inclinée, répond :

— Sam a utilisé son portable. Ce qui ne nous sert pas à grand-chose.

— Demandez à l'opérateur de téléphonie mobile à partir de quelle zone d'appel le coup de fil a été acheminé, ordonne O'Donnell.

Bien sûr ! Comme tous les appels de téléphone mobile sont généralement captés par la tour de relais la plus proche, nous serons en mesure de localiser approximativement l'origine de l'appel de Sam.

Krip acquiesce d'un signe de tête.

— Sophie, intervient Flynn, Sam a demandé que l'on tire un agrandissement de la photo qui montre la cuisse de Jean. Savez-vous pour quelle raison ?

— Oui, nous pensions pouvoir distinguer une sorte de tatouage.

Ce n'est pas tout à fait un mensonge. Je m'abstiens simplement de révéler comment je suis au courant de cette marque.

— Le voilà ! annonce Flynn en faisant glisser la photo vers moi.

D'un geste prompt, je m'en empare et examine avec empressement le haut de la cuisse de la victime. Quel gâchis ! Il y a une multitude d'entailles. Mais pas de tatouage. Pourtant, l'image a forcément à voir avec l'Ecorcheur. Non seulement j'ai vu la marque dans mon rêve, mais à présent il y a aussi ce pendentif.

— Je peux garder cette photo ?

— Pas de problème.

O'Donnell nous distribue des copies complètes du dossier.

— Je suggère de mettre à profit les prochaines heures pour nous familiariser avec toutes les pièces du dossier.

— Je vais voir si je peux ajouter quelque chose au profil, dis-je.

— Je retourne à Quantico pour tanner un peu les gars du VICAP, annonce Josh. Je veux être sûr que nous aurons ce fichu rapport à temps.

Il glisse son stylo dans son classeur qu'il referme d'un coup sec.

— Retrouvons-nous à 17 heures, propose O'Donnell. D'ici là, nous aurons reçu les infos du VICAP et, avec un peu de chance, quelques précieux renseignements de la part des voisins de Sam. Au fait, que savons-nous de plus sur la troisième victime de Washington ?

— Le coroner a terminé son rapport, dit Flynn. Rien d'intéressant, malheureusement, ajoute-t-il en secouant la tête.

Il feuillette une pile de papiers et en sort une feuille qu'il pose sur le dessus.

— Elle portait trente-deux lacérations sur le corps, y compris la blessure à la gorge qui a causé le décès. L'heure de la mort est estimée entre 23 heures et 2 heures du matin. Ses ongles étaient propres, fraîchement coupés en fait, et on n'a relevé aucune fibre textile, aucun cheveu ou quoi que ce soit d'autre qui ne lui aurait pas appartenu.

Je m'affaisse sur ma chaise.

— Et les lividités ?

Flynn fixe sur moi son regard bleu — celui qui sait se faire tout doux.

— Comme pour les autres. Elle est morte sur une surface plate et elle a dû être transportée sur quelque chose de tout aussi plat.

— Une fourgonnette ?

Jones lève le nez.

— Est-ce que ça ne laisserait pas des stries ?

Il a raison.

— Peut-être quelque chose de plat posé à l'arrière d'une fourgonnette ? suggère Josh.

Il connaît son métier.

— Et au labo, qu'en pensent-ils ? demande O'Donnell.

Josh se penche en avant.

— J'ai parlé avec Marty juste avant de quitter Quantico. Il y avait bien du sang près de la scène du crime, mais il s'est avéré qu'il s'agissait de celui de la victime. Il a dû couler pendant le transport du corps. Des branches cassées ont révélé par quel chemin le tueur est passé, mais il n'y avait aucune empreinte de pas.

— Il a ratissé derrière lui pour effacer ses traces, dis-je.

O'Donnell hausse les sourcils.

— Les marques laissées par les dents du râteau n'ont rien donné, précise Josh. C'est un modèle standard, utilisé sur les terrains de golf pour les trappes de sable.

O'Donnell secoue la tête.

— Notre homme est méticuleux, ajoute Flynn.

— Ce n'est rien de le dire ! renchérit O'Donnell en commençant à rassembler ses papiers en une seule pile.

Nous l'imitons.

Je lui demande :

— Y a-t-il un endroit tranquille où je puisse m'installer ?

— Vous pouvez rester ici, si vous voulez.

— Parfait, merci. Et le café le plus proche ?

— Il y a un Starbucks à un pâté de maisons d'ici. Prenez à droite en sortant de l'immeuble.

Tandis que la salle de réunion se vide, je sors quelques billets de mon portefeuille et pars au petit trot en direction du café. Je commande un grand macchiato au caramel, avec double dose d'expresso. La caféine et le sucre seront probablement les seules choses qui me permettront de tenir le coup pendant les jours qui viennent.

Sophie avait l'air contrariée aujourd'hui. Elle aura bientôt besoin de moi.

Je remplis une bassine d'eau tiède savonneuse. Il est l'heure de faire la toilette de Sam. Elle est vraiment superbe. Et elle a attiré sur moi l'attention que je mérite.

J'admire son corps nu et mince. Je le nettoie doucement à l'aide d'une éponge.

— C'est agréable, tu ne trouves pas ?

Sa réponse est étouffée par le ruban adhésif collé sur sa bouche.

— Si je l'enlève, tu promets d'être sage ?

Elle hoche la tête.

— Tu jures de ne pas crier ?

Elle opine de nouveau.

Je retire l'adhésif d'un geste vif et précis — je ne tiens pas à lui faire plus de mal que nécessaire.

— Merci, dit-elle.

— De rien.

Je suis ravi de ses bonnes manières.

Nous restons un instant silencieux tandis que je tamponne ses seins, son ventre, ses jambes et, pour finir, son sexe.

— Voilà, tu te sens mieux comme ça ?

— Oui.

— Je crois que Sophie prend très mal ta disparition.

— Espèce de fils de pute, tu as intérêt à la laisser tranquille ! hurle-t-elle en changeant soudain d'humeur.

Pendant un instant, je sens la colère bouillir en moi, prête à exploser, mais elle retombe rapidement. Je conserve une parfaite maîtrise de mes réactions.

— C'est très gentil de ta part de penser à ton amie.

Je m'approche de son oreille et murmure :

— Mais n'oublie pas que c'est toi qui es sur la table, mon chou.

J'appuie sur les mots « mon chou ». Sam adore utiliser cette expression.

— Sophie est en sécurité... jusqu'à ce que j'en aie terminé avec toi, bien entendu.

Elle ne bronche pas. Son cerveau doit sûrement fonctionner à plein régime, tandis qu'elle essaie de trouver un moyen de se sortir de cette situation. Mais impossible de voir ses yeux pour m'en assurer : ils sont toujours bandés.

— Mon nom est Samantha Wright. Je suis née dans une petite ville du Texas qui s'appelle...

Je l'interromps d'un rire bruyant. Croyait-elle vraiment que cette pauvre tentative marcherait avec moi ? Ridicule !

— Sam, ma chérie, je suis sûr que tu peux faire mieux que ça. C'est ce qu'on apprend en première année de psychologie criminelle, non ? Se personnaliser aux yeux de son agresseur. Lui donner le sentiment que l'on est une personne réelle, dans l'espoir qu'il vous laisse partir. Décidément, tu ignores à qui tu as affaire !

— Dites-le-moi, dans ce cas. Dites-moi qui vous êtes.

— Je croyais que tu savais tout de moi. Non ?

Elle secoue la tête.

— Tu en apprendras davantage plus tard.

A présent que son corps est tout propre, je laisse courir mes doigts sur sa peau de velours. Je lui murmure des mots tendres à l'oreille, puis nous faisons l'amour.

11.

Mon café à la main, je me plonge de nouveau dans l'examen des rapports et des photos du dossier. Il ne me reste que deux heures pour finaliser le profil. Beaucoup moins que je ne le voudrais. Une fois encore, les images de Jean et de Teresa prennent forme dans mon esprit et, grâce à elles, j'obtiens une vision vague du tueur. Puis j'étudie les données dont on dispose à ce jour à propos de Susan Young. Une photo prise sur la scène du crime la montre nue, les yeux ouverts, gisant dans un parterre de fleurs. Le tueur a-t-il seulement été touché par la beauté des lieux ?

Revenant au cas de Jean, je récapitule les faits. Je sais que l'assassin aime épier ses victimes. Je sais aussi que Jean sortait en boîte. Est-ce dans ce genre d'endroit qu'ils se sont rencontrés ? Comment cela s'est-il passé ?

Six questions clés hantent mon esprit : Qui ? Quoi ? Quand ? Où ? Comment ? Pourquoi ? Ce sont les interrogations auxquelles nous essayons d'apporter des réponses quand nous dressons le profil psychologique d'un criminel. Nous appliquons la même formule que les journalistes. De même qu'ils rapportent un récit, nous tentons de reconstituer les événements puis de les restituer. *Qui* étaient les victimes et *qui* est le tueur ? *Que* s'est-il passé ? — cause de la mort, circonstances inhabituelles. *Quand* le crime a-t-il été perpétré, et y a-t-il quelque chose d'insolite ou de significatif concernant la date ou l'heure ? *Où* les événements se sont-ils déroulés ? *Comment* le crime a-t-il été commis — M.O., signature, etc. Etn enfin, *pourquoi* ? Dans certains cas, le mobile fournit la réponse à la première question. Si le motif du meurtre était l'argent, qui en profite ? Si c'était la vengeance, qui en voulait à la victime ? Mais dans les meurtres en série, le *pourquoi* est généralement une affaire de rituel et concerne la signification qu'il revêt aux yeux de l'assassin.

Je ferme les paupières, prête à revivre la scène telle qu'elle s'est peut-être déroulée. Comme chaque fois que j'établis un profil, je laisse libre cours à mon imagination…

Jean est dans une discothèque. Elle danse. Il l'observe. Ça fait maintenant plusieurs jours qu'il la file. Il se glisse à son côté, balançant les hanches au même rythme qu'elle. Il hume le parfum de sa peau, l'inspire profondément, puis s'éloigne. Ce qu'il veut, ce sont des rapports plus intimes. Il disparaît. De nouveau, il n'a plus de nom, plus de visage. Il quitte la boîte de nuit et se rend directement chez Jean.

Avec application, il se passe la main sur le cuir chevelu, prenant soin de détacher tout cheveu prêt à tomber. Puis il se couvre la tête d'une résille et se coiffe d'un bonnet. Il enfile ensuite ses gants de cuir noir. Il pénètre dans l'appartement par la porte d'entrée, sans la moindre difficulté. Il est déjà venu. Il traverse les pièces, comme s'il était chez lui — la demeure de Jean est son domaine. Tout ce qu'elle possède lui appartient, comme bientôt *elle* lui appartiendra. Il furète dans la cuisine, examine le contenu du réfrigérateur. La date de péremption de certains aliments est dépassée ; il les jette à la poubelle. Son regard s'arrête sur une bouteille de vin rouge posée sur le comptoir. Il retire le bouchon et se sert une pleine rasade. Debout dans la blancheur austère de la cuisine, il boit son vin avec lenteur. Vingt minutes plus tard, il reste quelques gouttes au fond du verre. Au lieu de le porter à ses lèvres et de laisser couler le breuvage dans sa gorge, il retourne le verre lentement et regarde le liquide rouge sombre tomber sur le carrelage immaculé. Fasciné, il arbore un large sourire. Il lave soigneusement le verre et rebouche la bouteille. Puis il va prendre sa place dans le placard de l'entrée.

Au bout d'une heure, Jean rentre chez elle. Elle remarque

la bouteille de vin sur le comptoir, s'en verse un demi-verre. Elle ne voit même pas l'évier. Elle s'installe sur le canapé pour regarder la télévision. D'où il est, il peut la voir. Le temps passe. Finalement, elle se dirige vers sa chambre, se dépouillant de ses vêtements en chemin.

Il attend une demi-heure avant d'émerger du placard et de longer le couloir à pas de loup en direction de la chambre. Il observe la silhouette endormie de Jean. Il a tout son temps. Enfin, il se glisse dehors et quitte l'appartement.

A 4 heures du matin, il revient. Il parle dans l'Interphone. Il monte l'escalier à pied, exhibe son insigne devant une Jean tout échevelée, encore à moitié endormie. Il lui dit quelque chose. Elle s'habille en hâte, attrape son sac au vol. Il l'entraîne dans l'escalier, jetant des regards furtifs autour de lui pour s'assurer que personne ne les surveille. Elle monte dans sa voiture, sans remarquer que le réverbère au-dessus est éteint ni que la lumière intérieure du véhicule ne s'allume pas lorsqu'il ouvre la portière.

Soudain, le décor change. Jean est allongée dans la position de l'aigle déployé, ligotée sur une table d'examen métallique. Le tueur se tient au-dessus d'elle, un couteau à la main. Il fait glisser la lame tout le long de son corps. Elle secoue faiblement les jambes, mais, empêtrée dans ses liens, elle arrive à peine à les bouger. Chaque saccade resserre un peu plus les courroies qui l'entravent. Il sourit, déboutonne sa braguette et grimpe sur elle. Elle tente de se débattre ; il n'y prête même pas attention.

J'ouvre les yeux et j'essaie de prendre du recul par rapport au viol. J'avale le reste de mon café. Il est tiède, mais le goût du caramel me reste sur la langue et, l'espace d'un instant, je me concentre sur cette délicieuse sensation dans l'espoir d'oublier le tueur.

En examinant une nouvelle fois les photos de l'appartement de Jean, je remarque en effet une petite tache rouge sur le sol de la cuisine. On dirait du sang, mais ça n'en est pas. Avais-je déjà vu cette photo avant de me représenter la scène du crime ou bien est-ce ma reconstitution des faits qui a suscité ma faculté de double vue ? Je ne le saurai jamais. Le cliché révèle également la présence de bocaux, dont certains à moitié pleins, dans la poubelle près du réfrigérateur.

Je ramasse les photos du corps sans vie de Jean. Je l'imagine attachée sur la table d'examen. Une table ? Ça collerait tout à fait avec ce qu'indiquent les lividités observées sur le cadavre — une surface totalement lisse — ainsi que l'angle de pénétration de la lame.

Je visualise Jean morte sur la table d'examen. Le tueur a nettoyé après avoir achevé son œuvre macabre. Il a lavé les plaies et frotté vigoureusement le pauvre corps inanimé, afin de s'assurer qu'il n'a laissé aucune trace. Il est méticuleux, si minutieux même qu'il a brossé puis soigneusement coupé les ongles des mains et des pieds de sa victime. La pertinence de la thèse avancée par Sam concernant la probable formation médicale du meurtrier apparaît dans toute son évidence. Ou bien s'agit-il de son expérience dans le domaine du maintien de l'ordre — il sait qu'un seul poil pubien trouvé sur le corps de Jean suffirait à le faire condamner. Je me demande si son empreinte génétique se trouve dans nos fichiers, parmi les données du VICAP. Peut-être qu'il a déjà été arrêté et qu'il ne veut en aucun cas retourner en prison…

Passons maintenant à Teresa. Une fois encore, je m'imagine au cœur même de la scène.

L'assassin l'épie, observe chacun de ses mouvements. La jeune femme suit une routine quotidienne immuable : gymnastique, travail, cours d'autodéfense. Sa régularité est sans faille. Et comme il l'a fait avec Jean, il « visite » consciencieusement son appartement. Pouvoir déambuler chez sa proie en toute liberté lui procure un sentiment de puissance, comme s'il était pour de bon son petit ami. Il fait ce qu'il veut. Tout ce qu'il veut.

Il est tard — 21 heures — lorsque Teresa quitte son travail. Il l'attend dans le parking de l'immeuble. L'endroit est désert. Elle sort de l'ascenseur et se dirige vers sa Mercedes. Ses hauts talons claquent sur le sol de béton à cadence soutenue. Il la guette dans son rétroviseur et, une fois qu'elle est suffisamment proche, il ouvre la portière et descend de sa fourgonnette qu'il a garée juste à côté de la voiture de la jeune femme. Il glisse la main dans la poche de sa chemise et sort son badge.

A mesure qu'il lui débite son histoire, l'inquiétude s'empare de Teresa. Il lui raconte que quelque chose est arrivé à sa sœur. Mais tout à coup, il commet une erreur. Elle s'écarte de lui, se précipite vers sa voiture. Trop tard ! Au moment où elle actionne la télécommande de fermeture automatique de son véhicule et tire sur la poignée de la portière, il bondit sur elle et l'empoigne, tout en envoyant sa serviette et son sac à main voler dans les airs. Elle crie. Il lui pince le nez, lui plaque la main sur la bouche. Son cri meurt étouffé avant d'avoir eu le temps d'atteindre sa pleine puissance. De toutes ses forces, elle lui assène un coup de talon sur le pied, un coup de coude dans le ventre, et elle s'apprête à lui en balancer un autre dans l'aine. Ce sont là des techniques classiques d'autodéfense. Mais Teresa manque sa cible. Son agresseur est beaucoup trop rapide pour elle. En moins de trente secondes, il la soulève de terre et la jette à l'arrière de sa fourgonnette. Il grimpe derrière elle, la bâillonne et lui attache les mains à un rail métallique. Désormais, elle lui appartient.

J'étudie la photo qui montre Teresa telle qu'on l'a retrouvée, abandonnée en pleine forêt de Cedarville. Je le vois emporter le corps là-bas, le déposer par terre avec soin. Il a relevé les deux jambes du même côté, genoux pliés, tête tournée, bras écartés à hauteur de la taille. Cette position constitue sa signature. Tous les corps ont été retrouvés dans cette posture, même celui de Jean sur le siège arrière d'une voiture volée. Mais qu'est-ce que ça signifie ? Elles ont l'air de dormir. Peut-être cela a-t-il un rapport avec l'idée qu'elles sont ses petites amies ? De cette façon, il ne les a pas tuées : elles sont juste endormies — en sommeil désormais, puisqu'il en a terminé avec elles et s'apprête à passer à la prochaine. Malgré tout, il ne leur ferme pas les paupières. Or, on ne dort pas les yeux ouverts.

Je jette un coup d'œil à ma montre. Bon sang, comme le temps passe vite ! Il faut encore que j'examine le dossier de Susan — je vais peut-être y trouver des réponses. J'essaie de me représenter son enlèvement et de vivre la scène.

Tout comme Teresa, Susan marche en direction de sa voiture. De nouveau, le tueur s'est garé à côté de son véhicule. Il avance vers elle tout en brandissant son insigne. A elle, il déballe une autre histoire. Quelque chose à propos de l'un de ses employés qui aurait disparu. Susan croit tout ce qu'il raconte — après tout, il est flic —, et s'engouffre dans sa voiture. Comme il l'a fait avec Jean, il l'emmène dans son repaire secret.

Attachée sur la table, Susan ne tarde pas à craquer. Plus tôt que les autres. Elle le supplie de lui laisser la vie sauve, de la libérer. Elle n'a aucun espoir de négocier avec lui ni de s'échapper. Son pouvoir sur elle est total : il est le seul qui puisse la relâcher. Qu'on le veuille ou non, cela signifie son arrêt de mort. Elle ne survit que trois jours. Elle crie, implore. Il la bâillonne pour mettre un terme à ses gémissements incessants. Sa patience est à bout. Il a déjà commencé à traquer Sam, sa prochaine victime. Aussi n'éprouve-t-il aucune difficulté à tuer Susan. Le meurtre de la jeune femme le rapproche de Sam, et c'est exactement ce qu'il souhaite. Il lui tranche la gorge — il en a fini avec elle. Le silence règne de nouveau dans son antre.

Un élément du rapport attire mon attention : bon nombre des amis et collègues de Susan font remarquer qu'elle donnait l'impression d'être une coriace mais qu'en réalité, elle n'aurait pas fait de mal à une mouche. Les attentes du tueur ont été déçues.

Un autre coup d'œil à ma montre. Il est 16 h 30, et je n'ai rien découvert de plus, si ce n'est la confirmation qu'il utilise un badge. Sur un bout de papier, je note quelques détails supplémentaires :

- Soit il est flic, soit il se fait passer pour tel.
- Jean et Susan l'ont suivi de leur plein gré.
- Teresa s'est méfiée — il y a des traces de lutte.
- Considérer la position des corps.
- Prendre en compte les signes d'effraction. Est-il entré dans les appartements ?
- Examiner les enregistrements vidéo des parkings.

Puis j'écris en grosses lettres que j'entoure d'un cercle :

ET SI SAM NE CRAQUE PAS ? QUE FERA-T-IL ?

Je ferme les yeux un moment. Je pense à Sam. Où est-elle ? Que lui fait-il subir ? Jusqu'à présent, mes visions se sont manifestées de façon aléatoire, alors que j'ai besoin de les maîtriser. Il faut au moins que je tente d'évoquer une image. Je ralentis le rythme de ma respiration et fais le vide dans mon esprit. Aussitôt, une multitude d'images m'assaille.

Elle est attachée sur la table d'examen. Elle tourne la tête de côté, aussi loin qu'elle le peut. Ses paupières sont serrées, des larmes coulent sur ses joues. Ses bras crispés s'efforcent de se dégager de leurs liens… Zoom arrière : je le vois couché sur elle. Il porte un passe-montagne. Son bassin s'agite de bas en haut.

Je rouvre brusquement les yeux. L'image s'évanouit.

— Oh, mon Dieu !

Je prends une profonde inspiration, mais l'air n'atteint pas mes poumons. Je sors en courant de la salle de conférences, me précipite vers les toilettes, arrive juste à temps pour vomir le macchiato au caramel et la salade de fruits de mon petit déjeuner. Je n'ai rien pu avaler d'autre de la journée. Rien depuis que j'ai appris l'enlèvement de Sam.

Je tombe à genoux. Un gémissement s'échappe de mes lèvres, se transforme en sanglot rauque et pourtant muet. Seuls quelques hoquets trahissent bruyamment ma peine.

Des larmes inondent mes joues. Je les laisse venir, mais elles ne me procurent aucun soulagement, aucune libération.

J'essaie de me rassurer. Il ne s'agit peut-être pas d'une vision, même si je m'efforçais d'en faire naître une. C'était sûrement mes terreurs les plus insurmontables que je revivais. N'est-ce pas ? Le goût amer de la bile remonte, alors que je n'ai plus rien dans l'estomac.

Il faut à tout prix le retrouver. Il faut coincer ce salaud. Je grince des dents. Je n'ai qu'une idée en tête : la vengeance. Je veux tuer cette ordure ou, mieux encore, le faire souffrir. La rage me fait trembler. J'ai besoin de me ressaisir, de me concentrer sur le dossier.

Je ravale mes larmes, ma douleur et ma colère ; je les enfouis au plus profond de mon être. Maîtrise de soi ! Ce n'est qu'une question de maîtrise de soi. Je dois recouvrer mon calme avant le retour des autres.

Dix minutes plus tard, dans la salle de conférences, j'affiche un imperturbable sang-froid. Du moins, j'essaie. En étudiant la liste que je viens de dresser, je m'aperçois qu'il n'y a pas grand-chose de plus que ce qu'avait trouvé Sam.

Accoudée à la table, le front dans les mains, je ferme les yeux. Quelques minutes s'écoulent. En relevant la tête, je m'aperçois que Josh m'observe. Il a encore réussi à entrer dans la pièce sans faire le moindre bruit.

— Tu te sens bien ? me demande-t-il.

— Oui, oui, excuse-moi, je réfléchissais. A propos de ce profil.

— As-tu trouvé autre chose ?

— Quelques petits éléments. Et toi ?

— Les informations fournies par le VICAP paraissent très prometteuses. Il ne fait aucun doute qu'il y a eu des affaires présentant des similitudes avec la nôtre, dont certaines en Arizona.

La sonnerie de mon téléphone mobile retentit.

— Agent Anderson.

— Bonjour, Sophie. C'est Janet.

— Bonjour, Janet. Qu'y a-t-il ?

— J'ai fixé votre rendez-vous avec le Dr Rosen. Vous la verrez demain matin, à 10 heures.

— Ça peut sûrement attendre qu'on ait retrouvé Sam, non ?

— Rivers m'avait prévenue que vous diriez ça. Je regrette, Sophie, mais vous devez à tout prix aller à ce rendez-vous. Rivers et Pike tiennent absolument à ce que tous les agents de l'Unité consultent le Dr Rosen, justement à cause de la disparition de Sam. Même moi, je vais être obligée d'y aller.

— Mais, Janet…

— Désolée, Sophie. Ils n'accepteront aucune excuse.

— Bon, bon… d'accord, dis-je, essayant de ne pas m'en prendre à la secrétaire. Au revoir.

— Que se passe-t-il ? demande Josh.

— J'ai rendez-vous avec Amanda demain.

Il lève les yeux au ciel.

— Moi aussi. J'y vais à 14 heures. Et toi ?

— Demain matin, 10 heures.

Je secoue la tête et enchaîne :

— Retrouver Sam est tout de même fichtrement plus important que de se faire analyser par un psy. Même si c'est Amanda.

Josh me caresse les cheveux, puis m'entoure de son bras et me serre contre lui.

— Est-ce que tu tiens le coup ?

— Oui, ça va.

Je ne veux pas que lui ni aucun autre homme me touche. Pas tant que mes pensées sont toutes tournées vers Sam et vers ce que ce fumier est en train de lui infliger.

12.

Un à un, les membres du groupe d'intervention réintègrent la salle de conférences.

Krip s'assoit près de moi. L'odeur âcre du tabac froid ravive ma nausée.

O'Donnell traverse la pièce à grandes enjambées.

— Allons-y, dit-il en s'installant. Couples, c'est vous qui commencez. Avez-vous du nouveau au sujet de l'appartement de Sam ?

— Pas de bonnes nouvelles, j'en ai peur, répond Sandra, lissant d'une main ses cheveux derrière son oreille et ouvrant son calepin de l'autre. Aucune empreinte sur le profil, sauf celles de Sam et de Sophie. Même chose pour toutes les pièces du dossier. De plus, elles coïncident exactement avec l'inventaire.

Personne ne bronche. Nous espérions une piste. *J'espérais* une piste. Je retire ma bague, la remets. Comment tout cela est-il possible ?

— Bon. Et vous, Marco, qu'avez-vous appris du VICAP ? Dites-moi que vous avez de bonnes nouvelles à nous annoncer.

O'Donnell se frotte le nez entre le pouce et l'index. Ses lunettes se soulèvent, retombent, se soulèvent de nouveau.

— Les gars du VICAP ont trié les données qui correspondent à la nouvelle recherche, et ils ont effectué une première sélection. Ce qui nous donne un tas de réponses intéressantes.

Josh distribue des copies du rapport du VICAP — épais d'une quinzaine de pages au moins —, puis il dit à O'Donnell :

— C'est plutôt encourageant.

Il se met à jouer avec son stylo.

— Le rapport montre toutes les affaires qui se recoupent, et les types du VICAP ont surligné celles qui rappellent les méthodes de notre tueur. Quelques-unes ont été consignées en Arizona, ce qui colle avec notre analyse graphologique.

Autrement dit, on procède par élimination.

O'Donnell ouvre le rapport à la première page.

— Alors, examinons-les une par une, dit-il.

— J'y ai jeté un coup d'œil avant de venir, reprend Josh. Je crois que nous avons au moins dix affaires qui cadrent avec la nôtre.

Flynn feuillette rapidement les pages, puis retourne à la première.

— Le bonhomme est du genre actif.

Flynn a raison. S'il s'agit bien de notre tueur, nous n'avons plus affaire à seulement trois victimes à Washington mais à un long passé criminel. Le décompte macabre s'alourdit.

— Très actif, en effet, dit Josh. Il a sévi dans au moins trois Etats différents au cours des onze dernières années. Et encore ! En ne comptant que les meurtres enregistrés par la police dans la base de données.

Puis, tout en agitant le paquet de feuilles qu'il a devant lui, il enchaîne :

— Et il y a encore toute une flopée d'Etats qui ne se sont toujours pas mis au diapason !

— Gonflants, ces flics, hein ? relève Jones.

— Je me demande s'il se déplace d'un Etat à l'autre pour raisons professionnelles — je veux dire pour son travail rémunéré — ou si c'est pour son charmant passe-temps, hasarde Krip.

— C'est une question à laquelle nous allons devoir répondre, dit O'Donnell en pointant le doigt vers son collègue.

Personnellement, je n'ai pas l'impression que Krip va se donner beaucoup de mal pour apporter quelque réponse que ce soit.

Je me lève et gagne la fenêtre, en partie pour m'éloigner de l'odeur du tabac et aussi parce que rester assise sans bouger me donne des fourmis dans les jambes. Je contemple la ville. D'ici, je peux voir le monument de Washington et le sommet de la Smithsonian Institution.

Je pivote sur mes talons et m'appuie sur le rebord de la fenêtre.

— Je suis absolument convaincue que notre homme fait partie des forces de l'ordre ou qu'il se fait passer pour un flic, dis-je. J'ai encore une fois examiné les scènes de crime. Jean et Susan ont toutes les deux suivi leur agresseur de leur plein gré.

Flynn croise les mains derrière la tête et se renverse en arrière.

— C'est en effet plus logique que de supposer qu'il connaissait ses victimes. Nous avons fait le tour de toutes les fréquentations des jeunes femmes, et il n'y a pas l'ombre d'un recoupement. Elles n'avaient aucun ami en commun. Si elles l'avaient connu, on les aurait vues avec lui.

Je reprends la parole :

— Que donnent les enregistrements de vidéosurveillance dans les parkings ?

Flynn fronce les sourcils. Son regard bleu se fixe sur moi.

— Rien de valable. Les caméras ont été trafiquées. Deux jours avant l'enlèvement de Teresa, quelqu'un a signalé que le système de vidéosurveillance du parking ne fonctionnait plus. Quant à celui de Teresa, il a été mis hors service la veille de sa disparition.

— Ce qui veut dire qu'il surveillait les lieux, dis-je. Il doit donc apparaître sur les bandes enregistrées quelques jours plus tôt, au moins jusqu'au moment où les caméras ont cessé de filmer.

Baissant les yeux, Flynn se penche en avant.

— Nous avons examiné plusieurs fois ces bandes à la loupe, précise-t-il. On n'y voit rien de louche. Pas de fourgonnette non plus. Quand nous tiendrons un suspect, nous le reconnaîtrons peut-être sur l'une des bandes et nous pourrons ainsi prouver sa présence sur les scènes de crime. Mais sans suspect, on n'a que dalle.

— Revenons au VICAP, suggère O'Donnell, recentrant l'attention du groupe sur le rapport.

Je reprends ma place. Il va bien falloir que je m'habitue à l'odeur de Krip.

Nous parcourons les notes du VICAP, rayant les meurtres qui n'ont absolument rien à voir avec les nôtres.

Après une heure et demie de discussions, nous sommes parvenus à une liste de quinze assassinats, y compris les deux commis à Chicago. Nous avons ajouté un meurtre que les gars du VICAP ne considéraient pas comme pertinent, et nous en avons retiré deux autres. A part ça, nos listes concordent.

Je gagne le tableau et j'écris :

1995-1996 : 3 en Arizona
1997-2000 : 6 dans le Michigan
2000 : 1 en Floride
2001-2005 : 2 à Chicago
2006 : 3 à Washington

— Ça cadre bien avec l'idée qu'il déménage souvent, fait remarquer Couples.

Josh griffonne sur son bloc-notes.

— En effet. Je crois que nous pouvons sans risque présumer qu'il résidait dans l'un ou l'autre de ces Etats au moment des crimes.

— Sauf peut-être en Floride, souligne Flynn. Nous n'avons qu'un meurtre là-bas.

Krip se balance sur sa chaise.

— Probablement une aventure de vacances, suggère-t-il.

— Oui, ça se tient, dis-je. Ce crime-là a été perpétré en janvier. Il a dû descendre dans le Sud pour chercher un peu de soleil.

Couples parcourt la liste de haut en bas.

— Et le dernier crime commis dans le Michigan vient après celui de Floride. Au mois de mai.

— Disons donc que notre homme n'a pas habité en Floride, mais qu'il a vraisemblablement vécu dans les quatre autres Etats. Vous êtes d'accord ? demande O'Donnell.

Toute l'équipe acquiesce d'un hochement de tête. Certains expriment leur approbation à voix haute.

— Et pouvons-nous affirmer catégoriquement que tous ces meurtres sont l'œuvre de notre tueur ? reprend O'Donnell.

— Tout à fait, dis-je. Pour chacun d'eux, nous retrouvons la même position du corps.

— Mais..., commence Jones en feuilletant ses notes. Son M.O. a changé.

— Ce n'est pas étonnant, réplique Josh. Il a peaufiné sa technique. D'ailleurs, il garde ses victimes prisonnières plus longtemps.

— Et il ne s'était jamais attaqué à de jeunes cadres dynamiques avant ces dernières années, ajoute Flynn.

Comme pour appuyer ses dires, Couples précise :

— Sa première cible, en Arizona, allait encore à l'école. Elle n'avait que seize ans.

Je jette un nouveau coup d'œil sur la liste des victimes. Nous ne disposons pas d'informations détaillées ni de photos, mais il paraît évident que leur âge a progressivement augmenté. D'autre part, l'homme a commencé par des lycéennes, des étudiantes et quelques employées, mais toutes sans attaches. La seule qui ne rentre pas dans ce schéma est la deuxième victime en Arizona. Elle avait vingt-cinq ans à l'époque, un travail de vendeuse et même un mari.

Je fais part aux autres de mes réflexions :

— Excepté le deuxième meurtre, les âges ont peu à peu augmenté et les cibles ont changé.

Aiguillonnée par l'espoir d'une piste enfin palpable, je poursuis à un rythme accéléré :

— Nous avons cinq étudiantes, une serveuse et une femme

sans emploi. Quant à la dernière victime du Michigan, elle travaillait dans un magasin de chaussures, mais elle n'avait commencé que trois semaines plus tôt. Et puis, tout à coup, à Chicago, le profil des victimes change. Il s'en prend à des femmes qui se focalisent davantage sur leur carrière. Une réceptionniste et une responsable du personnel à Chicago et enfin ici, à Washington, de véritables battantes.

— Pourquoi ce changement ? demande Couples.

Il y a un moment de silence.

— Il est allé à l'université dans le Michigan, dit Josh. Probablement en troisième cycle, vu son âge actuel déterminé par le profil.

— Bien sûr, dis-je. Ça colle tout à fait. Il considère ces femmes comme ses petites amies et à mesure qu'il grimpe les degrés de l'échelle sociale et professionnelle, le niveau de ses victimes monte aussi.

— Nous progressons, déclare O'Donnell en retirant ses lunettes.

Même Krip a l'air intéressé et se penche en avant.

La sonnerie d'un téléphone nous interrompt. C'est celui de Sandra.

— Peut-être de bonnes nouvelles, dit-elle en ouvrant son mobile. Couples à l'appareil… oui… d'accord… très bien… Non, bien sûr, ils ne l'ont pas signalé. Merci.

Elle raccroche, puis, repoussant ses cheveux derrière ses oreilles, s'adresse à nous tous.

— Les voisins de Sam à l'étage du dessous ont bel et bien entendu des bruits dans la nuit de mercredi, aux environs de 22 h 45. En fait, ils croient même avoir entendu quelqu'un crier.

— Bon sang de bonsoir ! explose Flynn, exprimant tout haut ce que chacun de nous ressent. Quand les gens vont-ils apprendre à signaler ce genre de choses ?

Hélas, les témoins pensent souvent que ce ne sont pas leurs affaires, qu'ils n'ont pas à s'en mêler.

— Au moins, maintenant, nous savons à quel moment

elle a été enlevée, constate Jones, délaissant momentanément ses gribouillages.

Cette information ne me rassure pas du tout. Si Sam avait été enlevée jeudi, ça nous aurait laissé davantage de temps.

Après une minute de silence, O'Donnell reprend la parole :

— Où en étions-nous ? Ah oui, l'université dans le Michigan. On avance.

Nous reprenons le passé criminel du tueur.

— Notre liste de suspects se compose donc de tous les individus mâles ayant étudié dans l'Etat du Michigan, résume Krip. Plutôt vaste comme champ d'investigation !

Couples laisse tomber son stylo sur son calepin :

— Il a raison.

Cependant, je veux rester optimiste. Nous pouvons au moins nous raccrocher à quelque chose.

— C'est un début. Un bon début, même.

Josh m'envoie un sourire.

Je le regarde. Même au milieu de tout ce gâchis, j'ai envie de sentir sa peau contre la mienne.

Et tout à coup, une pensée me frappe de plein fouet.

— Mais au fait, Marco, tu n'as pas suivi des études dans le Michigan ?

J'ai fait exprès de l'appeler par son nom de famille.

Il tourne son regard vers la fenêtre. Il a l'air triste.

— Oui, je me souviens très bien de ces assassinats, dit-il. En réalité, c'est l'une des raisons qui m'ont poussé à entrer dans les forces de l'ordre.

— Quelles sont les universités dans le Michigan ? interroge O'Donnell.

— Il y a l'Université du Michigan, la Michigan State, la Central Michigan University, Oakland University… il y en a pas mal.

Nous écrivons en hâte tous les noms que nous débite Josh. Même Krip prend des notes.

O'Donnell se lève.

— Bon, annonce-t-il, il nous faut la liste complète des universités et celle de tous les étudiants inscrits trois années de suite entre 1997 et 2000.

Il s'approche du tableau blanc, revient sur ses pas.

— Nous avons aussi besoin des dossiers complets sur tous les meurtres, au cas où l'on pourrait y dénicher quelque chose d'utile.

— Surtout les plus anciens, ajoute Flynn en me regardant. C'est à ses débuts qu'il a pu commettre des erreurs.

Flynn me donne un os à ronger. Il sait que j'en ai désespérément besoin.

Il a raison. Les premiers meurtres contiennent probablement la clé qui va sauver Sam. Je veux m'occuper du tout premier.

— Quelqu'un a des préférences ? demande O'Donnell.

— Je contacte la brigade criminelle de Chicago, annonce Flynn aussitôt, ses yeux bleus rivés sur moi. Je vais les rappeler et leur demander d'envoyer les dossiers complets.

Je suis son exemple.

— Je me charge de l'Arizona, dis-je. Je veux comprendre comment ce type a commencé.

— D'accord, Anderson, acquiesce O'Donnell. Et occupez-vous aussi de la deuxième victime. Voyez pourquoi elle ne répond pas au profil en termes d'âge et de lieu.

J'opine du chef. C'est une bonne question. Peut-être a-t-elle assisté à quelque chose qu'elle n'aurait pas dû voir. Le premier meurtre n'était pas prémédité, mais les choses ont dû mal tourner. Un témoin ? Alors, il la tue, et une fois qu'elle est morte, il met en place sa routine. Ce ne serait pas la première fois que les événements se dérouleraient de cette façon.

— Je prends le Michigan, annonce Josh à son tour. J'ai travaillé à l'antenne locale pendant deux mois, à mes débuts.

— Qui veut la Floride ? demande O'Donnell.

Personne ne répond.

— Krip, vous vous en occupez.

— Pas de problème.

Ce fainéant a intérêt !

— Couples, reprend O'Donnell, vous et moi allons décortiquer la liste des universités et celle des étudiants.

Sandra hoche la tête. Quelques mèches de ses cheveux s'envolent avec légèreté avant de retomber sagement.

— Autre chose ? demande O'Donnell.

— Et si c'est un flic ? hasarde Krip. C'est peut-être même quelqu'un qui a travaillé sur les différentes enquêtes.

O'Donnell desserre légèrement le col de sa chemise.

— Je vais étudier la question.

Il est nouveau sur cette affaire, aussi est-il le mieux placé pour mener des investigations, surtout s'il doit effectuer des inspections sur la police de Washington et le personnel du FBI.

Nouveau silence.

Flynn sort une carte de son classeur et la déplie.

— Ce plan indique les emplacements des scènes de crime.

Il se dirige vers le tableau blanc et y fixe la carte à l'aide de quatre aimants. O'Donnell l'a suivi pour voir de plus près.

— Avec seulement trois meurtres, il va être difficile de dégager un schéma.

Nous nous assemblons tous autour de la carte.

— Nous avons Jean Davis dans une voiture volée à Keys Bridge, commente Jones en pointant du doigt une croix tracée à l'encre rouge. Teresa dans la forêt de Cedarville, ajoute-t-il en désignant une autre croix à la périphérie de Washington. Et, enfin, Susan dans le parc d'East Potomac.

Il indique le vaste espace vert.

— Pour l'instant, ces lieux ont plutôt l'air d'avoir été choisis au hasard, conclut-il en secouant la tête.

— Nous allons laisser cette carte affichée ici, propose O'Donnell. Nous découvrirons peut-être un fil conducteur plus tard.

Il se retourne vers nous.

— C'est tout ?

Il doit y avoir autre chose, forcément. C'est à cet instant précis que, repensant au profil du tueur, je me rappelle le pressentiment qui m'a frappée : l'assassin est entré dans l'appartement de Jean, il a fouillé dans ses affaires, y compris dans son réfrigérateur. Et je ne peux toujours pas me résoudre à croire que Sam ait laissé la fenêtre de sa chambre ouverte.

— Attendez une minute !

Je retourne à ma place et feuillette les photos des appartements de Jean, Teresa et Susan. Je cherche les clichés où apparaissent leurs poubelles. Celles de Teresa et de Susan ont des couvercles, mais celle de Jean est ouverte.

— La dernière fois que l'on a aperçu Jean, elle sortait sa poubelle, et pourtant il y a des déchets dedans.

Flynn se penche sur les photos.

— Ma parole, vous avez raison !

— A-t-on dressé une liste du contenu des poubelles des trois victimes ?

— Nous avons tout, s'empresse de répondre Flynn.

Le reste de l'équipe nous rejoint autour de la table, mais seul Krip se rassoit.

— C'est juste une intuition, dis-je.

Jones commence à fourrager dans ses papiers.

— On a ça dans le rapport de police.

Tout le monde se met à chercher dans ses dossiers.

— Voilà, j'ai trouvé ! s'écrie Jones. Page 5, au milieu.

Je lis rapidement le paragraphe. Bingo ! Les trois poubelles contenaient plusieurs denrées qui pouvaient très bien avoir dépassé leur date limite de consommation. Je brandis la photo montrant celle de Jean.

— Etant donné que Jean venait juste de sortir sa poubelle, celle-ci aurait dû être pratiquement vide, dis-je. Et si elle avait nettoyé son réfrigérateur, elle l'aurait certainement fait *avant*.

Un silence réfléchi accueille mes paroles.

Je me hâte de continuer :

— C'est le tueur qui a fait ça. Il visite leurs appartements avant de les kidnapper et il vide leur réfrigérateur.

— Plutôt bizarre, non ? s'étonne Couples.

— Je vous parie tout ce que vous voulez que la date de péremption de certains des aliments jetés est dépassée. A mon avis, c'est un maniaque de la propreté ou un fana de l'hygiène. Il furète partout dans les maisons et quand il trouve un aliment périmé dans le réfrigérateur, il ne peut pas s'empêcher de le jeter.

— Ce sera facile à vérifier, note Flynn.

— Mais comment est-il entré ? intervient Josh.

Puis il s'adresse à Flynn et Jones :

— Vous avez relevé des traces d'effraction ?

— Non, répond Flynn. Mais je vais passer de nouveau les lieux au peigne fin. Excepté dans le cas de Jean, nous ne cherchions pas d'indice dans ce sens, puisque les deux autres victimes n'ont pas été enlevées chez elles.

— Et s'il n'entre pas par effraction ? dis-je, me rappelant avoir eu le pressentiment que le tueur avait pénétré chez Jean par la porte d'entrée.

— Il pourrait crocheter les serrures, suggère O'Donnell.

— C'est peut-être un serrurier, suggère Krip, sans me quitter des yeux. Ils ont des rossignols capables d'ouvrir la plupart des serrures en quelques secondes. Ça leur permet d'entrer n'importe où. C'est comme ça qu'ils peuvent vous dépanner quand vous avez oublié vos clés à l'intérieur.

— Sûr que ça lui permettrait de fouiner chez ses victimes sans être dérangé, dis-je.

— Et partout où il en a envie, ajoute Josh. J'ai vu ces trucs sur Internet. Pas besoin d'être serrurier : n'importe qui peut se les procurer. Pour beaucoup de gens, c'est un passe-temps.

— Mais l'achat dépend de la législation en vigueur dans chaque Etat, précise Jones. Dans certains Etats, il faut être serrurier agréé pour avoir le droit de posséder un outil de ce genre.

— Est-ce que les sites Web appliquent cette loi ? demande Josh.

O'Donnell intervient.

— Jones, vérifiez ça. Voyez s'il est possible de retrouver la trace d'une telle vente. Les sites Web doivent conserver des listes de leurs clients.

Il note quelque chose dans son carnet, puis relève la tête et regarde Jones par-dessus ses lunettes.

— Entendu, je m'en occupe, confirme ce dernier.

Couples coince une mèche de cheveux derrière son oreille.

— Un passe-partout aussi ferait l'affaire, avance-t-elle.

Flynn lui jette un regard.

— Et si notre homme était gardien d'immeuble ou ami d'un gardien ?

Couples approuve d'un signe de tête et récapitule :

— Le gardien ou le serrurier qui a équipé les immeubles et fabriqué les passes, par exemple.

— Je vais contrôler ça aussi, répond Jones.

Krip se redresse sur sa chaise et me lance un regard étrange.

— Nous partons donc du principe qu'il entre dans les appartements ? dit-il.

Le voilà qui remet en cause mon jugement ! Ça me fait bouillir de rage, mais je dois quand même avouer que la logique lui donne raison. Quel gâchis ce serait de suivre une seule voie, d'envisager une seule possibilité ! Et si je me trompais ? Et si Sam avait vraiment oublié de refermer sa fenêtre, cette nuit-là ? C'est la vie de Sam qui est en jeu… Je me mords la lèvre.

Sans me quitter des yeux, O'Donnell réfléchit à la décision qu'il doit prendre.

— Nous verrons où ça nous mènera, conclut-il au bout de deux secondes.

Krip se laisse retomber contre le dossier de sa chaise.

— Avez-vous des photos de chez Sam ? dis-je en m'adressant à Sandra.

— Oui, je les ai prises au labo avant de venir ici, répond-elle en farfouillant dans sa serviette. J'apporterai des tirages pour tout le monde dès demain matin.

Elle me tend les clichés. Je les survole rapidement, espérant en trouver un qui montre la poubelle de Sam. Brusquement, j'interromps ma recherche. Ça me revient, maintenant !

— Sam a une poubelle à pédale, dis-je, un brin découragée. Demandez un inventaire du contenu de son frigo et de celui de la poubelle. Que vos gars vérifient les dates de péremption.

Sandra hoche la tête.

Un nouveau silence s'installe tandis que nous nous efforçons de réfléchir à une autre piste possible. Mais pour le moment, il semble que nous ayons épuisé le sujet.

— Eh bien, c'est tout pour aujourd'hui, déclare O'Donnell.

Et tout en écrivant sur une nouvelle page de son calepin, il résume :

— Flynn va donc s'occuper des meurtres de Chicago, Jones examine cette histoire de crochetage de serrures, Krip va en Floride, Marco prend le Michigan, Anderson, l'Arizona, et je me charge de la liste complète des universités du Michigan. Couples, vous pourriez continuer d'inspecter l'appartement de Sam. Voyez si vous trouvez du nouveau. Qui sait, le tueur reviendra peut-être récupérer son collier.

O'Donnell referme son carnet et nous regarde.

— Retrouvons-nous demain matin, à 6 h 30. Avec le décalage horaire, vous devriez pouvoir récupérer les dossiers des autres meurtres dès ce soir. Essayez de vous mettre en rapport avec les flics avant qu'ils ne terminent leur journée de travail et demandez-leur d'envoyer les documents par Federal Express.

Chacun opine du chef et vérifie sa montre. Il est 19 heures, ce qui fait 18 heures à Chicago, dans le Michigan et en Floride, et 17 heures en Arizona.

— Ah, au fait, j'ai reçu des instructions d'en haut ! ajoute O'Donnell. La disparition de Wright doit rester ultrasecrète. Dites à vos contacts que nous enquêtons sur les meurtres de l'Ecorcheur, mais ne mentionnez pas Wright ni le fait que le tueur détient un agent du FBI.

O'Donnell se lève et se dirige vers la porte.

— Bon, à demain, 6 h 30. Je m'occupe du petit déjeuner.

Le temps que j'arrive chez moi, il est 21 h 30. J'ai accompli pas mal de choses au cours de ces deux dernières heures. Entre autres, j'ai réussi à joindre l'un des policiers qui ont enquêté sur les homicides en Arizona : l'inspecteur Darren Carter. Il expédie par courrier express les dossiers complets au bureau de Washington. Je devrais les recevoir demain avant midi. Il m'a également faxé quelques documents afin que je puisse sans attendre commencer à plancher sur les premiers meurtres de l'Ecorcheur. Je vais les étudier toute la nuit, jusqu'à ce que je tombe de fatigue. J'ai aussi les photos de l'appartement de Sam… j'y découvrirai peut-être quelque chose.

Je m'installe à ma table et me plonge dans les rapports de police et du coroner, ainsi que dans le profil établi originellement par le FBI. Les meurtres commis en Arizona réussissent à distraire ma pensée du danger imminent qui pèse sur Sam. Toutefois, l'absence de photos ralentit la progression de mon travail. Il est beaucoup plus difficile de se représenter les crimes sans l'aide d'aucun stimulus visuel. Je me concentre principalement sur la première victime, la lycéenne de seize ans. C'est elle la clé qui nous permettra d'identifier le tueur, j'en ai la certitude. En fait, je mettrais ma main à couper qu'il la connaissait. Je m'absorbe dans l'étude des rapports jusqu'à avoir un bon aperçu de la vie de cette jeune fille et de la façon dont elle est morte. Le moment est venu de dresser le profil, d'imaginer le crime. Je vais devoir avancer des hypothèses, mais c'est le genre de choses auquel il faut s'attendre quand on trace un profil criminel. Je ferme les yeux, me cale contre le dossier de ma chaise et visualise ce qui s'est peut-être passé.

Il l'embrasse, son excitation monte. Il sait qu'elle est déjà sortie avec plusieurs garçons et qu'elle a de l'expérience en la matière... alors il ne la respecte pas. Il est brutal. Si brutal qu'elle lui demande d'arrêter. Il sourit. Elle le gifle. C'est un comble ! Il la considère comme une putain et c'est elle qui le rejette !

Après des années de profilage, je suis capable de ressentir distinctement les impressions du tueur, presque comme s'il s'agissait des miennes, et cette sensation déformée me perturbe. J'éprouve sa colère, son sentiment de rejet et de supériorité. Une image se cristallise dans mon esprit.

Ils sont au milieu de nulle part. Pas âme qui vive. Il est maître de la situation. C'est sa décision à lui, pas celle de sa victime. Il entoure son cou de ses mains, l'étrangle et se couche de force sur elle. Elle essaie de refermer les jambes, mais il les écarte avec rudesse. Il parviendra à ses fins. Il la possédera. Elle a les yeux grands ouverts. Juste au moment où elle va s'évanouir par manque d'oxygène, il relâche légèrement sa prise, histoire de prolonger cette pauvre vie insignifiante. Evitant son regard vitreux, il garde les yeux rivés sur sa gorge. Il se sent tout à la fois nerveux, en colère et excité — chaque émotion cohabitant en lui, il ne sait trop comment. Puis, comme il est sur le point d'atteindre l'orgasme, ses mains se resserrent autour du cou de sa victime. Il jouit. La satisfaction de son désir sexuel s'accompagne d'une décharge d'adrénaline. Elle est morte.

L'adrénaline coule à flots dans mes veines. Et à l'instar des futurs héroïnomanes qui plongent dans l'extase dès leur première dose et se rendent instantanément compte qu'il leur faudra renouveler l'expérience, l'assassin connaît désormais le pouvoir de tuer, et rien à ses yeux ne pourra plus jamais égaler cette sensation.

Ses émotions me révulsent. Pendant deux minutes, je reste assise en silence. La fatigue me gagne. Mes paupières se font lourdes. Je regarde ma montre. Il est 23 h 45. Mais pas question d'aller me coucher. Pas encore. Je dois rester éveillée. Pour Sam. J'étudie un moment les photos de sa chambre. Puis je ferme les yeux et m'efforce de faire naître une image. N'importe quoi. Il me faut davantage qu'un profil : il me faut une vision.

Au bout d'un quart d'heure, rien ne s'est produit. L'épuisement physique n'arrange pas les choses, c'est certain. J'ai besoin de dormir… mais je ne suis pas encore prête à abandonner la partie. J'allume mon ordinateur portable. Il est temps d'aller naviguer sur le Web. Peut-être le symbole du collier revêt-il une signification particulière, quelque chose qui pourrait nous mettre sur la voie quant à l'identité du tueur. Je me connecte à un moteur de recherche et tape « symboles celtiques ». Il y a plus de deux cent mille sites. Je clique au hasard sur le premier, lequel me propose des illustrations de divers emblèmes. Je parcours plusieurs pages jusqu'à ce que je trouve celui que je cherche. Il s'agit d'un *triquetra* ou *triqueta*, un symbole surtout utilisé pour représenter la sainte Trinité — le Père, le Fils et le Saint-Esprit. Notre homme serait-il religieux ? Chose intéressante, cette icône remonte à des temps encore plus anciens et figure les trois aspects de la grande déesse wiccane — jeune fille, mère et aïeule. Intrigant, certes, mais je ne tiens toujours pas de piste fiable.

Je m'oblige à regarder une fois encore les photos de l'appartement de Sam. Je cherche un indice, le moindre signe susceptible de m'aider à découvrir qui a enlevé mon amie et où.

Je me réveille en sursaut. Il est 5 h 30. Effondrée sur la table, la tête posée sur mes bras croisés, je suis tout ankylosée.

Je me redresse, et une douleur aiguë me traverse la colonne vertébrale. Je me lève avec précaution. Quelque chose glisse de mes épaules sur le sol. C'est une courtepointe. Celle que ma grand-mère a confectionnée pour moi. Comment diable a-t-elle atterri sur mon dos ?

Incrédule, je fixe la couverture du regard, puis recule comme sous l'effet d'une brûlure. Je secoue la tête, me cogne violemment contre le mur. Il était ici ! Il était dans mon appartement. Dans cette pièce…

Mon expérience professionnelle reprend rapidement le dessus — après tout, il se peut que le tueur soit encore là. Je dégaine mon revolver et enlève le cran de sûreté. Je n'ai pas effectué ma ronde d'inspection habituelle, hier soir. Etait-il chez moi tout ce temps ? A m'attendre ?

Je fouille l'appartement de fond en comble, comme je le fais chaque jour. D'habitude, j'agis avec la sensation d'être quelque peu paranoïaque. Mais cette fois, c'est différent : quelqu'un a pénétré chez moi, j'en ai la preuve. Il a touché mes affaires. Il m'a touchée… Ma respiration s'accélère. Si je ne la contrôle pas, je vais refaire une crise d'hyperventilation. J'inspire profondément, expire, puis me dirige vers la cuisine, le bras tendu en avant, revolver au poing. Je contourne promptement le comptoir, prête à ouvrir le feu. La voie est libre. Je pivote sur mes talons, mon Smith & Wesson pointé vers le couloir.

J'avance à pas lents, m'arrête devant le placard. C'est là que j'avais rangé la courtepointe. A un moment donné, le tueur est donc resté caché dans ce placard. S'il est encore là, je le tue. Non, impossible ! Il est le seul à savoir où se trouve Sam. Je tirerai, mais pas pour le tuer. En silence, je prends deux longues inspirations et, de la main gauche, j'ouvre la porte à toute volée. De la droite, je tiens fermement mon arme, prête à faire feu.

Le placard est vide. Je longe le couloir, mes deux mains sur le revolver, cette fois. Je vérifie la salle de bains, me méfiant comme jamais du rideau de douche. Rien ! Personne ! Une partie de moi-même a envie de trouver ce salaud. Je m'imagine entrant dans ma chambre, regardant sous mon lit et me retrouvant nez à nez avec lui. Comme ça, au moins, je pourrais remonter jusqu'à Sam. Je suis armée et tout à fait capable de tirer avant qu'il ne me terrasse. Bien sûr, il faudra que je vise juste et que je me contente de le blesser. Surtout ne pas le tuer, pour qu'il me conduise à Sam !

Enfin, je suis dans la chambre. Après avoir ouvert les portes d'une main, je commence par jeter un coup d'œil dans mon armoire. Le revolver tremble dans ma main droite. J'ai honte de ma peur. J'ai été entraînée à affronter ce genre de situation. J'ai la capacité de le vaincre. L'armoire est vide.

Je m'approche à distance prudente du lit. Je ne tiens pas à me mettre à portée de ses mains au cas où il se cacherait dessous. Je m'accroupis brusquement et glisse un regard.

Mon appartement est vide. Je regagne le séjour, le revolver au côté. Soudain, un bruit à la porte d'entrée…

Je suis affalée sur la table. Mais enfin, que se passe-t-il ? Je regarde mes mains. Mon arme n'y est plus. Elle est dans son étui. Je me lève et cherche la courtepointe. Envolée ! Encore à moitié endormie, désorientée, je dégaine mon revolver. J'ai rêvé. Le bruit reprend et me fait sursauter. Quelqu'un frappe à la porte de mon appartement. Le revolver braqué devant moi, je me dirige vers l'entrée. Ma peau est moite de sueur, mon cœur bat encore la chamade.

J'ouvre. La silhouette d'un homme s'encadre dans la porte. La peur me fait tressaillir, mon doigt commence à presser la détente. Par bonheur, j'interromps mon geste juste à temps.

— Josh !

— Qu'est-ce qui t'arrive ?

A son tour, il saisit son revolver, regarde autour de lui, puis ses yeux s'arrêtent sur moi, se fixent sur l'arme dans ma main.

— Tu as mis le cran de sûreté ? me demande-t-il.

J'abaisse mon arme et jette mes bras autour de son cou.

— Dieu merci, c'est toi !

De son bras droit, Josh me presse contre lui. Quel soulagement ! Je l'enlace étroitement pendant quelques secondes, puis le repousse avec douceur. Il faut savoir se montrer solide dans ce métier.

Sans me lâcher, Josh entre et referme la porte derrière lui, toujours sur le qui-vive. C'est un très bon agent, je le sais, et cette pensée me rassure. Je me détends un peu.

— Quelque chose ne va pas, Sophie ?

— Je… j'ai cru qu'il était venu.

— L'Ecorcheur ?

— Mais tout va bien. Ce n'était qu'un rêve.

— Tu es sûre ?

Il balaie la pièce du regard.

— Oui, je me suis endormie sur la table, hier soir, et je me suis réveillée quand tu as frappé à la porte.

Josh rengaine son revolver.

— Excuse-moi, je ne voulais pas te faire peur.

— Mais comment es-tu entré dans l'immeuble ?

— Quelqu'un sortait à ce moment-là. Je sais, j'aurais dû t'appeler par l'Interphone.

— Non, ce n'est pas grave, dis-je, m'efforçant péniblement de m'arracher à mon rêve et de réintégrer le monde réel.

— Je crois que tu devrais laisser tomber cette enquête, Sophie.

Josh est tendu, je le sens.

— Il est hors de question que j'abandonne Sam entre les mains de ce monstre. Je ne peux pas rester sans rien faire.

— Mais si c'est toi qu'il vise, maintenant ?

Se pourrait-il que ma plus grande terreur se soit concrétisée ? Non, ce n'était qu'un rêve !

— Il tient Sam. Il ne prendra personne d'autre en chasse tant que Sam…

Ma voix s'étrangle dans ma gorge.

Josh s'écarte d'un pas et plante son regard dans le mien. Sa main effleure mon visage, essuie la larme qui, à ma grande honte, coule sur ma joue.

Baissant la tête, j'achève ma phrase :

— Pas tant que Sam sera en vie.

Josh consulte sa montre.

— Tu ferais bien de te préparer en vitesse.

Je fonce vers la salle de bains. Une fois déshabillée, je contemple le reflet de mon corps nu dans le miroir. L'extrême pâleur de ma peau accentue les cernes sous mes yeux. Mes cheveux sales ont perdu leur blondeur. La sueur plaque des mèches autour de mon visage.

J'ouvre le robinet de la douche. Du pas de la porte où il se tient, Josh peut me voir, mais pas me toucher.

— Ça a marché hier soir, avec la police du Michigan ?

— Ils m'envoient les dossiers par courrier express, répond-il.

— Pareil pour l'Arizona.

Je me shampouine énergiquement.

— J'ai cherché la signification du symbole du collier, dis-je encore.

— Et alors ?

— C'est un *triquetra* — les trois boucles représentent le Père, le Fils et le Saint-Esprit.

— On aurait donc affaire à un fanatique religieux ?

— Possible. A moins qu'il ait volé ce bijou à l'une de ses victimes, laquelle était croyante.

Je finis de me rincer les cheveux et ferme les robinets. Je sors de la douche ; des gouttelettes d'eau scintillent sur ma peau nue. J'attrape une serviette.

Josh s'approche.

— Tu te sens mieux, maintenant ?

— Oh, ça oui !

— Ecoute, Sophie, tu devrais peut-être venir habiter chez moi quelque temps. Jusqu'à ce que tout cela soit terminé.

Le voilà de nouveau qui joue les défenseurs de la veuve et

de l'orphelin ! Il fait un autre pas en avant et me caresse le bras.

— Ou alors, je pourrais m'installer ici, suggère-t-il en avançant doucement la main vers mes seins.

Je le regarde. Franchement ! Aurions-nous pu trouver pire moment pour entamer une liaison ?

Je choisis mes mots avec soin :

— Josh, il faut que je reste concentrée sur cette enquête. Je ne dois penser qu'à sauver Sam.

Je m'interromps, saisis sa main et la retire de ma poitrine. Puis je reprends :

— Et passer du temps avec toi…

Il s'écarte, vexé.

— C'est un compliment, crois-moi, lui dis-je. Je ne peux pas me permettre de me laisser distraire, même par quelqu'un d'aussi merveilleux que toi.

Question émotions, j'ai peur d'y être allée un peu fort.

— Nous ne sommes pas obligés de… Je veux dire, on pourrait travailler ensemble sur cette affaire. Je n'ai pas l'intention de te déranger. Je veux juste t'aider. Moi aussi, je tiens à retrouver Sam, tu sais ?

Je lâche sa main et entreprends de me sécher les cheveux avec la serviette.

— Je dormirais même sur le canapé, si tu veux, ajoute-t-il avec un sourire espiègle.

Je le dévisage. Serions-nous réellement capables de nous retenir ? De ne pas nous toucher ? Je n'ai aucune envie de rester seule, pas la moindre. Et il est vrai que je me sentirais davantage en sécurité si Josh se trouvait dans l'appartement. Mais je ne pourrais jamais me le pardonner s'il arrivait quelque chose à Sam pendant que Josh et moi prendrions du bon temps.

— Je vais y réfléchir, dis-je.

Je regagne ma chambre pour me changer. Mais ma décision est déjà prise. Je n'abandonnerai pas Sam. Jamais.

13.

— Allons-y ! lance O'Donnell en se tournant vers Flynn, son voisin de gauche.

Il est 6 h 30 tapantes. Sandra Couples arrive en courant et se hâte de prendre un siège.

Flynn s'adresse à toute l'équipe de nouveau réunie :

— J'ai contacté Chicago hier soir, et nous devrions recevoir les deux dossiers avant midi. Mais, comme je l'ai déjà expliqué, cette piste s'est révélée être une impasse quand nous l'avons explorée, il y a deux semaines. L'inspecteur Hogan, qui était chargé de l'enquête, m'a dit qu'ils ne tenaient aucun suspect potentiel ni aucune piste sérieuse.

Flynn compte sur ses doigts et récapitule :

— Pas d'empreinte, pas de trace d'A.D.N., pas de témoin des enlèvements. Rien !

Il pose ses mains à plat sur la table.

— Ils ont remarqué des similitudes entre les deux meurtres, et ils s'attendaient même à une troisième victime dans leur ville.

— Il n'y a donc eu que deux meurtres à Chicago en plus de quatre ans, dis-je. Ils sont sûrs du nombre ? Ça semble peu par rapport à l'activité habituelle du tueur.

O'Donnell tourne les pages de son calepin et inscrit des chiffres sur une feuille vierge.

— Sa moyenne se situe aux environs de deux meurtres par an, excepté à Chicago.

Flynn se penche en avant. Ses yeux bleus semblent encore plus brillants que d'habitude.

— C'est ce que j'ai fait remarquer à Hogan, et il m'a répondu que dès qu'ils avaient fait le rapprochement entre les deux crimes, ils avaient réexaminé tous les homicides passés. Mais ils n'ont rien trouvé qui ait un rapport quelconque.

— Pour quelle raison se serait-il tenu tranquille pendant tout ce temps ? demande Jones sans cesser de griffonner.

Josh et moi échangeons un regard, puis nous nous exclamons en chœur :

— Une petite amie !

Josh se lance dans une explication.

— Le premier meurtre de Chicago a eu lieu en mai 2001 et le second en janvier 2005. Dans l'intervalle, il a eu une relation, entre guillemets « normale », avec une femme, précise-t-il en soulignant ses derniers mots d'un geste explicite des doigts.

Krip détourne son regard de la fenêtre, mais reste appuyé contre le dossier de sa chaise.

— Ah, oui, la bonne vieille formule : « Je ne tue personne parce que j'ai ce qu'il faut à la maison » ?

— Ce n'est pas tout à fait ça, mais presque, dis-je, sans entrer dans les détails.

Je n'ai pas de temps à perdre : il faut que je parte à la recherche de Sam sans délai. Elle m'attend.

O'Donnell perçoit mon impatience et décide de précipiter un peu les événements.

— Jones ? Qu'avez-vous appris sur les serruriers ?

— Je suis allé voir sur le Net, hier soir. Il existe des dizaines de sites où l'on peut acheter des kits pour crocheter les serrures ou n'importe quel pistolet décrocheteur.

Il fait passer quelques feuilles imprimées décrivant des outils de serrurier. Leur prix varie entre 29 et 500 dollars.

— Ça ne nous aide pas beaucoup, fait remarquer O'Donnell en secouant la tête.

J'interviens :

— Ça dépend quand il l'a acheté. S'il se l'est procuré

en Arizona, c'était peut-être avant que ce genre d'outil soit disponible en ligne.

— Exact, approuve Jones, tout en gribouillant par-dessus ses griffonnages.

— Jones, vous continuez à chercher.

L'interpellé hoche la tête.

— Je devrais également connaître aujourd'hui les noms des serruriers qui ont équipé les portes des appartements, ajoute-t-il.

— Il se pourrait bien que ce soit notre piste la plus sérieuse, dis-je.

Seigneur, faites qu'elle soit valable !

Jones poursuit :

— J'ai aussi relu les dossiers sur les meurtres de Washington, et j'ai étudié la victimologie de Susan Young. Mon rapport sera prêt avant la fin de la journée.

— Parfait !

Le regard de O'Donnell fait le tour de la table et s'arrête sur Josh. Celui-ci s'empresse d'annoncer :

— J'ai appelé le bureau du Michigan : nos gars envoient leurs dossiers. J'ai discuté avec le profileur qui a établi le profil original et aussi avec l'agent qui a enquêté sur cette affaire. Ils confirment ce que nous avons trouvé ici.

Josh presse le bouton de son stylo et enchaîne :

— Ce type est un vrai fantôme. Personne n'a jamais rien remarqué d'insolite, et il travaille toujours très proprement. Aucune empreinte, aucune trace d'A.D.N.

— Ce n'est pas rassurant, commente Couples.

Je reprends la parole :

— Il faut nous concentrer sur la formation scientifique et médicale qui ressort du profil établi par Sam, ou bien sur son côté « représentant de la loi ».

— Je suis d'accord, convient O'Donnell. C'est à partir de là que nous allons devoir effectuer des recoupements avec les dossiers des étudiants des universités du Michigan.

— Ça va prendre du temps.

Il fallait que quelqu'un le dise! Passer au crible les noms et les dossiers de tous les étudiants va être un véritable cauchemar. Sam ne peut pas se permettre d'attendre tout ce temps. Nous devons à tout prix découvrir d'autres indices, ou bien davantage d'éléments qui coïncident entre eux. A moins, bien sûr, que la piste du serrurier ne se révèle payante.

— Faisons-le tout de suite pendant que nous y sommes!

O'Donnell se lève, écrit « dossiers étudiants » sur le tableau, puis reprend :

— Nous allons nous focaliser tout d'abord sur les étudiants en médecine et en sciences.

— Et sur ceux qui ont passé leur examen d'entrée à l'université en Arizona.

O'Donnell note ma proposition sur le tableau.

— Nous pourrions restreindre le champ des recherches en comparant les adresses qui figurent sur les déclarations de revenus avec les lieux où les meurtres ont été commis, suggère Flynn.

— Bonne idée! répond O'Donnell tout en inscrivant « déclarations de revenus » au tableau. A moins qu'il ait donné une fausse adresse. Autre chose?

Personne ne bronche.

O'Donnell tire un trait vertical et commence une nouvelle colonne.

— Examinons maintenant la possibilité qu'il soit un représentant de la loi, dit-il.

— Nous n'avons qu'à vérifier dans les registres du FBI et de la CIA les noms des recrues qui ont fait leurs études dans le Michigan, dit Josh.

— Et peut-être aussi chercher parmi les forces de l'ordre de l'Arizona, du Michigan, de Chicago et de Washington, ajoute Couples.

O'Donnell continue de noter toutes les idées qui lui sont soumises.

Couples lisse ses cheveux en arrière.

— On dirait que ça prend forme, constate-t-elle.

— C'est certainement mieux qu'une aiguille dans une botte de foin, souligne Krip.

— Autre chose ? répète O'Donnell.

Silence.

— Bon, maintenant faisons le point, dit O'Donnell en retournant s'asseoir. Couples, où en êtes-vous avec l'appartement de Wright ?

— Le labo n'a rien de nouveau. Ils n'ont toujours pas d'empreinte. J'ai demandé à mes gars d'inspecter le contenu de la poubelle. Il y avait un pot de crème à moitié vide dont la date de consommation était dépassée, et quelques légumes pas très frais.

— Il ne s'agit sûrement pas d'une coïncidence, déclare Flynn. Les quatre victimes auraient décidé de nettoyer leur frigo juste avant d'être enlevées ?

Couples secoue la tête.

— C'est tout de même bizarre qu'il vide leurs réfrigérateurs.

— Pas vraiment, dis-je. Il se prend pour leur petit ami et il se sent à l'aise chez elles. Comme chez lui. Il a beau être un malade, à sa manière, il veille sur elles.

— Et il ne faut pas oublier que s'il a reçu une formation médicale, il pourrait bien avoir la phobie des microbes, ajoute Josh. Les scientifiques ont souvent ce genre d'obsession.

Nous demeurons un instant silencieux. Le regard de O'Donnell s'arrête sur Krip.

Celui-ci se penche en avant et, limitant ses paroles au strict minimum, laisse tomber :

— Pareil en Floride. Une scène de crime nickel. Pratiquement aucune piste et aucun suspect. Le dossier complet est en route.

O'Donnell regagne le tableau blanc et dresse la liste des différents Etats et des diverses pistes. Il souligne « Arizona » et se tourne vers moi.

— Et en Arizona ?

— Je les ai appelés hier soir, dis-je avec un petit sourire

forcé. Les dossiers ne devraient pas tarder. Je suis vraiment convaincue que Sally-Anne Raymond, la première victime, nous fournira la clé. Il devait la connaître. Je voudrais me rendre sur place pour en savoir davantage sur le meurtre et interroger moi-même la famille.

Même si l'enlèvement d'un agent du FBI n'était pas en cause, nous ne ferions que nous conformer à une pratique tout à fait courante en procédant à de nouveaux interrogatoires. Or, j'espère également que le fait de me trouver physiquement présente sur les lieux du crime pourra déclencher une vision. Jusqu'à présent, la seule fois où j'ai été capable de faire naître quoi que ce soit, c'était hier, dans la salle de conférences, lorsque j'ai vu Sam se faire violer — et, bon sang, comme j'aimerais que cela n'ait été que le fruit de mon imagination ! Si je ne suis pas en mesure de maîtriser mon don de double vue, il faut au moins que j'arrive à le stimuler.

Josh s'agite anxieusement sur son siège. Encore une fois, j'oscille entre être agacée et me sentir flattée de son attitude protectrice à mon égard. Devrais-je lui parler de mes rêves et de mes visions ? Un jour, sûrement, mais pas maintenant. J'aimerais acquérir une certaine forme de contrôle sur ces phénomènes avant de lâcher une bombe pareille sur Josh.

O'Donnell se tapote la main avec le marqueur.

— Je crois que c'est une bonne idée, dit-il. Nous allons nous répartir toutes les pistes et décider qui fait quoi.

— Et la presse ? lance Krip. On va s'en servir ?

Tous les regards convergent vers Josh et moi. Le recours aux médias relève d'habitude des profileurs.

— Qu'en penses-tu ? me demande Josh.

— Ce serait peut-être utile. Nous pourrions retenir la suggestion que Sam a faite dans son profil et attribuer un nouveau meurtre à l'Ecorcheur de Washington.

— Seulement, avec le peu de temps qu'il nous reste, je ne sais pas si ça nous aiderait beaucoup d'entrer en contact avec le tueur, objecte Josh. Ça fait près de cinquante-six heures qu'il détient Sam.

Dire qu'elle est entre les mains de ce salaud ! D'un geste rageur, je fais tourner ma bague sur mon doigt.

— Il faut absolument dénicher des suspects en espérant que le coupable se trouve parmi eux, dit Flynn. Comme ça, on aura une chance de délivrer Sam à temps.

Sa pauvre tentative n'a d'autre but que de me rassurer, j'en ai conscience. Pourtant, c'est l'effet inverse qu'elle produit sur moi. Son scénario compte une étape de trop, et l'heure tourne.

O'Donnell fait passer son marqueur d'une main à l'autre plusieurs fois de suite.

— Si, en publiant un article dans le journal, nous pouvions d'une manière ou d'une autre l'inciter à s'exposer au grand jour, ça nous aiderait drôlement, hasarde-t-il.

— Ça vaut le coup d'essayer, dis-je. Sauf s'il s'y attend. Je ne sais pas si ça nous mènera quelque part, mais on doit tout essayer.

— Alors, faisons paraître un article et voyons ce que ça donne, conclut Josh.

O'Donnell note « article de presse » et coche la proposition.

— Ça marche.

— Je vais appeler Murray Cavanaugh du *Post* et lui demander de pondre un papier sur une quatrième victime de l'Ecorcheur, dit Flynn. Qu'est-ce qu'on pourrait laisser filtrer comme indiscrétion ?

Jones interrompt ses gribouillis.

— On pourrait révéler qu'il a une formation médicale.

— Je crois plutôt que nous devrions dévoiler des éléments que nous savons faux, réplique Josh.

— Je suis d'accord, dis-je. Nous savons qu'il considère ses victimes comme ses petites amies et qu'il vise les femmes qui ont fait des études supérieures. Il faudrait donc affirmer que nous recherchons un travailleur manuel et que sa quatrième victime est une prostituée.

— Ou alors quelque chose comme « un témoin clé en garde à vue » ? suggère Flynn.

Josh et moi haussons les sourcils. Ce n'est pas une mauvaise idée.

Flynn enchaîne :

— Il y a forcément quelqu'un qui l'a vu. Même s'il donne l'impression d'être invisible. On n'a qu'à inventer. Lui faire croire qu'il a commis une erreur.

Je réfléchis tout haut :

— Laquelle des deux options est la plus à même de le faire réagir ?

— L'histoire du travailleur manuel, répond Josh sans me quitter des yeux. Il s'est hissé dans la société et il en est fier. Trop fier pour supporter qu'on le prenne pour un ouvrier ou un manœuvre. C'est un homme de tête, ajoute-t-il en se tapotant le front de son index.

Sur le tableau, O'Donnell écrit « *Washington Post* » et « travailleur manuel » sous « article de presse ».

— D'accord. A moi, maintenant, dit-il. Je me suis procuré la liste complète de toutes les universités du Michigan. Il y en a quarante-quatre au total.

La nouvelle nous arrache des gémissements plaintifs.

— Je sais, reprend O'Donnell. C'est plus que ce à quoi nous nous attendions.

Il regagne sa place et se met à fouiller dans ses papiers.

— Nous allons devoir nous les partager. Nous pouvons déjà éliminer d'emblée celles qui n'offrent pas de cursus médical ou scientifique.

Après avoir distribué des photocopies de la page Web imprimée sur laquelle figure le listing, il retourne au tableau et passe en revue les différentes pistes qu'il y a notées.

— Jones, ce matin, vous vérifiez cette histoire de serrurier.

Il s'interrompt une seconde puis demande :

— Couples, avez-vous besoin de rejoindre votre équipe et les gars du labo ?

— Pas vraiment. Ils m'appelleront s'ils découvrent quelque chose. Je peux travailler sur la liste des universités.

O'Donnell hoche la tête, jette un coup d'œil à ses notes sur le tableau.

— Anderson, vous partez pour l'Arizona. Tâchez de trouver quelque chose, mais surtout, veillez à mettre les flics de votre côté.

— Je saute dans le premier avion…

Josh se racle la gorge.

— Hum ! Et le Dr Rosen ?

Je ne peux retenir un juron. Tous les regards se tournent vers moi.

— Pike et Rivers ont ordonné à tous les agents de notre Unité de consulter l'un des psychologues du Bureau. J'ai rendez-vous à 10 heures. Je vais être obligée de prendre un autre vol.

— Si tu attends cet après-midi, les dossiers de l'Arizona seront arrivés et tu pourras les lire dans l'avion, suggère Josh.

— Bonne idée !

Comment ai-je pu les oublier ? Ils vont m'être indispensables.

— Bon, tout le monde au travail sur les universités, ordonne O'Donnell. Nous avons besoin d'une liste de suspects.

Il partage le listing entre tous les membres de l'équipe, excepté Jones et moi.

— Vérifiez d'abord quels programmes d'études elles offrent, et si elles ne proposaient rien de scientifique ou de médical à l'époque où notre homme y était, nous pouvons les écarter de la liste pour le moment.

Josh parcourt sa feuille et repère d'emblée trois noms. Il est en mesure d'affirmer avec certitude que ces universités-là n'ont pas de cursus médical ou scientifique et n'en ont jamais eu. Ce qui réduit déjà la liste.

— Et pour l'appel téléphonique de Wright ? demande O'Donnell à Krip.

— J'ai un rendez-vous à 9 heures qui devrait me permettre d'en apprendre davantage.

— Parfait.

O'Donnell balaie la pièce du regard. De toute évidence, la réunion est terminée.

— Je retourne à Quantico, dis-je. Je vais travailler là-bas jusqu'à l'heure de la consultation avec le Dr Rosen.

— O.K., Anderson. Nous vous ferons suivre les dossiers de l'Arizona dès qu'ils arriveront. Selon l'heure, nous les enverrons par porteur à Quantico ou directement à l'aéroport. Tenez-nous au courant du vol que vous prendrez.

— Entendu.

Je quitte la pièce, résistant à l'envie de me retourner pour regarder Josh. Il faut que je consacre toute mon attention à Sam et au tueur. Pas à Josh.

En attendant l'heure de mon rendez-vous, je réserve une place sur le vol de 13 heures en partance pour Tucson, Arizona, via Chicago. Puis je prends le temps de discuter avec l'inspecteur Carter des Homicides de l'Arizona et d'arranger un entretien avec les parents de la première victime.

A 10 heures pile, j'entre dans le cabinet d'Amanda. Son bureau est très différent de celui des autres. La plupart des pièces réservées au FBI à Quantico sont étroites et dans le plus pur style des années 70. Le bureau d'Amanda, au contraire, est spacieux et il a été repeint récemment. Les murs, d'une chaude couleur épicée, sont ornés de plusieurs paysages au pastel. Par une cruelle ironie, l'un d'eux représente le parc d'East Potomac au moment de la floraison des cerisiers. Il me rappelle Susan et la lettre adressée à Sam. Pourquoi n'avons-nous pas compris que Sam était en danger ? Pourquoi n'*ai-je* rien vu ?

Des souvenirs de mon frère se mêlent aux pensées qui m'assaillent — pourquoi avais-je douté de moi à l'époque ?

Puis, l'espace d'un instant, mon esprit rationnel reprend le dessus : *Mais, bon sang, tu n'avais que huit ans !*

Je détourne les yeux du tableau et recentre mon attention sur la pièce. Le mobilier n'a rien à voir avec le style de l'UAC. Amanda dispose d'une grande table en teck dont une masse de dossiers, deux tasses à café et un ordinateur poussé dans un coin se partagent l'espace. Devant, deux grands fauteuils de cuir et, sur le côté, une petite table en bois sur laquelle sont posés deux verres d'eau et l'inévitable boîte de mouchoirs en papier — un classique que tout bon psy se doit de toujours avoir sous la main.

Plusieurs plantes en pot donnent à l'ensemble un petit côté accueillant. Tout cela, sans aucun doute, dans le but louable d'inviter les agents à se détendre et à ouvrir leur cœur. Or, ce paisible décor produit sur moi l'effet inverse.

Je suis mal à l'aise, assise au creux d'un grand fauteuil, en face d'Amanda. Ses cheveux bruns bouclés encadrent son visage, sagement retenus sur les côtés par deux pinces argentées. Malgré ses quarante et quelques années, elle a le teint mat et lisse. Elle sait parfaitement mettre en valeur les proportions harmonieuses de sa silhouette. Aujourd'hui, elle porte un pull à col en V noir, une jupe droite couleur prune, des collants noirs et d'élégants escarpins à bride.

Elle me regarde en souriant légèrement, comme si elle me comprenait.

— Sophie, je suis vraiment navrée pour Sam et je regrette de devoir vous imposer cela.

— Je sais, merci. Après tout, vous ne faites que votre travail.

Elle sourit de nouveau : un petit sourire crispé, cette fois.

— Sam et vous êtes très proches, n'est-ce pas ?

— Oui.

Je regarde mes mains croisées sur mes genoux. Je fais faire un tour complet à la bague autour de mon doigt.

— Et vous faites partie du groupe d'intervention qui la recherche.

— Oui.

— Que ressentez-vous ?

Je réprime une soudaine envie de lever les yeux au ciel. Voilà une question qui sort tout droit du manuel, ou je ne m'y connais pas ! Une question nécessaire, peut-être, mais tellement évidente !

— Amanda, vous n'avez pas oublié que j'ai une solide formation en psychologie, n'est-ce pas ?

— Non, mais cela ne change rien aux questions que je vais vous poser.

Elle se cale dans son fauteuil et croise les jambes.

— Cela signifie seulement que nous ne serons pas obligées de tourner autour du pot. J'ai besoin d'évaluer ce que vous ressentez et la manière dont vous faites face. Alors, passons aux choses sérieuses, si vous le voulez bien.

— D'accord, mais en ce moment, voyez-vous, je préférerais être sur le terrain pour essayer de retrouver Sam.

— Qu'éprouvez-vous à propos de ce qui s'est passé ?

Je réponds d'une voix égale :

— Je suis bouleversée. Sam est une très bonne amie.

— Avez-vous noué d'autres amitiés depuis que vous êtes arrivée ici ?

— Je m'entends bien avec tous les autres agents.

— Mais vous vous sentez plus proche de Sam ?

— Oui. Comme vous le savez, Sam et moi, nous sortons souvent ensemble et nous faisons du sport.

— Est-elle votre seule amie au Bureau ?

— Josh Marco, dis-je avec un soupir, tout en jetant un coup d'œil à la pendule derrière Amanda. Je suis aussi amie avec lui.

Inutile de lui raconter les dernières péripéties de cette relation.

— Bien. Ça doit être dur de se retrouver si loin de sa famille et de ses amis.

— Parfois, oui.

— Je veux bien le croire. Et Sam vous a aidée à vous adapter ? A vous sentir chez vous ?

Ma gorge se serre.

— Oui.

— J'aimerais creuser un peu cette question avec vous. Réfléchir à votre amitié avec Sam et à la façon dont sa disparition vous a affectée.

— Plutôt salement, si vous voulez le savoir.

— Nous ne pouvons pas faire autrement, Sophie.

— Bien sûr, alors allons-y !

— Ce n'est pas seulement pour Rivers et Pike, vous savez ? Il est important que vous gériez la situation le mieux possible. Je sais à quel point vous étiez proche de Sam.

— Vous voulez dire à quel point je *suis* proche de Sam !

Comment ose-t-elle parler au passé ?

— Oui, bien sûr, corrige-t-elle vivement. Alors, que ressentez-vous envers elle ?

— Sam est formidable, vous le savez, non ?

— Je la connais assez bien, c'est vrai, mais pas autant que vous. Nous sommes des collègues plus que des amies.

Elle boit une gorgée d'eau et poursuit :

— Qu'est-ce qui la rend si formidable ?

— Son attitude. Elle fait partie des gens qui voient les verres à moitié pleins plutôt qu'à moitié vides. En fait, si on lui donnait un verre à moitié plein, elle trouverait le moyen de dire que c'est parfait, que c'était exactement ce qu'elle voulait.

Je laisse échapper un petit rire, puis ajoute :

— Elle dirait que, de toute façon, le verre était trop grand !

— C'est aussi l'impression qu'elle me donne, approuve Amanda avec un sourire.

— Elle est la personne la plus débordante de vie que je connaisse, tout en ayant malgré tout les pieds sur terre. Elle est drôle, elle adore faire la fête et, pourtant, elle sait écouter.

On peut toujours lui parler. De n'importe quoi. Vous savez, on a toutes sortes d'amis : ceux avec lesquels on va au club de gym, ceux avec qui on aime sortir en boîte, d'autres qui partagent une pizza avec vous en regardant une cassette vidéo, et peut-être aussi des amis qui vous emmènent dîner en ville.

— Certainement. On apprécie différentes choses avec différentes personnes.

— Mais parfois, on rencontre quelqu'un avec qui l'on se découvre des atomes crochus. Avec cette personne-là, on peut faire tout ça et se sentir bien systématiquement.

— Elle est donc une véritable amie pour vous.

— La meilleure, dis-je avant de m'interrompre une seconde. Elle me manque.

— C'est tout à fait normal.

Petit à petit, j'avance sur mon siège.

— Nous devons la retrouver.

— Est-ce que l'enquête progresse ?

Je regarde la pendule.

— Elle avancerait beaucoup plus vite si j'étais sur le terrain, ne puis-je m'empêcher de répliquer.

La psychologue ne bronche pas.

Quelle maladresse ! Ce n'est sûrement pas en m'y prenant de cette façon que je vais pouvoir sortir d'ici et me lancer à la recherche de Sam.

— Excusez-moi, Amanda. Je n'avais pas l'intention de me montrer agressive.

— Je sais que c'est difficile pour vous.

Avec un hochement de tête, je repose mes mains sur mes genoux. Difficile ? C'est le moins qu'on puisse dire !

— Votre première évaluation psychologique indiquait que vous aviez tendance à refouler vos émotions.

— Ces tests ne sont pas toujours fiables, vous le savez aussi bien que moi.

— C'est vrai, mais ils peuvent aussi toucher juste.

— Il faut savoir réprimer un peu ses sentiments dans ce métier.

— Peut-être. Le refoulement est un mécanisme de défense capable de vous protéger, mais la frontière est ténue, n'est-ce pas, Sophie ?

— J'imagine.

— Vous vous trouviez avec Sam, la nuit où elle a été enlevée.

— C'est exact. Nous étions chez elle, en train de travailler sur le dossier de l'Ecorcheur.

— Je présume qu'en ce moment même, vous imaginez tous les autres scénarios qui auraient pu se dérouler.

Je plisse les yeux.

— Oui, quelques-uns.

— Si vous m'en parliez ?

Je la regarde fixement. Impossible de lui raconter mes aventures parapsychologiques, mais peut-être pourrais-je évoquer ce qui m'obsède.

— Je regrette de ne pas être restée avec elle ce soir-là. J'aurais dû dormir sur place.

— Vous est-il déjà arrivé de passer la nuit chez elle ?

— Non. Nous n'habitons pas loin l'une de l'autre, et l'occasion ne s'est jamais présentée.

Amanda hoche la tête. Ce qu'elle essaie de faire ne m'échappe pas. Elle veut m'aider à évacuer une partie de ma culpabilité. Bien sûr que je serais restée avec Sam si j'avais pu prévoir ce qui allait se passer ! Mais je l'ignorais.

Pourtant, j'aurais dû le savoir… je l'ai vu de mes propres yeux lorsque j'étais chez elle.

Je relève la tête. Amanda affiche une expression préoccupée. Deux minutes se sont écoulées depuis ma dernière réponse.

— Quoi d'autre ? demande-t-elle.

— Je voudrais avoir repris l'enquête dont s'occupait Hunter à la place de Sam. Je voulais lever la main au cours de la réunion pour dire que je m'en chargeais, mais je… je rêvassais.

— Vous préféreriez avoir été enlevée à la place de Sam ?

J'observe un temps d'arrêt. Non, bien sûr, ce n'est pas ce que je souhaite, mais à bien des égards, je crois que je serais davantage capable d'affronter une telle situation plutôt que de savoir Sam aux mains du tueur.

— Je voudrais que personne n'ait été enlevé.

Silence.

— Vous pensez que vous allez retrouver l'assassin ?

— Oui, dis-je sans hésiter. Nous avons quelques pistes sérieuses. Et il y a des recoupements évidents avec les données du VICAP. Dans deux heures, je m'envole pour l'Arizona où je vais enquêter sur ce qui semble être le premier meurtre de ce cinglé. Je dénicherai quelque chose, j'en suis sûre. Je vais retrouver Sam.

Sur ces derniers mots, ma voix est montée dans les notes aiguës.

— Je l'espère, Sophie. Je le souhaite sincèrement. Mais…

— Non ! Ne dites rien. Je retrouverai Sam avant qu'il ne soit trop tard.

— Comme vous avez sauvé la vie d'autres personnes ?

— Parfaitement.

— Cependant, il est possible que vous ne puissiez pas sauver Sam, déclare Amanda en me regardant fixement.

— Je retrouverai cette ordure, je le jure !

Silence.

— Sophie, il est clair à mes yeux, et aux vôtres aussi, j'en suis sûre, que vous n'êtes pas en mesure de faire face.

J'ouvre la bouche pour protester, mais elle lève la main.

— Ce qui est tout à fait compréhensible, ajoute-t-elle. Aucun membre de votre unité ne sortira indemne de cette tragédie. Vous vous faites du souci à propos de Sam, de ce qui va lui arriver. Et cela vous fait prendre conscience de ce que vous choisissez tous d'ignorer dans l'exercice de votre métier : votre propre nature mortelle. Ce travail est potentiellement dangereux. Vous n'êtes pas invincibles.

Avec un hochement de tête, je tripatouille ma bague.

— Mais ce qui m'inquiète, Sophie, c'est que vous participiez à l'enquête. Je ne suis pas convaincue que ce soit bon pour votre équilibre émotionnel.

Ses dernières paroles me transpercent. Elle va me faire exclure du groupe d'intervention !

— Je suis tout à fait capable de gérer la situation.

Le Dr Rosen reste silencieuse.

— Amanda, je vous en prie, ne faites pas ça ! M'empêcher d'agir ne pourrait qu'ébranler davantage mon équilibre émotionnel. Il me serait impossible de rester les bras croisés et de me contenter de travailler sur d'autres dossiers. Je ne pourrais jamais. Ne m'y obligez pas !

Silence.

— Sophie, je dois rendre un avis professionnel, rien d'autre.

— Je sais, Amanda. Mais je vous assure que, professionnellement, je saurai me montrer à la hauteur.

— Pensez-vous que vous aurez besoin de me consulter ?

— Certainement. Ça m'aidera à surmonter cette épreuve.

Elle secoue la tête.

— Je ne sais pas si vous êtes sincère ou si vous me dites simplement ce que je désire entendre.

— Un peu des deux, peut-être.

Elle ne peut retenir un sourire.

— Je suppose que je devrai m'en satisfaire. Du moins, pour le moment.

Je lui rends son sourire. Dieu merci, je participe toujours à l'enquête.

Lorsque je quitte le bureau du Dr Rosen, je me sens quelque peu rassérénée. D'autant plus que l'étude approfondie du dossier m'a permis de relever certains détails. Pour commencer, je vais examiner de plus près la photographie du pendentif et l'agrandissement montrant la cuisse de Jean. Je suis convaincue que le *triquetra* a une signification. Il fait partie de la signature du tueur, au même titre que la position des corps.

Il doit être présent sur le corps de Jean et sur celui de toutes les autres victimes. Il ne me reste qu'à le découvrir.

14.

A bord de l'avion en partance pour Chicago, je m'installe dans la première rangée de la classe économique. Dès la fin de la phase de décollage, j'abaisse la tablette devant moi et entreprends d'examiner les photos des scènes de crime prises en Arizona. Je profite de ce que la place à côté de moi est libre pour les étaler sur le siège et la tablette. Au bout d'une dizaine de minutes, l'hôtesse se penche vers moi.

— Désirez-vous une boisson ? me propose-t-elle.

Elle jette un coup d'œil sur les clichés. Son visage se fige. Elle détourne le regard.

— Désolée ! Je suis du FBI.

Prenant soin de ne pas regarder les photos, elle fixe un point au-dessus de ma tête.

— Désirez-vous une boisson ? répète-t-elle.

— Oui, j'aimerais de l'eau pétillante, s'il vous plaît.

Le regard toujours au loin, elle me tend une petite bouteille et un gobelet en plastique. Il m'arrive parfois d'oublier que les autres n'ont pas l'habitude de regarder des photos de cadavres à longueur de journée. L'ignorance est-elle une bénédiction ? Je n'en suis pas certaine. Au moins, de cette façon, je sais ce qui se passe réellement dans ce monde qui est le nôtre.

La première partie de mon voyage dure deux heures, mais du fait de notre passage dans un fuseau horaire différent, nous atterrissons à Chicago à 14 heures, heure locale. Trente minutes plus tard, j'embarque sur le vol à destination de Tucson. Encore une fois, l'avion n'est pas plein, et je joue sans vergogne de mon badge et de mon charme australien pour m'assurer que je fais partie des chanceux à qui l'on attribue deux sièges. Je passe les deux heures suivantes à scruter chaque détail des dossiers de l'affaire, y compris les victimologies, les rapports du coroner et les comptes rendus de la police. A l'issue de cet examen minutieux, je suis en mesure de visualiser beaucoup plus clairement le tueur et les meurtres, même si la deuxième victime continue de m'intriguer comme n'ayant pas sa place dans le tableau. Sans la position du corps qui tient lieu de signature, je serais même tentée d'attribuer ce meurtre à quelqu'un d'autre.

Je me concentre principalement sur Sally-Anne Raymond. C'est elle la clé, j'en suis sûre. La plupart des tueurs en série connaissent leur première victime. En fait, je parierais même que notre homme figurait dans les premiers interrogatoires de la police. Un autre détail a attiré mon attention : au moment où le corps de Sally-Anne a été découvert, son collier avait disparu. Il n'a jamais été retrouvé.

L'avion atterrit à Tucson à 17 heures, heure locale. Il est 19 heures à Washington. Malgré la chaleur qui règne dans le terminal de l'aéroport, l'atmosphère est froide, comme dans la plupart des endroits de ce genre. Je marche d'un pas rapide, traînant mon sac derrière moi. Je sors mon téléphone mobile de mon sac à main, l'allume et compose le numéro du bureau de Washington. Je suis maintenant en conférence téléphonique avec le groupe d'intervention.

— Eh bien, Anderson, avez-vous pu examiner tous les dossiers ? me demande O'Donnell.

Juste avant mon départ, nous avons enfin reçu tous les documents que nous avions demandés.

— Non, juste ceux de l'Arizona.

Les autres classeurs pèsent une tonne dans mes bagages.

— Vous n'avez donc pas vu les photos du Michigan ?

— Non, pas encore.

— Nous avons découvert un lien irréfutable entre plusieurs

des victimes, explique-t-il sans pouvoir dissimuler son agitation.

— Vraiment ? Quelle sorte de lien ?

— L'image du pendentif était tailladée sur la peau des deux premières victimes du Michigan.

— Pas possible ? dis-je, feignant la surprise.

J'en étais sûre ! Le symbole du pendentif, de même que celui présent dans mes rêves, avait une signification. Je n'aurais pas pu l'expliquer, mais je le savais.

Cette nouvelle confirme également mes soupçons : le symbole fait partie de la signature du tueur. Pourtant, il y a quelque chose qui cloche. Un tueur se sent pratiquement obligé de laisser sa signature. Il lui serait impossible de quitter une scène de crime sans avoir marqué son œuvre et son territoire de cette façon.

— Mais sur aucune des autres victimes ?

— Non, répond la voix de Josh.

— Pourtant, il s'agit bien d'une signature, dis-je, un brin perplexe. Une sorte de rituel. Comment a-t-il pu résister à la tentation de la laisser sur les autres victimes ?

— Je sais, c'est étrange, répond Josh.

Dans sa voix, je perçois une pointe de fascination. Nous tenons peut-être là une découverte importante, digne de figurer dans les manuels.

En tout cas, ce symbole celtique est ce qui va nous permettre de coincer notre homme. Je suis convaincue de son importance pour l'enquête. Une importance primordiale.

— Y a-t-il du nouveau de votre côté ? me demande O'Donnell.

— J'atterris à l'instant. L'inspecteur Carter des Homicides de Tucson doit venir me chercher.

Je m'arrête, consulte les panneaux et tourne à gauche. Après avoir dépassé un couple âgé, je me faufile à travers une famille aux prises avec les caprices d'une enfant de deux ans.

— Je veux une glace ! hurle la gamine en plantant son petit derrière sur le sol astiqué.

Je poursuis mon chemin.

— Je vais rendre visite aux parents de la première victime dès ce soir, dis-je au téléphone. Il manquait un collier dans les affaires de Sally-Anne. Je me demande si c'est celui que nous avons trouvé chez Sam.

Enfin, tout au bout du hall, j'aperçois la lumière du jour.

— Intéressant..., déclare O'Donnell. De notre côté, nous avons réduit la liste des universités à vingt-deux, en nous basant sur les cursus qu'elles offrent. Pour certaines, nous disposons déjà d'un listing des étudiants inscrits à l'époque qui nous intéresse.

— Quoi de neuf concernant les serrures ?

— Vous aviez raison. La plupart des sites Web ont démarré autour de l'an 2000. Donc, si notre homme s'est procuré un pistolet de serrurier au moment des meurtres en Arizona et dans le Michigan, il a dû l'acheter à un vendeur patenté.

O'Donnell s'éclaircit la gorge. Il semble fatigué.

— La loi en vigueur en Arizona rend illégale la possession d'un équipement de crochetage de serrures.

— Rien de très rédhibitoire !

— En effet, mais les fabricants sont obligés de consigner les noms des acheteurs et de leur demander une pièce d'identité avec photo. Ils ne sont tenus de conserver leurs registres que pendant une année, mais qui sait, nous aurons peut-être de la chance.

— Espérons-le !

Une chance bien mince, à mon avis.

— Jones essaie d'obtenir un relevé des achats effectués en Arizona, reprend O'Donnell.

— Et dans le Michigan ?

Le tueur pourrait très bien avoir inclus plus tard la visite des appartements dans sa signature.

— Même topo, mais les fabricants ne sont pas astreints à enregistrer les noms des acheteurs. Nous allons devoir opérer au petit bonheur. Certains auront gardé des archives, d'autres non.

— Il est peut-être en possession de ce genre d'outil depuis des années, dis-je. Dans ce cas, il est peu probable que nous retrouvions une trace de l'achat. Quoi de neuf sur les serruriers ?

— Les immeubles dans lesquels habitaient les trois victimes ont été équipés par des serruriers différents. Jones va vérifier les noms de leurs anciens employés pour le cas où le tueur aurait travaillé chez chacun d'eux et aurait eu ainsi accès aux passe-partout.

— Pas facile de déterminer à quel moment il a commencé à visiter les appartements.

— Nous sommes en train de décortiquer tous les dossiers pour rechercher des indices à ce sujet. Si nous trouvons des traces de sa présence chez les victimes, nous pourrons alors calculer à partir de quel moment il a commencé à crocheter les serrures. Je vous suggère de le vérifier de votre côté en Arizona.

O'Donnell se tourne vers le reste de l'équipe.

— Ai-je oublié quelque chose ? demande-t-il à la cantonade.

— Le coup de téléphone de Wright, répond la voix de Krip. L'appel a été capté par la tour de relais d'Alexandria. Il a donc été passé soit de chez elle, soit dans un rayon de sept ou huit kilomètres. Au-delà de cette distance, il aurait été acheminé par une autre tour.

Silence. Le découragement a dû s'emparer de toute l'équipe. Si l'appel avait émané du repaire du tueur, nous aurions pu délimiter la zone où Sam est retenue prisonnière. Hélas, cette piste-là tombe à l'eau !

— Les médias, intervient Flynn dans une tentative pour dissiper la déception ambiante. J'ai parlé à Murray, du *Post*. Il publie un article dès demain.

Je tourne de nouveau à gauche, vers la lumière du jour.

— Josh, tu as lu le papier en question ?

— Murray nous l'envoie dans l'heure qui suit. Mais ne t'inquiète pas, je lui ai donné des instructions très précises.

Il ne faudrait pas en faire trop. Nous ne voulons pas éveiller les soupçons du tueur en lui laissant deviner qu'il s'agit d'une mise en scène.

— Bien joué ! dis-je.

Notre homme connaît son affaire et il pourrait très bien s'attendre à une manœuvre de ce genre.

— Autre chose ?

— Rien de notre côté, conclut O'Donnell. Appelez-moi une fois que vous aurez rencontré les parents.

La soirée sera déjà bien avancée, compte tenu du décalage horaire, mais je n'ai pas affaire à des bureaucrates à cheval sur leurs heures de travail. Je peux compter sur eux.

— Oh, Anderson, faites attention à vous ! ajoute O'Donnell.

— Ne vous inquiétez pas. Je vous rappelle tout à l'heure.

Je raccroche et m'arrête. Il faut que je trouve Carter au plus vite. Je veux me rendre sur les lieux du premier crime avant qu'il ne fasse nuit.

A la recherche de l'inspecteur, je scrute les portes d'arrivée. Au bout de quelques minutes, je repère un homme qui semble fouiller les environs du regard. Un mètre quatre-vingts à peu près, mince, un visage agréable, empreint de douceur. Avec son air juvénile, je ne lui donne guère plus de trente ans. Il porte un jean noir, une chemise bleue et un pardessus en lainage.

D'un pas hésitant, nous nous avançons l'un vers l'autre.

— Carter ?

— Anderson ?

— Oui, répondons-nous en chœur.

A l'instant précis où nous nous serrons la main, je sens une décharge électrique me traverser tout entière. A voir l'expression de Carter, il a ressenti la même chose, j'en suis certaine. Avec un sourire embarrassé, je repousse cette pensée pour le moins inopportune. Je suis en mission, ne l'oublions pas. Et de toute façon, je sors avec Josh… Je relâche la main de l'inspecteur.

— Merci pour votre aide, lui dis-je. C'est formidable que vous vous intéressiez encore à cette affaire.

— Vous savez, c'était ma première enquête aux Homicides, et ça m'empoisonne toujours autant la vie de ne pas avoir attrapé le meurtrier.

Impeccable ! Que rêver de mieux qu'un flic hanté par la pensée de la proie qui lui a échappé ? Il va m'accorder tout le temps dont j'ai besoin, quelle que soit sa charge de travail par ailleurs.

— Je vous ai arrangé un entretien avec les parents de Sally-Anne pour ce soir. Mais d'abord, je pensais vous emmener sur la scène du crime. Ça vous va ?

— C'est parfait.

Je regarde ma montre.

— Nous avons le temps, dit-il.

— Oh, ce n'est pas ça ! Vous vous souvenez ; je vous ai dit que l'Ecorcheur détenait une autre victime.

— Oui ?

— Il y a maintenant soixante-neuf heures qu'elle est entre ses mains. Nous allons devoir épingler ce type très vite.

Ça fait presque trois jours : le temps qu'il a gardé Susan en vie.

— Vous allez y arriver, vous croyez ? me demande Carter en se remettant en route.

Nous poursuivons notre conversation tout en marchant.

— Oui, je l'espère.

Mais qu'est-ce que j'en sais, après tout ? J'essaie seulement de me convaincre que c'est vrai, même si, en réalité, nous n'avons pas grand-chose à quoi nous raccrocher. Certes, l'enquête avance, aucun doute là-dessus, mais ce genre de chose prend du temps. Tout d'abord, nous allons nous retrouver avec une liste de plusieurs milliers d'étudiants inscrits entre 1997 et 2000. Ensuite, il va falloir procéder aux recoupements, ce qui va forcément durer un temps fou, même avec l'aide des ordinateurs. Bien sûr, avec un peu de chance, il ne restera plus qu'une quarantaine de noms au bout du compte. Mais combien d'heures faudra-t-il bosser avant d'arriver à ce résultat ? Soudain submergée par une vague de nausée, je me concentre sur la réalité et focalise mon attention sur les chaussures noires et brillantes de Carter. Il n'apprécierait sûrement pas que je vomisse dessus !

— Vous vous sentez bien ?

— Oui, oui, ça va.

J'ai envie de lui expliquer que je connais la victime actuelle du meurtrier. En partie, dans l'espoir que Carter s'investira encore davantage dans notre enquête, mais aussi à cause du besoin que j'éprouve de justifier mon intérêt évident pour cette affaire. Cependant, il m'est impossible de lui révéler que le tueur détient un agent du FBI. Le patron a été très clair à ce sujet.

Les portes vitrées s'ouvrent, et nous sortons enfin à l'air libre. Il fait beaucoup plus froid à l'extérieur, mais tout de même nettement plus chaud qu'à Washington. Nous nous faufilons à travers une file de taxis alignés le long du trottoir, et nous dirigeons vers une voie secondaire non loin de là.

— Moi aussi, ça me fait un peu le même effet, dit Carter en pointant ses clés vers une Mercury bleu marine banalisée.

Il ouvre le coffre et y jette mon sac de voyage. Nous montons dans la voiture.

— Votre collègue vient avec nous ?

— Elle ne travaille aux Homicides que depuis six mois. Elle n'a pas pris part à l'enquête.

— Qui donc alors ?

— Bob Watson, mon ancien coéquipier, répond Carter. Il a pris sa retraite l'année dernière.

— Pourrai-je le voir un peu plus tard ?

— Bien sûr. Je l'ai appelé pour lui dire que le FBI reprenait l'affaire Raymond. Lui aussi tient à la résoudre. En fait, il connaît très bien les parents de Sally-Anne. C'est un ami de la famille.

Carter s'interrompt un instant, le regard perdu dans le vide. Il tourne la clé de contact.

— Nous nous sommes donné un mal de chien pour cette enquête. Nous avons planché dessus jour et nuit. Et jusqu'à son dernier jour de travail, Bob s'est régulièrement replongé dans l'étude des dossiers pour voir s'il ne pouvait pas déterrer de nouveaux indices.

— J'aimerais lui parler ce soir, après l'entrevue avec la famille de Sally-Anne.

— Je l'appelle tout de suite.

Carter extrait son téléphone mobile de la poche de sa chemise et compose le numéro.

— Bob, c'est Darren… Ouais, elle est à côté de moi… Elle voudrait te voir… Ouais… hum hum… 20 heures… environ une heure… d'accord, à tout à l'heure.

Il raccroche et se tourne vers moi.

— Il nous retrouvera dans le petit restaurant au coin de la rue où habitent les Raymond. Nous pourrons discuter en dînant.

— Merci. J'ai vraiment besoin que les choses aillent vite.

L'inspecteur hoche la tête.

— Vous avez des questions à propos des dossiers ?

La voiture démarre.

— J'aimerais en apprendre davantage sur vos suspects. Ce qu'ils font maintenant, ce genre de trucs. Mais vous préférez peut-être attendre que nous soyons avec Watson ?

— Oui. Comme je vous l'ai dit, il a continué à éplucher les dossiers après que l'affaire a été officiellement close. Je suis sûr qu'il la connaît par cœur.

Environ dix minutes plus tard, nous arrivons en vue d'un petit espace vert entouré d'un lotissement. C'est là que Sally-Anne a été assassinée.

Nous descendons de voiture et inspectons les environs.

— C'était encore un champ à l'époque du meurtre. Il faisait partie d'une exploitation agricole. Mais le fermier est mort et sa famille a vendu la terre à un groupe d'entrepreneurs immobiliers.

Le regard de Carter se pose un instant sur moi, puis se détourne vers les maisons bâties de part et d'autre du parc.

— Celles-ci ont été construites en 2000.

— Qu'y a-t-il derrière ?

Le parc semble s'arrêter au sommet d'un monticule. Au-delà, la butte suivante ne compte guère plus d'une poignée de maisons.

— Il y a une rivière là-bas, précise Carter en désignant l'espace entre les deux crêtes.

Nous reprenons notre marche dans le parc.

— En ce temps-là, le fermier se plaignait fréquemment des jeunes qui venaient au bord de la rivière pour s'envoyer en l'air. Excepté les rares fois où il réussissait à les attraper, personne ne les dérangeait. La tranquillité qui régnait ici faisait de ce coin un lieu très recherché. Marli, la meilleure amie de Sally-Anne, a dit qu'elles y venaient de temps à autre avec des garçons.

Je hoche la tête. C'est vrai, je me souviens avoir lu dans le rapport d'autopsie que Sally-Anne avait eu des rapports sexuels peu avant sa mort, mais qu'il n'y avait pas trace de sperme. Un préservatif avait été utilisé.

— Il a fait l'amour avec elle et ensuite il l'a tuée, dit Carter. Difficile de savoir du point de vue médical s'il l'a violée ou si elle était consentante. Etant donné qu'elle a été assassinée, nous présumons qu'elle a été violée, bien qu'il n'y ait pas eu de déchirure ni d'ecchymose.

Nous arrivons en vue de la rivière. L'endroit est agréable, planté de grands arbres ; l'herbe épaisse est parsemée de pâquerettes. Carter pointe du doigt un vieux chêne.

— C'est là qu'on l'a retrouvée.

— Je comprends ce qui attire les jeunes ici, dis-je. Avant la construction du lotissement, il aurait pratiquement fallu s'approcher à moins de six mètres pour remarquer leur présence dans ce creux de terrain.

— En effet. Personne ne les voyait arriver ni repartir. Nul n'a su qui Sally-Anne devait retrouver ce jour-là. On a relevé plusieurs traces de pneu sur le bord de la route, près de l'endroit où l'on a trouvé sa voiture. Mais ça ne nous a pas beaucoup aidés.

— Pour quelle raison ?

Carter s'adosse au tronc du chêne.

— Des raisons, il y en a plusieurs. D'abord, la route était mouillée. Ensuite, nous n'avions que des empreintes partielles et, de plus, il a été très difficile d'obtenir des moulages de la plupart d'entre elles. De toute façon, le tueur a très bien pu arriver dans la voiture de Sally-Anne et repartir à pied, une fois son forfait accompli. L'arrêt de bus le plus proche n'est qu'à trois kilomètres d'ici.

D'un geste de la main, il désigne un point vague en direction du nord.

— J'imagine que personne n'a vu un homme marcher sur la route ?

— Non, rien. Mais il a pu couper à travers champs, au lieu de rester sur la chaussée.

Cette fois, l'inspecteur pointe le doigt vers le lotissement.

— Nous avons interrogé les chauffeurs de bus qui travaillaient à l'époque, mais ils ne se rappelaient rien d'inhabituel. C'était un arrêt de bus assez fréquenté : il y avait pas mal de gens qui y montaient ou y descendaient.

Il ramasse une feuille par terre, l'examine, puis la rejette.

— Quels autres problèmes avez-vous rencontrés avec les traces de pneu ?

— Nous avons relevé beaucoup d'empreintes, mais il n'était pas facile d'isoler celles qui appartenaient à un même véhicule. Finalement, nos experts ont identifié quatre marques de pneus, toutes beaucoup trop courantes pour nous être d'une quelconque utilité. Nous avons été en mesure d'éliminer quelques personnes, mais il n'en demeure pas moins que la moitié de la ville a pu se garer ici.

— Je vois.

Je m'accroupis et examine l'herbe. Pourquoi ? Je n'en sais rien. Carter m'imite.

— Et pour couronner le tout, lorsque nous avons commencé à enquêter, nous avons découvert que la moitié de la ville s'était effectivement garée ici à un moment ou à un autre. Enfin, j'exagère peut-être un peu. Ce que je veux dire, c'est que cet endroit n'était pas populaire uniquement parmi les jeunes.

L'air un peu gêné, il baisse la tête, puis la relève et me regarde fixement.

Il est séduisant, inutile de me voiler la face et, d'emblée, le courant passe entre nous. Or, je dois rester concentrée.

— Et pourtant, personne n'a vu Sally-Anne ou un homme dans le coin, ce jour-là ?

— Non. On était au printemps, il faisait beau, mais ce n'était pas encore la pleine saison pour ce genre d'endroit. De plus, la pluie était tombée toute la nuit et la terre était détrempée.

— Il semble que cela n'ait pas dérangé Sally-Anne et son mystérieux rendez-vous, dis-je en effleurant l'herbe de la paume de la main.

— Non, en effet.

— Hum !

Je me laisse tomber à genoux sous l'arbre où les événements ont pris une si terrifiante tournure pour Sally-Anne.

— Voulez-vous me laisser seule un instant, inspecteur ?

— Quoi ?

Visiblement, je l'ai pris au dépourvu.

— Un peu d'intimité m'aide énormément quand j'établis un profil. J'ai besoin de me mettre dans la peau du tueur et de la victime et, pour ce faire, il vaut mieux que rien ne vienne me distraire.

C'est la vérité, certes, mais j'ai quand même une arrière-pensée. J'espère pouvoir faire appel à mes dons paranormaux et provoquer une vision.

— Bien sûr ! répond Carter.

Il ramasse encore une feuille et se relève. Puis, d'un mouvement brusque, il se retourne, comme s'il venait de me surprendre nue, et s'éloigne à pas lents.

Je me place exactement à l'endroit où l'on a retrouvé le corps de Sally-Anne et je me concentre sur les photos de la scène du crime. Je la vois distinctement. Je m'allonge. Carter jette un coup d'œil derrière lui, me regarde d'un air embarrassé, se remet en route. Je ferme les yeux dans l'espoir d'apercevoir quelque chose. Bientôt, une avalanche d'images fond sur moi. Enfin ! Sally-Anne qui sourit. Sally-Anne qui rit. Sally-Anne qui crie. Sally-Anne qui se débat de toutes ses forces.

Soudain, je me rends compte que j'ai du mal à respirer. Comme si le fait de revivre psychiquement le meurtre était si intense que j'en subissais les effets physiques. Haletante, je rouvre les yeux, espérant faire cesser le phénomène.

Le ciel est bleu. Je suis Sally-Anne. Je ne peux plus respirer… A présent, je suis le tueur. J'éprouve une excitation sauvage en serrant mes mains autour du cou de la jeune fille. C'est la première fois que je goûte cette sensation : je ne l'oublierai jamais… Puis, tout à coup, je suis de nouveau Sally-Anne. Un visage sombre se penche au-dessus de moi. Je suis aveuglée par la lumière qui arrive par-derrière. Le soleil dans mes yeux m'éblouit. Je ne peux distinguer ses traits. Je ne respire plus ! J'étouffe ! Et soudain, la lumière s'estompe. Il y a un visage à quelques centimètres du mien.

C'est Carter. Je tente désespérément de reprendre mon souffle. Finalement l'air s'engouffre dans mes poumons.

— Que se passe-t-il ? Vous ne vous sentez pas bien ?

— Si, si, ça va, dis-je, légèrement désorientée. Je suis désolée, je… je crois que je me suis assoupie.

Piètre excuse ! J'en ai conscience, et Carter aussi, de toute évidence, mais il ne fait aucun commentaire.

Je regarde autour de moi. Ai-je réellement été capable de maîtriser mes facultés extrasensorielles ? Non, je crois plutôt que c'est le lieu qui a déclenché cet épisode paranormal.

— Venez, les Raymond nous attendent, me rappelle Carter.

Un coup d'œil à ma montre. Il est 18 h 30, heure locale. Carter me tend la main. Sans me faire prier, je la saisis. Je me sens un peu faible. Il m'aide à me relever. Quelle force dans ce corps mince et nerveux ! C'est impressionnant.

Désireuse d'éviter son contact, je relâche sa main.

— Il ne s'agit pas d'une enquête ordinaire du FBI, n'est-ce pas ? me demande-t-il.

— Bien sûr que si !

Idiote ! Ma réponse a été beaucoup trop brusque.

Sans un mot, sans un regard, Carter se dirige vers sa voiture. Je lui emboîte le pas.

Assis dans le véhicule, nous gardons le silence. Je me repasse la scène du meurtre de Sally-Anne, essayant de ralentir les images dans l'espoir de remarquer des détails qui m'auraient échappé la première fois. Sally-Anne, le regard fixé sur le visage de l'homme qui se tient au-dessus d'elle. Le tueur qui ne quitte pas des yeux la gorge de sa victime. Sa gorge… il y a quelque chose à propos de cette image, qui me fait penser de nouveau au collier.

Je m'apprête à demander à Carter s'il sait à quoi ressemblait le bijou manquant, lorsqu'il me devance et prend la parole.

— Ainsi, la lumière était trop vive pour que vous puissiez voir son visage ?

— Quoi ?

Comment diable Carter sait-il ce que j'ai vu ?

— J'espérais que vous ne vous allongeriez pas, mais vous l'avez fait quand même. Et ensuite, la même chose exactement vous est arrivée. Vous avez eu un petit rire, vous avez souri. Et puis, il y a eu le cri. Il a été bien vite étouffé, ce cri : vous suffoquiez. Vous avez essayé de dégager votre cou avec vos mains, mais il était trop fort pour vous.

Je regarde Carter, prête à me défendre bec et ongles. Se peut-il que je sois assise dans la même voiture que le meurtrier ?

— Non, je ne suis pas votre homme, si c'est ce que vous pensez, déclare-t-il. Mais il s'est passé la même chose lorsque nous avons fait venir quelqu'un sur la scène du crime, il y a onze ans. Exactement pareil.

— Qui avez-vous fait venir ?

Il laisse passer un silence, me jette un regard, puis répond en guettant ma réaction :

— Un médium.

Je reste impassible. Je dois mettre un terme à cette conversation. Tout de suite !

— Je suis asthmatique, dis-je.

Mon Dieu, quelle lamentable menteuse je fais !

— Vraiment ? Moi aussi. Mais ma tante avait le don. Comme vous.

Pour la première fois, je dévisage attentivement l'inspecteur Darren Carter. Ses cheveux noirs sont plutôt longs, et le doux regard de ses yeux bleu nuit me fixe sans détour. Son visage est pâle et mince, comme tout le reste de son corps. Il ressemble à un petit garçon qui aurait grandi trop vite et n'aurait pas eu le temps de forcir. J'ai même aperçu des fossettes au moment où il souriait. Il a l'air bienveillant. Surtout pour un flic. Mon instinct me dit que je peux lui faire confiance. En fait, son calme, ses manières courtoises, l'intensité de ce regard chaleureux… s'il n'y avait pas Josh, je pourrais fort bien tomber sous le charme de cet homme.

— Vous n'arrivez pas à décider si vous devez nier tout en bloc ou vous fier à moi, n'est-ce pas ?

— Vous êtes sûr que vous n'avez pas vous-même ce don, Carter ?

Il sourit.

— Vous avez pris la bonne décision, si je puis me permettre.

— Ainsi, votre tante est médium ?

— Oui, elle l'était.

Sa voix est devenue rauque.

— Oh, non. Il n'a pas…

Je m'étais imaginé une tante âgée.

— Elle a été la deuxième victime de ce malade. Elle s'appelait Rose May. Rose Carter avant de se marier.

— Le salaud ! C'était votre tante ?

Tout s'explique, à présent.

— Oui. En réalité, elle n'avait que deux ans de plus que moi.

Je garde le silence.

— Il a dû l'épier. C'est la seule explication que nous ayons trouvée. Rien n'avait filtré dans la presse. Personne n'en avait rien su.

— D'après le profil que nous avons établi, il se peut que ce type fasse partie de la police. Aurait-il pu entendre un collègue mentionner le nom de votre tante ?

— La plupart des hommes ignoraient qu'elle avait ce don. Watson, surtout, tenait à ce que cela reste secret. Il ne croyait pas à « toutes ces conneries », comme il disait.

— Mon Dieu, je suis vraiment navrée, Carter !

Je tends la main vers lui, puis la retire aussitôt.

Il ne semble pas l'avoir remarqué.

— Nous avons tous de bonnes raisons de vouloir mettre le grappin sur ce type, conclut-il.

— Puisque nous en sommes au chapitre des confessions, sachez que le tueur détient l'une de mes amies.

Après tout, il n'y a aucun mal à divulguer cette information, du moment que je ne donne aucune précision sur Sam et sur le métier qu'elle exerce.

— Pas étonnant que vous vouliez sa peau.

— Comme vous dites !

Je regarde par la vitre. Nous sommes en pleine zone suburbaine. A perte de vue, des rangées de maisons avec leurs palissades peintes en blanc.

Du coin de l'œil, je vois Carter avancer la main vers moi. Mais lui aussi se ravise avant de m'avoir seulement effleurée.

— Depuis quand le FBI recrute-t-il des médiums australiens ? demande-t-il avec un sourire malicieux.

Je ne peux retenir un éclat de rire.

— Le côté médium, c'est tout nouveau. Le FBI n'est même pas au courant.

— Cette histoire devient compliquée !

— A qui le dites-vous ! Comme je vous l'ai mentionné au téléphone, je suis profileuse. C'est pour ça que le FBI me paie. Le reste, c'est… disons… en supplément !

— Depuis combien de temps travaillez-vous pour le Bureau ?

— Six mois.

— Ça doit être très pratique pour un profileur de posséder des dons de double vue. Je suis sûr que vous êtes l'un de leurs meilleurs agents.

— Ils semblent le penser, en effet. Mais moi, j'en doute. Et ce n'est pas quelques visions ici ou là qui vont me permettre d'attraper ce type dans les quarante-huit heures.

— Quarante-huit heures ? C'est le temps dont vous disposez ?

— Oui. Si l'on s'en tient au schéma qu'il a suivi jusqu'à présent à Washington.

— Je ferai tout mon possible pour vous aider. Ça fait onze ans que la pensée de ce type nous obsède, mon collègue et moi.

— Merci, Carter.

— Appelez-moi Darren.

— Et vous, appelez-moi Sophie.

Il se gare le long du trottoir.

— Ravi de faire votre connaissance, Sophie.

Son regard s'attarde sur moi un instant, puis un grand sourire éclaire son visage.

— Bon, nous voici arrivés chez les Raymond, enchaîne-t-il en pointant son pouce par-dessus son épaule.

C'est une maison de bois modeste mais bien entretenue, peinte en blanc. Une véranda s'étire tout le long de la façade.

Dans un coin, à côté de la balançoire suspendue au plafond est installée une table, juste assez grande pour recevoir deux verres et peut-être un livre. L'ensemble dégage une atmosphère de sérénité. Nous descendons de voiture et, au lieu de passer par le portail qui s'ouvre au milieu de la clôture peinte en jaune, nous empruntons l'allée qui mène au garage. Un pick-up rouge y est garé. Nous le contournons pour atteindre la porte d'entrée. Sur le pourtour de la pelouse soigneusement tondue, des rangées de plantes à fleurs s'alignent sagement dans les plates-bandes. J'imagine déjà à quel genre de personnes appartiennent les Raymond.

— Vous êtes nombreux à travailler sur cette enquête ? me demande Carter.

— Sept, pour l'instant.

— Tous du FBI ?

— Deux appartiennent aux Homicides et une autre aux Personnes disparues du District de Columbia. Deux sont des agents de terrain du FBI, et il y a aussi un autre profileur.

— Deux profileurs ?

Darren appuie sur la sonnette de l'entrée.

— Josh et moi avons pas mal travaillé sur le terrain. Nous avons notamment enquêté ensemble sur une affaire qui s'est terminée il y a tout juste une semaine.

Darren réfléchit. Il semble sur le point de dire quelque chose lorsqu'une femme d'une quarantaine d'années ouvre la porte.

— Bonjour, Darren. Entrez donc.

A l'évidence, Darren et son coéquipier sont venus souvent rendre visite aux Raymond au moment de l'enquête. Peut-être continuent-ils, d'ailleurs.

Mme Raymond mesure environ un mètre cinquante-cinq. Ses cheveux auburn sont réunis en un petit chignon serré. Elle porte un pantalon noir et une ample chemise en jean bleu clair. Sa bouche me sourit, mais dans ses yeux je perçois le regard que j'ai déjà vu si souvent — le regard d'une mère dont on a assassiné l'enfant. Ses yeux n'exprimeront plus jamais de gaieté. Comme ceux de ma mère, qui ne s'est pas remise de la mort de mon frère.

Et même si, un jour, Mme Raymond réussit à dissimuler les sentiments exprimés par le reste de son corps, ses yeux révéleront toujours la vérité à quiconque possédera assez de sensibilité pour la comprendre. Je parie que Darren est de ceux-là.

— Bonjour, Janice, dit-il. Voici l'agent Anderson du FBI.

— Bonjour, madame Raymond.

D'un regard pénétrant, elle me toise de la tête aux pieds.

— Bonjour.

En dix secondes, elle m'a jaugée. J'ai l'impression qu'elle connaît désormais mes secrets les plus intimes. Sally-Anne n'aurait jamais pu duper qui que ce soit dans cette maison. En tout cas, certainement pas sa mère.

— Entrez, ajoute-t-elle.

De nouveau, elle me regarde de haut en bas, puis jette un coup d'œil sur Darren. Un petit sourire narquois danse sur ses lèvres. A-t-elle déjà deviné que nous sommes physiquement attirés l'un par l'autre ?

Elle nous conduit à l'intérieur de la maison.

— Désirez-vous du thé ? Du café ?

La porte d'entrée s'ouvre directement sur un séjour accueillant, envahi de bibelots — des « nids à poussière », comme dirait mon père. Une collection de vases, de figurines de verre, et des photographies par dizaines. La plupart d'entre elles représentent Sally-Anne ainsi qu'un jeune garçon, son frère visiblement. Depuis les premières photos de bébé, elles retracent toutes les étapes de la vie des deux enfants. Mais les photos de Sally-Anne s'interrompent au milieu de son adolescence. Les portraits de famille ne comptent désormais plus que trois personnes au lieu de quatre. Il n'y a pas de cliché montrant Sally-Anne à la fin de ses années de lycée. Aucun de son mariage. Et ça, c'est *son* œuvre. *Sa* faute. Je vais coincer ce salaud avant qu'il ne détruise la vie de quelqu'un d'autre. Je sens mes mâchoires se contracter.

Mme Raymond me regarde d'un air interrogateur. Ah oui, j'avais oublié sa question : thé ou café ?

— Ce qui vous dérangera le moins, dis-je en détournant les yeux des photos.

Je les connais trop bien : elles me rappellent ma propre famille. Mon frère John.

— Pareil pour moi, ajoute Darren.

A voir le sourire de Mme Raymond, je devine que je vais avoir droit à ce que Darren boit d'habitude.

Avant de disparaître dans la cuisine, elle me présente à son mari.

— John, dit-elle en se retirant, voici l'agent Anderson. La femme du FBI.

M. Raymond est installé dans un vaste fauteuil qui contient difficilement son corps massif. Il doit mesurer environ un mètre quatre-vingt-quinze. Sa haute taille et sa forte carrure me font penser à un joueur de rugby. Nul doute qu'ici, il devait jouer au football américain. C'était sûrement l'un de ceux qui sont chargés de frayer un chemin au ballon à travers la défense adverse. A présent, l'embonpoint de la cinquantaine a encore ajouté à sa stature imposante. Ses épais cheveux ondulés, presque frisés, auraient besoin d'une bonne coupe, et les traits de son visage sont aussi lourds que le reste de sa personne. Un journal replié est posé à côté de lui. Il se lève. En tout cas, je ne me suis pas trompée en estimant sa taille !

Je lui serre la main.

— Bonjour, monsieur Raymond.

— Alors comme ça, le FBI s'intéresse *encore* à ma Sally-Anne, dit-il en appuyant sur le mot « encore ».

A l'époque, le profil du tueur n'avait abouti nulle part. Le Bureau avait déçu l'attente de ce père brisé. Je marque une pause. Inutile de m'offusquer de sa remarque sarcastique. Il lui faut quelqu'un à blâmer, je le comprends.

A la manière dont il prononce le nom de sa fille, je m'aperçois que pour Sally-Anne, il y avait dans cette famille une personne au moins facile à mener par le bout du nez.

— Il se peut que Sally-Anne ait été la première d'une longue, très longue liste de victimes, dis-je enfin sans détour. Nous sommes en ce moment sur les traces d'un tueur en série qui sévit à Washington, et nous croyons qu'il s'agit de la personne qui a tué votre fille.

Pas la peine de prendre des gants. A ce moment de leur vie, ils apprécient probablement davantage la franchise que la diplomatie. Je fais également exprès de parler d'une voix forte, de sorte que Mme Raymond puisse m'entendre de sa cuisine.

— Nous approchons du but.

Mme Raymond surgit, la mine agitée, et se plante devant la porte battante.

— Vous savez qui c'est ?

— Non, pas encore. Mais nous remontons un certain nombre de pistes et nous avons pu faire le lien entre plusieurs meurtres dans différents Etats, y compris celui de Sally-Anne et deux autres en Arizona.

— Oh ! s'exclame-t-elle avant de repartir dans sa cuisine.

Ce n'est sans doute pas la première fois que la police lui fait miroiter l'espoir qu'elle va arrêter l'assassin de sa fille.

M. Raymond s'éclaircit la gorge.

— Qu'est-ce qui vous fait penser que ces meurtres sont liés ?

— Il y a des similitudes, en particulier la position des corps. Elle constitue la signature du tueur.

— Couchée sur le dos, les bras légèrement levés et la tête tournée de côté. Elle a l'air paisible, sauf que ses yeux sont ouverts, récite M. Raymond.

— En effet, on a retrouvé tous les corps dans la même posture, dis-je.

— Et notre Sally-Anne aurait été la première ?

— C'est exact.

— Qu'est-ce qui vous le fait croire ?

— Il y a des détails à propos de sa mort qui diffèrent des autres. Le tueur l'a assassinée sur une impulsion. Par la suite, les autres meurtres ont été prémédités.

— Comment le savez-vous ?

— Sally-Anne a été tuée à l'endroit où l'on a retrouvé son corps. Les indices le prouvent. Elle n'a pas été enlevée ni ligotée. Dans le cas des autres victimes, le tueur a commencé par les traquer, de manière à choisir le meilleur moment pour les kidnapper. Le fait que le meurtre de votre fille n'ait pas été préparé indique que c'était la première fois. Néanmoins, la position du corps dénote bien qu'il s'agit du même tueur.

Mme Raymond revient, chargée d'un plateau sur lequel elle a disposé une assiette de biscuits, une théière, quatre tasses avec leurs soucoupes, un pot à lait et un sucrier assortis. Le service à thé en porcelaine blanche est orné d'une frise de petites roses. Les tasses sont si délicates que je ne peux m'empêcher de me demander comment le maître des lieux va pouvoir tenir l'anse de la sienne entre ses grosses mains.

Mme Raymond dépose le plateau sur la table.

— Un nuage de lait dans votre thé ? me propose-t-elle d'un ton faussement enjoué. Du sucre ?

— Du lait, s'il vous plaît, mais pas de sucre.

Elle me sert une tasse avant de verser le thé dans les trois autres.

Je reprends mes explications.

— Nous espérons identifier le tueur dans les prochaines quarante-huit heures. Il vient d'enlever une autre femme à Washington, et maintenant que nous avons pu établir le rapport entre tous ces crimes, il va nous être beaucoup plus facile d'effectuer des recoupements entre les différents lieux et autres indices pour le retrouver.

— Mais pourquoi a-t-il fallu onze années pour faire le lien entre les meurtres ? demande M. Raymond.

Je bois une gorgée de thé.

— Le lien avait déjà été fait pour certains d'entre eux. Au

total, il y a eu trois meurtres en Arizona, six dans le Michigan, un en Floride, deux à Chicago et trois dans le District de Columbia. On avait effectué le rapprochement pour les cinq derniers, aussi la police de Washington savait-elle que l'homme qu'elle recherchait avait probablement habité Chicago pendant quelques années. Le groupe d'intervention mis en place dernièrement a également reconnu les meurtres de l'Arizona, du Michigan et de Floride comme étant l'œuvre du tueur. Le lien récent avec l'Arizona est le plus important. Vous voyez, le tueur connaissait probablement Sally-Anne...

Devant le malaise évident de Mme Raymond, je laisse un instant ma phrase en suspens. L'idée que sa fille connaissait le tueur doit lui être intolérable.

— ... ce qui signifie que c'est ici que nous avons les plus grandes chances de le trouver. A seize ans, Sally-Anne était aussi la plus jeune de ses victimes, ce qui semble indiquer qu'il s'agissait d'un premier meurtre.

— Ça fait des années qu'ils le recherchent ! objecte Mme Raymond. Qu'y a-t-il de différent aujourd'hui ?

Question pertinente.

— C'est son parcours que nous allons pouvoir suivre, madame. Nous pensons que le tueur avait entre dix-huit et vingt-cinq ans au moment où il a tué Sally-Anne. Nous sommes pratiquement certains qu'il a suivi des études de troisième cycle dans une université du Michigan, puis qu'il a travaillé à Chicago et maintenant à Washington. Combien de personnes parmi les habitants de Washington ont-elles habité ici, étudié dans le Michigan puis travaillé à Chicago ? Et parmi elles, combien Sally-Anne en connaissait-elle ? Et puis, nous savons aussi d'autres choses sur lui.

M. Raymond avale à grand bruit une gorgée de thé. La tasse paraît ridiculement petite entre ses doigts épais.

— On dirait que vous savez tout de lui, sauf son nom ! lâche-t-il.

— C'est comme ça avec le profilage, John, intervient Carter en s'emparant d'un biscuit. Le FBI nous fournit un profil et nous cherchons les suspects qui lui correspondent. Ensuite, il ne nous reste plus qu'à rassembler des preuves.

— Mais vous aviez un profil en 1995, non ? objecte Mme Raymond.

— Un profil a été ébauché en 1996, après le troisième meurtre, répond Carter. C'est ainsi que nous avons su que nous avions affaire à un meurtrier en série.

La police a la possibilité de demander l'établissement d'un profil à n'importe quel moment, mais il est fréquent qu'elle commence par suivre d'autres pistes. Si elle pense pouvoir trouver un criminel en deux semaines grâce à un témoin ou à des empreintes, pourquoi attendre qu'un profil soit établi ? J'imagine aussi qu'étant donné la présence de Rose sur la première scène de crime, le deuxième meurtre n'indiquait pas de manière indiscutable qu'il s'agissait de l'œuvre d'un tueur en série. On peut dire sans trop s'avancer que Sally-Anne a été la première victime et que le meurtre de Rose n'avait d'autre but que d'effacer toute trace compromettante.

— J'ai examiné ce profil, madame Raymond, dis-je. Il était tout à fait approprié, mais aujourd'hui nous disposons de beaucoup plus d'éléments. La situation est totalement différente.

— Quoi qu'il en soit, j'imagine que vous voulez nous poser des questions sur Sally-Anne.

Il ne fait aucun doute qu'elle aime évoquer sa fille, même dans des circonstances aussi morbides.

— En effet, j'ai quelques questions. Mais d'abord, je voudrais que vous jetiez un coup d'œil sur la photo d'un collier trouvé chez la dernière victime.

Depuis la minute où j'ai franchi le seuil de leur maison, je brûle d'envie de leur montrer la photo. Seule la politesse la plus élémentaire m'a retenue. Je sors maintenant le cliché de mon sac.

— Est-ce le collier de votre fille ?

La réaction ne se fait pas attendre.

— Oui, absolument. Nous le lui avions offert pour son

quinzième anniversaire. C'est un symbole celtique représentant la sainte Trinité. Nous pensions qu'il la protégerait.

Des émotions vieilles de onze ans remontent à la surface. M. Raymond prend la main de sa femme dans les siennes.

Je dissimule l'excitation qui s'empare de moi. Elle est déplacée, en l'occurrence.

— Merci, madame. Ce témoignage relie directement le meurtre de votre fille à l'enlèvement qui vient d'avoir lieu à Washington.

Je suis absolument persuadée que ce symbole va me conduire droit au tueur. Quant aux Raymond, ils ont un besoin désespéré de tourner la page.

— Si nous l'inculpons pour les meurtres de Washington, nous pourrons aussi le poursuivre pour celui de votre fille.

Le couple ne semble pas réellement convaincu.

— Bon, quelles sont vos autres questions ? demande Mme Raymond qui a recouvré son calme.

Elle a seulement l'air fatiguée, maintenant.

— Je vais probablement vous poser les mêmes questions que les inspecteurs Carter et Watson, il y a onze ans, dis-je. Mais nous devons examiner le meurtre de Sally-Anne sous un angle différent, désormais, aussi je vous demande un peu de patience.

Ils acquiescent d'un hochement de tête.

— Quand avez-vous vu votre fille pour la dernière fois ?

C'est Mme Raymond qui répond :

— Nous l'avons vue tous les deux le samedi où elle a été tuée. Elle s'est levée vers 10 heures et je lui ai préparé son petit déjeuner. Je voulais l'emmener dans les boutiques pour lui acheter une robe, mais elle m'a dit qu'elle avait prévu de sortir avec Marli et que nous pourrions faire des courses le lendemain. Elle a quitté la maison vers 11 h 30. John était en train de bricoler dans le garage.

M. Raymond prend la relève.

— Elle est passée me voir en partant. Je me rappelle m'être fait la réflexion qu'elle avait bien grandi et qu'elle était très belle. Elle m'a dit au revoir et je lui ai donné vingt dollars pour qu'elle puisse aller au cinéma et prendre un café avec Marli. Elle m'a embrassé et elle a dit : « A ce soir, papa. »

Il laisse passer un silence.

— C'est la dernière fois que je l'ai vue.

— Mais elle n'a pas retrouvé Marli ?

— Non, répond Mme Raymond, les yeux baissés.

— Sally-Anne avait-elle un petit ami ?

Le couple échange un regard.

— Elle n'a jamais ramené de garçon à la maison, répond Mme Raymond. Elle ne nous a jamais présenté personne. Mais je soupçonne qu'elle avait quelqu'un dans sa vie. Et que ce n'était sans doute pas le premier.

Les traits de M. Raymond se crispent.

— Et vous n'avez aucune idée de qui il s'agissait ?

— Non, mais Marli nous a raconté par la suite que Sally-Anne venait de rompre avec le jeune Jamie Wheelan. J'imagine donc que c'était lui.

— Puis-je vous demander ce qui vous faisait penser que Sally-Anne fréquentait quelqu'un, madame Raymond ?

Elle jette un regard contrit vers son mari.

— J'ai découvert des préservatifs dans sa chambre.

De nouveau, le visage de M. Raymond se durcit.

— Quand les avez-vous trouvés ?

— Environ six mois avant. J'ai eu une discussion avec elle. Je lui ai dit que je la trouvais trop jeune. Je lui ai demandé avec qui elle sortait. Elle a refusé de me répondre.

Elle boit une gorgée de thé et son regard s'arrête sur une photo de sa fille. Pendant quelques secondes, je la laisse tranquille, perdue dans ses pensées.

Revenue dans le monde des vivants, elle poursuit :

— A la fin, j'ai compris que rien de ce que je pourrais lui dire ne l'arrêterait. Alors, je lui ai conseillé de ne jamais oublier les préservatifs. Pour se protéger et être sûre que le garçon… enfin, vous savez… en valait la peine. Elle a bougonné parce qu'elle était gênée et furieuse que je sois entrée dans sa chambre. Mais nous n'en avons plus jamais reparlé. Et je ne l'ai dit à John que beaucoup plus tard, quand la police a commencé à poser des questions.

Elle lance un regard d'excuse à son époux.

— Je savais que ça sortirait au grand jour et qu'il valait mieux qu'il l'apprenne par moi plutôt que par le premier venu.

Elle lui presse la main.

— Sally-Anne était son petit ange.

Il sourit, mais il est visible que la conversation le met mal à l'aise.

— Nous pouvons donc supposer que l'homme que Sally-Anne avait prévu de rencontrer était son meurtrier, dis-je.

Les autres questions que j'ai préparées sont destinées à Carter et à son coéquipier, ainsi qu'à Marli. Les Raymond n'ont probablement rien à ajouter. De toute évidence, leur fille avait gardé le secret sur sa vie sexuelle, comme la plupart des adolescentes.

— Aucun de vous deux ne l'a jamais vue en compagnie d'un homme ?

Ils secouent la tête.

— Peut-être que l'agent Anderson aimerait voir la chambre de Sally-Anne, intervient Carter en demandant d'un regard la permission aux parents.

— Oui, bien sûr.

Mme Raymond se lève d'un bond et nous conduit à l'étage, tandis que son mari Raymond reste assis.

Arrivée sur le palier, elle tourne à gauche et détache une clé de la chaîne qu'elle porte autour du cou. Elle déverrouille la première porte devant elle.

La chambre de Sally-Anne est demeurée intacte. Rien n'y a été déplacé. Comme pour tant de parents ayant perdu un enfant, la pièce est devenue une sorte de sanctuaire, propre à préserver la personnalité et la jeunesse du disparu. La chambre est impeccable, il n'y a pas un grain de poussière. La seule personne à y pénétrer doit être Mme Raymond quand elle vient faire le ménage. C'est la chambre typique d'une adolescente de seize ans. Sur un bureau trônent un téléviseur et une chaîne stéréo, ainsi qu'une assez grande collection de CD visiblement passés de mode. Sur la coiffeuse, une boîte à bijoux, du vernis à ongles et quelques babioles. Aux murs, des photos de Sally-Anne avec ses amis et d'autres qui la montrent en compagnie de sa famille. Quelques posters aussi : Alanis Morissette, l'affiche du film *Batman Forever* et une autre de George Michael, dans sa période post-Wham. Le temps semble s'être figé.

Examinant les photos d'un œil attentif, je demande à Carter :

— Vous avez interrogé toutes les personnes qui se trouvent sur ces photos ?

— Oui, voici Marli, répond-il en désignant la jeune fille qui apparaît sur la plupart des clichés en compagnie de Sally-Anne. Et voici Jamie Wheelan. Il a été notre principal suspect pendant quelque temps. Mais il ne correspondait pas du tout au profil. Le profil original décrivait un solitaire, quelqu'un de pas très sociable. Or, Jamie était l'un des garçons les plus populaires de l'école.

Darren se penche vers moi et murmure :

— Et fichtrement effronté, avec ça.

Il rejoint Mme Raymond qui est restée sur le seuil.

— Janice, lui dit-il, redescendons finir notre thé. L'agent Anderson ne touchera à rien, ne vous inquiétez pas.

Puis il lance en se retournant vers moi :

— N'est-ce pas ?

— Aucune crainte. Je veux juste me faire une idée de la personnalité de Sally-Anne.

Mme Raymond opine de la tête et laisse Darren la reconduire dans le séjour.

— Je reviendrai fermer la porte quand vous aurez fini, dit-elle.

Tandis qu'elle s'éloigne, je prononce un silencieux « merci » à l'adresse de Darren.

Il semble se raviser, remonte les marches et me glisse tout bas, hors de portée de voix de Mme Raymond :

— Ma tante se servait de la respiration. Elle disait que ça l'aidait, que c'était comme méditer. Vous savez méditer ?

— Oui, merci.

C'est ainsi que je me retrouve seule à seule avec la première victime. Je regarde encore une fois les photos, plonge dans le regard de Sally-Anne, tout comme l'a fait le tueur. Maintenant, je comprends pourquoi il ne pouvait détacher ses yeux de la gorge de la jeune fille. Alors qu'il l'étranglait, il était comme hypnotisé par le pendentif. Tellement fasciné qu'il l'a volé et probablement utilisé pour revivre le meurtre et sa jouissance sexuelle des centaines de fois par la suite… jusqu'à récemment, lorsqu'il a décidé de le laisser chez Sam, sans doute pour marquer son territoire et accentuer son plaisir et son excitation du moment. Après tout, je ne l'aurais pas remarqué si je n'avais pas vu en rêve ce même symbole sur la cuisse de Jean. Le tueur n'a pas pris beaucoup de risques en se laissant aller à ce genre de provocation. Le collier aurait très bien pu passer inaperçu. A vrai dire, je ne serais pas étonnée qu'il retourne chez Sam pour le récupérer. Je suis certaine qu'il ne s'attendait pas à devoir s'en séparer pour toujours. Il doit être fou de rage en ce moment. Je me demande si nos hommes continuent de surveiller l'appartement. Il faut que j'appelle pour vérifier… J'inspire profondément et essaie de me concentrer. Je suis dans cette pièce pour tenter de déclencher une autre vision, pas pour penser à ce qui se passe à Washington.

Je m'assieds sur le lit de Sally-Anne et commence à respirer longuement et avec lenteur. A chaque inspiration, je chasse de mon esprit toutes les pensées qui subsistent encore, tentant de faire le vide. Ne pas penser à l'enquête ni à Sam ni au tueur. Le néant et rien d'autre. Mais ce n'est pas une image de Sally-Anne ni de son meurtrier qui se présente à moi. Cette fois-ci, je suis avec Sam, dans ce lieu obscur où il la détient prisonnière.

*
* *

Elle est attachée sur une table d'examen, le corps marqué de plusieurs entailles. Du sang suinte de certaines de ses plaies, des croûtes se sont formées sur d'autres. Elle est parfaitement immobile et, pendant un instant, je crains le pire. Puis je vois sa poitrine dénudée se soulever au moment où ses poumons s'emplissent d'air. Un pansement compressif a été appliqué sur son bras, mais il est imbibé de sang. Il s'agit de l'une de ces blessures profondes qu'il inflige à ses victimes. Je balaie la pièce du regard, essayant de déceler un indice qui me permettra de localiser cet endroit. Mais tout est flou. J'essaie de me rapprocher de Sam. Tiens, comme c'est curieux ! J'ai l'impression d'être physiquement présente sur place. Je peux me mouvoir sans encombre. J'avance vers elle et fais le geste de lui caresser les cheveux. Je vois ma main, mais elle traverse Sam comme si je n'étais qu'un fantôme. Sam tressaille.

— *Sam, c'est moi, Sophie.*

Mes paroles résonnent étrangement, ma voix est confuse.

Sam ouvre les yeux. La terreur qui les emplit est telle que je suis obligée de détourner la tête.

Je la regarde de nouveau.

— *Je vais te retrouver, Sam, je te le jure.*

Mais encore une fois, mes paroles sont inintelligibles. Puis une expression de soulagement et, l'espace d'un instant, d'apaisement se peint sur son visage. A tel point que je me demande si elle m'a vue, si elle sait que je suis avec elle. Un bâillon lui entrave la bouche, et elle s'efforce de s'en débarrasser. Les sons qu'elle réussit à émettre sont incompréhensibles. Pourtant, je ne peux m'empêcher de me demander si c'est mon nom qu'elle essaie de prononcer. Ressent-elle ma présence ? Je tends la main. Et cette fois, ma main devient celle d'un homme. Et la peur revient dans les yeux de Sam. C'est lui. Je suis lui.

— Qu'y a-t-il, mon amour ? dis-je en retirant le bâillon.

— Sophie ?

— Non, ce n'est pas Sophie.

Je ris. Puis un frisson glacé parcourt mon corps. Je regarde autour de moi. J'ai l'impression que nous ne sommes pas seuls dans la pièce.

Je repousse cette idée.

— Voyons comment tu te sens. Veux-tu quelque chose contre la douleur ?

Samantha hoche la tête et ouvre la bouche d'une façon, à mon avis, très suggestive. Je souris. Elle est si aimante ! Ce sera dommage de me débarrasser d'elle, surtout maintenant qu'elle sait qui je suis et qu'elle m'aime. Mais je dois poursuivre mon plan jusqu'au bout.

Je prends deux comprimés de Tylenol® dans le placard et les glisse entre ses lèvres sensuelles. Elle murmure quelque chose en avalant les cachets.

— Comment, ma chérie ?

Elle chuchote de nouveau. Je me penche pour entendre sa voix soumise. Une voix tellement différente de celle dont j'ai l'habitude venant de Sam Wright. J'incline mon visage vers le sien. Tout à coup, elle redresse la tête et m'assène un coup violent.

— Salope !

Je hurle en la giflant de toutes mes forces.

Je saisis un couteau et entaille profondément l'une de ses blessures superficielles.

Elle crie. Je lui remets son bâillon.

— Ne t'avise jamais de recommencer !

J'envoie promener mes instruments à travers la pièce. La petite garce ! Maintenant, j'ai envie de la tuer. Je veux la punir pour ce qu'elle a fait.

Mais l'heure n'est pas encore venue.

Je réussis à recouvrer mon sang-froid… pour le moment. Je préfère garder la parfaite maîtrise de mes meurtres.

Je contrôle ma colère : ce n'est pas elle qui me domine.

15.

Carter est encore sur le pas de la porte, en grande discussion avec les Raymond. J'ai déjà regagné la voiture pour appeler O'Donnell. Je le mets au courant de mon entretien avec les parents de Sally-Anne.

— Il n'y a plus de doute, c'est bien lui qui a laissé le collier, conclut-il.

— Oui, et pour revivre le meurtre de Sally-Anne, il a tailladé les jeunes femmes qu'il a tuées dans le Michigan.

— Hummm… Et ce Carter, comment est-il ?

— Très bien. Il m'aide beaucoup.

— Faites attention à vous, Anderson.

C'est la deuxième fois qu'il me fait cette recommandation.

— Que craignez-vous ?

— J'enquête personnellement sur tous ceux qui ont travaillé à cette affaire, y compris l'inspecteur Carter et son ancien coéquipier, Bob Watson.

— Je vais rencontrer Watson dans quelques minutes.

Je lance un coup d'œil dans la direction de Darren. Il m'envoie un sourire.

— Vous pensez qu'ils pourraient être suspects ?

Non. Je le sais car mes visions viennent de me révéler que notre homme se trouve en ce moment à Washington, avec Sam. Mais ça, je ne peux pas le confier à O'Donnell.

— Nous devons tenir compte de cette possibilité, ajoute-t-il. J'ai parlé avec Rivers. J'effectue même des recherches sur certains membres de notre groupe d'intervention.

Je ne suis pas surprise outre mesure. Il fallait en passer par là.

— En ce qui concerne Couples et vous, il n'y a pas de souci, puisque vous êtes des femmes. Mais surtout, Anderson, gardez ça pour vous. Je ne vous en ai parlé qu'au cas où vous courriez un danger en Arizona.

— D'accord, je vais me renseigner de mon côté.

— Non, ne posez pas de questions. J'ai déjà toutes les informations qui m'arrivent directement. Ce ne sera pas long de vérifier leurs déplacements au cours des onze dernières années.

— Tenez-moi au courant.

— Naturellement. Mais n'oubliez pas que notre homme peut avoir un lien avec Carter ou Watson. Il travaille peut-être avec eux. Restez vigilante.

— Comptez sur moi. Au revoir.

Je raccroche. Se pourrait-il que Carter ait quelque chose à voir avec le meurtrier ? Mon instinct me dit que non. N'empêche qu'il serait peut-être plus sage de ne pas exclure tout à fait cette éventualité.

Dès qu'il a vu que j'avais terminé ma conversation téléphonique, Carter prend congé des Raymond. Nous remontons en voiture et, quelques rues plus loin, nous nous garons devant un endroit appelé Bobby's. A mes yeux, c'est un restaurant américain typique. Tout un pan de mur est occupé par un comptoir en formica blanc, bordé d'une rangée de tabourets de bar recouverts de vinyle rouge. Au bout du comptoir, la cuisine. Le reste de l'espace est occupé par une douzaine de boxes, chacun pouvant accueillir confortablement quatre personnes, six en se serrant un peu.

Darren survole la salle du regard, et ses yeux s'arrêtent sur la troisième stalle à partir de la porte. L'homme installé à l'intérieur lui sourit, mais dès qu'il m'aperçoit, son sourire s'évanouit. Il se lève pour nous accueillir. Watson est un homme trapu, légèrement empâté, qui semble en avoir vu de toutes les couleurs dans sa vie. Ses cheveux fins sont grisonnants, et son visage, creusé d'une multitude de rides. Son nez semble rouge de façon permanente, ce qui me fait penser qu'il est, ou peut-être était, quelque peu porté sur l'alcool : un défaut courant dans ce métier.

— Salut, Watson !

— Je parie que je te manque, Carter. Surtout depuis que tu as cette nouvelle recrue.

Darren sourit.

— Elle se débrouille bien, je n'ai pas à me plaindre.

Il s'écarte et me désigne d'un geste de la tête.

— Bob, je te présente l'agent Anderson.

— Ah oui, le FBI ?

— C'est exact.

— Asseyez-vous, dit Watson en désignant la banquette en face de lui.

Il reprend sa place tandis que Darren et moi nous glissons sur le siège. Les banquettes sont tapissées de vinyle rouge et les tables sont en formica blanc, exactement comme le bar. Au bout de la table, le menu est coincé entre le sel, le poivre et le sucre d'un côté, et le sirop d'érable de l'autre.

— Marli nous rejoindra un peu plus tard, explique Darren à l'adresse de Watson.

— Comment va-t-elle ?

— Bien, j'imagine.

Watson me fixe de son regard noisette.

— Carter me dit qu'on a retrouvé le pendentif de Sally-Anne sur les lieux où la dernière victime du tueur a été enlevée.

Il va droit au but. Ça me plaît.

— En effet. Le lien entre les scènes de crime ne fait plus aucun doute.

— Et quelles conclusions nos amis du FBI en tirent-ils ?

— Nous sommes satisfaits d'avoir établi le rapport entre les meurtres. Ça veut dire que nous sommes sur la bonne voie.

Tout en hochant la tête, Watson jette un coup d'œil à la serveuse qui s'approche.

— Qu'est-ce que vous prendrez ? nous demande-t-elle.

— Pour moi, ce sera une Bud, répond Watson.
— Moi aussi, ajoute Darren.
— Vous avez des Beck ?
— Non, désolée, m'dame, pas de bières importées.
— Bon, alors, une Bud pour moi aussi.
— Vous voulez manger ?
— Je prendrai un burger maison, déclare Watson.

J'attrape le menu et le parcours des yeux. Je n'ai rien pu avaler dans l'avion et, pour la première fois depuis l'enlèvement de Sam, je ressens une petite faim.

— Les ailes de poulet et les *nachos* sont très bons ici, me conseille Darren avant de commander : Je voudrais des ailes de poulet, épicées, avec une salade.

Je suis toujours occupée à étudier la carte. Rien ne me tente vraiment.

— Même chose pour moi, dis-je en désespoir de cause.
— Ça marche. Et vous voulez les ailes très épicées, vous aussi, mon chou ?

Je sursaute. Ma faim s'est envolée. En disant « mon chou », la serveuse vient de me faire penser à Sam.

— Epicées ? répète-t-elle, légèrement impatientée.
— Oui, oui, épicées.
— Ce ne sera pas long, dit-elle en retrouvant sa bonne humeur.

Watson la regarde s'éloigner.

— Où en étions-nous ? demande-t-il après avoir longuement contemplé le postérieur de la jeune femme.
— Sacré Bob, tu ne changeras jamais ! lance Darren en souriant.

Il se cale dans son siège et reprend :

— Le lien. La bonne voie.
— Ah oui, c'est vrai !

Watson est revenu parmi nous.

J'accroche son regard afin qu'il ne me quitte plus des yeux, et commence :

— Nous pensons que le tueur est à Washington pour se

donner des sensations fortes. Il veut faire monter les enchères, et cela au nez et à la barbe du FBI. Il a laissé le pendentif dans l'appartement de la dernière femme qu'il a enlevée.

De ma main droite, je joue avec le sucrier. Pas facile de parler de Sam avec détachement, mais peut-être vaut-il mieux que Watson ignore mes relations avec la victime, surtout s'il est officiellement considéré comme suspect jusqu'à preuve du contraire.

Je poursuis :

— Il se croit peut-être invincible. Il a dû s'imaginer que le collier passerait inaperçu. Ou alors, ça l'excite. C'est sa manière de nous narguer.

— Genre « Essayez donc de m'attraper si vous le pouvez » ? suggère Darren.

— Oui. Sauf qu'il ne nous en croit pas vraiment capables.

— Il a fait ses classes, depuis Sally-Anne, dit Watson.

Le ton de sa voix me rappelle que chacun de nous a des raisons de s'investir personnellement dans cette enquête. De même qu'il m'incite à écarter l'ancien flic de la catégorie des suspects.

— Vous êtes déjà allé à Washington ?

— Bien sûr ! répond Watson. Mais c'était il y a vingt ans.

J'opine du chef. Il se peut très bien qu'il mente, seulement il est là, en face de moi, et non à Washington. Et si ma vision m'avait trompée ? Watson était au courant de ma visite : il aurait pu revenir en Arizona toutes affaires cessantes. Mais c'est quand même peu probable. De toute façon, il ne correspond pas à la tranche d'âge déterminée par le profil. Par contre, Darren, si. Or, je ne vois pas Carter assassiner qui que ce soit, encore moins un membre de sa propre famille. Quoi qu'il en soit, ce sera un soulagement d'en avoir confirmation de source officielle.

Je remets l'affaire Raymond sur le tapis.

— Avec qui Sally-Anne avait-elle réellement rendez-vous, ce jour-là ?

— Vous croyez que si nous le savions, nous serions assis ici en ce moment ? réplique Watson.

— C'est toute la question, renchérit Darren. Si nous avions la réponse, nous aurions aussi le nom du tueur.

J'insiste :

— Je n'arrive pas à croire que Sally-Anne n'ait dit à personne qui elle allait retrouver.

— Et pourtant, c'est ainsi, rétorque Watson. Si elle en avait parlé à quelqu'un, nous l'aurions découvert.

La serveuse revient avec nos verres. Je bois une petite gorgée de bière tandis que Darren avale deux lampées et que Watson descend presque la moitié de sa bouteille.

Je reviens à la charge :

— Pourquoi a-t-elle refusé de le dire, même à sa meilleure amie ?

— C'était peut-être un homme beaucoup plus âgé qu'elle, hasarde Darren.

— Possible. Il se peut aussi que ce soit un ami de la famille.

Je m'interromps, mesure la portée de mes paroles, puis interroge Watson :

— Est-ce que l'une des connaissances de la famille était suspecte ?

— Je ne vois personne parmi les amis des Raymond qui corresponde au profil. Et certainement personne qui ait ensuite déménagé dans le Michigan puis à Chicago et Washington. D'ailleurs, il ne pouvait pas être aussi âgé que cela s'il a fait ses études dans le Michigan. Même en admettant qu'il se soit inscrit en troisième cycle, il aurait été plus proche de Sally-Anne que de ses parents en termes de génération.

— C'est vrai.

Je bois une autre gorgée et fais pivoter ma bouteille sur la table, dessinant des petits cercles humides sur le formica.

— Cependant, il n'est pas rare qu'une fille de seize ans se

sente obligée de cacher à ses parents sa liaison avec un garçon, même s'il n'a que vingt ans.

— Vous pensez que ça pourrait être un garçon d'un peu plus d'une vingtaine d'années — un étudiant en licence ou peut-être quelqu'un qui aurait économisé quelque temps pour pouvoir se payer l'université ? avance Darren.

— Ça se pourrait, dis-je.

Je n'avais pas envisagé la possibilité que notre homme eût attendu avant d'entrer à l'université, mais cela cadrerait tout à fait avec le profil.

Nous demeurons silencieux quelques instants, puis Darren me demande :

— Vous allez refaire le point avec votre chef, ce soir ?

— Seulement si je découvre quelque chose. O'Donnell, qui est en charge du groupe d'intervention, veut que je l'appelle sur son portable s'il y a quoi que ce soit.

— Il va falloir trouver rapidement, déclare Darren en frottant son menton hérissé d'une barbe de plusieurs jours.

— Le temps presse.

La serveuse apporte nos plats. Watson lui commande une autre bière.

— Darren, pourquoi vos rapports ne mentionnent-ils pas que la deuxième victime était votre tante et qu'elle était médium ?

— Nous ne pouvons pas donner tous les détails dans les rapports de police, ma petite demoiselle, répond Watson, la bouche pleine de frites.

Darren se montre plus disposé à parler.

— C'est ce qui nous a semblé le plus approprié, à l'époque. Nous avions peur que la presse s'empare de ces informations et que ça nuise à l'enquête. De plus, après ce qui s'est passé, le mari de ma tante a rompu toute relation avec moi et ma famille. On ne peut pas lui en vouloir. Il nous a suppliés de ne pas révéler qu'on avait fait appel à elle en qualité de médium. Voilà pourquoi nous avons gardé le secret.

Pour la deuxième fois de la journée, j'éprouve une envie irrésistible de réconforter Darren, mais je me retiens.

— Ce n'est pas votre faute. Comment auriez-vous pu savoir que le tueur suivait d'aussi près le déroulement de l'enquête ?

— C'était dans le profil, précise-t-il, comme s'il tenait à se punir lui-même.

Je m'apprête à riposter mais Watson me devance :

— Le profil du FBI est arrivé après la mort de Rose. Bien après.

Il secoue la tête. A l'évidence, ils ont déjà eu cette discussion plusieurs fois. Il est tellement difficile de se débarrasser d'un sentiment de culpabilité, même quand il est tout à fait irrationnel ! J'en sais quelque chose.

Au lieu de répondre, Darren se met à ronger une aile de poulet.

J'avale une bouchée de *nacho* et reprends :

— Examinons la liste de vos suspects ainsi que les interrogatoires qui vous ont paru insolites.

Avec un peu de chance, le tueur faisait au moins partie des suspects ou des quelque cent vingt personnes que Darren et Watson ont interrogées au cours de l'enquête.

Pendant une heure, nous analysons le meurtre en détail. Nous passons tout le monde en revue, depuis la personne qui a trouvé le corps de Sally-Anne jusqu'à son père et Jamie Wheelan — soit tous les individus de sexe masculin qui connaissaient la victime. Aucun ne correspond vraiment à l'impression que je me suis faite du tueur. Cependant, nous revenons sans cesse à Jamie Wheelan.

— Ce petit salopard a même avoué avoir vu Sally-Anne ce jour-là, bien qu'il ait tout d'abord essayé de le cacher, explique Watson qui en est maintenant à sa cinquième bière.

— Exact, dis-je, me rappelant le contenu du dossier. Il affirme qu'il l'a vue chez lui aux environs de midi. Ils ont bavardé, ils ont fait l'amour, puis elle est repartie vers 13 heures.

— C'est sa version à lui, fait remarquer Watson.

Impossible de ne pas percevoir une pointe d'instinct paternel dans sa réaction ! Visiblement, au moment où ils ont commencé l'enquête, Watson a découvert un aspect de Sally-Anne qu'il n'avait jamais soupçonné auparavant : elle avait une vie sexuelle plutôt active pour une fille de seize ans !

— J'ai toujours pensé qu'il y avait quelque chose de louche chez ce Wheelan, grommelle Watson.

Tout à coup, le regard fixé au-dessus de nos têtes, il sourit à quelqu'un.

Darren jette un coup d'œil.

— Voilà Marli !

Je me retourne juste à temps pour voir la jeune femme refermer la porte derrière elle. Grande et svelte, elle est vêtue d'un petit haut noir moulant qui souligne la minceur de sa taille et la fermeté de ses seins, et d'une élégante jupe noire plutôt courte. Ses chaussures à talons mettent en valeur ses longues jambes galbées. Elle donne l'impression d'une femme qui a l'habitude d'obtenir tout ce qu'elle veut. D'un pas nonchalant, elle s'avance vers notre table en souriant. Son regard s'attarde sur Darren. Peut-être ont-ils eu une liaison à un moment donné ou, en tout cas, c'est ce qu'elle aurait souhaité. Je scrute le visage de Darren, essayant de deviner la nature exacte de leur relation, lorsque je prends tout à coup conscience du sentiment de jalousie qui m'anime. Ridicule !

Il la regarde, mais ne répond pas à son regard provocant.

Tout va bien : il ne s'est donc jamais rien passé entre eux !

— Bonjour, Darren, dit-elle avec un sourire encore plus éclatant qui révèle ses dents parfaites, encore que légèrement tachées de nicotine.

Darren lui rend son sourire.

— Bonjour.

— Bonjour, Bob, dit-elle.

Watson hoche la tête.
— Marli.
— Marli, voici l'agent Anderson du FBI, dit Darren.
— 'Jour!
Elle me tend une main couverte de bijoux, main que je serre vigoureusement dans la mienne.
— Bonjour, Marli. Merci d'être venue.
— Pas de problème.
Elle commande une bière à la serveuse qui débarrasse la table près de la nôtre, puis se glisse sur la banquette à côté de Watson. Elle dévisage Darren assis en face d'elle, puis me regarde.
— Vous voulez que je vous parle de Sally-Anne?
— En effet. J'enquête sur sa mort dans le cadre de plusieurs affaires de meurtres et d'enlèvements qui ont eu lieu à Washington.
— Oui, je sais. Darren m'a mise au courant.
— Bien, dis-je, les yeux au fond des siens, guettant ses réactions. Vous n'avez aucune idée de la personne que Sally-Anne devait retrouver ce jour-là?
— Non. Elle m'avait dit qu'il y avait un autre garçon qui lui plaisait, mais c'est tout. Pour le reste, elle laissait planer le mystère. Comme s'il s'était agi d'une star du rock ou de quelqu'un de ce genre-là. Elle m'avait promis de tout me raconter plus tard. Je voyais bien qu'elle ne changerait pas d'avis, alors j'ai laissé tomber.
— Avait-elle des secrets pour vous, en temps normal?
— Non. J'étais sa meilleure amie. C'était vraiment curieux. Elle avait une attitude bizarre lorsqu'il s'agissait de ce type.
— Pensez-vous qu'il était plus âgé qu'elle? Ou marié?
La bière de Marli arrive. Elle boit une longue rasade.
— Oh, ça ne devait pas être un vieux schnock, si c'est-ce que vous voulez dire! lance la jeune femme, tout en épiant ma réaction.
Je demeure impassible.
— Elle n'aurait pas craqué pour un type comme ça.

Mais elle m'a tout de même avoué qu'elle trouvait Jamie trop immature pour elle. Alors, j'en ai conclu qu'il devait avoir dans les dix-huit ou vingt ans, par là. Deux ans de plus qu'elle, quoi.

Elle porte de nouveau la bouteille de bière à ses lèvres, puis examine la trace de rouge à lèvres laissée sur le goulot.

— Vous utilisiez toutes les deux ce fameux coin au bord de la rivière ?

— Bien sûr : c'était romantique et très discret.

Elle se penche en avant, offrant à Darren une vue plongeante sur son décolleté.

— Nous étions nombreux à fréquenter cet endroit. Parfois, Sally-Anne et moi, on y allait ensemble.

Elle me regarde droit dans les yeux.

— A quatre, vous voyez ? ajoute-t-elle.

— Vous échangiez vos partenaires ?

— Non, mais ça ne nous gênait pas de le faire les uns devant les autres, réplique-t-elle avec un regard en direction de Darren.

Du coin de l'œil, je surveille la réaction de l'inspecteur. Il ne se laisse pas entraîner dans le jeu de la séduction. Sans quitter Marli du regard, il finit sa bière d'un trait.

— Parmi les garçons avec lesquels vous sortiez, toutes les deux, y en a-t-il un que vous pourriez soupçonner de meurtre ?

— Comment savoir ce qui se passe dans la tête des gens ?

Elle réfléchit une seconde, puis reprend :

— Non, pas vraiment. C'était plutôt des types bien.

— Même Jamie ?

— Bien sûr ! Sally-Anne et lui sont restés ensemble environ six mois. Il l'aimait beaucoup.

Jamie dans la peau d'un tueur, ça me semble peu vraisemblable. Il se peut que la jalousie ait été le mobile du meurtre de Sally-Anne, mais en aucun cas elle n'expliquerait la naissance d'un tueur en série.

— A-t-elle fréquenté quelqu'un d'autre au cours de ces six mois ?

— Pas que je sache. Pas avant qu'ils aient rompu. Elle a continué à voir Jamie de temps en temps.

— Y avait-il d'autres garçons qui en pinçaient pour Sally-Anne ?

— Des tas ! Ils voulaient tous sortir avec elle.

— En avez-vous remarqué un qui aurait rôdé autour d'elle ? Peut-être quelqu'un que Sally-Anne préférait éviter ?

— Tous les bouffons, en fait. Vous savez comment c'est, déclare Marli en me toisant de haut en bas avant de décider qu'effectivement, je sais de quoi elle parle.

— Mais personne en particulier ?

— Non, je ne crois pas. Mais tout ça, c'est déjà dans ma déposition. Pourquoi vous ne la lisez pas ?

— Je l'ai lue. Mais j'espérais de nouvelles déclarations.

A l'exception du collier, l'Arizona est un cul-de-sac.

— Je ne vois rien d'autre, désolée.

C'est alors que, l'espace d'un éclair, je perçois une ombre de tristesse sur son visage. Du regret. Elle a perdu sa meilleure amie, je me mets à sa place. Je pense à Sam, ligotée sur une table, quelque part. Je ne veux pas que ce fumier me l'enlève aussi.

Je fais tourner ma bouteille de bière entre mes mains, puis j'entreprends de décoller l'étiquette.

— C'était son premier meurtre : il a forcément cafouillé à un moment ou à un autre.

— Il a été très malin ou alors il a eu beaucoup de chance, déclare Darren.

Watson ingurgite une longue lampée de bière et laisse brutalement retomber sa bouteille sur la table.

— Ou les deux.

En silence, Marli sirote sa bière. Nous ne sommes plus des flics en train d'interroger un témoin, mais des collègues discutant d'une enquête. Ce qui est tout à fait inopportun en présence de la jeune femme.

— Y a-t-il un détail, même le plus insignifiant, qui vous ait frappée, Marli ? Peut-être avez-vous vu quelqu'un ou quelque chose récemment qui vous a fait penser à Sally-Anne ?

— Je regrette. J'ai retourné ça des centaines de fois dans ma tête. J'ai déjà tout dit à la police.

Elle regarde fixement sa bouteille.

— J'aimerais pouvoir vous aider. Vraiment. Je voudrais savoir quelque chose qui permette de retrouver le meurtrier de Sally-Anne.

Son personnage de « fille dévergondée » a presque entièrement disparu.

— C'est bon, Marli. Je regrette d'avoir remué tout ça. Mais s'il vous revient quelque chose, appelez-moi, d'accord ?

Je lui tends ma carte.

L'interrogatoire terminé, Marli semble soulagée, et je la comprends. Elle préfère certainement reprendre son masque de coquette délurée et ne plus parler de Sally-Anne — c'est plus facile et surtout moins douloureux.

Elle hoche la tête, termine sa bouteille et sort du restaurant, oubliant même de gratifier Darren d'un dernier sourire.

Je reviens à la charge :

— Voyons un peu les autres meurtres. Il y a peut-être quelque chose à découvrir, quelque chose qui nous aurait échappé jusqu'à présent.

— Les autres assassinats ont été prémédités, déclare Darren. Le tueur a dû traquer ses victimes. Le corps de la troisième, Mary Coles, a été retrouvé dans le lac. Apparemment, il l'a prise en stop. Elle était serveuse et terminait souvent son travail tard le soir, après l'heure du dernier bus. Parfois, l'une de ses collègues la ramenait chez elle, d'autres fois elle rentrait à pied ou faisait du stop. Mais personne ne l'a vue monter dans une voiture, cette nuit-là.

— Il l'a probablement suivie et s'est assuré qu'il n'y avait personne en vue, dis-je. Avec qui vivait-elle ?

— Avec sa mère. Elles n'étaient que toutes les deux.

— Avez-vous relevé des traces d'effraction ou des indices prouvant que quelqu'un s'était introduit dans leur maison ?

— Elle n'a pas été enlevée chez elle, intervient Watson.

— Je sais, mais nous pensons que notre homme a une façon bien à lui d'entrer chez les gens en se servant d'outils de serrurier. En fait, visiter les appartements de ses victimes fait partie de sa méthode de chasse.

Au souvenir de mon rêve de la nuit dernière et du poids de la courtepointe sur mes épaules, je frissonne. La sensation était si réelle ! Difficile de croire que cela s'est passé hier. On dirait que des semaines se sont écoulées, depuis.

— Vous n'avez rien trouvé de ce genre chez les victimes ?

— Pas à ma connaissance, répond Watson. Mais il faut dire que nous n'avons pas vérifié.

— Y avait-il un serrurier parmi les personnes que vous avez interrogées ? Ou quelqu'un qui est devenu serrurier par la suite ?

Carter et Watson gardent le silence un instant. Au bout de deux minutes, Watson se met à feuilleter les papiers que Darren a apportés.

— George Daly. Son père était serrurier, répond-il en désignant le compte rendu de l'interrogatoire.

Manifestement, l'idée de reprendre l'enquête ne lui déplaît pas.

— Correspondait-il au profil ?

— Par certains côtés, oui, répond Watson. Mais pas par d'autres.

— Savez-vous où il habite maintenant ?

— Non, il ne fait pas partie de ceux dont j'ai gardé la trace.

— Vous tenez peut-être quelque chose pour O'Donnell, finalement, fait observer Darren en jetant un regard sur la pendule du restaurant.

Si George Daly a suivi des études, ou même s'il a vécu dans le Michigan entre 1997 et 2000… Tiens bon, Sam !

16.

Watson et Darren me raccompagnent à mon motel. Je tiens à apprendre la nouvelle à O'Donnell en leur présence et, qui sait, peut-être aura-t-il des questions à leur poser.

Dans ma chambre, je laisse tomber mon bagage sur un des lits, je sors les dossiers concernant l'Arizona, puis j'appelle O'Donnell sur son portable.

— Oui, Anderson, je vous écoute.

Il a une voix fatiguée. J'ai dû le réveiller. Il est minuit à Washington, mais bon, c'est lui qui m'a demandé de l'appeler. Et même s'il ne l'avait pas fait, je lui aurais téléphoné quand même. Sam m'attend. Elle espère que nous allons l'arracher aux griffes de ce fumier. Patienter jusqu'à demain matin pourrait lui coûter la vie. Je n'ai pas le choix.

— J'ai avec moi les inspecteurs Watson et Carter des Homicides de Tucson. Nous tenons peut-être une piste à propos du serrurier. L'un des hommes interrogés dans l'affaire Sally-Anne Raymond avait un père serrurier.

— Vraiment ? s'exclame O'Donnell, tout à fait réveillé à présent. Et vous avez une idée de l'endroit où il se trouve à présent ?

— Non, malheureusement, répond Watson.

— Alors, dites-moi ce que vous savez.

•Nous nous regroupons autour du téléphone, Watson assis sur l'une des chaises, Darren debout. Watson se laisse aller en arrière en adressant un signe de tête à son ancien coéquipier.

Darren commence :

— Nous avons interrogé George Daly à plusieurs reprises. Il n'a jamais vraiment été considéré comme suspect car d'après ce que nous savions, il ne connaissait même pas Sally-Anne. Nous l'avons interrogé parce que certains de ses copains sortaient avec des amies à elle, et nous pensions que leurs chemins avaient pu se croiser à un moment donné. Mais il a nié l'avoir jamais rencontrée, et ses amis ont confirmé ses dires.

— Quel âge avait-il à l'époque ?

Watson se penche vers le combiné.

— Il avait vingt-deux ans et travaillait comme vendeur dans un magasin de vêtements pour hommes.

— Savez-vous s'il est allé à l'université par la suite ?

Darren fait quelques pas tandis que Watson continue de répondre :

— Je viens d'appeler l'un de ses anciens amis. Il s'avère que Daly mettait de l'argent de côté pour ses études, mais l'ami en question ne se rappelle pas ce qu'il voulait étudier ni où. Lorsque sa famille a quitté la ville, environ un an après la mort de Sally-Anne, Daly et lui se sont perdus de vue.

— Compris. Nous allons le rechercher de notre côté. George Daly avait donc vingt-deux ans en 1995. Quel était le prénom de son père ?

— Euh…

Darren s'empare du dossier et en parcourt rapidement les feuillets.

— Voilà, j'ai trouvé. Il s'appelle George également. Le père est George John Daly et notre homme, George Andrew Daly.

— Merci, inspecteurs, dit O'Donnell. Ça va nous être très utile.

Je saisis le téléphone et désactive le haut-parleur.

— J'espère que vous ne leur avez pas parlé de ce qui est en jeu pour le FBI dans cette affaire, Anderson ? s'inquiète O'Donnell.

— Bien sûr que non !

Watson se lève et se dirige vers la porte. Darren lui emboîte le pas. Ils se mettent à parler à voix basse. Mais je n'arrive pas à saisir ce qu'ils disent.

— Bien. Je vais tout de suite mettre des gars au travail pour rechercher le dénommé Daly. Je vais aussi prévenir le reste de l'équipe. Ils seront sûrement contents d'apprendre la nouvelle.

— Pour ma part, j'essaie de reprendre un vol pour Washington dès ce soir.

— Attendez plutôt demain. Nous allons d'abord voir si cette piste débouche sur quelque chose.

— J'aimerais mieux rentrer.

Il soupire.

— Il me faut quelqu'un en Arizona, Anderson. Et vous faites parfaitement l'affaire.

Inutile de discuter : je capitule.

— Bon, d'accord.

Cependant, je n'ai qu'une idée en tête : retourner à Washington pour me rapprocher de Sam.

— Avec un peu de chance, demain nous aurons quelques indices solides sur ce George Daly. A ce moment-là, vous pourrez rentrer.

Je ne réponds pas.

O'Donnell se charge de remplir le silence.

— De toute façon, il se peut que ce père serrurier ne soit qu'une coïncidence.

Seigneur, j'espère bien que non ! Le temps presse. Je sais que ce n'est pas une piste très fiable, mais c'est tout ce que nous avons. La seule qui puisse sauver Sam.

Je change de sujet.

— Qu'avez-vous appris de nouveau ?

— Watson et Carter ont toujours été en poste à Tucson, ce qui tendrait à les innocenter. Mais nous n'avons pas vérifié s'ils se sont déplacés dans les autres Etats. Cela dit, ces meurtres-là ne sont pas du genre à avoir été commis par un tueur en vadrouille.

— Non, et ça ne colle pas non plus avec le profil du meurtrier ni son schéma opérationnel, dis-je.

— L'équipe va continuer à travailler sur la liste des étudiants, mais je vais détacher sans attendre quelqu'un pour lancer des recherches sur Daly. Si nous pouvons le localiser dans toutes les villes concernées, ou du moins dans la plupart, nous le convoquerons pour interrogatoire. Et nous allons réexaminer les autres dossiers à la lumière de ce nouvel élément.

— Il se peut que le tueur revienne chez Sam pour récupérer le collier. Avez-vous posté des hommes pour surveiller l'appartement ?

— Je crois que Couples a une équipe sur place, mais je vais vérifier.

— Parfait !

— L'article du *Post* paraîtra dans le numéro de demain. Espérons que nous n'en aurons pas besoin.

— Les choses commencent à bouger, on dirait.

Je marque une pause et termine :

— Bon, je dois y aller.

— O.K., Anderson, je vous tiens au courant... Et ne vous inquiétez pas. Si Daly est notre homme, nous retrouverons Sam.

— Merci.

Je m'affale dans un fauteuil. Darren et Watson me rejoignent.

— Je ne suis pas convaincu que Daly soit notre homme, dit Darren. Je me souviens que, lors de l'interrogatoire, il m'a fait l'effet d'un type plutôt sympathique.

— Bundy aussi était sympathique.

J'ai besoin de croire que nous tenons le tueur. Si c'est bien Daly, nous pourrons sauver Sam à temps... Je me rappelle soudain mes visions : l'Ecorcheur de Washington est grand, musclé, et il a les cheveux châtains.

— A quoi ressemble Daly ?

Watson gratte son menton mal rasé.

— Il est grand et mince.

Grand, oui. Mince ? Daly a pu faire de la musculation.

— De quelle couleur sont ses cheveux ?

Je me mords la lèvre, attendant la réponse.

Watson et Darren échangent un regard.

— Ils sont foncés, répond Darren.

— Oui, je dirais même noirs, ajoute Watson.

Ils se trompent peut-être. Ou bien mes visions sont approximatives… Oh, pourvu que ce soit Daly !

Watson se dirige vers la porte.

— Je vais rentrer, dit-il.

— Oui… euh… moi aussi, ajoute Darren.

Au regard qu'il me lance, je vois bien qu'il n'a pas envie de partir.

Mais comme je ne tiens pas à me retrouver dans une situation embarrassante, je m'empresse de répondre :

— Merci, les gars. J'ai encore pas mal de boulot à terminer, de toute façon.

— Voulez-vous que je vous conduise sur les autres scènes de crime, demain ? me propose Darren.

— Ça dépend de ce qu'on aura découvert sur Daly, cette nuit. Il se peut que je rentre à Washington dès demain matin.

Darren hoche la tête. Je m'empresse d'ajouter :

— Dans le cas contraire, j'irai examiner les scènes de crime.

— Je peux passer vous prendre, si vous voulez.

— Parfait. Si, bien sûr, ça ne pose pas de problèmes par rapport à vos autres enquêtes.

— Ecoutez, puisque je suis à la retraite, pourquoi est-ce que je ne vous emmènerais pas ? propose Watson.

Je hausse les épaules.

— Alors, c'est entendu, reprend Watson. 9 heures, ça vous va ?

— Vous êtes sûr ? Je ne voudrais pas vous déranger. J'ai déjà tous les dossiers en main, et je peux louer une voiture.

— Ça m'occupera.

— Merci. D'accord pour 9 heures. Je vous appellerai avant 8 heures si je décide de rentrer à Washington.

Watson acquiesce d'un mouvement de tête, griffonne son numéro de portable sur un bout de papier et prend congé.

— Bon, eh bien, je vous verrai avant votre départ, me dit Darren, hésitant sur le pas de la porte. Bonne nuit.

— Bonne nuit.

Il sourit et s'en va.

Je laisse échapper un soupir. Pourquoi suis-je attirée par Darren, je n'en sais rien. Je ne le connais même pas. Moins que Marco en tout cas, mais il y a un lien entre nous, ça ne fait aucun doute. Je pense à Sam. Je sais exactement ce qu'elle ferait si elle était ici. Elle se lancerait dans une interprétation musclée de *It's Raining Men*.

Avec un peu de chance, dans deux jours, je serai en mesure de la faire rire avec toute cette histoire. Mais pour l'instant, je ne peux pas me permettre de penser à Josh ni à Darren. C'est Sam qui requiert toute mon attention.

Mon Dieu, comme j'aimerais qu'elle soit là ! Des larmes silencieuses coulent lentement sur mes joues. Mais je dois absolument me ressaisir ! Ce ne sont pas des pleurs qui sauveront Sam.

Je vide le contenu des dossiers sur le petit bureau de la chambre. Seigneur ! J'espère tellement que nous approchions du but ! Que Daly soit bien l'homme que nous recherchons. Pourtant, je dois admettre que quelque chose cloche à son sujet. Et je ne serai pas tranquille tant que je n'aurai pas serré Sam dans mes bras.

Et puis, il y a aussi cette histoire de blessures sur la jambe de Jean qui me tracasse. Comment se fait-il que j'aie vu le symbole du *triquetra* sur sa jambe alors qu'il n'apparaît pas sur la photo ? Et s'il s'agit de la signature du tueur, pourquoi ne l'a-t-il pas laissée sur toutes ses victimes ?

Je me plonge dans l'examen des agrandissements des clichés montrant la cuisse de Jean et les blessures infligées aux autres victimes de Washington. Une fois de plus, je les scrute avec soin, à la recherche de la marque tailladée sur les corps. Rien. J'étudie ensuite les photos des autres scènes de crime envoyées par les Etats concernés. Je commence par celles du Michigan. Comme O'Donnell me l'a confirmé, une marque reproduisant grossièrement le pendentif de Sally-Anne est visible sur les deux premières victimes. A l'évidence, c'est le tueur qu'il l'a taillée dans leur chair. Les troisième et quatrième victimes présentent des lacérations figurant une moitié du symbole, un peu comme si le tueur avait été interrompu dans son acte. Ce qui laisse les deux derniers cadavres du Michigan, celui de Floride, les deux de Chicago et les trois de Washington. Je me demande…

Me basant sur le modèle du pendentif, je dessine un agrandissement de l'emblème. Puis je regarde sous tous les angles les instantanés montrant les jambes de chacune des huit victimes dont les corps ne portent apparemment pas de marque.

— L'ordure !

Je me lève d'un bond. Sur chaque cadavre, une entaille constitue une partie du symbole, une portion si petite qu'elle est à peine discernable. Je me rassieds et regarde de nouveau. Pourrait-il s'agir d'une coïncidence ? Pour m'en assurer, je découpe dans les photos les morceaux montrant les différents segments du dessin et les assemble sur le lit. Pas de doute ! J'ai sous les yeux les trois quarts du *triquetra*.

— Le fumier !

Elle est là sa signature !

Mon téléphone sonne. Je l'extrais de la pochette extérieure de ma mallette.

— Agent Anderson.

— Salut, Sophie, c'est Josh. Comment vas-tu ?

— Josh, tu ne vas pas me croire !

Je commence à faire les cent pas dans la pièce.

— Les blessures faites par le tueur forment le symbole celtique du pendentif de Sally-Anne.

— Quoi ?

— Tu as les dossiers avec toi ?

— Attends une seconde.

Je l'entends se déplacer jusqu'à l'autre bout de sa maison.

— Au fait, bravo pour George Daly ! dit-il. On tient enfin un suspect.

— J'espère seulement que c'est le bon.

— Voilà, ça y est, j'ai les dossiers.

Les yeux fixés sur l'assemblage des photos, je me lance dans une démonstration :

— Sors les photos qui montrent les cuisses des victimes et celle du pendentif que nous avons trouvé chez Sam. Les victimes numéros cinq et six du Michigan présentent la portion inférieure gauche du symbole. Maintenant, si tu retournes verticalement les photos de Chicago et de Floride, tu verras qu'ensemble, elles forment la partie supérieure. Le centre de l'emblème, là où les trois morceaux se rejoignent, se trouve sur Jean.

— Hum hum.

— Et maintenant, tourne les photos de Teresa et de Susan de quatre-vingt-dix degrés sur la droite. Tu t'apercevras qu'elles montrent le segment inférieur droit du dessin.

— Mon Dieu, tu as raison ! Et personne ne l'avait remarqué !

— Moi non plus, jusqu'à il y a un instant. Les traits sont à peine visibles, tellement ils sont petits. Mais les pièces du puzzle commencent enfin à s'emboîter.

Je vais chercher un jus d'orange dans le minibar.

— A propos, O'Donnell m'a dit que tu étais satisfait de l'article du *Post*.

— C'est vrai. Ils ont fait du bon travail.

L'image de Sam s'impose encore une fois à mon esprit. Quand la reverrai-je ? Seigneur, je n'en peux plus d'attendre ! A la pensée de ce qui lui est arrivé, une bouffée de colère et de dégoût m'envahit.

— Pauvre Sam ! Je n'ose imaginer dans quel état nous allons la retrouver.

— Nous la ramènerons saine et sauve, Sophie, avant que tu ne commences à t'inquiéter pour sa santé mentale.

— Il le faut à tout prix ! Au fait, comment procédez-vous pour retrouver la trace de George Daly ?

— Nous nous servons des dossiers fiscaux, des archives universitaires, des registres de personnel et des cartes de crédit. Il ne devrait pas nous falloir beaucoup de temps pour rassembler des preuves, s'il y en a. Et nous obtiendrons sous peu son adresse actuelle. Je t'appellerai dès que j'aurai des nouvelles.

— Ce soir, tu crois ?

— A mon avis, oui. Nous allons plancher dessus toute la nuit.

— Alors, rappelle-moi, quelle que soit l'heure. J'aimerais tellement être avec vous !

— Moi aussi, j'aimerais que tu sois là, répond-il doucement.

Je me sens d'autant plus coupable d'éprouver une telle attirance envers Darren.

— Sur quoi travailles-tu en ce moment ?

— Je passe en revue les listings des universités. Nous mettons en place une base de données pour pouvoir effectuer des recoupements par ordinateur. Nous avons presque terminé.

— Et ceux qui ont postulé pour entrer au FBI ou dans la police ?

Je m'allonge sur mon lit, jambes pendantes. Mes pieds touchent à peine le sol.

— Flynn, Jones et Krip sont dessus.

— J'espère que O'Donnell dispose de suffisamment de monde pour éplucher tout ça.

— Pour l'instant, tout ce qu'on peut faire, c'est une recherche informatique sur Daly. Espérons qu'il n'y a pas une flopée de George Daly dans la nature ! Avec un peu de chance, on connaîtra son adresse dans moins d'une heure.

— Je devrais peut-être prendre un avion tout de suite.

— Tu crois que tu trouverais un vol à cette heure-ci ?

— Non, probablement pas. De toute façon, O'Donnell m'a dit de ne pas bouger.

— Ne t'inquiète pas, Sophie. On s'en occupe ici. Tu as fait le plus difficile : tu as trouvé le nom, alors laisse-nous nous charger du reste. Et puis, nous tenons enfin des liens irréfutables entre les victimes. Le pendentif et le positionnement des corps devraient constituer des preuves recevables aux yeux d'un juge. Il nous suffira de faire inculper le type pour un seul des meurtres.

— C'est vrai. J'ai pensé à ça aujourd'hui pendant que j'étais chez les Raymond. Je n'y avais pas beaucoup réfléchi avant.

— Normal : tu te faisais un sang d'encre pour Sam.

— Mon Dieu, j'espère qu'elle va bien !

Je me rassieds. Sam ne se remettra peut-être jamais de cette épreuve. Est-il possible de se reconstruire après avoir été enlevée, violée et torturée par un tueur en série ?

— Nous l'aiderons à surmonter ce traumatisme, Sophie. Et le FBI aussi. Amanda Rosen est très compétente.

— Oui, je sais, elle connaît sacrément bien son métier.

— Elle soutiendra Sam. Nous serons tous à son côté.

Je m'allonge de nouveau sur le lit. Silence. A quoi Josh pense-t-il ? J'aimerais tellement qu'il soit près de moi en cet instant !

— Ecoute, je vais essayer de dormir en attendant de recevoir cet appel téléphonique, dit Josh.

— Oui, bien sûr. N'oublie pas…

— Je sais, je te tiens au courant.

— Merci, Josh.

Nous nous disons bonne nuit et raccrochons. Je me sens désespérément inutile, à attendre les bras croisés, à Tucson, alors que nous touchons au but. Je passe toute l'heure qui suit à compulser les dossiers étalés sur le lit avant de m'endormir.

La sonnerie du téléphone me réveille en sursaut.

— Allô ! dis-je, encore secouée par un autre cauchemar dont je n'arrive pas à me souvenir.

— C'est moi, Josh. On a trouvé quelque chose sur Daly.

— Oui, quoi ?

— Il a suivi des études dans le Michigan.

Je me redresse d'un seul coup, pose les pieds sur le sol.

— C'est une excellente nouvelle ! Il y était de 1997 à 2000 ?

— A un an près. Il se trouvait là-bas entre 1998 et 2001. Mais ça colle tout de même.

— Sa présence en Arizona et dans le Michigan, ça nous fait déjà deux preuves.

— Trois, en fait. On a retrouvé une adresse récente dans le District de Columbia. On le convoque pour interrogatoire.

— Et s'il garde Sam prisonnière à cette adresse ? Vous avez un mandat de perquisition ?

Josh marque un silence.

— Non.

Je pousse un juron.

— Il nous faut davantage pour obtenir un mandat, explique Josh.

— Mais Sam, alors ?

— Si Daly sait quelque chose, je me charge de lui faire cracher le morceau.

Je perçois dans la voix de Josh un accent métallique qui me surprend. Pourtant, je ne l'imagine pas en train d'enfreindre le règlement, même pour Sam.

— D'accord, dis-je avec un soupir.

— Je t'appellerai en arrivant chez lui et je ne couperai pas la communication : comme ça, tu pourras entendre ce qui se passera.

— Merci, Josh. Je ne supporterais pas de rester ici sans savoir.

— C'est bien ce que je pensais. A tout à l'heure.

Dévorée d'impatience, j'attends. Que puis-je faire d'autre ? Je me mets à arpenter la pièce de long en large, consultant ma montre toutes les dix secondes. Courage, Sam !

Finalement, je décide de tenter de voir où en est Sam, comme je l'ai déjà fait une fois, aujourd'hui.

Je m'assois sur le bord du lit et chasse toute pensée de mon esprit. Avec chaque profonde inspiration, je m'efforce de me détendre. Mais en vain. Je suis trop à cran pour faire le vide dans ma tête. Je ne peux m'empêcher de penser à George Daly et à Sam, allongée sur une table d'examen, quelque part…

Enfin, au bout de vingt minutes que je passe à déambuler, boire de l'eau et examiner pour la centième fois les photos des scènes de crime, la sonnerie de mon téléphone retentit de nouveau.

— Josh ?

— Oui, je suis à la porte de chez lui. Je laisse mon mobile allumé dans ma poche.

— D'accord.

J'entends Josh cogner à la porte. Silence. Il recommence. A cette heure du petit matin, Daly doit encore dormir. Je perçois une voix d'homme étouffée, mais je ne saisis pas ce qu'il dit.

— Agent spécial Marco, FBI, et inspecteur Flynn de la police de Washington.

La porte s'ouvre.

— Oui ?

— George Daly ?

— Oui.

La voix est mal assurée.

Flynn prend la parole.

— Nous aimerions nous entretenir avec vous au sujet de plusieurs meurtres. Pouvons-nous entrer ?

— Oui… bien sûr.

La voix est toujours hésitante et à présent mêlée d'une certaine curiosité. Dieu, que j'ai horreur de ça ! Je déteste ne pas être sur place. Je cesse mes va-et-vient et me recroqueville sur le sol.

— Que se passe-t-il ? demande Daly. Qui a été tué ?

Maintenant, c'est de la peur que je décèle dans sa voix.

Mais est-ce la crainte d'apprendre que l'un de ses proches a été assassiné ou celle d'avoir été démasqué ?

— Vous vivez seul ici, monsieur Daly ?

— Oui.

— Nous souhaitons vous poser quelques questions à propos de l'affaire de l'Ecorcheur de Washington. Vous êtes originaire de l'Arizona ?

— C'est exact.

— Connaissiez-vous Sally-Anne Raymond ?

— Non, mais je me souviens de sa mort. En quoi pourrais-je bien être concerné ?

— Vous avez suivi des études dans le Michigan, n'est-ce pas ? demande Josh sans répondre à l'interrogation de Daly.

— Oui.

Il semble de plus en plus réticent.

— Connaissiez-vous Candice Lane, Georgina Craig, Beth Walters, Jenny Brightman, Susannah Armstrong ou Kelly Lee ? demande Marco, récitant la liste complète des victimes du Michigan.

— Non. Mais où voulez-vous en venir, à la fin ?

— Nous devons vous interroger au sujet de ces meurtres, ainsi que de plusieurs autres.

— Quoi ? aboie Daly. Quels meurtres ? Mais… mais… je ne connaissais même pas ces filles !

— Nous voulons juste vous poser quelques questions. Nous pensons que vous êtes en mesure de nous aider dans notre enquête.

— Hum… Je ne devrais pas appeler un avocat, d'abord ?

— Il ne s'agit que d'un interrogatoire de routine. Mais si vous pensez avoir besoin d'un avocat, allez-y : vous pouvez l'appeler.

Marco met Daly au pied du mur. En faisant appel à un avocat, il se poserait en coupable ou, en tout cas, il laisserait supposer qu'il dissimule quelque chose.

Silence.

— Allons-y, monsieur Daly.
— Je vais… je vais m'habiller.
— Naturellement. Ça ne vous dérange pas si nous jetons un coup d'œil dans l'appartement en vous attendant ?
Le ton de Josh est amical, ouvert.
Encore une pause.
— Non, je n'ai rien à cacher.
S'il les laisse fureter chez lui sans mandat, c'est qu'il est innocent ou alors absolument certain que Josh et Flynn ne découvriront rien.
Un grésillement dans le téléphone.
— Sophie ?
— Oui, je suis là. Qu'en penses-tu ?
— Je dois reconnaître qu'il ne se comporte pas de manière particulièrement suspecte. Il semble plutôt surpris.
— Humm !
— Je vais quand même jeter un œil, au cas où. Flynn le surveille.
J'entends Josh inspecter l'appartement. Au bout de quelques minutes, il reprend la parole.
— Il n'y a rien ici. Aucune trace de Sam.
— Tu as vérifié le sous-sol ?
— Rien non plus en bas, répond doucement Josh. Mais ça ne l'innocente pas entièrement. Il a pu emmener sa prisonnière ailleurs. Il existe encore une chance qu'il soit le coupable.
— Je sais, je sais…
Je m'effondre sur le lit, la tête posée sur ma main libre.
— Si elle a des blessures profondes, comme les autres victimes…
— Nous allons interroger Daly. Nous ne tarderons pas à savoir.
— Sam va se vider de son sang si on tarde trop à la retrouver.
— Je sais, Sophie. Ecoute, nous n'avons pas encore pu prouver la présence de Daly dans tous les autres Etats. Il faut accepter l'éventualité qu'il ne soit pas notre homme.

— Ouais, et il se peut aussi très bien qu'il soit le salaud qui séquestre Sam !

Josh ne bronche pas.

— Je vais prendre un avion à la première heure ce matin. Je tiens à l'interroger en personne.

— Nous aurons probablement besoin que tu l'identifies sur les autres scènes de crime en Arizona.

Frustrée, impuissante, je serre les poings, expirant avec force l'air par la bouche.

— Je te rappelle dans quelques heures pour savoir comment se déroule l'interrogatoire.

— D'accord, voyons ce que ça va donner. Et ne te fais pas de souci : je te tiens au courant dès que nous aurons tiré quelque chose de lui.

Les nerfs à fleur de peau, je raccroche. Nous le tenons enfin ! Il ne nous reste plus qu'à lui faire avouer où il détient Sam. J'ai besoin d'y croire.

Je fouille dans le réfrigérateur et en sors une barre de chocolat. Tout en mâchonnant, je regarde fixement par la fenêtre. Il faut à tout prix qu'ils retrouvent Sam !

Et si je relisais le compte rendu des anciens interrogatoires de Daly ? Je relèverais peut-être un indice. Quelque chose que je n'aurais pas remarqué à la première lecture.

Je m'installe sur le lit pour étudier les rapports. Mais au bout de quelques minutes à peine, le sommeil s'empare de moi. Pas question de dormir ! Il faut que je réunisse des preuves accablantes contre Daly.

Finalement, je renonce à lutter… J'ai besoin de me reposer pendant deux heures au moins si je veux être en état de fonctionner, demain. Je règle le réveil sur 5 h 30. Ça ne me laisse que trois heures. Je m'abandonne au sommeil. Et le rêve ne tarde pas à surgir.

Je me tiens sur le pas d'une porte, mais je ne sais pas où je suis. Il y a du monde partout. Des gens en uniforme. Je franchis le ruban qui délimite la scène du crime et j'avance, hébétée. Je vois un miroir avec une inscription.

Tout à coup, venue de nulle part, une silhouette se dresse devant moi. Je me mets à courir. Mais je ne suis pas assez rapide. Mes jambes sont comme de la gelée.

Le téléphone sonne. Je suis en nage. Des bribes de rêve me reviennent en mémoire, éparpillées comme les pièces d'un puzzle. Je me rappelle le sang, le miroir, ma fuite éperdue…

— Allô, dis-je en regardant le réveil.

Il est 5 h 25.

— Sophie ? appelle une voix étrange, tendue.

— Oui ? dis-je, soudain secouée d'un tremblement irrépressible.

Il y a un silence.

— Nous avons retrouvé Sam.

Une autre pause.

— Elle est morte.

C'est la voix de Josh.

— Quoi ?

Puis le murmure se transforme en cri d'horreur.

— Quoi ? Mais ce n'est pas possible ! Vous tenez Daly. Vous tenez le tueur. Elle n'est pas morte !

— Ce n'était pas Daly, Sophie. Il a des alibis.

— C'est lui, forcément !

— On a ramené le corps de Sam pendant que nous interrogions Daly. Ça ne peut pas être lui.

— Non ! Non !

Des images du corps nu et sans vie de Sam s'imposent à mon esprit. Jamais elle n'aurait dû mourir dans ces conditions. Pas elle !

— Je suis désolé, Sophie, dit Josh d'une voix rauque. Terriblement désolé.

Il semble épuisé, bouleversé.

— S'il te plaît, Josh, non !

— Reviens, Sophie : prends le premier vol.

Je raccroche. Et seulement alors, je laisse libre cours à mes émotions. Mes larmes ne sont plus silencieuses.

17.

Amanda se penche en avant sur son siège.

— Je suis navrée, Sophie.

— Oui…

Mes bras reposent mollement sur mes genoux. Je ne peux croire que ce soit vraiment arrivé.

Prenant appui des deux mains sur ses cuisses, Amanda s'incline encore un peu.

— Nous avons tous cru pouvoir lui mettre la main dessus avant qu'il ne la tue, poursuit-elle.

— J'aurais dû faire davantage.

— Qu'auriez-vous pu faire ?

— Je ne sais pas. J'ai raté quelque chose.

— Qu'avez-vous découvert en Arizona ?

Je lui parle de Sally-Anne, du pendentif et des marques sur les autres victimes, y compris les lacérations qui forment partiellement l'image d'un *triquetra*.

— Vous avez établi le lien entre les meurtres. C'est un grand pas en avant, Sophie.

Je me cale contre un bras du fauteuil.

— Ça lui fait une belle jambe, à Sam !

— Non, mais ça a permis à l'enquête d'avancer. Et ça aidera la prochaine victime.

— Mais pas Sam.

— Non, pas Sam. Il est impossible de sauver tout le monde, Sophie. Vous ne pouvez pas toujours gagner.

— J'aurais dû. J'aurais dû lui venir en aide.

— Vous l'avez fait.

— Comment ?
— Vous avez recueilli des preuves qui vous permettront de mettre l'assassin derrière les barreaux une fois que vous l'aurez pincé.
— Et quel intérêt cela présente-t-il pour Sam ?
Je soutiens son regard, sachant combien mes yeux bleus peuvent être glacials, parfois.
— Vous allez arrêter le tueur et le faire condamner. C'est ce que Sam aurait voulu.
Amanda a raison, certes, mais ce n'est pas ça qui me console.
— Je veux me rendre sur place.
Lorsque Josh est venu me chercher à l'aéroport, il m'a transmis les ordres de Rivers : rendez-vous immédiat avec le Dr Rosen. Je n'ai même pas encore vu Sam.
— On doit pouvoir trouver des indices. Il s'agit d'un meurtre différent des autres. Il l'a ramenée chez elle. C'est là qu'on l'a retrouvée. Et l'appartement de Sam, je le connais bien.
Amanda laisse passer un silence.
— Il y a quelque chose sur la scène du crime qui vous est spécialement adressé, Sophie.
— Dans le genre de la lettre à Sam ?
— Oui, mais cette fois, ça vous est destiné.
— Une autre lettre ?
— Pas exactement.
— Ça ne fait rien, de toute façon, dis-je en m'efforçant de maîtriser ma voix. Je vais le tuer.
— Vous avez le droit d'être en colère, mais…
Tout à coup, je laisse éclater ma rage. Je me mets à hurler :
— Je n'ai pas besoin de votre permission !
— Sophie, je suis ici pour vous aider.
Elle marque un temps d'arrêt, attendant ma réponse.
— Excusez-moi, dis-je avec un soupir, en joignant les mains. Si vous voulez m'aider, laissez-moi y aller.
Elle réfléchit quelques secondes.

— D'accord. Mais je vais vous accompagner. Pour vous aider à faire face.

— Alors, partons tout de suite !

Je me lève, impatiente d'arriver chez Sam.

— Attendez une minute.

Elle décroche son téléphone. C'est Rivers qu'elle appelle, je le sais.

— Sa présence pourrait être utile... elle a vu le collier...

Rivers ne doit pas vouloir de moi là-bas.

— Je m'occuperai d'elle, n'ayez crainte.

Elle raccroche et me regarde.

— Bon, tout le monde est déjà sur place. Allons les rejoindre.

Nous arrivons devant l'immeuble de Sam. Dans la rue, cinq policiers en uniforme contiennent un attroupement de badauds. Les journalistes me mitraillent tandis que je remonte l'allée. La presse prend tout le monde en photo, sans discernement, et trie ensuite ce qui lui semble important. A l'étage de Sam sont postés d'autres flics et plusieurs agents du FBI. J'ai l'impression d'avoir déjà vécu cette scène. L'aurais-je vue en rêve ?

Je me dirige vers la porte de l'appartement. J'entre. Les images qui s'offrent à mes yeux semblent se dérouler au ralenti. Josh vient vers moi. Il me serre dans ses bras, mais cette fois-ci, son étreinte est brève. Rien à voir avec l'embrassade qu'il m'a réservée à l'aéroport. Cependant, je ne suis pas vraiment là. J'observe mon propre corps de l'extérieur. D'un endroit où je suis en sécurité.

Sandra Couples s'approche.

— Je suis vraiment désolée, Sophie. Sincèrement !

Elle me prend la main et me regarde dans les yeux.

— Mes gars n'ont quitté leur poste que dix minutes pour aller vérifier une alarme qui s'était déclenchée à l'autre bout de la rue.

Un mea-culpa en bonne et due forme, ni plus ni moins.

— N'ayez pas de regrets, Sandra. Il l'aurait emmenée autre part s'il n'avait pas pu entrer ici. Ou bien il aurait tué vos agents.

Sandra ouvre la bouche, mais elle est incapable de proférer un son. Rivers sort de la chambre. Il a le teint blafard, sa peau a perdu son bel aspect lisse.

— Sophie, ça va ?

J'opine de la tête.

D'un geste maladroit, Rivers entoure mes épaules de son bras.

— Je ne sais pas si vous avez bien fait de venir ici.

— Il le fallait. Il a peut-être encore laissé quelque chose.

Il ne répond pas — il sait que j'ai raison.

Je me laisse conduire vers la chambre de Sam. En chemin, je croise plusieurs experts de la police scientifique, affairés à recueillir des indices.

— Elle est toujours ici ?

— Non, le coroner l'a emmenée pour commencer l'autopsie.

Je tressaille.

Essayant de me préparer au spectacle qui m'attend, j'entre dans la chambre. Amanda, Josh et Rivers m'accompagnent. Couples reste en arrière. Tout le groupe d'intervention est là. Nous échangeons des signes de tête, mal à l'aise. Tous autant que nous sommes, nous avons failli à notre devoir envers Sam.

D'autres gars du labo, dont Marty, arpentent les lieux, comme plongés dans un état de stupeur. Cela n'a rien d'une scène de crime ordinaire. Cette fois, chacun de nous connaissait la victime. La plupart des personnes présentes dans la pièce ont travaillé avec Sam à un moment ou à un autre.

Les marques laissées sur le lit indiquent avec exactitude le positionnement du corps. A la pensée de ce que Sam a dû endurer au cours des derniers jours de sa vie, je me sens secouée d'un violent frisson.

C'est alors que je vois le miroir.

« *J'arrive, Sophie.* »

Je regarde fixement le message écrit à la main. Je ne ressens aucune peur, juste une immense colère. Il ne m'aura pas. Je ne lui donnerai pas ce pouvoir.

Sans me laisser démonter, j'interroge :

— On a quelque chose ?

— Le coroner situe le moment de la mort entre 2 et 5 heures ce matin. Le corps a été déplacé *post mortem*. Les lividités sont un peu différentes, cette fois. Elle a dû rester dans une fourgonnette plus longtemps que les autres.

— Il attendait sûrement d'avoir le champ libre.

— Le corps a été déposé entre 5 heures et 5 h 15 ce matin, précise O'Donnell en refermant son calepin d'un coup sec. Nous en saurons davantage après l'autopsie.

Je m'approche du miroir.

— Des traces d'A.D.N. ? Des empreintes ? Et que donne l'analyse du message ?

— L'équipe de Marty vient juste de terminer, répond Josh.

Suivant son regard, je me retourne.

— Salut, Marty.

Il m'adresse un petit sourire. Je lis de l'inquiétude dans ses yeux.

— Eh bien ?

— On a envoyé les photos et les échantillons au labo. Il n'y a plus qu'à attendre les résultats. On dirait que le message a été écrit avec du vernis à ongles. La couleur correspond à celle d'un vernis de Sam.

Il brandit un sac pour pièces à conviction contenant un petit flacon. Cette couleur prune, je la reconnais.

— Des empreintes ?

— Nous en avons relevé quelques-unes, mais il faudra plusieurs heures pour les identifier.

— Des fibres ?

— Non, pas encore. Je regrette, Sophie.

Sur le point d'ajouter quelque chose, il hésite, se ravise.

Je lui prends le bras.

— Tu fais le maximum, hein ?

— Compte sur nous.

Marty s'éloigne, me laissant avec Josh.

— S'il y a le moindre indice ici, il le trouvera, affirme ce dernier.

Je hoche la tête.

O'Donnell se plante au centre de la pièce.

— Bon, dans une demi-heure, je veux toute l'équipe de retour à Washington pour continuer à travailler sur les autres pistes.

Nous acquiesçons et nous mettons à déambuler dans l'appartement, certains sans but, d'autres avec détermination.

— Anderson, il faut que je vous parle.

Rivers me prend à part. Amanda me suit. Nous sortons sur le palier où nous gagnons un coin tranquille.

— Vous tenez le coup, Anderson ?

— Oui, monsieur.

Il jette un regard vers Amanda puis de nouveau vers moi. Oh non, pourvu qu'il ne fasse pas ça ! S'il vous plaît !

— Vous n'enquêtez plus sur cette affaire, dit-il. Vous le savez, n'est-ce pas ?

— Non, je vous en prie ! Je dois continuer, il le faut !

Dans un geste de désespoir, je m'agrippe à sa veste. Mais je le relâche aussitôt.

— Il n'y a pas à discuter, répond-il en ôtant ses lunettes. J'aurais dû me rendre compte que Wright était sa prochaine cible. Et il n'est pas question que je refasse la même erreur.

— Tout ira bien, je vous assure.

— Vous voulez me faire prendre des vessies pour des lanternes, Anderson ? Vous l'avez vu, ce foutu miroir ? vocifère-t-il en me désignant l'intérieur de l'appartement.

— Vous avez raison. C'est moi qu'il vise, à présent. Alors, utilisez-moi. Je servirai d'appât.

Adossé au mur, Rivers me dévisage. Il inspire profondément, secoue la tête.

Je fais un pas en avant.

— Comme ça, on pourra le coincer. Il viendra me chercher, et vous n'aurez qu'à le cueillir.

Rivers regarde Amanda.

— Vous croyez qu'elle le supportera ?

Qu'on parle de moi comme si je n'étais pas là, voilà une chose qui m'horripile ! Mais, bon, ce n'est pas le moment de s'en offusquer. Je dois à tout prix le convaincre.

— C'est le seul moyen de l'arrêter, dis-je.

Je dois à Sam de retrouver le tueur.

Amanda me considère un long moment avant de répondre :

— Je suis d'accord, à condition de la voir en consultation dans mon cabinet une heure chaque jour. Et il est absolument indispensable qu'elle se sente en sécurité.

— Je pourrais la faire suivre par deux agents vingt-quatre heures sur vingt-quatre, suggère Rivers.

Pourtant, il n'a pas encore pris sa décision, je le vois bien.

Je fais une nouvelle tentative pour le persuader.

— Alors, je peux rester ?

— Je n'ai jamais dit ça.

— Mais voyons, monsieur ! Vous savez bien qu'il se lancera d'autant plus volontiers à mes trousses si je continue à enquêter sur l'affaire.

Je marque un temps d'arrêt, puis poursuis :

— En plus, avec des agents pour me surveiller, je ne risque rien. Je serai protégée.

Rivers scrute mon visage. Au bout de dix secondes qui me semblent une éternité, il s'écarte du mur d'un coup d'épaule et fait un pas vers moi.

— D'accord. Mais vous ne quittez pas cet appartement avant l'arrivée des agents chargés de votre protection.

Il agite son index dans ma direction.

— Compris ?

— Oui, monsieur.

Ouvrant d'un coup de pouce son téléphone mobile, il regagne l'appartement.

— Sophie, je dois retourner au bureau, dit Amanda.

Et, sans me laisser le temps de réagir, elle ajoute :

— Je vous attends à 15 heures pour terminer cette séance.

Cinquante minutes plus tard, le groupe d'intervention au grand complet se retrouve dans la salle de réunion de l'antenne de Washington. Mes deux gardes du corps sont garés devant l'immeuble. Sur le tableau blanc, la carte du District de Columbia compte une croix de plus — celle qui indique l'appartement de Sam.

— Anderson, j'ai mis l'équipe au courant de ce que vous avez découvert hier en Arizona. Vous voulez ajouter autre chose ?

Je me tourne vers Josh.

— Tu leur as expliqué pour les lacérations ?

— Oh non ! Avec tout ce qui vient de se passer, j'ai complètement oublié.

— Qu'avez-vous trouvé ? interroge O'Donnell.

— Cette nuit, j'ai examiné les photos des cadavres.

Je me lève pour coller les clichés sur le tableau. Le fait de me replonger dans l'enquête me procure un dérivatif salutaire. Je dessine un schéma à grande échelle du *triquetra*.

— Si vous regardez bien les marques des blessures sur les cuisses des victimes, vous verrez que chacune forme un segment du dessin.

Sur chaque photo, je leur montre l'entaille et leur indique quelle partie du symbole le tueur a voulu représenter.

— Les cuisses de Sam sont salement tailladées aussi, précise Couples.

— Oui, j'ai remarqué, intervient Josh. Ce doit être la portion inférieure droite. C'est la seule qui reste.

Je secoue la tête.

— Non, celle-là, on l'a déjà. Je crois plutôt qu'il s'agit du segment qui compose le bas de l'image.

Josh approuve de la tête.

— Le symbole est presque complet, maintenant.

— Vous voulez dire qu'il le reproduit petit bout par petit bout ? hasarde Flynn. Mais pourquoi ?

Josh fait cliqueter son stylo.

— Qui sait ? Il s'est peut-être rendu compte que le VICAP ne tarderait pas à faire le lien entre tous les meurtres, et il n'a pas voulu nous rendre les choses trop évidentes. S'il avait dessiné le symbole complet sur chaque victime, le VICAP aurait repéré le dénominateur commun beaucoup plus tôt.

Je reprends ma place et demande :

— Où en êtes-vous de vos listes ?

— Nous avons les noms de tous les inscrits dans les programmes médicaux et scientifiques des vingt-deux universités, répond O'Donnell. La liste a été finalisée cette nuit et nos as de l'informatique ont fait un super boulot en la comparant avec les registres de personnel et les villes où les étudiants ont passé leurs examens d'entrée à l'université. L'ordinateur est en train de cracher les noms par ordre alphabétique, et les gars nous les apportent au fur et à mesure par groupes de dix.

Il se pince la racine du nez. Comme nous tous, il a l'air épuisé.

— Nous avons aussi une liste de tous les candidats qui ont postulé pour entrer au FBI ou à la CIA en Arizona, dans le Michigan, à Chicago et à Washington. Nous la comparons avec la liste des étudiants du Michigan en tenant compte des informations sur les examens d'entrée et les registres de personnel. Là aussi, j'ai demandé aux gars de nous envoyer les noms par dizaines, de façon qu'on puisse se mettre au travail sans attendre. D'autre part, nous recherchons tout flic qui aurait été muté du Michigan à Chicago puis dans le District de Columbia.

— Combien de noms avez-vous jusqu'à présent ?

— Deux cents.

Incapable de dissimuler ma déception, j'accuse le coup.

— Et combien il en reste ?

— Nous n'en sommes qu'aux deux tiers de chaque liste, répond O'Donnel en griffonnant l'alphabet sur une page de son bloc-notes. Nous aurons les listes complètes d'ici deux heures. Dès qu'elles arriveront, je prendrai les noms de A à C. Couples, vous vous chargez des noms de D à F ; Anderson : G à I ; Flynn : J à L ; Jones : M à P ; Marco : Q à T ; et Krip, vous prenez les plus faciles : de U à X.

Je regarde Jones.

— Du nouveau sur les serruriers ?

— Pour ce qui est des passe-partout, il n'y a pas deux serruriers qui aient employé le même ouvrier. Si bien qu'il aurait été très difficile à notre homme de pénétrer dans tous les appartements en se servant d'un passe.

Il consulte son carnet, puis ajoute :

— J'ai également réussi à obtenir des fabricants de serrures de l'Arizona les noms de leurs clients. Dans la mesure du possible, bien sûr. Certains ont conservé des registres, d'autres pas. Nous comparons ces noms avec les listes des universités, du FBI, de la CIA et de la police, mais jusqu'à présent, rien ne colle.

— Et dans le Michigan ?

— J'ai appelé plusieurs fabricants, mais je n'ai pas encore terminé.

Krip se penche en avant.

— Sam est la seule, avec peut-être Jean, qu'il ait enlevée chez elle. Les autres se trouvaient sur un parking ou devant leur porte, mais il n'y a pas eu de lutte à l'intérieur des appartements.

Personne à part moi ne croit à la solidité de cette piste, j'en ai conscience.

— Je ne sais que penser de cette histoire de poubelle, Sophie, dit Flynn à son tour. Nous n'avons aucune preuve qu'il soit bien entré dans les appartements.

Je me lève, prends appui des deux mains sur la table.

— Ecoutez, les gars, vous devez me croire. Je sais qu'il entre chez ses victimes. Et je ne vois pas Sam laisser sa fenêtre ouverte.

— Anderson, pourquoi vous ne vous occuperiez pas de cette histoire de crochetage de serrures ? suggère O'Donnell. Et pendant que vous y êtes, vérifiez si des vols d'outils de serrurier n'ont pas été signalés.

Prend-il cette piste au sérieux ? Je n'en suis pas sûre.

Il poursuit :

— J'ai étudié le cas des flics qui ont travaillé sur ces enquêtes. Pour l'instant, je n'ai rien trouvé de suspect, mais j'en ai encore quelques-uns à examiner.

La réunion tire à sa fin. Je m'installe avec un téléphone pour entamer mes recherches. Josh et Couples restent dans la salle, tandis que O'Donnell et Krip regagnent leur bureau. Flynn et Jones se partagent une petite table en face de la mienne.

Mon téléphone mobile sonne.

— Bonjour, Sophie, c'est Darren. Darren Carter.

— Bonjour, Darren.

— Bob m'a prévenu pour votre amie. Je suis vraiment navré.

— Merci, Darren. J'aurais dû vous le dire moi-même, mais c'est tout juste si j'ai réussi à me souvenir que je devais avertir Watson de ne pas venir me chercher.

— Ce n'est pas grave, je comprends. Ecoutez, je suis à Washington.

— Quoi ?

— J'ai pris quelques jours de congé. J'ai pensé que je pourrais peut-être vous être utile, en explorant quelques-unes de vos pistes, par exemple, ou en vous fournissant d'autres détails sur les meurtres qui ont eu lieu chez nous. N'importe quoi.

Est-ce la soif de vengeance ou le désir de boucler l'affaire qui l'a poussé à venir à Washington ? Je m'éloigne du bureau où travaillent Flynn et Jones.

— Pour parler franchement, je ne sais pas s'ils vont accepter quelqu'un de l'extérieur.

— Ce serait à titre tout à fait officieux, naturellement. Je n'ai pas l'intention de fouiner dans les secrets d'Etat. Mais je crois vraiment que je peux vous aider.

— Où êtes-vous ?

— A l'aéroport de Washington.

— Alors, prenez un taxi jusqu'au 601 Fourth Street Northwest. C'est l'adresse de l'antenne locale du Bureau. Pendant ce temps, je vais en parler au chef du groupe. Appelez-moi quand vous arriverez devant la porte.

Et sans attendre, je vais mettre O'Donnell au courant.

— Vous savez que nous n'avons aucune chance d'obtenir le feu vert, me dit-il.

— Ça n'a pas besoin d'être officiel. Il vient juste nous donner un coup de main.

O'Donnell ôte ses lunettes et regarde par la fenêtre.

— Ce que vous faites pendant votre temps libre ne regarde que vous. Un de vos amis débarque de l'Arizona ? Soit ! Allez le retrouver et discutez avec lui. En privé.

J'ai compris le message.

— Puis-je lui parler de Sam ? Lui dire qui elle est ?

Je suis incapable d'évoquer Sam au passé.

— Vous connaissez les règles à ce sujet. Mais c'est vous qui décidez.

— Merci.

Je m'apprête à sortir du bureau, puis tourne les talons.

— Avez-vous trouvé quelque chose de suspect à propos des membres de l'équipe ?

— Rien pour l'instant. Mais je vérifie les déplacements de tout le monde.

Sans un mot, j'opine du chef et sors du bureau.

S'il avait découvert quelque chose, est-ce qu'il me le

confierait ? Difficile à dire. Il a probablement reçu l'ordre de ne rien dévoiler.

+Je le retrouve devant l'immeuble. Les agents affectés à ma sécurité ne le quittent pas des yeux. D'un geste de la main, je leur signifie que tout va bien. J'inscris le nom de Darren dans le registre des visiteurs, puis l'emmène à l'étage pour le présenter à O'Donnell et au reste de l'équipe.

Après une vigoureuse poignée de main, O'Donnell le sonde :

— Alors, comme ça, vous êtes en vacances ?

— En effet, et j'en profite pour visiter la capitale.

O'Donnell sourit, satisfait de voir que Darren joue le jeu. Il fouille dans les papiers entassés sur son bureau et en extrait une liste de deux pages. Il me la tend.

— Anderson, voici la liste des officiers de police et des postulants, ainsi que celle des candidats au FBI et à la CIA, pour l'Arizona.

Son regard se pose sur Carter, puis me fixe de nouveau.

— Voyez si l'un des noms vous rappelle quelque chose.

— Entendu, dis-je.

Une fois sortie du bureau, je donne les listes à Darren. Il les plie et les range dans la poche de sa veste.

Enfin, je le conduis dans la salle de réunion où travaillent Josh et Couples. Tous deux lèvent la tête à notre arrivée. Couples, au téléphone, nous adresse un petit signe, mais Josh qui, visiblement, s'apprêtait à passer un coup de fil, repose le combiné. Avant que j'aie le temps de lui présenter Darren, Couples termine sa conversation téléphonique.

— Voici Sandra Couples, de la police de Washington, et Josh Marco, du FBI. Et voici l'inspecteur Darren Carter des Homicides de Tucson. C'est lui qui a participé à l'enquête sur les meurtres commis en Arizona. Il est venu passer quelques jours à Washington et il voulait savoir comment avance l'enquête.

Sandra serre la main de Darren, bientôt imitée par Josh qui ajoute :

— Heureux de faire votre connaissance.

Dans le regard étrange qu'échangent les deux hommes, je crois percevoir une certaine tension.

— Ne vous dérangez pas pour nous, dis-je avec un sourire. Je vais mettre Darren au courant des derniers rebondissements de l'affaire.

Sandra décroche son téléphone et compose un numéro.

Je me dirige vers le tableau blanc et montre à Darren les endroits où les enlèvements se sont produits et ceux où l'on a retrouvé les corps.

— Le schéma est différent en ce qui concerne votre amie, observe Darren.

— C'est vrai, et nous ne savons pas encore pourquoi.

Josh nous rejoint.

— En ramenant Sam chez elle, il a voulu se montrer plus intime qu'avec ses autres victimes.

— Oui, c'est sûr, répond Darren d'un ton quelque peu distrait.

Je lui remets le dossier en l'état sur Sam, incapable d'y jeter ne serait-ce qu'un regard. Il le feuillette, tandis que Josh et moi, assis côte à côte, nous remettons au travail sur le profil. Au bout d'une dizaine de minutes, Darren me rend le dossier.

— Il faut que je vérifie quelque chose, dit-il.

— A propos de l'enquête ?

— Peut-être. Je viens de me rappeler un détail concernant Sally-Anne.

18.

Aussitôt après mon rendez-vous avec Amanda, je file aux toilettes pour étudier mon reflet dans le miroir.

— Mon Dieu, tu as une tête d'enterrement! me dis-je à voix haute.

J'ai les paupières rouges et gonflées d'avoir pleuré, le teint terreux et de larges cernes noirâtres sous les yeux. J'essaie de masquer le tout en appliquant une couche supplémentaire de fond de teint. La bouffissure des paupières se résorbera pendant le trajet en voiture. A condition, bien sûr, que je ne pense pas à Sam.

Je rallume mon téléphone mobile. Josh m'a laissé un message. Tant pis, je le rappellerai plus tard, quand j'aurai retrouvé mon calme.

Tête baissée, je fonce à travers les corridors. Dans l'état où je suis, je n'ai aucune envie de me trouver nez à nez avec quelqu'un que je connais. Ils comprendront, j'en suis sûre. Après tout, Sam est…

Non, je ne me résous pas à l'admettre. Je ne peux penser à elle autrement que vivante.

Une fois en voiture, j'allume la radio, pousse le volume à fond. Je change de station jusqu'à ce que je trouve la musique la plus endiablée possible, puis je me mets à chanter à tue-tête, plus fort même que la radio. Il faut absolument que je pense à autre chose. Je ne peux pas me permettre de pleurer maintenant. Mes larmes ne doivent servir qu'à fortifier mon désir de vengeance.

J'entre dans le café Alcasto. C'est l'un de mes endroits de

prédilection quand l'envie me prend de déguster un plat de pâtes ou de boire un bon café. Le percolateur installé sur le comptoir est une pure merveille. Et ce n'est pas seulement une question d'esthétique : il fait aussi un café à tomber par terre !

Mes deux gardes du corps ne me lâchent pas d'une semelle. Ils sont sur le seuil avant même que j'aie fait un pas en direction de Darren. C'est une sensation étrange que d'être filée. Vraiment très curieux.

Des papiers sont étalés sur la table du policier de Tucson. Cependant, il n'est pas en train de lire. Il regarde par la fenêtre. Ce n'est qu'au moment où je m'empare de la chaise en face de lui qu'il remarque ma présence. Il a l'air tendu, distrait. C'est peut-être à cause du café. Ils le font vraiment très fort, ici.

— Salut, Darren !

Il sourit. Un drôle de sourire. La façon dont son regard suit mes mouvements me laisse supposer qu'il est content de me voir. Pourtant, son sourire est forcé, ça ne fait aucun doute.

— Vous vous en sortez avec les listes ?

— Aucun de ces noms ne me rappelle quoi que ce soit, répond-il en baissant les yeux vers les feuillets étalés devant lui. En tout cas, pas dans ces listes.

Je me penche au-dessus de la table.

— Qu'y a-t-il ?

— Sophie, il faut que je vous dise quelque chose.

Oh Seigneur ! Pourvu que ça ne concerne pas cette attirance qui existe entre nous. Pas maintenant !

— Je vous écoute…

— Il y a une autre raison qui m'a poussé à venir ici.

Et voilà, c'est parti !… J'inspire profondément, prête à lui demander de s'arrêter là, mais il lève la main. Je le laisse parler.

— C'est à propos de Josh.

— Oui. Et alors ?

La situation se complique.

— Je ne sais pas comment vous le dire…

Il s'interrompt un instant puis enchaîne :

— Josh faisait partie des suspects dans l'affaire du meurtre de Sally-Anne.

— Quoi ?

Je me lève d'un bond, aussitôt imitée par mes deux gorilles. Je leur fais un signe de la main et me rassois.

— Comment est-ce possible ? Son nom n'est même pas inscrit dans la liste de vos interrogatoires.

— Josh a vécu à Tucson pendant environ un an et demi. Entre 1995 et 1996.

— Non, il doit y avoir une erreur.

— Je regrette, Sophie.

— Mais il ne figurait pas sur votre liste de suspects.

— C'est à cause de Watson. Le père de Josh était un homme politique très en vue dans la région, et aussi un ami des Raymond et de Bob. Il voulait que Josh entre en politique, alors il a demandé que son nom n'apparaisse jamais dans le dossier. Ça ne me plaisait pas trop, mais Bob a accepté et m'a ordonné de me taire. C'était ma première enquête aux Homicides. J'ai obéi.

— Mais vous l'avez écarté en tant que suspect ?

— Watson l'a fait. Moi, je n'ai jamais été totalement convaincu de son innocence.

Quelle histoire à dormir debout !

— C'est pour ça que vous aviez l'air aussi bizarre tous les deux, quand je vous ai présentés ?

— A Tucson, quand vous avez mentionné un certain Josh, j'ai commencé, pour la première fois depuis onze ans, à repenser sérieusement à Josh Marco. Il fallait que je vienne ici pour m'en assurer par moi-même. Pour voir s'il s'agissait du même homme.

Il regarde la table.

— Je tenais à vous prévenir.

J'essaie d'assimiler ce que Darren vient de me révéler. Mon

esprit bataille ferme, refusant d'admettre que Josh, l'homme avec qui j'ai fait l'amour, est un assassin.

— Vous en avez parlé à quelqu'un d'autre ?

— Non, pas encore. Je voulais que vous soyez la première à l'apprendre.

Avec un hochement de tête, je réussis à esquisser un petit sourire.

Il baisse les yeux.

— Le fait que je n'aie rien dit à personne n'est pas totalement désintéressé, avoue-t-il. Il pourrait y avoir des répercussions. En ce qui me concerne.

Darren a raison. Falsifier des rapports de police constitue un délit sérieux, et quelqu'un devra payer.

— Mais c'était votre première affaire aux Homicides.

— Et alors ? Il n'y avait que Watson et moi.

Maintenant que Watson, le véritable responsable, a pris sa retraite et a disparu de la scène, la faute va retomber sur Darren.

— Dans ce cas, attendons un peu avant d'avertir les autres. Inutile de ruiner votre carrière si Josh finit par être innocenté.

Une expression de soulagement se peint sur le visage de Darren.

Je continue :

— Avez-vous parlé à Josh ?

— Non. Je voulais d'abord en discuter avec vous.

— Il m'a laissé un message, il y a environ une heure. Il avait peut-être l'intention de me parler lui-même de Sally-Anne.

— Probablement. Il a dû deviner que je vous raconterais toute l'histoire.

Je compose le numéro de Josh sur mon mobile. Je tiens à lui donner une occasion de m'avouer son implication dans l'affaire de l'Arizona.

Je m'éloigne de quelques pas.

— Josh, c'est moi. Tu m'as appelée ?

— Oui.

Il laisse passer un silence.

— Je voulais seulement savoir comment tu allais.

— Très bien. Je suis avec Darren.

— Oh !

Je ne bronche pas, lui laissant une chance de se justifier. Mais rien ne vient.

— Bon, dit-il, je dois y aller. On bosse toujours sur les dossiers.

Un temps de silence.

Je tente une dernière ouverture :

— Tu n'as rien d'autre à me dire ?

— Non. A plus tard.

Je raccroche.

— Eh bien ? me demande Darren.

— Rien.

Je rumine la nouvelle dans ma tête. Josh ne peut pas être le tueur. C'est impossible. Pourtant, certaines pièces du puzzle commencent tout doucement à se mettre en place.

Je regarde Darren droit dans les yeux.

— Josh a fait des études dans le Michigan.

— A l'époque des meurtres ?

— Oui. Il dit que c'est pour ça qu'il a voulu entrer dans les forces de l'ordre et qu'il a posé sa candidature au FBI.

— Nous devrions peut-être en parler aux autres. Vous voyez bien : il correspond même à votre foutu profil !

Darren se laisse aller en arrière et jette un coup d'œil par la fenêtre.

— Expérience policière, connaissance des scènes de crime, intelligence…

Il n'achève pas sa phrase.

— Sauf pour ce qui est de la formation médicale !

— C'est la seule exception ?

Je réfléchis. Je veux dire, sérieusement. Est-ce possible ? Enfin, quoi ! Je suis — ou plutôt, j'étais — amoureuse de cet homme !

— Je n'y crois pas.

Au fait, O'Donnell, qu'a-t-il découvert sur Josh ? Il est sûrement en train de conduire une investigation sur lui.

— Essayons d'écarter l'hypothèse de sa culpabilité, propose Darren. Voyons, on sait qu'il se trouvait en Arizona et dans le Michigan au moment des meurtres. Et à Chicago ?

— Oh, mon Dieu !

Je plaque ma main sur ma bouche.

— Si je comprends bien, il a aussi travaillé à Chicago, conclut Darren.

— Il était affecté à l'antenne locale de Chicago avant son transfert à Washington, mais je ne connais pas les dates exactes.

— Savez-vous quand il a commencé à Quantico ?

— Il y a un an environ.

— Est-ce que ça colle avec les dates des meurtres de Washington ?

— Nom d'un chien ! Nous venons tout bonnement de corroborer sa présence dans toutes les villes où les meurtres ont été commis, excepté en Floride, et cela à peu près à la même époque que les assassinats.

J'enfouis mon visage dans mes mains.

— Vacherie !

— A-t-il participé à l'une des enquêtes ? me demande Darren.

— Non, je ne crois pas, dis-je en secouant la tête. Il nous l'aurait dit.

Je marque une pause. Josh n'a jamais mentionné Sally-Anne non plus.

— Non, c'est impossible. Ça figurerait dans les dossiers.

— Vous en êtes sûre ?

— Oui, je l'aurais remarqué.

— Bon, alors disons qu'il se trouvait dans les villes en question mais qu'il ne travaillait pas sur les enquêtes.

— Et en plus, il a une grande expérience des scènes de crime. Ce qui expliquerait qu'elles soient si nickel et qu'on n'ait rien pu trouver. Ni traces d'A.D.N., ni empreintes de pied, ni marques de pneu, rien !

A vrai dire, une partie de moi-même commence à envisager la possibilité que Josh soit suspect.

— Suffisamment nickel pour qu'il s'agisse d'un travail de pro, renchérit Darren.

— Exactement. Mais c'est impossible. Pas Josh !

Darren s'éclaircit la gorge et laisse tomber son regard sur les papiers étalés devant lui.

— J'ai cru comprendre que Josh et vous étiez plus que des amis.

Il est contrarié, je le sens, et j'ai envie de le rassurer. Je tends la main pour la poser sur la sienne, mais je la retire aussitôt.

Un silence plane quelques secondes, puis Darren revient à la charge.

— Depuis combien de temps ? me demande-t-il.

— Je ne pense pas que ça vous regarde, dis-je, m'efforçant de ne pas donner à ma voix un ton défensif.

Il me dévisage. Bonté divine, qu'il est mignon !

— Eh bien, disons que depuis peu, les événements nous ont rapprochés.

— C'est-à-dire depuis que vous travaillez ensemble sur cette enquête ?

J'hésite.

— Oui…

— Commode ! C'est peut-être une façon de vous empêcher de le soupçonner.

— Non, c'est absurde. Il ne ferait pas ça. Et sûrement pas à Sam.

Pourtant, le meurtre de Sam était différent. Il y avait quelque chose de plus personnel dans la scène du crime. Se pourrait-il que…

J'énonce mon opinion à voix haute.

— Avec Sam, les choses se sont passées différemment parce

qu'il l'a ramenée chez elle. Nous nous sommes demandé s'il la connaissait. Je veux dire, s'il la connaissait *personnellement*.

— Nous ?

L'ironie de la situation ne m'échappe pas.

— Josh et moi, dis-je avec un rictus amer. Nous avons reconsidéré le profil après votre départ du bureau.

Darren observe un silence.

Je me masse le front et les tempes, puis j'enchaîne :

— Mais s'il était le tueur, pourquoi nous mettrait-il sur la bonne piste ?

— Je ne sais pas : c'est vous la profileuse.

Bien sûr, ça cadrerait avec la prise de risques élevée, telle que nous l'avons définie dans le profil du tueur.

Complètement accablée, je me prends la tête entre les mains.

— Mes goûts en matière d'hommes seraient donc si détestables ? dis-je enfin.

Darren ébauche un petit sourire.

— Il se peut que ce ne soit que pure coïncidence, dit-il, comme pour me rassurer.

Mais ça ne me rassure pas le moins du monde !

— Vous voyez autre chose ? me demande-t-il encore.

Nous avons raté quelques éléments essentiels, j'en suis convaincue…

— Il n'a pas pu ramener le corps de Sam. A ce moment-là, il était en train d'interroger George Daly.

— Enfin, nous progressons ! Etes-vous sûre qu'il se trouvait avec Daly pendant tout ce temps ?

— J'en suis quasiment certaine. Mais je peux vérifier.

— Parfait. Y a-t-il autre chose de suspect ? Et vos prémonitions, qu'en concluez-vous ?

— Josh correspond à la stature du tueur que j'ai vu : un mètre quatre-vingt-cinq, baraqué.

— Bon. Quoi d'autre ?

Il y a bien quelque chose, mais je répugne à l'admettre.

— Dites-le, je vous en prie ! m'encourage Darren.

Non, c'est impossible !

Dans un effort pour retarder mon témoignage, je prends une profonde inspiration avant de me jeter à l'eau.

— Josh est gaucher, dis-je enfin, et les blessures indiquent qu'elles ont été faites par un gaucher. L'écriture du message aussi… Ça fait beaucoup de coïncidences, n'est-ce pas ?

Darren hoche la tête.

— En effet. Nous devons établir de manière irréfutable sa présence sur les lieux des crimes, et voir s'il a vraiment interrogé George Daly toute la matinée d'hier.

— Je devrais aussi informer O'Donnell, dis-je. Je suis désolée.

— Ne regrettez rien. Cela est beaucoup plus important que ma carrière. Mais il s'agit également d'une accusation très grave. Josh sera bientôt prévenu. Vous sentez-vous le courage d'y faire face ?

Darren a raison.

— Vérifions les dates avant que je mette O'Donnell au courant. Voyons si elles concordent. Je vais aussi me renseigner sur les allées et venues de Josh durant l'interrogatoire.

Cet article… il est ridicule ! De qui se moque-t-on ?

Une quatrième victime
met la police sur la piste de l'Ecorcheur.

« Le corps d'une quatrième victime de l'Ecorcheur a été découvert hier soir. La police pense qu'au moment où il l'a enlevée, le tueur ne s'est pas rendu compte qu'il avait affaire à une prostituée.

» Ce dernier meurtre survient alors que le FBI vient tout juste d'établir le profil de l'assassin. Selon le Bureau, la police recherche un homme de race blanche, approchant de la quarantaine. Il s'agirait d'un ouvrier, d'un manœuvre ou peut-être d'un agent de sécurité. »

Ouvrier, et puis quoi encore ? Mais peu importe ! Tous les regards sont désormais braqués sur moi.

Il fait jour, c'est un risque que je ne prendrais pas en temps normal, mais ma patience est à bout. Bientôt, Sophie sera à moi.

A l'entrée de son immeuble, je sollicite au hasard plusieurs Interphone. Quelqu'un m'ouvre la porte. Je gravis les trois marches qui conduisent dans le hall.

Elle habite au deuxième étage, appartement 310. La tête rentrée dans les épaules, je m'engage dans l'escalier. Personne ne peut voir mon visage. Arrivé devant sa porte, je regarde autour de moi. La voie est libre. Mon pistolet décrocheteur bourdonne doucement. En quelques secondes, je suis à l'intérieur. Je ne dispose pas de tout le temps que je voudrais, mais je ne peux résister à la tentation de me trouver chez elle une fois de plus.

Je jette un regard alentour. L'appartement est impeccable.

J'inspecte chaque pièce, en m'attardant un peu plus dans la chambre. Je fouille dans les tiroirs de sa commode, dans son armoire, parmi ses bijoux et ses produits de maquillage. Je renifle ses vêtements, m'imprègne de son odeur. Dans le panier à linge, je trouve le chemisier beige décolleté que je lui connais. Je le porte à mes narines, inspire à fond…

Quel parfum enivrant ! J'ai tellement hâte qu'elle m'appartienne totalement ! Le chemisier collé sous le nez, je me retourne pour regarder son lit. J'aimerais m'y allonger, humer le vêtement et m'imaginer le corps nu de Sophie… mais je n'ai pas le temps. Je remets le chemisier dans le panier et gagne la cuisine. Elle est étincelante.

J'ouvre le réfrigérateur : fromage blanc, yaourts, lait, œufs, légumes frais, sauce au piment, des restes de poulet au curry dans un saladier. Je vérifie tous les emballages. Parfait ! Aucun n'a dépassé la date de péremption. Les gens ne se rendent vraiment pas compte de la quantité de microbes qui pullulent dans les aliments, surtout dans les produits laitiers. Mais peut-être qu'elle le sait. Je me dois de veiller sur mes petites chéries et de les garder en bonne santé.

Que faire des restes ? Ils grouillent probablement de *Listeria* ou autres bactéries. Mais ça se remarquerait trop. Je ne veux pas qu'elle se doute de ma visite.

Je m'en vais, un rien frustré de n'avoir pu laisser ma marque. Tant pis ! Je reviendrai une autre fois.

19.

— Bon, où en sommes-nous avec nos listes ? demande O'Donnell pour démarrer notre réunion de 18 heures.

Flynn s'éclaircit la voix.

— J'ai remonté la piste de onze personnes sur les vingt-trois que j'avais, et j'en ai éliminé dix.

— Sur quels critères ?

— Soit elles ont un alibi, soit elles ne correspondent en rien au profil, soit elles sont droitières.

— Bon travail. Et celle qui reste ?

— Je vais l'interroger ce soir.

— Parfait. Vous prenez Jones avec vous.

— Entendu.

— Vu le manque de personnel, nous allons devoir conduire les interrogatoires par équipes de deux, prévient O'Donnell.

Puis agitant son index dans notre direction, il ajoute :

— Mais que personne ne s'avise d'interroger seul un suspect, c'est compris ?

Nous acquiesçons tous d'un signe de tête.

— Et vous, Couples ?

— J'ai épluché la moitié de ma liste. J'ai dix-huit noms au total.

— Des suspects possibles ?

— Non, je les ai tous écartés.

— Jones ?

— Pareil pour moi. Le fait que le tueur soit gaucher réduit considérablement la liste.

Quand une population compte seulement treize à vingt pour

cent de gauchers, la présence d'indices matériels indiquant qu'un crime a été commis par l'un d'eux est une véritable aubaine. Ce sont quatre-vingts pour cent de suspects que l'on peut exclure d'un seul coup.

— Comment savez-vous qu'ils sont gauchers ? dis-je.

— On les appelle de la part de l'Association des gauchers, répond O'Donnell.

Apparemment, cette nouvelle stratégie a été mise au point pendant que j'étais à Quantico avec Amanda.

— Bonne idée !

O'Donnell se lève et commence à faire les cent pas.

— Tout de même, au stade où nous en sommes, nous avons besoin de nous en assurer de visu. Si notre homme nous surveille, il doit se méfier. Nous avons réduit la liste à un total de cent vingt individus. Soyons plus rigoureux, désormais. Quand vous serez arrivés au bout de vos listes, reprenez les noms que vous avez éliminés uniquement parce qu'ils sont droitiers. Je veux que vous les voyiez de vos yeux se servir de leur main droite avant de les rayer définitivement. Krip ?

L'interpellé se penche légèrement en avant.

— J'en suis à la moitié. Je n'ai qu'un suspect. Je lui rends visite ce soir.

— Très bien. Emmenez Couples en renfort. Et vous, Jones ?

— J'ai presque fini. Un seul suspect et… euh… Marco.

Je scrute le visage de O'Donnell. Imperturbable. Ou bien il a mis son masque de joueur de poker ou bien il ne nourrit décidément aucun soupçon à l'égard de Josh.

— Je savais bien que ça arriverait à un moment ou à un autre, dit Josh. Etant donné que j'ai suivi mes études dans le Michigan, et tout le reste.

— Vous avez aussi vécu en Arizona et à Chicago ? demande Flynn.

— Exact. Comme mon père était politicien, j'ai souvent déménagé quand j'étais jeune. Ensuite, j'ai eu l'occasion de me déplacer avec l'armée de l'air et le Bureau.

J'étudie les visages autour de la table. Difficile de savoir s'ils suspectent Josh. Du moins doivent-ils s'interroger. Combien de coïncidences faut-il pour leur mettre la puce à l'oreille ? Ou peut-être est-ce moi qui suis folle ? Enfin quoi, il n'aurait pas admis avec une telle impassibilité s'être trouvé dans les Etats en question s'il était coupable ! Le tueur a beau aimer les sensations fortes, il est plus malin que ça, tout de même !

Je l'observe attentivement, guettant le moindre signe révélateur — une transpiration soudaine, un clignement des yeux, un geste d'impatience. Mais il n'a rien à se reprocher, ça semble évident. Il me sourit. Je détourne le regard.

O'Donnell retire ses lunettes.

— Et votre liste à vous, Marco ?

— Elle diminue. J'ai rayé pas mal de noms grâce à cette histoire de gaucher. Il m'en reste deux que je vais aller voir ce soir ou demain matin. Je prendrai Anderson avec moi.

De nouveau, il me sourit. Mal à l'aise, je me trémousse sur mon siège, avant d'esquisser un sourire contraint à son intention.

— Parfait. Au fait, je crois que vous êtes au courant que nous avons affecté deux hommes à la protection d'Anderson.

Tous les participants hochent la tête.

— Je dispose d'une chambre d'amis, dit Flynn.

— Non merci, c'est gentil. Je compte bien être un appât irrésistible pour notre homme.

— Soyez prudente, me conseille O'Donnell.

— Tout ira bien, ne vous inquiétez pas. Je suis sûre que personne ne pourra tromper la vigilance de Laurel et Hardy.

En vérité, j'ai trois représentants de la loi pour me protéger, car j'ai aussi invité Darren à dormir sur mon canapé — mais ça, bien sûr, je ne peux le confier aux autres.

Flynn émet un petit rire.

— Oui, je les ai vus dehors. C'est vrai qu'ils ressemblent à Laurel et Hardy.

O'Donnell ne rit pas.

— Ils s'appellent Montana et Sargent, et ce sont d'excellents agents.

Il lance à Flynn un regard de travers, puis ses yeux bleus se posent de nouveau sur moi, quelque peu radoucis.

— Mais le temps que vous sortiez d'ici, une autre équipe aura pris la relève.

— Bien sûr, je comprends.

— Eh bien, qu'avez-vous découvert du côté des serruriers ? reprend-il.

— J'ai passé la plus grande partie de l'après-midi à étudier les dossiers, et je suis arrivée à la conclusion que le tueur a inauguré son activité de crochetage de serrures dans le Michigan.

— Pourquoi ? s'étonne O'Donnell, toujours un brin sceptique.

— Les victimes de l'Arizona ont toutes été enlevées à l'extérieur et loin de chez elles. Ce n'est que dans le Michigan que les enlèvements ont eu lieu à proximité des domiciles. Par exemple, dans un parking ou à l'entrée d'un appartement. Dans deux cas, toutes les lumières étaient restées allumées, et chez l'une des victimes, il y avait même un plat qui cuisait dans le four. Elles n'avaient aucune intention de sortir.

— Bien, alors mettez le paquet.

Krip me regarde d'un air légèrement contrit. Jusqu'ici, personne dans l'équipe n'avait réellement ajouté foi à ma théorie, et Krip est de ceux qui ont publiquement affiché leur incrédulité.

— Je pense donc qu'elles ont été kidnappées chez elles.

— Mais il n'y a pas de traces de lutte ! fait remarquer O'Donnell.

— C'est vrai, mais il se peut qu'elles soient sorties en hâte s'il leur a déballé une histoire à propos de l'un de leurs proches.

O'Donnell se gratte la joue.

— Bon, continuez à travailler sur ces listes, Anderson.

Je veux que vous interrogiez les suspects de Marco avec lui. Voyons si nous avons de quoi procéder à une arrestation.

Il consulte ses notes, puis ajoute :

— Au fait, j'ai parcouru la moitié de ma liste et jusqu'à présent, je n'ai retenu aucun nom. Nous avons les ordinateurs et les experts du labo à notre disposition jusqu'à minuit, si nécessaire.

— A-t-on trouvé quelque chose sur le miroir ?

— Je recevrai le rapport ce soir.

Tous se lèvent et commencent à rassembler leurs affaires.

— Tu es inquiète à cause du message ? me demande Josh à voix basse.

— Un peu.

— Moi aussi. Et plus qu'un peu !

Je souris, comme si de rien n'était. Mais peine perdue ! J'ai besoin de savoir à quoi m'en tenir en ce qui concerne Josh. Il faut que je dissipe mes doutes.

— Alors, dis-moi, comment s'est déroulé l'interrogatoire de George Daly ?

— Il n'y a pas grand-chose à dire. C'est surtout O'Donnell qui s'en est chargé.

— Mais tu y étais, non ?

— En partie. Nous l'avons cuisiné pendant des heures.

— A quel moment étais-tu présent ?

Je me mords la lèvre.

— Je suis resté environ deux heures. Nous nous sommes relayés pour que chacun puisse dormir un peu.

— Vous avez dormi au poste de police ?

Il me jette un regard étrange.

— Certains d'entre nous, oui. Moi, je suis rentré à la maison. J'habite juste à côté. Pourquoi me poses-tu toutes ces questions, Sophie ?

Une fois Couples partie, la salle de réunion est déserte. Je me retrouve seule avec Josh. Je m'écarte de quelques pas et fourre mes dossiers dans ma serviette.

— Sophie, qu'est-ce qui ne va pas ?

— Rien. Rien du tout.

Il prend mes deux mains dans les siennes.

— Tu ne regrettes pas ce qui s'est passé, n'est-ce pas ?

D'un geste vif, je retire mes mains.

— Comment peux-tu me demander ça maintenant ?

— Je suis désolé, Sophie. Je me fais du souci à ton sujet.

Il se rapproche. Encore une fois, je recule d'un pas.

— Je vais très bien.

— Ecoute, on va appeler Marty pour lui demander s'il a trouvé des empreintes ou quelque chose. Je sais que ce message te fait flipper.

Ce n'est pas le message. C'est à cause de Josh que je m'angoisse. D'un autre côté, j'ai hâte de savoir si on a enfin recueilli des indices sérieux chez Sam.

Josh referme son classeur d'un coup sec et le glisse dans sa mallette.

— Ce ne sera pas long, dit-il. Ensuite, nous irons interroger les suspects.

Il active le haut-parleur du téléphone et s'apprête à composer le numéro lorsque la sonnerie de mon mobile retentit.

Je décroche.

— Agent Anderson.

— Bonjour, Sophie. C'est Amanda.

D'un geste de la main, je fais signe à Josh d'attendre, puis je m'éloigne de quelques mètres.

— Bonjour, Amanda.

— Comment vous sentez-vous ?

— Très bien, je crois.

— Ça ira de mieux en mieux. Ce n'est qu'une question de temps.

Josh est adossé à la fenêtre, un pied appuyé contre le mur. Il fait semblant de ne pas entendre.

— Je sais, je sais. J'essaie de ne pas penser à Sam. Et ça m'occupe l'esprit de travailler sur le dossier.

Pourtant, maintenant qu'Amanda a abordé le sujet, je sens

revenir la douleur. Une boule en travers de ma gorge m'étouffe. Je deviens incapable de maîtriser mes émotions.

— Je vous ai senti vraiment bouleversée, lors de notre séance d'aujourd'hui. Alors, je voulais savoir si vous aviez besoin de parler à quelqu'un.

— Je vais très bien.

Silence.

— C'est la vérité.

Il est assez normal qu'elle ne me croie pas ! Pendant la première partie de la séance, nous avons parlé de Sam. Ça, je pouvais le supporter… enfin, à peu près. Mais ensuite, elle a évoqué John, et toute mon armure est tombée en morceaux. En quelques minutes, je me suis retrouvée en pleurs, à avouer le sentiment de culpabilité que j'éprouve vis-à-vis de leur mort à tous les deux. Or, j'étais incapable de lui en expliquer la raison. Impossible de lui faire part de ces maudits talents paranormaux !

Une fois que les larmes ont commencé à couler, je n'ai pas été fichue de les arrêter et, à la fin de la séance, je n'étais plus qu'une loque.

— Eh bien, je verrai ça moi-même, demain, propose-t-elle.

— Comme vous voulez, dis-je, appréhendant mon prochain rendez-vous avec la psychologue.

— Est-ce que l'enquête avance ?

— Pas vraiment. Nous procédons par élimination. Nous avons quelques pistes solides à explorer.

Je jette un regard vers Josh. Il me sourit, je me force à lui rendre son sourire.

— Vous viendrez à bout de cette épreuve, Sophie, je n'en doute pas une seconde. Vous allez coffrer le tueur et, de mon côté, je vous aiderai à surmonter la perte de Sam.

Franchement, je doute de pouvoir un jour m'en remettre. Mais je ne peux pas l'avouer, c'est évident.

— Merci, Amanda.

— Vous avez des gardes du corps, n'est-ce pas ?

— Oui, deux.

— Parfait. Je vous verrai donc demain matin.

— Oui, merci. Bonne nuit ! dis-je avant de raccrocher.

Josh s'éloigne de la fenêtre.

— C'était le Dr Rosen ?

— Oui. Elle voulait juste savoir comment j'allais.

Il opine du chef.

— Sophie ?

— Oui ?

— Tu sais que je suis avec toi, moi aussi ?

Il s'interrompt. Je balaie la pièce du regard, espérant voir quelqu'un arriver pour m'épargner cette conversation.

— Je ne veux surtout pas te bousculer alors que tu as déjà tant de sujets de préoccupation, reprend-il. Mais je tiens à ce que tu saches que je suis là pour toi, c'est tout.

— Merci, Josh, dis-je, faisant appel à toute la sincérité dont je suis capable.

Dieu merci, nous sommes dans une salle de réunion, sinon Josh essaierait de m'embrasser, à l'heure qu'il est, j'en mettrais ma main au feu !

— Essayons de joindre Marty, dis-je.

Josh pianote sur le clavier de son téléphone.

— Tu crois qu'il est encore au labo ?

— Il a dit qu'il travaillerait tard, à cause de tout ce qui se passe.

Marty répond au bout de plusieurs sonneries.

— Marty, c'est Josh. Je t'ai mis sur haut-parleur. Sophie est à côté de moi.

— Salut !

Un temps de silence.

— Tu tiens le coup, Sophie ?

— Oui, ça va.

Réponse convenue. C'est faux, bien sûr, tout le monde le sait.

— Nous voulions savoir si vous aviez découvert quelque chose sur le miroir de Sam, explique Josh.

— Le miroir…

Bruit de papiers que l'on feuillette.

— Nous avons relevé des empreintes, mais seulement celles de Sam et de la femme de ménage, répond enfin Marty. La substance utilisée pour écrire le message est un mélange de vernis à ongles et de sang.

Il laisse à l'information le temps de faire son effet.

— Du sang ?

— Charmant, n'est-ce pas ? Une teneur de 9 %.

— Le sang de qui ?

— Les résultats de l'analyse A.D.N. arrivent à l'instant. Il s'agit du sang de Sam.

— Comment a-t-il fait pour le mélanger ? demande Josh.

— Il en a versé un peu dans le flacon de vernis, répond Marty. Nous avons pu analyser ce qui restait. Et il s'est servi du pinceau applicateur pour écrire.

— Ce qui veut dire que nous n'avons rien… une fois de plus.

— Désolé, Sophie. Ça ne se présente pas bien. Le type a pris beaucoup de précautions.

— Et l'écriture ?

— L'expert graphologue est catégorique : c'est la même que celle de la lettre reçue par Sam, la semaine dernière.

— Le contraire m'aurait étonnée, dis-je.

— Je suis en train de terminer mon rapport pour O'Donnell.

— Il l'attend ce soir.

Tête baissée, nous gardons un instant le silence.

— Merci, Marty, dit Josh. A plus tard.

Il raccroche.

Découragée, j'attrape ma serviette.

— Je n'ai que deux personnes à interroger. On y va ? propose Josh.

— D'accord.

— Tu es sûre que tu te sens d'attaque ?

— Tout à fait, dis-je. Emmenons Darren avec nous.

— Darren ?

— L'inspecteur Carter.

Josh esquisse une grimace. Est-ce de la jalousie ou la crainte d'être démasqué ?

— Il peut nous être utile en ce qui concerne les meurtres de l'Arizona.

Evidemment, ce n'est qu'un prétexte. La véritable raison, c'est que je ne veux pas me retrouver seule avec Josh, même si deux agents assurent ma protection.

— Je ne crois pas que ce soit une bonne idée, rétorque Josh.

— Pourquoi ?

— Ce type ne me plaît pas beaucoup.

Il se tortille d'un pied sur l'autre, mal à l'aise. Il doit redouter que son implication dans l'affaire de l'Arizona ne soit dévoilée au grand jour. Et il n'a pas tort !

Je me sens tout à coup portée par un élan de courage — après tout, je lui ai donné une chance de tout m'avouer.

— Je sais que tu as été mêlé à cette affaire en Arizona, dis-je.

Josh me dévisage. A quoi pense-t-il ? Est-il en train d'inventer des excuses ?

— Je me demandais si Carter allait t'en parler, répond-il enfin. Je comptais t'en faire part moi-même. C'est pour ça que je t'ai appelée.

— Et tu ne m'as rien dit ! Pourquoi, Josh ? Pourquoi me l'avoir caché ?

— Parce que ça n'avait aucune importance. Ils ont interrogé plus d'une centaine de personnes en même temps que moi. Je n'ai jamais été considéré comme un véritable suspect.

— Ce n'est pas l'opinion de Darren.

Josh prend une brusque inspiration, plisse légèrement les paupières.

— Et pour quelle raison te l'aurait-il fait savoir ? rétorque-t-il d'un ton sec.

— Que veux-tu dire ?

— Tu sais très bien ce que je veux dire. Darren Carter a une arrière-pensée.

— Tu l'accuses de mentir ?

— Il te dépeint le tableau sous le jour qui l'arrange.

— Tu es sûr que c'est de cela qu'il s'agit ?

— Ça ne m'a pas gêné d'être interrogé par la police. Je n'avais rien à cacher.

— Vraiment ?

— Sophie, qu'est-ce que tu insinues ?

— Tu es gaucher, Josh !

— Tu ne parles pas sérieusement ! Tu crois que... Tu me crois coupable ?

Il s'écarte de moi, secoue la tête.

— Tu t'imagines que j'ai tué Sam ? Comment as-tu pu penser ça, ne serait-ce qu'une seconde ?

Je regarde son visage empreint d'une peine indicible. C'est vrai. Comment ai-je pu ? Puis la réponse s'impose d'elle-même... Parce que tous les indices convergent pour l'accuser, voilà pourquoi !

Toutefois, je n'en laisse rien paraître.

— Je ne sais pas, Josh. Je ne sais plus ce que je dois penser.

C'est le moment que choisit Couples pour revenir dans la salle, une tasse de café et un sandwich à la main.

— Excusez-moi. Je vous dérange ?

Elle a l'air embarrassée.

— Non, j'allais partir, répond Josh en ramassant ses affaires. Ne reste pas seule cette nuit, Sophie, ajoute-t-il avant de se pencher vers moi de telle façon que Sandra ne puisse l'entendre. Je préfère encore que tu sois avec *lui,* conclut-il.

Et sur ces mots, il sort précipitamment de la pièce.

Ou bien son petit numéro était sacrément bien rodé, ou bien c'est moi qui viens de jeter aux orties ma seule chance de nouer une relation solide avec Josh Marco.

20.

Par la fenêtre, je regarde la voiture garée en bas de chez moi. J'adresse un signe de la main à l'un des deux agents de la nouvelle équipe chargée de me surveiller. Il me répond par un bref salut. Son coéquipier rôde dans les couloirs de mon immeuble.

Les yeux toujours fixés sur la rue, je me remémore ma conversation avec O'Donnell. Je suis allée le voir dès que Josh a quitté l'antenne locale du Bureau. Il le fallait.

— Vous avez une minute ?

— Bien sûr, Anderson. Entrez.

— Certaines informations me sont parvenues. Et je dois vous mettre au courant.

— Oui ?

Il semblait hésitant. Au ton de ma voix, il devinait qu'il devait s'attendre à une révélation importante.

— C'est à propos de l'agent Marco.

— Oui ?

— Avez-vous fait des recherches sur lui ?

— J'en fais sur tous les membres du groupe d'intervention, comme je vous l'ai dit.

Il se gardait bien d'abattre ses cartes.

— J'ai découvert quelque chose, cet après-midi. Plusieurs éléments significatifs.

Le cœur me manquait. J'avais peine à croire que j'étais sur le point de classer formellement Josh dans la catégorie des suspects.

— Eh bien, continuez, Anderson.

Je pris une profonde inspiration et me lançai :

— Josh Marco a été interrogé dans le cadre de l'affaire Sally-Anne Raymond.

O'Donnell haussa les sourcils.

— Interrogé ? Je ne me rappelle pas avoir vu son nom dans aucun des dossiers.

— On l'a effacé des comptes rendus, à la demande de son père.

— Le gouverneur Marco ?

— En effet.

O'Donnell s'assit.

— Marco est le seul dans l'équipe que je n'ai pas pu écarter, dit-il en ôtant ses lunettes. Je n'arrive pas à comprendre.

— Je sais ce que vous voulez dire. Mais il correspond au profil. Il était présent dans tous les Etats où les meurtres ont été commis et, en plus, il est gaucher.

— Je l'avais remarqué. Les preuves sont accablantes.

— Qu'allez-vous faire ?

Il laissa passer un silence.

— En tout cas, il faut lui retirer l'enquête.

J'opinai du chef.

Au bout de quelques secondes, O'Donnell se leva.

— Merci, Anderson. Je m'en occupe.

Et sur ces mots, je fus congédiée.

Comment Josh a-t-il réagi, je me le demande. D'abord, c'est *moi* qui l'accuse, ensuite le Bureau…

Une légère odeur de brûlé en provenance de la cuisine m'arrache à mes réflexions. Je remue la sauce qui mijote sur la gazinière, la goûte et ajoute une pincée de poivre moulu. Ces pâtes constitueront mon premier repas convenable depuis le dîner chez Bobby's. Si Darren n'était pas là, je me serais encore une fois privée de manger.

L'Interphone grésille. Je décroche le combiné, mais ne prends pas la peine de répondre. Je sais que c'est Darren. Il m'a appelée, il y a un quart d'heure, pour me demander si je préférais du vin rouge ou du blanc. J'appuie sur le bouton de l'Interphone pour lui ouvrir et déverrouille la porte de mon appartement.

— J'ai pris du merlot, annonce-t-il en entrant. J'espère que vous aimez ça.

— C'est parfait !

J'adore le merlot. Sam aussi en raffolait.

— Vous avez vérifié les dates des déplacements de Josh ? me demande-t-il.

— Je n'ai pas eu à le faire. Il figure sur l'une de nos fichues listes. Tout à l'heure, je l'ai confronté aux indices que nous avons découverts contre lui. Soit c'est un excellent comédien, soit il est innocent. J'en ai aussi parlé à O'Donnell.

— Qu'a-t-il dit ?

— Il enquêtait déjà sur Josh, de toute façon. Quand je lui ai raconté les faits à propos du meurtre de Sally-Anne, il a décidé que Josh ne travaillerait plus sur l'enquête.

— Donc, il est définitivement hors circuit ?

— Je suppose. O'Donnell devait s'en occuper ce soir.

Je baisse la tête, submergée par la honte. Bien qu'une partie de moi-même soupçonne Josh, j'ai le sentiment de l'avoir trahi, d'avoir trahi mon amant et aussi un collègue. Sans parler du fait que je me suis peut-être trompée…

Darren pose la bouteille. Il se tient tout près de moi, me caresse les cheveux. Et tout à coup, j'éclate en sanglots. Il m'attire contre lui. D'un mouvement brusque, je m'écarte — si quelqu'un me surprend dans ses bras, je ne pourrai plus m'arrêter de pleurer. Il faut que je reprenne mes esprits. Mes larmes font bientôt place à la colère. Je tuerai ce pervers, je le jure ! Pour Sam.

Debout devant la cuisinière, je me remets à touiller furieusement les pâtes.

— Je prendrais volontiers un verre.

— Bonne idée !

Darren débouche la bouteille de vin.

Cinq minutes plus tard, nous sommes à table.

— Vous soupçonnez vraiment Josh ?

— Je ne sais pas, répond Darren. Sophie, ne parlons plus de l'enquête pendant un moment. Contentons-nous de savourer ensemble ce délicieux repas.

Mais en suis-je seulement capable ?

— Ça vous fera le plus grand bien, insiste Darren. Vous avez besoin de vous reposer un peu. Marché conclu ?

— Entendu. Du moins, je vais essayer. Vous avez peut-être raison : il faut que je fasse une pause. Sam ne m'attend plus.

— A la bonne heure ! Alors, comme ça, vous venez de Melbourne ?

J'avale une petite bouchée de pâtes. Elles ont un drôle de goût, et après quelques cuillerées seulement, je me sens déjà repue, au bord de la nausée.

— Oui, j'ai grandi à Shepparton, dans la campagne du Victoria. Puis, quand j'ai eu dix ans, nous nous sommes installés en ville.

Nous avons déménagé peu après la découverte du corps de John. Shepparton et notre vieille demeure nous rappelaient trop de douloureux souvenirs.

— Et vous ? dis-je dans un pauvre effort pour soutenir une conversation normale et oublier tout le reste : l'enquête, Josh, mon frère. Vous êtes né à Tucson ? C'est là que vous avez grandi ?

— En effet. Mes parents étaient tous les deux de Phoenix, mais ils sont venus à Tucson juste avant ma naissance.

— Pourquoi ont-ils déménagé ?

— La société pour laquelle mon père travaillait voulait ouvrir un bureau à Tucson.

— Ils y habitent toujours ?

— Oui, je les vois presque chaque semaine.

Je pense à mes parents et me force à sourire.

— L'Australie vous manque ?

— Oui, beaucoup.

— Vous avez des amis là-bas ? De la famille ?

Il marque une pause, puis ajoute :

— Quelqu'un en particulier ?

— Je me languis de mes amis et de mes parents.

Il me regarde fixement. J'ai éludé la dernière partie de sa question, mais il semble déterminé à obtenir une réponse.

— Il y avait quelqu'un, mais nous avons rompu. Et vous ?

— Nan ! Vous savez comment c'est : on est marié à son travail.

— C'est bien vrai, dis-je en jouant avec mes spaghettis.

— Vous ne mangez pas ?

— Je n'en ai plus envie.

— Vous avez oublié notre marché ?

J'ébauche un pâle sourire et récite docilement :

— Interdiction de mentionner l'enquête avant la fin du dîner.

Darren hoche la tête, boit une petite gorgée de vin.

— Seulement, dis-je, il y a quelque chose qui cloche là-dedans. Nous sommes là, bien tranquilles, à manger et à boire, pendant que le tueur rôde quelque part, en liberté.

Avec un soupir, Darren capitule.

— C'est juste, vous avez raison.

Il repousse son assiette.

— Je n'ai plus faim, moi non plus, ajoute-t-il en se levant pour débarrasser la table.

— Je suis désolée, Darren.

— Non, surtout pas ! C'est vous qui êtes dans le vrai. Qui sait, nous finirons peut-être par découvrir quelque chose.

Dès qu'il revient de la cuisine, nous étalons les dossiers sur la table et répartissons les papiers en plusieurs piles, une pour chaque Etat. Sur un coin de la table, je déplie une carte du District de Columbia, sur laquelle je marque les lieux des enlèvements ainsi que ceux où l'on a retrouvé les corps. Sur les bords, je colle les photos de Jean, Teresa et Susan. Celle de Sam, je ne peux m'y résoudre. Pas encore.

— Y a-t-il un fil conducteur ? demande Darren.

— Non, je ne vois rien.

Il s'avance pour étudier la carte de plus près, trace des lignes reliant les lieux des quatre enlèvements puis ceux où les corps ont été abandonnés.

— S'il existe un schéma, il nous faudra peut-être une autre victime avant de pouvoir le distinguer.

Il a raison. Bien sûr, une victime de plus n'est jamais souhaitable, mais parfois c'est le seul moyen de coincer un meurtrier.

Darren s'écarte de la table.

— Avez-vous tenté de faire appel à l'une de vos visions ?

— Non, et je n'en ai pas eu depuis que nous avons retrouvé Sam.

A vrai dire, je n'ai même pas essayé. A quoi bon ?

— Pourquoi ne feriez-vous pas une tentative ?

— D'accord.

Je me cale dans un fauteuil.

— Vous êtes confortablement installée ?

— Oui.

— N'oubliez pas : c'est comme méditer.

Je ferme les yeux et ralentis ma respiration. Me concentrant sur chaque mouvement d'air dans mes poumons, je refoule tout le reste. Cependant, mon esprit ne cesse de s'évader pour retourner vers Josh. Est-il possible qu'il soit le tueur ? Je suis sur le point de renoncer lorsque soudain, j'aperçois une femme qui court à travers les bois. Elle est terrifiée, jette des regards derrière elle tout en fuyant. J'essaie de me focaliser sur son visage et de discerner ses traits.

La vision s'évanouit. J'ouvre les yeux, aspire une grande goulée d'air.

Darren s'agenouille devant mon siège.

— Qu'avez-vous vu ?

— Une femme. Dans une forêt. Elle était poursuivie.

— Ce serait la prochaine victime du tueur ?

Sentant monter en moi une violente migraine, je fronce les sourcils.

— Peut-être.

Or, c'est moi que le message sur le miroir désignait comme la prochaine victime.

— On a retrouvé le corps de Teresa dans un bois, n'est-ce pas ? demande Darren.

— Dans la forêt de Cedarville. Mais la femme que j'ai vue n'était pas Teresa.

— A quoi ressemblait-elle ?

L'expression de terreur sur son visage me fait frissonner.

— Elle avait les cheveux blonds, courts, légèrement ondulés. Elle paraissait petite et menue, mais c'est peut-être la taille des arbres tout autour qui donnait cette impression.

— Continuez.

Je hausse les épaules.

— C'est tout, dis-je en me frottant le front.

— Vous êtes fatiguée. Ça joue beaucoup.

— Ah bon ?

— Ma tante était une pro, mais quand elle se sentait fatiguée ou malade, ses visions étaient peu fiables, parfois même inexistantes.

Il se lève.

— Venez, reprenons les bonnes vieilles méthodes traditionnelles.

Nous rejoignons la table et, une fois de plus, je lui décris en détail tout ce que nous savons sur les meurtres commis à Washington, dans l'espoir qu'avec un œil neuf, il sera capable de déceler des indices qui nous auraient échappé. Mais sans succès !

Nous reprenons alors les meurtres du Michigan, ville dans laquelle notre homme s'est montré redoutablement actif. Six assassinats : cinq étudiantes et une jeune femme employée dans un magasin de chaussures. Nous poussons les autres dossiers dans un coin et étalons les photos du Michigan sur la table, regroupées par assassinat. Il y en a tellement qu'elles se chevauchent.

Je désigne la série numéro un.

— Une étudiante de première année.

Son corps a été retrouvé dans une benne à ordures sur le campus de son université. Elle avait été tailladée comme les autres, mais présentait également des marques de coups sur la tête et le visage. Du bout du doigt, je suis le tracé des ecchymoses.

— Elle a dû dire quelque chose qui a mis le type en colère. Il était tellement fou de rage qu'il n'a pas pris la peine de se servir d'un couteau.

Ce genre de comportement ne ressemble pas à notre tueur.

— Quoi, par exemple ? demande Darren.

— Une remarque méprisante, à mon avis. Probablement de nature sexuelle. Ou alors, elle l'a reconnu et il l'a frappée pour lui apprendre à faire la maligne.

Darren feuillette le rapport du coroner.

— C'est cette blessure-là qui a causé la mort, précise-t-il en désignant une plaie verticale à la gorge. Et d'après le sang retrouvé dans la benne, elle vivait encore quand il l'a jetée dedans.

— C'est vrai, j'avais remarqué. Bizarre ! D'habitude, il aime en finir avec ses victimes. Je crois qu'il devait avoir honte de l'avoir battue et qu'il a préféré se débarrasser d'elle le plus vite possible.

— Par contre, ça ne lui fait ni chaud ni froid de découper des chairs.

— A ses yeux, le couteau est une arme qu'il maîtrise. Raffinée, en quelque sorte. Mais frapper à mains nues, c'était indigne de lui. Il y avait de quoi le déstabiliser.

Darren secoue la tête.

— Quel malade !

— Ils ont relevé de la fibre de tapis sur le corps, mais n'ont jamais pu en identifier la provenance. C'est à peu près la seule fois où il a laissé des indices matériels.

Je me penche sur la deuxième rangée de photos. Victime numéro deux. Encore une étudiante de première année.

— Elle est jolie.

— Elle *était* jolie. Elle aussi, on l'a retrouvée sur le campus. Il aimait traîner dans les parages quand on découvrait les corps. Ça l'excitait.

— Vous pensez qu'il vivait sur le campus ?

— Oui. Ou du moins, à proximité.

J'attrape le rapport du coroner et le survole une nouvelle fois, tandis que Darren passe à celui de la victime numéro trois.

Arrivée à la fin de la dernière page, je repose le document.

— Quelque chose d'intéressant ? me demande Darren.

— Pas vraiment. C'est toujours pareil.

— Moi aussi.

Je me lève et m'appuie contre le dossier de ma chaise.

— Ce type est insaisissable, dis-je en baissant la tête.

Darren, qui s'est levé à son tour, se plante derrière moi, indécis. Ses mains frôlent mes épaules. Il entreprend de me masser la nuque et le haut du dos. Très agréable, il faut l'avouer ! Les effets du stress ajoutés au fait de rester penchée des heures durant au-dessus d'un bureau commencent à se faire douloureusement sentir.

— Ça fait du bien ?

— Mouais.

— Vous êtes très tendue.

— Je me demande bien pourquoi !

Il laisse échapper un petit rire. Et l'espace d'un instant, je ris aussi. Ses pouces se déplacent verticalement le long de ma colonne vertébrale. Il est plutôt doué pour les massages, je dois le reconnaître. Je me penche légèrement en arrière contre lui. Ses lèvres effleurent mon cou. Il n'en faudrait pas beaucoup pour que je succombe à la tentation. Peut-être cela me permettrait-il de penser à autre chose. Pourtant, j'ai le sentiment que ce ne serait pas correct. Pas avec tout ce qui est arrivé à Sam, pas tant que mes sentiments envers Josh demeurent encore si confus.

Je fais un pas en avant.

— Victime numéro quatre. Michigan.

Les mains de Darren relâchent leur étreinte. Je le sens qui hésite dans mon dos. Malgré l'envie qu'il en a, il renonce à continuer et, au bout de quelques secondes, se rassoit.

— Victime numéro quatre, répète-t-il à contrecœur.

Vers 4 heures du matin, nous finissons par abandonner. Moulus de fatigue, nous déplions le canapé. Darren s'allonge par-dessus les draps et s'étire de tout son long. Je m'aperçois qu'il va être à l'étroit.

— Je suis désolée, dis-je.

— Ça ira très bien.

Après lui avoir souhaité une bonne nuit, je me dirige vers ma chambre, emportant avec moi tout ce que Jones a trouvé sur le crochetage des serrures, au cas où je n'arriverais pas à m'endormir.

Je m'arrête un instant devant l'armoire à linge… Dois-je inspecter l'appartement ? Darren est ici. Mes deux gorilles montent la garde en bas. Il est impossible que le tueur soit là, lui aussi. Je gagne la salle de bains, me brosse rapidement les dents, prenant soin de ne pas me regarder dans le miroir car le spectacle ne doit pas être réjouissant.

Allongée sur mon lit, je tiens les pages à bout de bras au-dessus de ma tête, mais mes yeux sont trop fatigués pour rester ouverts. Je pose les feuillets sur ma table de chevet et me retourne sur le côté. J'ai besoin de sommeil.

Deux heures plus tard, je me réveille en sursaut. Dans l'espoir d'avoir fait un rêve significatif, je me creuse la cervelle à la recherche de la moindre bribe. Mais je ne me souviens de rien.

Je me lève, gagne le séjour et secoue Darren pour le tirer du sommeil. Puis je fonce sous la douche. C'est aujourd'hui que nous allons épingler ce fumier. Je veux rester optimiste.

Une fois sortie de la douche, je m'habille en hâte puis lance une serviette à un Darren encore somnolent.

— La salle de bains est libre !

Il s'empare de la serviette, me sourit et se dirige vers la douche. Il est à croquer en T-shirt et caleçon, avec ses cheveux en bataille qui tombent sur ses yeux bleus !

— Qu'est-ce que vous prenez pour le petit déjeuner ?

— Ce que vous avez. Des céréales, des toasts, n'importe quoi.

Quelques secondes plus tard, j'entends l'eau couler.

— Quel est le programme aujourd'hui ? crie-t-il.

Sachant que le bruit de la douche couvrira ma voix, je m'approche de la porte.

— J'espère recevoir des nouvelles du Michigan à propos des serruriers, ce matin, et il faut aussi que j'essaie de retrouver les commerçants qui vendent des outils de crochetage en ligne. Ensuite, j'aiderai les autres à gérer leurs listes.

— Je vous donnerai un coup de main.

— Merci, Darren.

C'est formidable d'avoir quelqu'un sur qui compter. Surtout compte tenu de la situation vis-à-vis de Josh !

— De rien.

La douche s'arrête. Il a fait vite. Je retourne dans la cuisine et remplis deux bols de céréales. Ça fait plusieurs jours que je ne me suis pas préparé ma salade de fruits habituelle.

Darren émerge de la salle de bains, une serviette nouée autour des reins. Je détourne les yeux, verse du lait dans mon bol. Il fouille dans son sac de sport, en extirpe des vêtements propres, puis regagne la salle de bains. Deux minutes plus tard, il revient dans le séjour, vêtu d'un jean et d'un pull rouge à col roulé. Il s'installe à la table et arrose ses céréales de lait.

— C'est aujourd'hui le grand jour, dis-je entre deux bouchées.

— Absolument !

La sonnerie du téléphone retentit. Je me lève pour attraper mon portable.

— Allô ?

— Sophie, c'est Josh. Je tiens une bonne piste. Tu veux venir l'interroger avec moi ?

Sa voix est froide, monocorde.

— Hum… je pensais…

Ma phrase reste en suspens.

— Tu croyais qu'on m'avait retiré l'enquête, n'est-ce pas ?

J'hésite avant de répondre :

— Oui.

— C'est exact, Sophie. Officiellement, je suis suspendu. Mais il n'est pas question que je laisse le tueur s'en tirer comme ça ! Surtout si tu cours le moindre danger.

— Mais…

— Je ne suis pas un meurtrier, Sophie. Tu le sais bien.

Je m'abstiens de répondre. Je ne sais toujours que penser ni qui croire.

— Je vais au 25 Greene Street, à Edgewood. Je t'y attendrai. Emmène Carter si tu as peur d'être seule avec moi.

Et sur ces mots, il raccroche.

— Qui était-ce ? demande Carter avant d'enfourner sa dernière cuillerée de céréales.

— Josh.

— Qu'est-ce qu'il voulait ?

— Il partait pour interroger quelqu'un.

— Je croyais qu'il ne travaillait plus sur l'enquête.

Je hausse les épaules.

— En effet. Mais il affirme qu'il est innocent et qu'il va épingler le véritable assassin.

Darren n'a pas l'air convaincu.

Je croise les bras.

— S'il dit la vérité, nous ne devons pas le laisser procéder seul à un interrogatoire. Il ne sera même pas armé — O'Donnell a dû lui confisquer son revolver.

Puis, après une pause, j'ajoute :

— Je devrais peut-être y aller.

— Et si c'est un piège ? hasarde Darren. Je vous accompagne.

— Comme vous voulez.

A dire vrai, la pensée de la réaction de Josh lorsqu'ils vont se retrouver tous les deux nez à nez ne me réjouit pas outre mesure.

Une demi-heure plus tard, nous nous engageons dans Greene Street. Josh se tient appuyé contre la portière de son véhicule. Il porte un long pardessus et des gants de cuir. Il fait froid, ce matin.

Evitant son regard, je descends de voiture. J'ai honte d'avoir amené Darren avec moi, honte de ne pas faire confiance à Josh. Je n'ai plus qu'une envie : m'éclipser. Je ne tiens pas du tout à me retrouver avec ces deux-là, dans la même pièce, à interroger un suspect et faire comme si de rien n'était. Comme si rien de tout cela ne me touchait.

Les agents affectés à ma protection se garent derrière nous, mais restent dans leur voiture. Il s'agit de Montana et Sargent : ils sont de retour.

— C'est ridicule ! s'exclame Josh en lançant un regard de travers à Darren.

— La sécurité de Sophie passe avant tout, rétorque ce dernier.

— Elle courrait moins de dangers avec moi.

— Ça, c'est vous qui le dites !

J'interviens :

— Ça ne vous dérange pas trop que je sois là ?

Mais à quoi bon ? Autant crier dans le désert. Il y a trop de testostérone en circulation.

— Elle ne vous connaît que depuis quelques jours, grogne Josh. Pourquoi serait-elle plus en sécurité avec vous ?

— Ecoutez, mon pote, ce n'est pas moi qui me trouvais sur les lieux des crimes et, comme par hasard, au moment où ils ont été commis.

— Pas sûr ! Après tout, on ne sait rien de vous ni de ce que vous avez fait, ces onze dernières années.

N'en pouvant plus, je me mets à hurler à pleins poumons :

— Vous n'allez pas arrêter, tous les deux ?

Josh se tourne vers moi.

— Tu ne connais même pas ce type.

— O'Donnell s'est renseigné sur lui. Il n'a rien à se reprocher.

Les deux hommes s'observent en silence. Finalement, Josh reprend la parole.

— Allons-y.

Il se met en route, puis, faisant demi-tour, pointe le pouce par-dessus son épaule.

— Le véritable meurtrier est peut-être derrière cette porte, dit-il.

— Ou alors, juste devant moi.

Darren est-il devenu fou ? Il est en train de pousser Josh à bout.

Josh se fige. L'espace d'un instant, j'ai l'impression qu'il va décocher un bon coup de poing à son rival.

— Puisque c'est comme ça, je m'en vais !

A bout de patience, je tourne les talons et m'élance en direction de ma voiture.

Darren me saisit par le bras.

— Attendez, Sophie ! Vous ne devriez pas partir seule.

Josh me lance un regard chargé de frustration. Il voudrait être celui qui me tient le bras et me dit de ne pas rester seule. Il se détourne et se remet en marche.

Je dégage mon bras.

— Inutile de vous inquiéter pour moi. J'ai déjà Laurel et Hardy pour me défendre. Je vous retrouve plus tard, au bureau de Washington. Il faut que je retourne chez moi, de toute façon. J'ai oublié des papiers sur ma table de chevet.

— Je vous accompagne.

— Puisque je vous dis que je ne risque rien ! Mais Josh,

lui, va avoir besoin de renforts. Allez plutôt lui prêter main-forte.

— Mais…

— Il n'y a pas de *mais* ! Dépêchez-vous. Il a déjà sonné à la porte.

Debout devant le portail, Darren hésite un instant. Puis la porte d'entrée s'ouvre, et il se dirige à grands pas vers la maison. Il est flic, je savais qu'il ne laisserait pas Josh interroger seul un suspect potentiellement dangereux. Beaucoup trop de questions demeurent encore sans réponse.

21.

Je me gare devant mon immeuble, aussitôt imitée par mes deux gorilles.

Sargent se penche par la vitre de sa voiture.

— Vous voulez que l'un de nous monte avec vous ?

— Non, je n'en ai pas pour longtemps.

— Je viens quand même, décrète-t-il en débouclant sa ceinture de sécurité.

— Je vais juste prendre quelques papiers. Ça ne durera pas plus de cinq minutes.

Sargent se cale de nouveau dans son siège, puis se ravise.

— Je ne vous laisse pas seule.

C'est plus fort que moi. Mes deux nounous commencent vraiment à me taper sur les nerfs ! Ça fait des jours et des jours que je n'ai pas eu une minute de tranquillité.

Il hausse les épaules.

— L'exercice me fera du bien, affirme-t-il.

Et il sort de la voiture en se tapotant le ventre, ventre qu'il a d'ailleurs plutôt rebondi, il faut l'admettre. Comment diable fait-il pour passer avec succès la visite médicale annuelle ?

Je réussis à émettre un petit rire.

Je pénètre dans le hall de l'immeuble et entreprends de gravir lentement l'escalier. Sargent me suit de près. Il serait plus poli d'engager une conversation aimable avec lui, je le sais, mais je ne m'en sens pas la force. Un épuisement physique et émotionnel s'est emparé de moi. Même les deux étages me fatiguent au plus haut point, tout comme l'idée de revoir Darren ou Josh. Ou pire encore, de me retrouver en présence des deux en même temps. Nos relations sont devenues tellement compliquées ! Je ne suis plus sûre de ce que je ressens, ni pour l'un ni pour l'autre. Et je ne suis toujours pas rassurée en ce qui concerne Josh. Il y a trop de coïncidences dans toute cette histoire.

J'entre dans mon appartement, laissant la porte ouverte pour Sargent.

Alors que je me dirige vers ma chambre, une brusque impulsion me pousse vers la table de la salle à manger. Je me penche sur la carte. Quelque chose me chiffonne.

Sargent se tient sur le seuil. Il a ouvert l'étui de son revolver, prêt à passer à l'action en cas de besoin.

Je pose chaque photo sur l'emplacement où l'on a découvert le corps de la victime en question. Toujours rien ! A contrecœur, j'ajoute la photo de Sam. Je déplace les clichés dans tous les sens, essayant différentes dispositions. Et c'est alors que la réponse se fait jour dans mon esprit ! Je fouille parmi les photos des crimes de Washington entassées à l'extrémité de la table, puis consulte les rapports de police décrivant les scènes de crime, de manière à établir la position des corps par rapport aux lieux. A l'aide des photos d'identité, je reproduis sur la carte la façon dont les têtes des victimes étaient orientées. Elles sont tournées dans la même direction, comme si elles regardaient la même chose. Il ne peut s'agir d'une simple coïncidence. Je localise le point où convergent leurs regards. C'est peut-être le repaire secret du tueur. Il veut que ses victimes — ses anciennes petites amies — continuent à le contempler. Il faut que je vérifie sans délai.

J'attrape la carte.

— En route ! Nous avons une nouvelle piste à explorer.

Je grimpe en voiture avec Montana et Sargent, m'installe sur le siège arrière, la carte sur mes genoux. Autant que je puisse en juger, les victimes regardent toutes vers un point précis. Suivant les directions que je lui indique, Sargent nous conduit à travers les rues animées de Washington.

Je me penche en avant et, désignant du doigt une portion du plan, je lui demande :

— Que savez-vous de ce secteur ?

— Il n'y a pas grand-chose d'intéressant. C'est un quartier pauvre. Beaucoup de grands ensembles, quelques entrepôts déserts et aussi l'hôpital Sainte-Anne.

— Un hôpital ?

Le pressentiment que les jeunes femmes étaient attachées sur une table d'examen me revient à la mémoire.

— Il est désaffecté, aujourd'hui, ajoute Sargent.

La cachette idéale, en quelque sorte.

— Allons-y !

En ce qui concerne d'éventuels indices, le tueur s'est montré extrêmement prudent au moment d'enlever ses victimes puis de se débarrasser des corps. Mais aura-t-il fait preuve d'autant de minutie dans son antre ? Il est fort possible que cet ancien hôpital recèle de précieux témoignages susceptibles d'infirmer ou de corroborer la culpabilité de Josh. Et c'est le moment ou jamais de vérifier : maintenant que le tueur a ramené le corps de Sam chez elle et qu'il m'a prise en chasse, le bâtiment est probablement désert.

Une vingtaine de minutes plus tard, nous arrivons devant la bâtisse en briques rouges. Tout le terrain environnant est entouré d'une clôture de deux mètres de haut, jalonnée à intervalles réguliers de panneaux de défense d'entrer. Sans effort, nous escaladons le grillage, et je retombe de l'autre côté en fléchissant les genoux pour amortir le choc.

— Qu'est-ce qu'on cherche ? me demande Sargent.

— Des indices. C'est peut-être ici que l'Ecorcheur détenait ses victimes. J'espère qu'il a laissé des traces qui nous permettront de le coincer.

Je sors mon revolver, aussitôt imitée par les deux agents. L'hôpital comporte quatre étages. La plupart des vitres ont été fracassées, et le toit a disparu. Le bâtiment tout entier est recouvert de graffitis.

— Depuis combien de temps est-il fermé ?

— Ça fait des années, explique Montana. On devait le rénover. Ensuite, il a été décidé de le démolir et de construire un nouvel hôpital, mais le projet est tombé à l'eau.

Je m'avance vers la fenêtre la plus proche et, de quelques coups de crosse, casse ce qui reste de verre accroché aux montants. Puis je grimpe sur le rebord, saute à l'intérieur de la pièce et atterris en faisant craquer le verre brisé sous mes semelles.

Sargent et Montana sont sur mes talons. Nous nous engageons tous les trois dans le premier couloir qui s'ouvre devant nous.

— Divisons-nous, dis-je.

Sargent secoue la tête.

— Il faut que l'un de nous reste avec vous.

Montana désigne la bifurcation que l'on aperçoit à l'extrémité du couloir.

— Je vais prendre à droite pendant que vous deux, vous irez à gauche, propose-t-il.

Ensemble, nous longeons le corridor principal, inspectant en chemin les cinq pièces qu'il dessert, aussi désertes les unes que les autres. Parvenus au bout, nous nous séparons.

Sargent et moi nous dirigeons vers l'ancien service des urgences. L'hôpital ressemble à une zone de guerre : sol jonché de verre cassé, peinture écaillée, graffitis, et jusqu'aux vieux équipements et appareils déglingués, abandonnés sur place. Mais aucune trace de meurtre.

Nous arrivons bientôt dans ce qui devait être le service de pédiatrie. Un dessin de clown aux couleurs passées pend encore au mur.

Sargent se fige, l'oreille aux aguets.

— Vous avez entendu ?

C'est un bruit de voix, impossible de s'y tromper, mais elles sont trop lointaines pour que l'on puisse les distinguer clairement.

Puis le silence revient.

— C'est sûrement Montana, dit Sargent. Il a peut-être découvert quelque chose.

Il ouvre son mobile et pianote sur le clavier. La sonnerie d'un téléphone nous parvient du couloir derrière nous. Mais Montana ne répond pas.

— Bon sang !

Sargent et moi rebroussons chemin en courant.

Quelques minutes plus tard, nous tombons sur le corps inerte de Montana. Il baigne déjà dans une mare de sang. Je me baisse pour prendre son pouls. Le sang bat, mais faiblement.

— Il vit encore, dis-je. Nous avons besoin de renforts. Il y a tout ce qu'il faut comme preuves, ici.

Hochant la tête, Sargent ouvre de nouveau son portable. Mais alors qu'il est sur le point d'appuyer sur les touches, un léger bruit sourd me parvient. Je le reconnais. C'est celui d'un silencieux. Les yeux de Sargent s'ouvrent démesurément. Il se plie en deux. Il a dû recevoir une balle dans le dos.

D'un bond, je me relève et regarde autour de moi. Le tireur reste invisible. Traversant le couloir pour gagner la salle la plus proche, je fonce me mettre à l'abri. Mais je ne suis pas assez rapide. Une fois encore, j'entends le bruit mat du silencieux, puis une douleur fulgurante me traverse le côté. Désorientée, je baisse un regard incrédule sur ma poitrine. Puis je perds connaissance.

A mon réveil, je suis complètement sonnée. Je me rappelle qu'on m'a tiré dessus, puis me rends compte qu'en réalité, c'est une seringue qui m'a atteinte. J'ouvre les yeux, espérant me voir entourée d'infirmières. Horreur ! Je suis attachée sur une table d'examen. Et je suis nue.

Une panique indicible s'empare de moi. Ma plus grande peur est devenue réalité. Les images des cadavres de toutes les jeunes femmes qui se sont trouvées dans la même situation assaillent mon esprit dans un tourbillon terrifiant.

De toutes mes forces, je tire sur mes liens. Mais les lanières sont bien serrées. Impossible de bouger mes membres de plus d'un centimètre. Je suis frigorifiée. Un petit radiateur électrique réchauffe à peine l'air froid. Je jette un regard autour de moi. La pièce est plongée dans la pénombre et ma vision est encore un peu floue, mais peu à peu je commence à distinguer des formes et des couleurs. Le sol est recouvert d'un carrelage blanc qui remonte jusqu'à mi-hauteur des murs, comme dans une salle de bains ou une cuisine. Plusieurs carreaux sont cassés. Dans un coin de la pièce s'entassent des matériaux de construction : une planche de contreplaqué hérissée de clous, une chaise cassée, des rouleaux de câbles électriques. Donc, je suis toujours à Sainte-Anne. La table d'examen est glaciale. Je baisse les yeux — c'est de l'inox. A côté de ma tête est posé un plateau d'instruments chirurgicaux. Le salaud !

La salle ne comporte aucune fenêtre et une seule porte, dont une partie est masquée par de la toile de jute, probablement pour remplacer une vitre manquante.

Tout à coup, la porte battante s'ouvre. Un homme entre, la tête dissimulée dans un passe-montagne.

— Bonjour, ma chérie ! Tu es réveillée ?

— Josh ?

Il éclate d'un rire caverneux.

— Tu crois que Josh aurait assez de couilles pour faire ça ? C'est un minable !

Il se penche au-dessus de moi et sourit à travers sa cagoule.

— Au fait, inutile d'espérer le voir débarquer avec une équipe de sauvetage. J'ai fait le nécessaire pour l'en empêcher.

— Qu'est-ce que vous lui avez fait ?

Il secoue la tête.

— Pauvre Josh ! Il n'a plus de petite amie, plus de badge, plus d'arme. Pourtant, le pire est encore à venir.

On a dû retirer à Josh son insigne et son revolver au moment où il a été suspendu.

Je répète ma question :

— Qu'est-ce que vous lui avez fait ?

Le rictus de l'homme fait frémir son passe-montagne.

— C'est terrible quand un agent du FBI tourne mal, hein ? dit-il en secouant la tête. D'abord, Sally-Anne en Arizona, puis toutes ces pauvres femmes dans le Michigan, à Chicago, Washington, et même sa collègue. Pardon, ses *deux* collègues !

— Fumier !

Je tente de me libérer de mes entraves.

— Le Bureau se rendra compte que c'est un coup monté contre Josh.

— Tu crois ? Même quand ils auront retrouvé ton corps et relevé l'A.D.N. de Marco sur la scène du crime ?

— Josh vous démasquera.

— Comment ? Il ne fait plus partie du FBI. Tout le monde lui tourne le dos. Il fallait bien qu'ils trouvent quelqu'un à accuser de la mort de Sam.

— Espèce d'ordure ! Depuis le début, vous vous arrangez pour lui faire porter le chapeau.

Il rit.

— Il avait tout. Et moi, je n'avais rien.

Je me mets à pleurer.

Il me regarde. Le peu que je vois de son visage change. Son sourire se fait plus sincère, plus compatissant. Il tend la main, me caresse les cheveux.

— Là, là, ma chérie. Il n'y a plus que nous deux, désormais. Je possède ce que Josh désire le plus au monde : toi. Je ne l'ai jamais vu regarder une femme avec les yeux qu'il a pour toi.

— Espèce de cinglé ! Qui êtes-vous, d'abord ?

Il redresse la tête.

— Quel caractère ! s'exclame-t-il tout en me toisant de la tête aux pieds.

Ses yeux sont froids, sans vie.

Il fixe mon ventre.

— J'ai beaucoup aimé quand l'inspecteur Carter a débarqué

à Washington. Josh était fou de jalousie. C'était enfin son tour de souffrir ! Pas trop tôt !

Plaçant une main de chaque côté de ma taille, il se penche au-dessus de moi.

— Quel nul !

Il s'écarte de nouveau, gagne l'extrémité de la table et pose une main sur mon pied. Le contact répugnant de sa peau me fait tressaillir. J'essaie de me dégager.

— Ne refais jamais ça ! hurle-t-il. Tu aimes que je te touche, tu entends ?

Réprimant un mouvement de recul, je feins de me soumettre. Il est inutile de me défendre, de toute façon. Je ne peux lui échapper. Pas encore.

Ses doigts remontent le long de ma jambe, jusqu'à ma hanche. Je ferme les yeux, fais semblant d'être autre part. Il trace un cercle sur ma hanche avant de continuer son chemin. Sa main frôle ma taille et finit par s'arrêter sur ma tête.

— Je pensais que tu étais différente. Tu dois bien l'être, sinon Josh ne te désirerait pas avec une telle passion.

Ses gestes se font plus rudes. Il enfonce brutalement ses doigts dans mes cheveux. Je grimace de douleur. Les larmes me montent aux yeux.

Il ignore ma réaction.

— Mais je vois que tu es comme les autres.

Il me tire les cheveux avec brusquerie, puis tend la main vers le plateau où sont alignés les instruments de chirurgie.

— Tu n'es qu'une pute ! lance-t-il, survolant du regard l'assortiment de lames. Il te fallait Josh *et* Carter ?

Je me raidis.

La pointe glacée d'un scalpel touche le haut de ma cuisse. Il appuie, et la sensation de froid se transforme en une douleur cuisante. Je pousse un cri. L'instrument continue de creuser ma chair, je sens le sang couler le long de ma jambe. Il retire la lame.

Mon esprit travaille à la vitesse de la lumière. Je dois trouver une parade.

— J'ai une anomalie du sang, dis-je. Il ne coagule pas.

— Vraiment ? Eh bien, nous allons voir ça.

Et sur ces mots, il enfonce de nouveau la pointe à une extrémité de la plaie pour agrandir l'incision.

Je pousse un nouveau hurlement. La douleur est insoutenable. Je dois concentrer toutes mes forces pour ne pas m'évanouir. Le couteau revêt une valeur sexuelle à ses yeux — il symbolise la pénétration —, et je préfère encore qu'il l'utilise plutôt qu'une quelconque partie de lui-même.

Je regarde sa main… sa main !

— Vous n'êtes pas gaucher !

— Bravo ! Tu es une petite futée.

Il écarte les deux lèvres de la plaie, ce qui m'arrache un autre gémissement de souffrance. Le sang ruisselle maintenant sur ma jambe. Autour de moi, tout devient flou. Je ne vais pas tarder à perdre connaissance.

— Ton sang m'a l'air tout à fait normal, Sophie. Cela dit, je dois reconnaître que ta tentative était louable.

Il repose le scalpel ensanglanté sur le plateau, contemple fixement le mur pendant quelques secondes, puis se tourne vers moi.

— Ne t'avise plus jamais de me mentir !

Comment vais-je me sortir de là ? Je dois trouver une solution au plus vite. Je me creuse désespérément les méninges.

Il déchire un morceau de serviette en papier et essuie soigneusement la lame. Toute son attention est focalisée sur l'instrument.

— Ce n'était pas la peine d'en arriver là. Je veux être gentil avec toi, même si tu ne le mérites pas.

Il jette la serviette en papier dans la poubelle et replace le scalpel sur le plateau, exactement au centre.

— Disons que Carter a été une erreur, grommelle-t-il.

La sensation de faiblesse s'estompe.

— Il ne s'est rien passé avec Carter, je le jure, dis-je dans l'espoir de dissiper sa colère.

— Vraiment ?

— Absolument rien, je vous assure.

Rassemblant tout mon courage, je lutte pied à pied contre la douleur.

Il ouvre un placard, en sort un bandage, puis me pose un garrot. Bon, au moins, ça arrêtera l'hémorragie. Vaincue, je répète :

— Il ne s'est rien passé avec Carter.

Il pousse un grognement et quitte la pièce.

Il existe forcément un moyen de sortir d'ici. Il ne peut en être autrement. Je ne veux pas mourir. Pas aux mains de ce fils de pute ! Je secoue mes liens pour tester leur degré de souplesse. Pas très encourageant, à vrai dire. Les cordes sont trop tendues pour que je puisse dégager mes mains. De nouveau, j'essaie de bouger mes jambes. Je ne peux déplacer mes membres que d'un demi-centimètre. Bon, et l'équipe d'intervention, où en est-elle à l'heure qu'il est ? Ce type doit bien figurer sur nos listes. Ils ne vont pas tarder à le convoquer pour interrogatoire. Et peut-être que quelqu'un va finir par comprendre pourquoi les corps étaient positionnés de telle façon que les regards des victimes convergent tous vers le même point. Darren ne manquera pas de remarquer que le plan de la ville a disparu de la table de ma salle à manger.

J'éclate en sanglots, et laisse échapper un murmure de désespoir :

— Non !

Un sentiment de défaite me submerge. Sam est morte, et ce sera bientôt mon tour. Je me mords la lèvre. Je ne dois pas pleurer. Il les tue dès qu'elles craquent. Je refoule mes larmes. Que faire ? Il doit bien exister une solution. Je refuse de mourir ainsi. Impossible !

De nouveau, les larmes me montent aux yeux. Je les ravale. Je pense à mes parents. Comme j'aimerais être chez moi, installée devant un bon feu, en compagnie de mon père et de ma mère… Je ne veux pas mourir !

Je maîtrise ma respiration. Concentrons-nous. Les liens qui m'entravent… c'est sur eux que je dois concentrer mes efforts.

Je commence par les mains. J'ai besoin d'avoir les mains libres. Je tortille mes poignets dans tous les sens pendant une dizaine de minutes, puis je capitule. Le frottement des lanières me cause d'insupportables brûlures. Il faut que je me repose, que je retrouve de l'énergie pour réfléchir à un moyen de me tirer de cet enfer. Toutefois, mes plans d'évasion devront attendre encore un peu… mes forces m'abandonnent et, assommée, je finis par perdre connaissance.

Une nouvelle fois, je reprends conscience, complètement déboussolée. Puis je me rappelle où je suis. Combien de temps s'est-il écoulé ? Je n'en ai aucune idée. Une heure ? Une journée ? La porte s'ouvre avec un grincement.

— Oh, Dieu soit loué ! dis-je, soulagée, en levant la tête. Vous m'avez retrouvée !

Je savais bien que le Bureau suivrait la trace du tueur et viendrait à ma rescousse. Ce n'était qu'une question de temps. Dieu merci, ils sont arrivés avant qu'il ne soit trop tard !

Marty se penche sur moi, tend la main vers les cordes qui me lient les bras… et la laisse retomber sur mon visage.

— Je ne t'ai jamais perdue, murmure-t-il.

Non, c'est impossible ! Pas Marty ! Je ferme les yeux, refusant de le regarder. Je suis toujours entre les mains du tueur !

Enfin, tout s'explique. Les scènes de crime impeccables, la connaissance des enquêtes en cours. Ses rapports avec Josh. S'il laissait par inadvertance des traces d'A.D.N. ou un quelconque indice sur une scène de crime, il lui était facile de les effacer après coup, pendant qu'il procédait lui-même aux investigations. Le profil élaboré par Sam me revient à l'esprit. L'âge, le groupe racial, la profession, le statut marital, les conditions de vie actuelles, le niveau d'études… Je coche mentalement toutes les rubriques, une à une.

— Tu as l'air surprise.

— Je le suis.

Je dissimule ma colère, ne lui laissant voir que mon étonnement.

— Tu n'en reviens pas de me découvrir aussi ingénieux, n'est-ce pas ?

— Je n'ai jamais douté de ton intelligence, dis-je pour flatter son ego.

Il sourit.

— Je les ai tous lancés sur une fausse piste.

— Mais tu n'es pas gaucher ?

Il y a encore quelques pièces du puzzle qui ne s'emboîtent pas correctement.

— Non, réplique-t-il avec une moue amusée. Je suis ambidextre. Le rapport original du graphologue indiquait que le tueur était probablement ambidextre, mais j'y ai apporté quelques modifications. Il fallait que les preuves désignent Josh.

Je me rappelle le document que Marty avait laissé dans ma corbeille de courrier. J'avais alors trouvé gentil de sa part d'avoir compilé les comptes rendus de l'analyse graphologique en un seul et de me l'avoir remis directement.

Dire qu'il avait écrit un mot d'accompagnement sur le post-it et que je n'ai même pas fait attention à son écriture ! Si je l'avais examinée avec un tant soit peu d'application, j'aurais peut-être remarqué qu'elle était identique à celle de la lettre adressée à Sam.

Il me caresse les cheveux avec tendresse.

— Bon, ça suffit ! On pourrait s'extasier devant mon œuvre pendant des heures. Mais je veux savoir comment s'est passée ta journée.

Il plaisante ou quoi ? Néanmoins, j'entre dans son jeu. Force m'est de reconnaître que mes options sont plutôt limitées.

— Tu m'as manqué, dis-je en m'efforçant de donner à ma voix toute la sincérité dont je suis capable.

J'évite de laisser paraître la haine qui m'anime. Espérons que ce sont les mots qu'il souhaite entendre. A-t-il conscience que je joue le rôle qu'il m'a attribué ou bien croit-il réellement qu'il s'agit là d'une relation normale ?

Il s'approche et m'embrasse avec passion. Tout en réprimant un mouvement de répulsion, je réponds à son baiser. Il pose sa main droite sur l'un de mes seins.

— Non, pas maintenant, dis-je, sur le même ton que j'utilisais avec Matt quand l'envie lui prenait de faire l'amour et que ça ne me disait rien.

— Pourquoi ?

— Parce que je veux que notre première fois soit quelque chose d'exceptionnel, Marty.

Il opine de la tête.

— Je t'aime depuis le premier instant où je t'ai vue.

Ce qui est faux, naturellement. S'il m'*aime,* c'est uniquement pour la satisfaction de posséder ce qui est à Josh.

— Les autres femmes ne signifiaient rien pour moi, ajoute-t-il. Pour Josh non plus, d'ailleurs.

Il me tapote la tête.

A la pensée de Sam et de toutes les autres jeunes filles, je contiens à grand-peine un tressaillement d'horreur. Rien ? Elles sont mortes pour rien ?

— Josh les connaissait toutes ?

— Non, mais elles étaient toutes son type. *Notre* type. A part Sam, la seule qu'il connaissait était Sally-Anne.

Je ne peux masquer ma surprise. Josh fréquentait-il réellement Sally-Anne ? Y avait-il une idylle entre eux ? S'il vivait une aventure avec une mineure, rien d'étonnant que son père n'ait pas souhaité l'ébruiter !

— Ah… je vois ! Il ne t'a rien dit, bien sûr.

— Non, en effet.

— J'espérais que son silence le compromettrait. Il est tellement imbu de lui-même qu'il n'imaginait pas qu'on puisse le soupçonner d'être le tueur. En tout cas, quand on trouvera son A.D.N., ce sera fini pour lui.

Je ne relève pas ses remarques ; il y a encore des questions non résolues.

— Comment as-tu réussi à attirer Sally-Anne au bord de la rivière ?

Tout excité à ce souvenir, il prend une profonde inspiration.

— Je l'ai appelée en me faisant passer pour Josh. J'ai organisé un petit rendez-vous. Mais c'était Josh qu'elle voulait voir, pas moi.

— Alors, tu l'as punie ?

— J'étais forcé. La petite salope se donnait à tous les autres, alors pourquoi pas à moi ? Je le méritais sans doute davantage que Josh.

— Tu le connaissais ?

— Oui, mais à l'époque, j'étais Matthew Lande. Josh me considérait comme un moins que rien. Pour ça, il ressemblait bien à mes frères !

— Tes frères sont plus âgés que toi ?

— Exact, répond-il avec un sourire. Sam ne s'était pas trompée dans son profil. C'est bien ce que tu veux vérifier, n'est-ce pas ? C'est pour ça que tu me poses toutes ces questions ?

Je reste muette.

— Josh..., crache-t-il avec hargne avant de ricaner. Il ne m'a même pas reconnu, dans le Michigan. Et pas non plus quand nous avons commencé à travailler ensemble à Washington. Tu vois un peu comme il est bête ?

J'acquiesce. Bien obligée !

— C'est sûr. Je suis contente d'être avec toi plutôt qu'avec lui.

Mon mensonge est-il suffisamment convaincant ? Je n'en suis pas certaine.

Il pose la tête sur ma poitrine. Je baisse le menton, m'efforçant de donner à mon geste un caractère d'intimité. Puis, m'enhardissant, je bouge ma main droite.

Il redresse brusquement la tête.

— Qu'est-ce que tu fais ?

— Je voulais seulement te toucher.

Il me lance d'abord un regard suspicieux puis, avec douceur, libère ma main droite. Mon cœur bat à tout rompre. Pourvu qu'il ne l'entende pas! L'idée de m'échapper m'obsède, mais je ne peux encore rien faire. Pas avec un seul bras de libre. Non, c'est un véritable jeu de dupe auquel je vais devoir me livrer. Il s'agit de gagner sa confiance et, que je le veuille ou non, la bataille sera longue.

Je laisse courir mes doigts sur son bras et doucement, je joue avec ses cheveux et caresse sa nuque, comme si nous étions amants pour de bon.

Mais mes câlineries ne tardent pas à exciter son désir.

— Ne gâche pas tout, lui dis-je.

Il s'écarte.

— Tu as raison. Nous avons déjà patienté tout ce temps : nous pouvons encore attendre de mieux nous connaître.

— Faisons-en quelque chose d'unique.

Je lui tiens la main.

— Je vais nous préparer à dîner, annonce-t-il.

Et il quitte la pièce.

Ma main est libre!

Mais à peine ai-je eu le temps de me réjouir que la porte s'ouvre et, de nouveau, il m'attache le bras. Surtout, ne pas montrer ma déception! Si j'arrive à lui faire une fois encore délier ma main, je devrais être capable de dénouer les cordes. Je me demande si les autres filles ont réussi à le convaincre. Peut-être, mais dans ce cas, ça ne leur a pas été d'un grand secours. Et puis, il se peut aussi qu'il ne me détache plus jamais. Je repousse aussitôt ces pensées : il faut que je reste optimiste.

Ma jambe m'élance toujours, mais je sens qu'une croûte a déjà commencé à se former. La plaie est en train de cicatriser. Je lève la tête et regarde la porte. Comme je voudrais l'ouvrir moi-même, cette maudite porte, et sortir d'ici!

Quelques instants plus tard, il est de retour, chargé de deux assiettes remplies de pâtes et de deux bougies. Je ne sais pas combien de minutes se sont écoulées. J'ai l'impression d'avoir perdu toute notion du temps.

Il allume les chandelles et les pose sur le plateau des instruments à côté de ma tête. Je fais semblant de ne pas prêter attention au sinistre assortiment de scalpels. Il détache ma main droite et la porte à son visage pour s'en caresser.

Je souris.

— Et si nous buvions un peu de vin ?

— Du vin, oui, bien sûr !

Il ressort. Quelle chance inespérée ! Je regarde les instruments alignés avec soin, m'attarde sur l'un des plus acérés. Oserai-je m'en emparer ? Il ne manquera pas de le remarquer s'il en manque un. Trop tard ! J'entends ses pas dans le couloir et me laisse promptement retomber sur la table.

La porte s'ouvre.

— J'ai pris du merlot ! claironne-t-il.

Les verres tintent. Il débouche la bouteille, le vin gargouille dans les verres. Je tends le bras pour en attraper un.

— Non, dit-il. Je vais d'abord te faire manger.

Je repose ma main sur le côté et ouvre la bouche.

— Tu es une gentille fille !

Et il enfourne une cuillerée de pâtes entre mes lèvres. Je mâche consciencieusement.

— C'est bon ? demande-t-il.

J'avale ma bouchée et affirme :

— Délicieux !

— Meilleur que le bœuf bourguignon de Josh ?

— Aucune comparaison !

Encore un mensonge.

— Je savais que tu m'aimerais davantage que Josh. J'en étais sûr.

Je garde le silence. Je mastique encore une bouchée. Il glisse sa main dans mes cheveux et me relève la tête suffisamment pour me permettre de boire une petite gorgée de vin. La fraîcheur du verre touche mes lèvres. J'avale goulûment, espérant que l'alcool m'étourdira.

— Hé, doucement ! s'exclame-t-il.

— Ce vin est excellent.

Il relâche ma tête sur la table d'examen, puis boit à son tour.

— Ouvre grand ! ordonne-t-il ensuite, pressant la fourchette contre mes lèvres.

J'obéis à contrecœur. J'ai envie de vomir. Ça me rend malade qu'il me fasse manger. Mais j'essaie de me raisonner. « Tout va bien, me dis-je. Vu les circonstances, tu ne peux rien faire de mieux. C'est le seul moyen de t'en sortir. »

— C'est très nourrissant, dis-je.

— Tu en as besoin.

Pour quoi faire ? Pour rester allongée ici et me faire violer ? Je ravale mes larmes.

Il pousse la fourchette de force entre mes lèvres closes. J'avale une autre bouchée et m'oblige à dire :

— Merci.

Il mange.

— Je peux avoir encore un peu de vin ?

Dès que le verre touche mes lèvres, j'avale d'un trait une longue rasade.

— Extra !

J'accepte encore quelques bouchées, jusqu'à ce que je n'en puisse vraiment plus.

— Je suis repue !

— Mais tu n'as mangé que la moitié de ton assiette !

— Tu sais bien que j'ai un petit appétit.

J'espère que la note d'intimité que j'ai mise dans mon excuse le retiendra d'insister.

— C'est vrai, tu as un appétit d'oiseau.

Je le regarde terminer son repas et son verre de vin. Et après ? Qu'a-t-il l'intention de faire ?

Il me ligote de nouveau. Je m'apprête à m'évader mentalement, à devenir quelqu'un d'autre. C'est la seule façon de supporter ce qui m'attend. Mais au lieu de me grimper dessus, il tourne les talons et s'en va.

J'ai réussi ! Je l'ai empêché de me violer. Pour l'instant.

22.

Une fois de plus, je me réveille au bruit de la porte qui s'ouvre. Marty est pressé : il doit aller travailler. Ce qui veut dire que c'est le matin. Il tient à la main quelque chose que je ne distingue pas. Puis j'entends un bruit métallique, et je comprends. Je sens le contact froid d'un bassin hygiénique contre ma peau. Réprimant mon dégoût, je soulève les hanches afin qu'il puisse le glisser sous moi.

Je vide ma vessie le plus lentement possible.

Quand j'ai fini, il me tamponne avec du papier toilette et retire le bassin. Il quitte la pièce, mais revient au bout de quelques secondes. Il me soulève la tête.

— Tiens, du jus d'orange.

Je bois une gorgée et je me mets à tousser.

— Qu'est-ce qui t'arrive ?

— J'ai avalé de travers, dis-je entre deux crachotements.

Il me fait manger une tartine grillée avec de la confiture, mais j'ai à peine le temps d'avaler une bouchée qu'il me fourre aussitôt un autre morceau de toast dans la bouche.

— Pas si vite !

— Je suis en retard, réplique-t-il. Ils attendent mon rapport d'analyse sur les empreintes trouvées dans ton appartement.

Il émet un petit rire narquois.

Dieu du ciel ! Ils sont toujours persuadés qu'il cherche la vérité !

— Josh, surtout, a hâte de voir les résultats. Je suis son seul lien avec le Bureau, désormais. Le pauvre !

— Comment réagit-il ?

Je m'efforce de ne pas trop montrer mon intérêt pour son rival — rien ne pourrait l'énerver davantage.

— Ce type est pitoyable. Comme il s'est débrouillé pour conserver les dossiers, il reste assis dans le séjour à contempler les photos des meurtres étalées autour de lui. Et il me supplie de l'aider à prouver son innocence !

Marty éclate de rire et reprend :

— Mais comme je l'ai dit, le meilleur est encore à venir.

Je détourne la tête.

— Je n'ai plus faim.

Il presse un toast contre mes lèvres.

— Encore une ! m'ordonne-t-il.

Je prends une autre bouchée.

Il quitte la pièce. Je pousse un soupir de soulagement. Ouf, il est parti !

Mais il revient.

Il effleure mon ventre. Je me raidis.

Sa main se promène nonchalamment sur mon corps. Il ne donne plus du tout l'impression d'être pressé. Ses doigts frôlent le pansement sur ma jambe. La douleur est toujours lancinante. Il déplace sa main et caresse mes poils pubiens. Je ne bronche pas.

Il approche son visage du mien. Dissimulant mon aversion, je le regarde dans les yeux. Je sens son haleine sur ma figure. Il m'embrasse. Je ne résiste pas, mais je ne réponds pas non plus. Je ne sais plus comment réagir. Suis-je encore en mesure de l'empêcher de me violer ? Peut-être vaudrait-il mieux en finir une bonne fois pour toutes.

Il s'écarte.

— Nom d'un chien ! Je suis en retard.

Et il disparaît.

J'attends cinq minutes, puis laisse libre cours à mes pleurs. Je pousse des cris et des gémissements, bien que je sache parfaitement que personne ne peut m'entendre. Dieu sait ce qu'il a fait de Montana et de Sargent !

Il faut à tout prix que je sorte d'ici. Si seulement je pouvais descendre de cette table d'examen !

« O.K., Sophie, réfléchis ! Fais fonctionner ta matière grise. »

Le froid me fait trembler. La pièce n'est pas chauffée et le contact glacé de la table métallique contre mon dos me paralyse. Je remue mes doigts et mes orteils. J'ai besoin de toutes mes forces, et il n'est pas question que mes pieds ou mes jambes s'engourdissent.

Je récapitule ce que je sais de lui. Ce qui peut me servir. Une liste prend forme dans ma tête :

Il est méticuleux : un vrai maniaque de l'hygiène et de la propreté.

Il est intelligent.

Il est jaloux de Josh depuis des années et se considère comme son rival.

Il se croit amoureux de moi.

Il s'imagine que je peux l'aimer.

Il veut une relation privilégiée avec moi.

Il se berce manifestement d'illusions.

Il est fort physiquement.

Allongée sur la table, je passe en revue tous ces éléments, encore et encore. Il faut que je décide comment m'y prendre avec lui afin de pouvoir m'échapper. Et si je faisais mes besoins, là, sur la table ? Assurément il ne supporterait pas la saleté. Il serait obligé de me déplacer. D'un autre côté, ça risquerait aussi de déclencher sa fureur et de le pousser à me faire du mal ou à resserrer mes liens. Ou bien encore, ça signifierait tout simplement que plus jamais je n'aurai une main de libre. Non, il existe certainement un autre moyen, et je dois le découvrir avant ce soir.

Je connais ses habitudes, maintenant. Il va nous préparer à dîner et délier ma main. Comment le persuader de détacher les deux ? J'en ai besoin, et une jambe aussi, ce ne serait pas du luxe. J'ai beaucoup plus de puissance dans les membres inférieurs. Vais-je devoir me laisser violer ? Serai-je capable de supporter un viol s'il est la condition *sine qua non* de ma survie ?

De nouveau, la porte s'ouvre. Je ne sais pas combien de temps a passé. Je bouge les mains et les pieds pour m'assurer qu'ils ne sont pas ankylosés. Mon cœur bat à tout rompre. C'est le moment !

Marty me caresse la plante des pieds, puis il remonte le long de mes jambes. Il vérifie soigneusement les cordes.

— Tu as passé une bonne journée ?

— J'ai été très occupé, dit-il.

Il dessine des cercles autour de mes seins.

Je n'ai malheureusement nulle part où me réfugier. Je ne peux même pas me ratatiner davantage sur la table.

— Comment le groupe d'intervention prend-il ma disparition ?

Il sourit.

— Rivers est furax. Josh est le suspect numéro un. Tout marche à la perfection.

Il plonge la main dans mes cheveux.

— J'ai hâte de voir la tête que fera Josh quand on l'inculpera pour meurtre. Toutes ces jeunes femmes assassinées !

Il marque une pause et reprend :

— Tu as faim ?

— Oui, dis-je d'une voix douce.

Tout ce que je veux, c'est qu'il arrête de me toucher.

Il sort de la pièce.

De toutes mes forces, j'entreprends de tirer sur les cordes — peut-être se sont-elles un peu relâchées quand il les a vérifiées. Hélas ! Elles sont toujours aussi serrées. Je remue mes doigts, mes orteils, mes bras, mes jambes, autant que je le peux. Je dois me tenir prête. Une sensation bizarre me titille au creux de l'estomac — l'adrénaline coule à flots. Je remercie le ciel pour cet afflux supplémentaire d'énergie qui tombe à pic. Je rumine mon plan point par point, m'assurant que je n'ai rien oublié.

Il revient. L'odeur de nourriture qui l'accompagne me soulève le cœur et tout à la fois aiguise mon appétit.

— C'est le grand soir ! m'annonce-t-il.

Je laisse passer un silence. Pourvu que cette soirée se déroule selon mes plans et non les siens !

— Et comment !

Il dénoue les liens qui retiennent l'un de mes bras. J'en profite aussitôt pour tendre la main vers son visage et lui caresser la joue. Il m'embrasse les doigts. Puis il recule et commence à servir le dîner.

— Qu'est-ce que c'est ?

— Des crevettes avec une sauce aux haricots noirs, ma chérie.

Il revient avec une assiette et une fourchette.

— Ouvre la bouche.

J'écarte les lèvres et prends une bouchée.

— Oh, j'allais oublier le vin !

Il débouche une bouteille et remplit deux verres. D'une main, il soulève ma tête tandis que je prends appui sur mon bras libre. J'avale une toute petite gorgée de vin.

— Il est bon, dis-je. Tu l'as goûté ?

Qu'il boive, par pitié, qu'il boive le plus possible ! Si j'arrive à le soûler un tant soit peu et que ses réflexes diminuent, la balance penchera en ma faveur.

Le souvenir de Susan Young me revient à la mémoire. L'analyse toxicologique avait révélé un taux d'alcoolémie de 0,1 g/l — avec elle aussi, il avait dû partager quelques verres.

Un frisson me secoue.

Je me force à avaler une autre crevette. En temps normal, je raffole de la cuisine chinoise. Mais pas aujourd'hui.

Il me ressert du vin. J'essaie d'en boire le moins possible.

— Prends-en, toi aussi, lui dis-je.

Il avale une grande lampée.

Bientôt ! C'est pour bientôt.

La fourchette s'approche une fois de plus de mes lèvres. J'ouvre la bouche.

— Mmm, dis-je, réprimant une violente envie de vomir.

— Tout est parfait, n'est-ce pas ?

Il mange.

A la prochaine cuillerée, j'y vais. Je ferme les yeux.

La fourchette se presse contre mes lèvres. Je saisis une crevette entre mes dents et commence à mâcher. J'avale. Puis je me mets à tousser : des petits spasmes légers et silencieux. Et soudain, je halète, comme si l'air n'arrivait plus à mes poumons. Je me débats un peu, porte ma main libre à ma gorge.

— Sophie ! crie-t-il en m'assénant un coup au creux de la cage thoracique. Sophie, qu'est-ce que tu as ?

Le choc m'a coupé le souffle, mais je continue à faire semblant d'étouffer. Il se glisse derrière moi et entreprend immédiatement d'exécuter la manœuvre de Heimlich. Or, tant que je suis allongée, il lui est impossible de se placer correctement.

— Nom de... !

Il libère mon autre bras et m'assoit sur la table. Une nouvelle fois, il tente la manœuvre, si énergiquement que j'entends craquer l'une de mes côtes. Le bruit se répercute à travers tout mon corps. Je laisse échapper un gémissement de douleur, que j'étouffe aussitôt. Il me serait impossible d'émettre un son si j'étais réellement en train de suffoquer. Je m'agrippe à son bras, en un geste de prière désespérée, puis m'écroule en arrière. Je l'entends qui se déplace vers l'extrémité de la table.

Oui, par pitié ! Faites qu'il me détache les jambes. Sinon, je pourrai toujours essayer de le maîtriser, mais mes chances seront bien minces. Enfin, il délie une jambe, puis l'autre. Il m'entoure de ses bras par-derrière et essaie de nouveau de désobstruer mes voies respiratoires, cette fois en m'inclinant par-dessus le bord de la table. La douleur dans ma poitrine est atroce ; je suis incapable de retenir plus longtemps mes larmes. Je recrache le morceau de crevette que j'avais gardé sous ma langue. Il pousse un gros soupir de soulagement. Le salaud ! Il a l'intention de me tuer, et pourtant il tient à tout prix à me maintenir en vie. Il veut garder le contrôle de la situation. Rester maître de ma mort.

C'est le moment ou jamais. Je m'empare de la bouteille à l'instant précis où il me saisit par les cheveux. Malgré la sensation d'être scalpée vivante, je tire ma tête en arrière et, de toutes mes forces, abats la bouteille sur son crâne. Du vin rouge lui dégouline sur le visage et dans les yeux. Il est assommé mais n'a pas pour autant perdu connaissance. Ses poings se desserrent un peu.

Je n'ai plus qu'à sortir d'ici, et vite !

Avant qu'il ne reprenne ses esprits, je lui balance un bon coup de pied dans l'entrejambe. Il se plie en deux de douleur, relâche complètement mes cheveux. Alors, je me mets à courir. A fond de train, je franchis la porte, m'engage dans le couloir sur ma droite. Des morceaux de verre brisé déchirent mes pieds nus, mais je cours sans me retourner, sentant à peine la douleur.

Au bout d'un moment, il fait noir comme dans un four. Je continue à courir.

Je n'ai aucune idée de l'endroit où je me trouve dans l'hôpital. Les couloirs et les portes semblent se succéder sans fin, et j'avance à l'aveuglette, tournant à chaque bifurcation, espérant seulement ne pas me retrouver dans un cul-de-sac. Mes jambes tremblent de faiblesse, leurs mouvements sont mal coordonnés. Je n'arriverai jamais à le semer ! Il faut pourtant que j'essaie : je n'ai pas le choix.

Parvenue devant une fenêtre en angle, je jette un coup d'œil au-dehors. On dirait que je suis au deuxième étage du bâtiment. J'envisage un instant de sauter par la fenêtre, mais je risque de me blesser gravement en tombant.

Je reprends ma course.

Soudain, derrière moi, des bruits de pas. Je pousse un cri de terreur. Il faut que je file d'ici. Si Marty me rattrape maintenant, il me tuera, c'est sûr. Je ne suis plus sa docile petite amie, l'objet du désir de Josh.

Apercevant un escalier, je lance mon pauvre corps nu à l'assaut des marches. Mes yeux se sont quelque peu accoutumés à l'obscurité, et je distingue plusieurs formes vagues.

« Cours, cours, ne t'arrête pas ! »

J'arrive devant une porte, l'ouvre à toute volée. Je suis maintenant à l'étage supérieur. Dans mon dos, les pas se rapprochent. Quelle direction prendre ?

Je tourne à gauche, trébuche sur quelque chose de métallique. Affalée par terre, je regarde derrière moi — c'est un extincteur.

Le bec-de-cane de la porte qui donne sur l'escalier s'abaisse. Je rampe péniblement sur le sol, puis me redresse d'un seul coup pour reprendre mes jambes à mon cou. Je dois atteindre l'angle du couloir si je ne veux pas qu'il sache quelle direction j'ai prise.

Trop tard, hélas ! J'entends de nouveau les pas qui résonnent derrière moi. J'avance encore de quelques mètres, puis fais demi-tour et entre à pas de loup dans la pièce la plus proche. Les pieds en sang, j'essaie de ne pas laisser de traces trop visibles.

Dans ce qui ressemble à une ancienne salle d'hôpital, un placard délabré se dresse dans un coin. L'une des portes est arrachée de ses gonds. Je m'avance en titubant et entre dans le placard. Ça pourrait être dangereux, je le sais. S'il arrive jusqu'ici, je suis faite comme un rat. Mais pour le moment, il est à ma poursuite et je dois l'en détourner. C'est un risque à prendre.

Un rai de lumière passe sous la porte de la salle. Marty doit être armé d'une torche électrique. Encore un avantage qu'il a sur moi. Si j'avais su qu'il avait une lampe, je me serais efforcée de mieux effacer la traînée sanglante laissée dans mon sillage. Les battements de mon cœur s'accélèrent. Je pense à toutes les photos des victimes. Je me mords la lèvre. Je ne veux pas finir comme elles. La lumière s'éloigne. Dieu soit loué ! Il passe son chemin : il n'entrera pas. Je laisse s'écouler deux minutes. Mais pas question d'attendre trop longtemps, car il ne manquera pas de revenir sur ses pas et de suivre les traces de sang. Je me glisse hors du placard et regagne sur la pointe des pieds la porte d'entrée de la salle. Je l'ouvre. Elle grince légèrement. Pourvu qu'il n'ait pas entendu ! Pas de lumière en vue. Parfait !

En silence, je me dirige au pas de course vers l'escalier, prenant garde cette fois de ne pas buter contre l'extincteur. Je dégringole les marches. Objectif : sortir du bâtiment au plus vite ! Je descends encore un étage. Suis-je enfin arrivée au rez-de-chaussée ?

Encore une volée de marches et je me précipite hors de l'escalier. Je suis presque dehors. C'est alors qu'au lieu de trouver la voie libre que j'espérais, je me heurte violemment contre quelqu'un. C'en est trop ! Je fonds en larmes. Comment a-t-il fait pour arriver avant moi ? Je tourne les talons pour rebrousser chemin, mais il me saisit par-derrière et me plaque une main sur la bouche. Je me débats comme un beau diable.

— Sophie, c'est moi, dit une voix. Tu es en sécurité.

A travers les larmes qui me brouillent la vue, je réussis à peine à distinguer… Josh.

— Josh ? C'est toi ?

Le regard fixé sur lui, je me jette dans ses bras et l'étreins d'un geste désespéré.

— Josh, c'est Marty ! dis-je à voix haute.

— Chut ! Je sais.

Josh retire son anorak et m'en enveloppe les épaules. Ah, oui, c'est vrai ! Je suis complètement nue. Je glisse mes bras dans les manches et remonte la fermeture Eclair.

— C'est Carter qui a tout découvert, me dit Josh.

— Darren ?

— Il est là. Il te cherche.

La dernière fois que j'ai vu Darren et Josh ensemble, ils n'étaient pas exactement dans les meilleurs termes.

— Darren s'est finalement rendu compte que ce n'était pas toi le tueur ?

— Pas exactement. Quand il s'est aperçu que le plan de la ville n'était plus chez toi, il a compris que c'était la carte qui détenait la clé de l'énigme. Mais il continuait à me croire coupable. Il est venu me voir avec un plan de Washington sous le bras pour essayer de me confondre. J'ai insisté pour que nous l'examinions ensemble. Nous avons fini par remarquer que les regards des victimes pointaient toutes dans la même direction. On allait se mettre en route pour venir ici quand Darren a reconnu Marty sur les photos dans ma salle à manger. A la différence près qu'il le connaissait sous le nom de Matthew Lande.

— Son véritable nom, dis-je.

— Quand je pense que je suis allé dans la même école que ce type, et que je ne me souviens même pas de lui !

— En tout cas, lui, il se souvient de toi. Tu l'obsèdes littéralement.

— Nom d'un chien, je n'arrive pas à croire que tout ça soit son œuvre !

— Je sais, ça fait des années que ça dure. Et il s'est arrangé pour que les soupçons pèsent sur toi.

Josh secoue la tête.

— Il a bien réussi son coup.

Ma gorge se serre. Et moi qui suis tombée dans le panneau ! J'ai honte : mieux vaut changer de sujet.

— Montana et Sargent… je ne sais pas où ils sont… ni dans quel état ils se trouvent.

— On s'occupera d'eux plus tard.

— Il y a quelqu'un d'autre avec toi ?

— Non, pas encore. Il n'y a que Carter et moi. Mais nous avons appelé des renforts. Ils sont en route.

Un coup de revolver interrompt brusquement notre conversation.

Nous échangeons un regard inquiet. Qui vient de se faire descendre — Marty ou Darren ?

— Il me faut une arme, dis-je.

Josh sort un petit calibre .38 non réglementaire de son holster de cheville et me le tend.

— Prends ça, dit-il.

— Et toi ?

L'arme de service de Josh se trouve quelque part, enfermée dans le tiroir d'un bureau, je le sais.

Il sourit.

— J'en garde toujours deux en réserve, répond-il en me montrant le revolver qu'il vient de prendre dans sa main gauche. Attends-moi dehors. Tu y seras plus en sécurité.

L'espace d'un instant, je considère la double porte qui s'ouvre sur l'extérieur. La tentation est forte, très forte, de sortir. Puis je pense à Sam et à ce que Marty lui a fait subir, à elle et à toutes les autres jeunes femmes. A ce qu'il s'apprêtait à m'infliger.

— Pas question !

Et sur ces mots, aiguillonnée par un flot mêlé d'adrénaline et de colère, je m'élance de nouveau dans l'escalier. Je n'ai plus qu'une idée en tête : me venger.

— Sophie ! s'écrie Josh, dans une vaine tentative pour me retenir.

Trop tard ! Je suis déjà partie. Il me rattrape et nous gravissons les degrés à pas prudents. Son arme braquée devant lui, Josh ouvre la marche tandis que je couvre nos arrières au cas où Marty aurait réussi à nous contourner en passant par le sous-sol.

Nous quittons l'escalier au deuxième étage.

— Oh non ! s'exclame Josh.

A nos pieds, Darren gît, effondré sur le sol.

Josh s'accroupit et lui tâte le cou pour prendre son pouls, sans quitter des yeux l'extrémité du couloir.

— Il vit encore. Reste avec lui.

— Non, Josh, je viens avec toi.

Il n'est pas question que je le laisse affronter seul l'assassin.

De plus, j'ai besoin de voir ce salaud mourir de mes propres yeux.

— De quel côté es-tu arrivée ? me demande Josh.

— De là-bas… je crois.

Nous nous trouvons dans un corridor long d'une quinzaine de mètres au moins, d'où partent plusieurs couloirs identiques. Ils se ressemblent tous. Je suis totalement désorientée.

— Quand j'ai entendu des pas derrière moi, j'ai paniqué, dis-je avant de m'interrompre deux secondes pour tenter de rassembler mes souvenirs. Je suis désolée, je ne me rappelle plus.

Quelle idiote ! J'ai pourtant appris à faire attention à ces détails, à les imprimer dans ma mémoire — le visage des gens, la disposition des pièces. Je suppose que tout cela s'est envolé et que mon instinct de conservation a pris le dessus quand je me suis mise à courir.

Josh opine du chef. En silence, il me fait signe de le suivre et oblique vers la gauche. Je lui emboîte le pas. Pistolet au poing, nous avançons dos à dos, nous protégeant de tous les côtés à la fois.

Au bout de quelques pas, il me donne un petit coup de coude qui me fait pivoter sur mes talons. Nous sommes arrivés à l'entrée du premier couloir secondaire. Josh articule en silence : « Un, deux, trois. » Tournant l'angle, nous nous précipitons en avant, prêts à faire feu. Rien. Personne.

Et maintenant, quelle direction prendre ?

— Tu es fichu, Marty ! crie Josh à tue-tête. Le FBI et la police de Washington sont en route.

Le silence retombe quelques secondes, puis :

— Parfait. Quand ils vous retrouveront morts tous les deux, ils concluront à un meurtre suivi d'un suicide.

La voix semble venir de la gauche. Nous rebroussons chemin et continuons à longer le couloir principal.

— Je ne crois pas, Marty, reprend Josh. C'est fini pour toi.

— Tu veux dire pour *toi*. Tu n'as jamais été très malin, mon pauvre Josh !

— Contrairement à toi ?

— Tu l'as dit ! Pourtant, c'était toujours toi qu'on admirait. Tu étais le garçon le plus populaire de l'école, tu plaisais aux filles. Et quand tu as voulu entrer dans la police, tu n'as pas eu le moindre effort à faire.

Arrivés à une nouvelle intersection, nous hésitons sur la direction à prendre.

— C'est pour ça que tu as voulu prendre ta revanche ? lance Josh.

— Bien sûr ! Je n'allais pas me gêner !

Josh pointe le doigt dans la direction d'où provient la voix. Nous tournons à gauche.

— J'ai finalement réussi à me faire admettre au FBI, il y a trois ans, continue Marty. A partir de là, il ne me restait plus qu'à tout détruire dans ton univers.

— Eh bien, c'est raté ! crie Josh dans l'intention de pousser Marty à bout. Et Sophie est toujours à moi. Pas à toi !

Josh prend des risques. Son petit manège pourrait s'avérer dangereux. Dans un murmure, je le supplie de se montrer plus prudent.

Hélas, Marty a entendu ma voix.

— Je vois que vous vous êtes retrouvés ! vocifère-t-il, manifestement fou de rage.

Malgré la difficulté qu'il y a à repérer d'où vient la voix à cause de la longueur des couloirs et de l'écho qui accompagne chaque parole, je crois que nous avançons dans la bonne direction.

— Rends-toi, Marty, et tout se passera gentiment, affirme Josh.

En toute bonne foi, il est prêt à engager sa parole. Pour ma part, certainement pas !

— Vous vous croyez tous tellement supérieurs ! lance Marty.

A mon tour, j'interviens. Si nous continuons à le faire parler, nous pourrons le localiser plus précisément.

— A qui fais-tu allusion ?

— A ces putains d'agents !

A voix basse, Josh m'explique :

— Il a postulé à trois reprises pour un poste d'agent de terrain, et finalement il a intégré l'équipe scientifique.

— Ce sont les experts de la police scientifique qui font le plus gros du boulot, dis-je en haussant la voix.

— Salope ! Tu crois que je vais encore me laisser prendre à tes flatteries ?

Me tournant vers Josh, je pointe le doigt vers le couloir suivant, puis reprends :

— C'est la vérité, Marty. D'ailleurs, c'est bien pour ça qu'on n'a jamais pu te démasquer.

Il ne répond pas. Nous poursuivons notre marche en avant, vérifiant au passage toutes les portes. Nous progressons lentement et en silence, à l'affût du moindre bruit.

A l'extrémité du couloir, nous parvenons à une intersection en T. Josh se tourne vers moi et me lance un regard interrogateur.

C'est alors que Marty, surgissant de l'angle du couloir, fonce droit sur nous et ouvre le feu. Dieu soit loué ! Josh l'a entendu venir et se rue dans l'ouverture d'une porte sur sa droite, tandis que je plonge en avant et tire.

Quatre coups de feu successifs atteignent Marty en pleine poitrine. Il s'écroule. Je me suis laissée tomber sur le sol un peu brutalement, mais je roule sur moi-même et me relève d'un bond. Ma côte fracturée me fait grimacer de douleur. Je me précipite vers Marty et d'un coup de pied, je lui arrache le revolver des mains. Je guette le moindre signe de vie sur son corps effondré par terre, puis m'agenouille et lui prends le pouls. Il est mort. Ce salaud est bel et bien mort !

D'un geste instinctif, je m'apprête à ranger mon arme dans son étui, quand je me rappelle soudain que je suis entièrement nue sous l'anorak de Josh. Je n'ai même pas de sous-vêtement, alors un holster !...

— Il est mort, dis-je en me tournant vers Josh.

Alors seulement, je m'aperçois que mon compagnon ne bouge plus.

— Josh !

En deux enjambées, je suis près de lui. Un projectile a percé un trou dans l'étoffe de sa veste. Seigneur, pourvu qu'il porte son gilet pare-balles ! Les mains tremblantes, j'entreprends de déchirer le vêtement. Il ouvre les yeux, sourit et se met à tousser. Il est un peu sonné, mais c'est tout. Il ne saigne pas.

— Dieu merci, tu n'as rien !

Il se redresse.

— Absolument rien !

Il enlève son gilet pare-balles et examine le point d'impact du projectile sur sa poitrine. La peau est toute rouge. Heureusement que le gilet a arrêté la balle ! Il en sera quitte pour un bel hématome.

Nous nous regardons en silence. Il s'est passé tellement de choses ! Peut-être qu'il ne voudra plus jamais me parler. Comment lui en vouloir ? Je l'ai pris pour un meurtrier.

Il décide enfin de briser ce silence embarrassé.

— Et toi, tu es blessée ?

— Juste une côte cassée. Et quelques entailles.

Ensuite, j'entends le hurlement des sirènes.

23.

Je suis assise dans la salle de réunion, encore tout endolorie. Une compresse chauffante posée sur mes côtes contribue à endormir la douleur — avec l'aide de quelques calmants aussi, je l'avoue. On m'a fait quinze points de suture sur les cuisses, et j'ai même eu droit à quelques-uns de plus au pied gauche. Des bandages recouvrent le reste des coupures sur mes plantes de pieds. Je marche lentement et avec difficulté. Il n'y a plus de flots d'adrénaline pour me soutenir.

Le groupe d'intervention au grand complet ainsi que tous les membres de l'Unité d'analyse comportementale, y compris Pike, sont présents. Rivers dirige la réunion, une feuille de papier à la main.

— Marty Tyrone, l'un des nôtres, dit-il en secouant la tête. Matthew Connor Lande est né à Tucson, Arizona, en 1974. Il obtient son diplôme de fin d'études au lycée Catalina en 1991.

Rivers lance un regard à Josh, lequel précise :

— Soit un an après moi.

— Exact. C'est de là que date sa fixation sur Marco.

Josh confirme d'un hochement la tête.

— Il essaie d'entrer dans la police d'Etat de l'Arizona dès sa sortie du lycée. Sa demande est rejetée. Il postule pour un poste au FBI en 1995. De nouveau refusé. Un mois plus tard, il assassine Sally-Anne Raymond. Il change de nom en 1996 et étudie les sciences médico-légales à l'Université du Michigan. Renouvelle sa demande pour être accepté dans le programme de formation des agents du FBI à deux reprises, en 1998 et 1999. Travaille pour le Bureau du coroner de Chicago à la fin de 2000. Et bien sûr, il part en vacances en Floride la même année.

— Mais on devait bien avoir son véritable nom quelque part ? fait remarquer Krip.

— Effectivement, mais nous n'avons jamais pensé à comparer les noms d'emprunt avec les listes des universités, explique O'Donnell.

Il va sans dire que nous aurions examiné à la loupe les éventuels changements d'identité si nous avions fait chou blanc en remontant toutes les autres pistes, mais les vérifications nécessaires auraient pris une semaine ou deux.

— Eh bien, on sait maintenant pourquoi on n'a jamais rien retrouvé sur les scènes de crime, conclut Pike.

Josh fait cliqueter son stylo.

— Même s'il avait commis une erreur ici ou à Chicago, il avait toute latitude pour maquiller les preuves. Il ne risquait rien.

— Il a falsifié le rapport de graphologie, et c'est ce qui nous a lancés à la recherche d'un gaucher, dis-je.

— Ça faisait partie de sa stratégie pour faire accuser Marco, ajoute Rivers.

Je pousse un soupir de lassitude.

— J'ai envoyé un échantillon de l'écriture de Marty aux Documents suspects. Elle concorde avec la lettre adressée à Sam.

Quelques hochements de tête. C'était couru d'avance, mais mieux valait quand même s'en assurer.

— Comment s'est-il débrouillé pour qu'on ne retienne jamais rien contre lui en Arizona ? demande Flynn. Il ne s'y connaissait pas encore en expertise médico-légale.

— Malheureusement, nous avons affaire à un autodidacte, laisse tomber Josh.

Je m'imagine l'arbre sous lequel Sally-Anne est morte.

— Dans le cas de son premier meurtre, c'est la pluie qui a joué en sa faveur, dis-je. Il a eu de la chance, ce jour-là.

— Il connaissait réellement sa victime ? me demande Flynn.

— De loin. Il l'avait vue en compagnie de Marco à plusieurs reprises.

— Figurait-il sur la liste des suspects, à l'époque ? demande Couples à son tour.

— Oui, mais sous le nom de Matthew Lande.

Un silence plane quelques instants, puis Josh jette brusquement son stylo sur la table.

— Et juste sous mon nez, encore !

Soudain, il me prend une envie irrésistible de réconforter Josh. Non que ce soit suffisant pour restaurer entre nous la confiance perdue, j'en ai bien conscience, mais j'ai quand même très envie de faire un geste pour me rapprocher de lui.

— C'était là tout l'intérêt à ses yeux, dis-je. Ça l'excitait. C'est pour cette raison qu'il est venu à Washington et qu'il a sollicité un emploi dans l'équipe scientifique du FBI. Et aussi, sans doute, pourquoi il voulait tout partager avec toi. Il voulait *être* toi.

Josh repousse sa chaise et secoue la tête.

— Les personnages de *J.F. partagerait appartement,* à côté, ils peuvent se rhabiller !

— Est-ce qu'il correspond au profil ? s'enquiert Jones.

— En tout point, dis-je. Il a même les frères beaucoup plus âgés dont nous avions supputé l'existence.

Josh demeure silencieux.

— A-t-il été victime de violence domestique ?

— La police a gardé son père à l'œil pendant des années, mais quand Marty… je veux dire, Matthew… a eu seize ans, tout a changé. Le père a arrêté de boire.

Je pose mes mains en coupe sur ma côte douloureuse.

— Mais Marty avait déjà pris de mauvaises habitudes. A ses yeux, il était normal de faire du mal à la femme que l'on aimait.

— Sans doute, dit Rivers en soupirant. J'ai parlé à Mme Lande.

Je n'ai pas pu en tirer grand-chose, mais nous allons nous intéresser de près à son environnement familial.

J'opine du chef. Aucun doute que nous allons dénicher tous les signes précurseurs indiquant la naissance d'un tueur en série — incontinence nocturne, actes de torture sur des animaux et ainsi de suite.

— Quand a-t-il eu affaire à vous pour la première fois ? demande Flynn.

— Pendant l'affaire Henley.

Cent fois au moins, j'ai passé en revue dans ma tête le moindre échange avec Marty. Je l'avais rencontré au travail et chez Josh, mais chaque fois le contact avait été bref. L'idée ne m'avait jamais effleurée qu'il pût me considérer comme l'une de ces possessions dont Josh disposait et dont lui se sentait privé.

— Et c'est vous qui avez déchiffré la signification du positionnement des corps, Anderson, fait observer Pike.

— En effet, j'ai remarqué que les victimes avaient toutes plus ou moins la tête tournée vers le même point.

Je marque un temps d'arrêt et songe à Sargent et Montana. On les a retrouvés morts tous les deux, abandonnés dans un local à poubelles.

— Je n'arrive pas à croire qu'on ait pu louper ça, bougonne Jones.

O'Donnell pose ses coudes sur la table.

— Nous recherchions une logique dans les lieux où l'on a découvert les corps, pas dans la position de leurs têtes, précise-t-il.

J'aurais dû faire le rapprochement plus tôt. Peut-être alors que Sam serait avec nous aujourd'hui. Je me refuse toujours à admettre qu'elle soit partie pour de bon.

— Comment va Carter ? demande Pike.

Sa voix me tire de mes réflexions. Je détourne lentement mon regard de la fenêtre pour le porter sur le directeur du département.

— Il a perdu beaucoup de sang, mais il s'en tirera, répond

O'Donnell. Il va sortir de l'hôpital dans quelques jours. Mais il ne pourra pas retourner travailler avant deux semaines.

— Tu parles de vacances ! s'exclame Krip.

— Des vacances ? répète Rivers avec une pointe de désapprobation dans la voix.

Heureusement, il n'insiste pas.

— Des vacances plutôt fructueuses, je trouve, intervient Josh. Il a tout de même réussi à épingler son bonhomme.

O'Donnell retire ses lunettes.

— C'est vrai.

Un nouveau silence plane un instant.

— Bon, eh bien, nous allons clore cette affaire, dit Rivers. Merci à vous tous pour votre excellent travail. Vous pouvez retourner à vos enquêtes respectives.

Il se tourne vers Josh et moi, et ajoute :

— Excepté vous deux. Je veux vous voir dans mon bureau.

La pièce se vide sans bruit. Personne n'a le cœur de pavoiser. Il faut dire qu'il n'y a pas vraiment de quoi crier victoire. Nous avons mis l'assassin hors d'état de nuire, certes, mais nous avons aussi beaucoup perdu dans la bataille !

Josh et moi suivons Rivers jusqu'à son bureau. Je boitille de plus belle : mes plantes de pieds me font un mal de chien.

Rivers s'assied et nous fait signe de prendre place sur les deux chaises en face de lui.

— Je veux que vous preniez tous les deux quelques jours de congé, ordonne-t-il.

— Mais..., objecte Josh aussitôt.

— Pas de *mais*, Marco. Marty vous avait dans sa ligne de mire depuis des années, et il a essayé de vous coller tous les meurtres sur le dos.

— Mais vous ne l'avez pas cru, n'est-ce pas ?

Pauvre Josh ! Quel déchirement ça doit être pour lui de savoir qu'on l'a soupçonné d'être un tueur en série ! Ses collègues de travail, et jusqu'à sa petite amie...

— Je ne vous ai jamais considéré comme suspect, répond

Rivers. Mais nous étions obligés de mener les recherches qui s'imposaient et de prendre les mesures nécessaires.

Diplomatie ou sincérité ? Je ne saurais le dire.

— Quoi qu'il en soit, je vais très bien, affirme Marco.

Rivers secoue la tête.

— Vous avez tout de même reçu une balle.

— Je portais mon gilet.

— Je sais. N'empêche que vous allez avoir mal pendant un bon moment, et quelques jours de repos vous feront le plus grand bien.

Josh ne bronche pas.

— Quant à vous, enchaîne Rivers en me regardant, si on m'avait demandé mon avis, vous n'auriez pas quitté l'hôpital.

— Pour une côte cassée et quelques égratignures ?

— Vous avez besoin de prendre du recul, Sophie. Et de passer beaucoup de temps avec le Dr Rosen.

Puis, se tournant vers Josh, il ajoute :

— C'est valable pour vous aussi.

— Quoi ? Pour une balle de rien du tout ? s'insurge Josh.

— Vous devez consulter le Dr Rosen en cas de blessure par balle, c'est le règlement. Mais il s'agit de bien davantage, et vous le savez pertinemment, Marco.

Je déteste devoir le reconnaître, mais Rivers a raison, aussi bien pour Josh que pour moi. J'ai essayé d'écarter de ma mémoire tout ce qui s'est passé dans cette salle maudite. Quelle chance j'ai eue de m'en sortir vivante ! Et je peux aussi m'estimer heureuse qu'il ne m'ait pas violée. Mais je sais que chaque nuit, désormais, je ferai des cauchemars.

Et Josh ? Il doit terriblement se culpabiliser, surtout vis-à-vis de Sam, je n'en doute pas une seconde. Après tout, c'est lui qui, involontairement, était à l'origine des meurtres.

Je lève le regard vers Rivers et acquiesce d'un signe de tête. Josh garde le silence.

Rivers s'éclaircit la gorge.

— Ce n'est pas tout… Des coups de feu ont été tirés, et une personne est morte. On va ouvrir une enquête.

— Quoi ?

— C'est la routine, vous le savez bien. Vous étiez obligés de l'abattre. Et personnellement, je pense que vous avez rendu un sacré service à l'humanité. Mais…

— Il va y avoir une enquête, dis-je.

— Exact. Et, à propos… je vais devoir vous demander votre arme.

Mon arme ! C'est la dernière chose dont j'aie envie de me séparer. Je sais que Marty est mort. Je l'ai vu mourir de mes propres yeux. C'est moi qui l'ai tué. Il n'empêche que je m'attends encore à le voir surgir à chaque coin de rue. Mon revolver me rassure. Or, le règlement est très strict quand un agent ouvre le feu sur un individu, quelles que soient les circonstances. Je retire mon revolver de son étui et le dépose sur le bureau du patron. Ma côte cassée m'arrache une grimace de souffrance. Tant que je garde le bras plaqué contre ma cage thoracique, ça ne me fait pas trop mal, mais le moindre mouvement me déclenche des vagues de douleurs aiguës à travers la poitrine.

— C'est bon, allez-y doucement, me conseille Rivers.

Nous nous levons.

— Le Dr Rosen vous contactera. Il faudra respecter vos rendez-vous, même si vous ne travaillez pas.

L'idée n'est pas si mauvaise, après tout.

Nous prenons congé de Rivers.

Dans le couloir, Josh s'arrête.

— Tu veux que je te raccompagne chez toi ? me propose-t-il.

— Humm…

— Tu allais à l'hôpital, peut-être ? me demande-t-il, le regard fixé au loin.

— Oui, je voulais mettre Darren au courant de la réunion.

Josh hoche la tête avec brusquerie.

— Mais je ne resterai pas longtemps. Tu veux venir avec moi ?

Il hésite.

— D'accord. J'ai quelques mots à dire à ce Darren Carter, de toute façon.

— Josh…

— Ne t'inquiète pas, je resterai courtois.

Il enfonce ses mains dans les poches de son pantalon.

Le couloir qui mène à la chambre de Darren me rappelle Sainte-Anne. Je me revois en train de courir dans les corridors, entièrement nue, Marty à mes trousses. Je croyais ne jamais pouvoir lui échapper. Je peux bien l'admettre, à présent, j'avais complètement perdu courage. Jamais plus je ne verrai un hôpital du même œil.

Nous parvenons dans le service où Darren est hospitalisé.

Il se redresse sur son lit.

— Bonjour ! dit-il, les yeux rivés sur moi.

— Bonjour.

Il y a un silence gêné.

— Des excuses s'imposent, dit Darren en tournant le regard vers Josh.

— Pour m'avoir pris pour un tueur en série ? Un peu, que des excuses s'imposent !

Darren sourit.

— Je regrette, dit-il en tendant la main.

Josh prend la main de Darren dans la sienne.

— Merci de nous avoir aidés sur ce coup-là, Carter. Sans vous, nous n'aurions peut-être pas retrouvé Sophie.

C'est vrai, j'avais oublié ! C'est Carter qui a reconnu Marty sur les photos. Il l'avait interrogé au cours de l'enquête sur le meurtre de Sally-Anne. Et c'est également lui qui s'est intéressé de près au plan de la ville.

Darren secoue la tête.

— On a dû étudier cette carte au moins deux heures avant de nous rendre compte de la direction dans laquelle les victimes avaient la tête tournée.

— C'est vrai que ça nous a pris du temps, renchérit Josh en se balançant d'un pied sur l'autre. Bon, je vais attendre dehors.

— Merci, dis-je.

Je raconte à Darren la dernière réunion du groupe d'intervention. Il écoute avec attention, découvrant peu à peu la personnalité de l'homme qui lui a tiré dessus et qui avait déjà tué sa tante. Darren a eu de la chance. La balle a transpercé son poumon droit, mais il va se rétablir. Josh et lui n'étaient pas du tout préparés lorsqu'ils ont débarqué en trombe à Sainte-Anne. Darren n'était pas en mission officielle, cette affaire ne relevant absolument pas de sa juridiction. Quant à Josh, il avait été suspendu de ses fonctions. Certes, il possédait deux revolvers et un gilet pare-balles qu'il gardait toujours chez lui en réserve, mais Carter ne disposait que de son arme et de son insigne. Tous les deux ont pris d'énormes risques en volant à mon secours.

Darren me regarde avec un sourire.

— Je suis content que vous alliez bien, dit-il en me prenant la main.

— Merci, Darren. Merci pour tout.

— Vous reviendrez à Tucson, un de ces jours ?

Je regarde sa main qui tient la mienne.

— Non, je ne crois pas.

Je retire ma main. L'attirance que je ressens pour lui n'a pas faibli, mais il faut que je mette de l'ordre dans ma relation avec Josh.

Darren hoche la tête et repose sa main sur le lit.

— Josh a bien de la chance.

— Je n'en suis pas si sûre. J'ai beaucoup de choses à régler dans l'immédiat.

— Je comprends.

Non, je ne crois pas qu'il comprenne vraiment.

— Que comptez-vous faire de votre don de double vue ?

— Je vais devoir apprendre à le maîtriser si je veux pouvoir m'en servir dans l'exercice de mon métier.

— Vous y arriverez. Ce n'est qu'une question d'entraînement.

— Je l'espère, dis-je en opinant du chef. Je crois sincèrement que, grâce à cela, je pourrai aider les gens.

— J'en suis sûr, dit-il avec un sourire. J'en suis sûr.

DANS LA MÊME COLLECTION

Par ordre alphabétique d'auteur

BEVERLY BARTON	*Dans l'ombre de l'assassin*
OLGA BICOS	*Nuit d'orage*
OLGA BICOS	*La mort dans le miroir*
LAURIE BRETON	*Ne vois-tu pas la mort venir ?*
BARBARA BRETTON	*Le lien brisé*
JAN COFFEY	*La dernière victime*
JAN COFFEY	*L'accusé*
JASMINE CRESSWELL	*La Manipulatrice*
JASMINE CRESSWELL	*Le secret brisé*
JASMINE CRESSWELL	*La mort pour héritage*
JASMINE CRESSWELL	*Soupçons mortels*
JASMINE CRESSWELL	*Je saurai te retrouver*
CAMERON CRUISE	*La perle de sang*
MARGOT DALTON	*Amnésie*
MARGOT DALTON	*Kidnapping*
MARGOT DALTON	*Le sceau du mal*
MARGOT DALTON	*Crimes inavoués*
WINSLOW ELIOT	*L'innocence du mal*
ANDREA ELLISON	*Elles étaient si jolies*
ANDREA ELLISON	*La signature écarlate*
LYNN ERICKSON	*Le Prédateur*
SUZANNE FORSTER	*Le cercle secret*
SUZANNE FORSTER	*Secrets*
MICHELLE GAGNON	*Le cercle de sang*
MICHELLE GAGNON	*La forêt de la peur*
TESS GERRITSEN	*Présumée coupable*
TESS GERRITSEN	*Crimes masqués*
TESS GERRITSEN	*Ne m'oublie pas*
HEATHER GRAHAM	*L'invitation*
HEATHER GRAHAM	*L'ennemi sans visage*
HEATHER GRAHAM	*Le complot*
HEATHER GRAHAM	*Soupçons*
HEATHER GRAHAM	*La griffe de l'assassin*
HEATHER GRAHAM	*Prémonition*
HEATHER GRAHAM	*L'ombre de la mort*
HEATHER GRAHAM	*Danse avec la mort*
HEATHER GRAHAM	*Noires visions*
HEATHER GRAHAM	*Nuits blanches*
HEATHER GRAHAM	*Apparences*
HEATHER GRAHAM	*La crypte mystérieuse*
HEATHER GRAHAM	*Sombre présage*
HEATHER GRAHAM	*Hantise*
HEATHER GRAHAM	*Dangereuse vision*
HEATHER GRAHAM	*La nuit écarlate*
HEATHER GRAHAM	*L'héritage maudit*
CAROLYN HAINES	*Les fiancées du Mississippi*

.../...

DANS LA MÊME COLLECTION
Par ordre alphabétique d'auteur

KAREN HARPER	*Testament mortel*
KAREN HARPER	*Le saut du diable*
KAREN HARPER	*L'œuvre du mal*
KAREN HARPER	*Les portes du mal*
KAREN HARPER	*Une femme dans la nuit*
KAREN HARPER	*Mortel mensonge*
KAREN HARPER	*Intention mortelle*
KATHRYN HARVEY	*La clé du passé*
BONNIE HEARN HILL	*La disparue de Sacramento*
BONNIE HEARN HILL	*Mortelle perfection*
CHRISTIANE HEGGAN	*Miami Confidential*
CHRISTIANE HEGGAN	*L'Alibi*
CHRISTIANE HEGGAN	*Intime conviction*
CHRISTIANE HEGGAN	*Labyrinthe meurtrier*
CHRISTIANE HEGGAN	*Par une nuit d'hiver*
CHRISTIANE HEGGAN	*Troublantes révélations*
CHRISTIANE HEGGAN	*Intention de tuer*
CHRISTIANE HEGGAN	*Meurtre à New York*
METSY HINGLE	*Le masque de la mort*
METSY HINGLE	*La fille de l'assassin*
METSY HINGLE	*Noces noires*
GWEN HUNTER	*Faux diagnostic*
GWEN HUNTER	*Virus*
GWEN HUNTER	*Les mains du diable*
GWEN HUNTER	*Le triangle du mal*
GWEN HUNTER	*La piste du mal*
LISA JACKSON	*Dans l'ombre du bayou*
LISA JACKSON	*Noire était la nuit*
LISA JACKSON	*Les disparues de la nuit*
LISA JACKSON	*L'hiver assassin*
LISA JACKSON	*Piège de neige*
LISA JACKSON	*Un danger dans la nuit*
CHRIS JORDAN	*L'étau*
CHRIS JORDAN	*Disparue*
PENNY JORDAN	*De mémoire de femme*
PENNY JORDAN	*La femme bafouée*
R.J. KAISER	*Qui a tué Jane Doe ?*
ALEX KAVA	*Sang Froid*
ALEX KAVA	*Le collectionneur*
ALEX KAVA	*Les âmes piégées*
ALEX KAVA	*Obsession meurtrière*
ALEX KAVA	*Le Pacte*
ALEX KAVA	*En danger de mort*
RACHEL LEE	*Neige de sang*
RACHEL LEE	*Le lien du mal*
RACHEL LEE	*Secret meurtrier*
P.D. MARTIN	*La marque du mal*

.../...

DANS LA MÊME COLLECTION
Par ordre alphabétique d'auteur

DINAH McCALL	*Le silence des anges*
DINAH McCALL	*Les disparus de l'hiver*
DINAH McCALL	*Mélodie mortelle*
HELEN R. MYERS	*Mortelle impasse*
HELEN R. MYERS	*Les ombres du doute*
HELEN R. MYERS	*Mort suspecte*
HELEN R. MYERS	*Suspicion*
HELEN R. MYERS	*La marque du diable*
CARLA NEGGERS	*L'énigme de Cold Spring*
CARLA NEGGERS	*Piège invisible*
CARLA NEGGERS	*La dernière preuve*
CARLA NEGGERS	*Le voile noir*
CARLA NEGGERS	*La nuit du solstice*
CARLA NEGGERS	*Noirs desseins*
CARLA NEGGERS	*Une femme en fuite*
BRENDA NOVAK	*L'étrangleur de Sandpoint*
BRENDA NOVAK	*Noir secret*
BRENDA NOVAK	*Noirs soupçons*
BRENDA NOVAK	*Noire révélation*
MEG O'BRIEN	*Le piège*
MEG O'BRIEN	*En lettres de sang*
MEG O'BRIEN	*Pluie de sang*
MEG O'BRIEN	*La déchirure*
MEG O'BRIEN	*Spirale meurtrière*
SHIRLEY PALMER	*Zone d'ombre*
SHIRLEY PALMER	*Le bûcher des innocents*
EMILIE RICHARDS	*Le refuge irlandais*
EMILIE RICHARDS	*Mémoires de Louisiane*
EMILIE RICHARDS	*Le testament des Gerritsen*
EMILIE RICHARDS	*L'héritage des Robeson*
EMILIE RICHARDS	*L'écho de la rivière*
EMILIE RICHARDS	*Promesse d'Irlande*
EMILIE RICHARDS	*Du côté de Georgetown*
NORA ROBERTS	*Possession*
NORA ROBERTS	*Le cercle brisé*
NORA ROBERTS	*Et vos péchés seront pardonnés*
NORA ROBERTS	*Tabous*
NORA ROBERTS	*Coupable innocence*
NORA ROBERTS	*Maléfice*
NORA ROBERTS	*Enquêtes à Denver*
NORA ROBERTS	*Crimes à Denver*
NORA ROBERTS	*L'ultime refuge*
NORA ROBERTS	*Une femme dans la tourmente*
NORA ROBERTS	*Clair-obscur*
NORA ROBERTS	*Le secret du bayou*
NORA ROBERTS	*Le souffle du danger*
NORA ROBERTS	*La maison du mystère*
FRANCIS ROE	*L'engrenage*
FRANCIS ROE	*Soins intensifs*

.../...

DANS LA MÊME COLLECTION

Par ordre alphabétique d'auteur

KAREN ROSE	*Le lys rouge*
KAREN ROSE	*Et tu périras par le feu*
KAREN ROSE	*Je te volerai ta mort*
KAREN ROSE	*Le cercle du mal*
KAREN ROSE	*Le sceau du silence*
KAREN ROSE	*Les roses écarlates*
M. J. ROSE	*Le cercle écarlate*
M. J. ROSE	*La cinquième victime*
M. J. ROSE	*Rédemption*
JOANN ROSS	*La femme de l'ombre*
SHARON SALA	*Sang de glace*
SHARON SALA	*Le soupir des roses*
SHARON SALA	*Meurtre en eaux troubles*
SHARON SALA	*L'œil du témoin*
SHARON SALA	*Expiation*
SHARON SALA	*Si tu te souviens*
SHARON SALA	*Dans les pas du tueur*
MAGGIE SHAYNE	*Noir paradis*
MAGGIE SHAYNE	*Un parfait coupable*
TAYLOR SMITH	*Le carnet noir*
TAYLOR SMITH	*La mémoire assassinée*
TAYLOR SMITH	*Morts en série*
ERICA SPINDLER	*Rapt*
ERICA SPINDLER	*Black Rose*
ERICA SPINDLER	*La griffe du mal*
ERICA SPINDLER	*Trahison*
ERICA SPINDLER	*Cauchemar*
ERICA SPINDLER	*Pulsion meurtrière*
ERICA SPINDLER	*Le silence du mal*
ERICA SPINDLER	*Jeux macabres*
ERICA SPINDLER	*Le tueur d'anges*
ERICA SPINDLER	*Collection macabre*
ERICA SPINDLER	*Et vous serez châtiés*
ERICA SPINDLER	*L'innocence volée*
AMANDA STEVENS	*N'oublie pas que je t'attends*
AMANDA STEVENS	*La poupée brisée*
AMANDA STEVENS	*Juste après minuit*
AMANDA STEVENS	*Le repaire du mal*
ANNE STUART	*La veuve*
TARA TAYLOR QUINN	*Enlèvement*
ELISE TITLE	*Obsession*
CHARLOTTE VALE ALLEN	*L'enfance volée*
LAURA VAN WORMER	*La proie du tueur*

…/…

Composé et édité par les
éditions Harlequin

Achevé d'imprimer en Allemagne
par GGP Media GmbH, Pößneck
en août 2010

Dépôt légal en septembre 2010
N° d'éditeur : 15211